イーデン・フィルポッツ

この小説の読者は、前後三段にわかれた万華鏡が、三回転するかのごとき鮮かに異なった印象を受けることに一驚を喫するであろう。第一段は前半までの印象であって、そこには不思議な犯罪のほかに美しい風景もあり、恋愛の葛藤さえある。第二段は後半から読了までの印象であって、ここに至って読者はハッと目のさめるような生気に接する。そして二段返し、三段返し、底には底のあるプロットの妙に、おそらくは息をつく暇もないにちがいない。一ヵ年以上の月日を費やしてイタリアのコモ湖畔におわる三重四重の奇怪なる殺人事件が犯人の脳髄に描かれる緻密なる「犯罪設計図」にもとづいて、一分一厘の狂いなく、着実冷静に執行されていった跡は驚嘆のほかはない。そして読後日がたつにつれて、またしてもがらりと変わった第三段の印象が形づくられてくるのだ。万華鏡は最後のけんらんたる色彩を展開するのだ。　江戸川乱歩

登場人物

マーク・ブレンドン……………スコットランド・ヤードの刑事
マイケル・ペンディーン………元貿易商
ジェニー・ペンディーン………マイケルの妻
アルバート・レドメイン………ジェニーの叔父。書籍蒐集家
ベンディゴー・レドメイン……ジェニーの叔父。貨物船の元船長
ロバート・レドメイン…………ジェニーの叔父。元大尉
フローラ・リード………………ロバートの婚約者
ジュゼッペ・ドリア……………モーターボート操縦士
アッスンタ・マルツェッリ……アルバートの家政婦
エルネスト………………………アルバートの召使い
ヴィルジーリオ・ポッジ………アルバートの友人
ピーター・ギャンズ……………アルバートの友人。引退した刑事
ハーフヤード……………………プリンスタウン警察の署長
ダマレル…………………………ダートマス警察の署長

赤毛のレドメイン家

イーデン・フィルポッツ
武　藤　崇　恵　訳

創元推理文庫

THE RED REDMAYNES

by

Eden Phillpotts

1922

目次

赤毛のレドメイン家

第一章　噂

だれもがみな、世間にその名を馳《は》せるまではうぬぼれる権利がある——少なくとも、そうだとされている。マーク・ブレンドンもまた、無意識のうちにこの意見にくみしていたのかもしれない。

とはいえ、ブレンドンのうぬぼれが度を超えていたわけではない。自信がない者など所詮《しょせん》二流だと考えてはいたが。わずか三十五歳という年齢で、ブレンドンはすでに警察の犯罪捜査部門で頭角を現していた。事実、警部補への昇進は辞令を待つばかりだった。これほど着実に成功を積み重ねることができたのは、勇気、機転、勤勉さといった必要不可欠な能力に加え、想像力や洞察力に恵まれていたおかげといえるだろう。

これまで数々の業績を積みあげていたうえ、第一次世界大戦中には国際的事案を解決に導いたおかげで、十年後には宮仕えを離れ、かねてからの希望である私立探偵事務所開設にこぎつけられるとの確信も得ていた。

いま、ブレンドンはダートムアで休暇中だった。趣味であるトラウト釣りに熱中したり、いい機会だとおのれの人生を俯瞰《ふかん》し、達成した点を評価し、冷徹な眼差《まなざ》しでじっくりと――刑事としてだけではなく、ひとりの男としての――未来を吟味、考察したりして過ごしていた。

彼はターニング・ポイントに立っていた。つまり、これまでひとつのドラマだけが演じられてきた人生の劇場に、新たな関心事や新しい個人的な計画が見え隠れするようになっていたのだ。これまでは仕事ひと筋の生活だった。第一次大戦が終結すると、ふたたび闇、疑惑、犯罪からなる事件を扱う日々へ舞い戻り、個人的関心など無関係に、冷徹なプロ意識でただひたすらにそうした謎を解明へ導くだけの毎日を送っていた。いかなる精神的活動とも、野心や利己的な目的とも無縁である点は手錠などと変わりはなく、まさに機械そのものだった。

この勤勉さと一意専心ぶりがブレンドンに世俗的な褒美をもたらした。そしていま、ようやく視野を広げ、人生のより高い局面を考察する立場となり、ただの機械ではなく生身の人間としての生き方も模索しようと決意したのだった。

戦時中の特別功労賞とフランス政府からの莫大な報奨金のおかげで、いまや貯金は五千ポンドに達した。さらに毎月かなり高額の給料をもらっているうえ、近日中に定年退職する者がひとりいるおかげで、昇進も内定していた。だが人生は仕事ばかりではないと理解する知性も併せもっていたため、教養や人並みの娯楽、それに加えて妻や家族がいれば当然生じるだろう関心事や責任についても考えはじめていた。

とはいえ、女性についてはほぼ無知に等しかった――愛情と呼べるような感情を抱いた経験はなかった。それどころか、二十五歳のときには、将来も結婚を考えるのは論外だと自分にいいきかせていたくらいだった。というのもブレンドンの仕事はつねに危険と隣り合わせなので、そうした毎日を女性に理解してもらうとなると、桁外れに日々が複雑となるのは避けられないからだ。なまじ愛など知れば、持ち前の集中力を欠くようになり、非凡な才能を遺憾なく発揮する妨げとなる可能性が高いうえ、重大な選択を前にしたときに打算がちらついて臆病風に吹かれるかもしれない。そうなっては実力を発揮するどころではなく、将来の成功などとてもおぼつかないと理性的に判断したのだ。しかし十年たち、ブレンドンの意見は変化していた。周囲の勧めもあって、ふさわしい相手にめぐり逢えたら、プロポーズして結婚するのもやぶさかではないと考えるようになったのだ。自分が苦手とする様々な分野について彼を導いてくれる、教養ある女性との出会いを夢見ていたのである。

通例、このように女性を受けいれる気持ちになっている男性は、遠からずしてふさわしい相手とめぐり逢えるものだが、ブレンドンは古風な考えの持ち主だったため、戦後の女性にはまったく惹かれることがなかった。戦後の女性たちが知性溢《あふ》れるすばらしい人物ばかりなのは理解していたし、彼女たちの考えに触れて目を瞠《みは》ることもめずらしくはなかったが、彼の理想はあくまでひと昔前の女性——夫に先立たれたあとは亡くなるまでブレンドンの世話をしてくれた、彼の母親のような女性だったのだ。物静かで、思いやりがあり、信頼のおける女性——つねにブレンドンの興味の対象に関心を持ち、自分のことよりも彼のことを優先し、彼の進歩や成功をみずからの生きる糧《かて》とできる女性。

実際にブレンドンが求めていたのは、自分の性格に彼が合わせることを要求したり、自立した暮らしを目指したりはせず、彼自身の分身といえる存在で満足できる女性だった。もっとも、妻となった女性がそれこそ献身的に尽くしてくれたとしても、母親と妻はまったく違う立場であることは承知していた。また散々既婚者たちから、彼が理想とするような女性を戦後の社会で探しだせるのかと疑義を呈されているにもかかわらず、いまもまだ古風な女性は存在するはずだという望みを捨てておらず、そうした女性とはどこで出会えるのかを真剣に考えはじめたところだった。

過酷な勤務に明け暮れた一年だったため、ブレンドンはいささか疲れが溜まっていた。そこで機会を見つけては休息と健康のために訪れているダートムア再訪を決め、滞在はこれが三回目となるプリンスタウンのダッチィー・ホテルにした――そして六月から七月へかけての日永《ひなが》の日々を、ホテル周辺の川でトラウト釣りに興じ、常連客との旧交を温めて過ごした。

ブレンドンは外出するときこそつねにひとりだったが、夕食後は人いきれのする喫煙室に顔を出し、ほかの釣り人の耳目《じもく》を集める話を披露するのを楽しんでいた。話術が巧みなブレンドンは、けっして聞き手を飽きさせるということがなかったのだ。けれどその実本人は、ときおり刑務所の看守たちを訪ねる時間のほうを心待ちにしていた。というのも、荒地《ムア》中央に位置する灰色のしみのような町プリンスタウンを威圧するかのように建つ刑務所には、悪名高き特異な犯罪者たちが多数収容されており、そのなかにはブレンドンの手にかかって収監された者もひとりならずいるわけで、彼らに懲役が科されたのはブレンドン個人の勇気と勤勉さのおかげといえた。看守たちはわりに教養と豊かな経験を持つ者が揃っていて、仕事の参考となるような話をいろいろと聞かせてくれた。ブレンドンにとって犯罪者の心理はつねに尽きせぬ興味の対象で、たとえ奇妙な出来事の数々や犯罪者が洩らした不明瞭なひと言でも、それを直接見聞きした者の口からありのままに語られると、ブレンドンの頭のなかではこれ以上なく説得力を持って響いた。

トラウトが多く生息する穴場を発見していたブレンドンは、六月半ばの日暮れどき、心趣《おもむ》くままにそこへ向かった。かつての採石場内に、小川が流れこむ深い淵《ふち》があるのだ。そこには近隣のダート川、ミーヴィー川、ブラッカブルック川、ウォーカム川での毎日の釣果《ちょうか》ではついぞ見かけないような、大きなトラウトが一、二匹ひそんでいるのをこの目で見たのだった。

その穴場のあるフォギンター採石場跡への行き方はふたとおりあった。そもそもその採石場は、プリンスタウンの刑務所の前身である捕虜収容所建設のためにムア表面の花崗岩《かこうがん》を採掘していたところなので、いまでは訪れる者もいないが道路は残っており、半マイルほど先で街道と交わっていた。人家はひとつ、ふたつ——かつて砕石工が暮らしていた家——が草の生い茂った道路沿いに残っていたものの、巨大な坑は長いあいだうち捨てられたままだった。母なる自然が美しい場所へと変貌させていたが、みごとな景観にもかかわらずそれを観賞する者が訪れることは稀《まれ》で、野生動物があたりに棲みつくままになっていた。

しかしブレンドンはムアを抜ける近道を選んだ。左手にプリンスタウン駅を見ながら西へ向かうと、行く手には燃えるような色に染まった空と、それとは対照的な黒っぽい塊《かたまり》のようなムアが広がっていた。いましも陽が沈もうとしている。はるか地平線上では薄藤色や真紅色をちりばめた黄金の太陽が眩《まばゆ》いばかりに輝き、その光がそこここの花崗岩にひそむ水晶の結晶をとらえ、静かな夕暮れどきの荒野をきらめかせていた。

西の燃えゆく陽を背景に、籠を手にした人影がこちらへ歩いてくる。日暮れどきは水面近くまでやって来るトラウトのことなどをぼんやりと考えていたマーク・ブレンドンは、軽やかな足音に顔を上げた。すると、これまで目にしたことがないような絶世の美女がそこにいた。美女はそのまま彼の脇を通りすぎていく。いきなり現れた女性のあまりの美しさに驚き、ブレンドンはそれまで考えていたことがすべて頭から吹き飛んでしまった。茫漠《ぼうばく》とした荒野に突如として見慣れぬ魅惑的な花が開いたのか、それともさらに深みを増してシダや岩石を照らしていた夕陽が一気に燃えあがり、この美しい女性へ姿を変えたのか。娘はほっそりとしていて、背はそれほど高くなかった。帽子はかぶっておらず、高くまとめた鳶色《とびいろ》の髪が日暮れどきの温かな陽射しと絡みあい、頭を縁どる光輪のように輝いている。髪の色がまたみごとで、秋になって色づいたブナやワラビの豊かな色合いさながら、まさに世にも稀なる完璧な色だった。そしてその瞳は青――リンドウの青だった。ぱっちりとした瞳はブレンドンの心に強い印象を残した。

ブレンドンはこれまで本当に大きな瞳の女性にはひとりしかお目にかかったことはなく、その女性は犯罪者だった。しかしこの見知らぬ女性の明るく輝く大きな瞳は、そのせいで顔が小さいと錯覚するほどだった。その口は小さくはなかったが、ふっくらとした唇は柔らかな曲線を描いている。大きな歩幅で足早に歩いていた。薄手の銀色のスカートと薔薇《ばら》色の絹のニットに隠された体のライン――柔らかな曲線を描く腰に、若い娘らしいきゅっと締まった胸――がはっきりとうかがえた。足が地面に触れるか触れないかのような軽やかな足取りに、彼女の喜びの胸の裡《うち》が現れているようだった。

女性とブレンドンの視線がほんの一瞬だけ合った。娘は飾り気のない無邪気な表情を浮かべ、歩み去っていく。ブレンドンは三十秒ほど待ち、振り返った。若さゆえの屈託のなさで歌を口ずさんでいる。灰色の小鳥のさえずりのような、陽気で澄んだ歌声がブレンドンの耳にも届いた。女性は依然きびきびと歩いていく。夕陽に照らされたムアの明るいあたりへさしかかるころにはその姿はかなり小さくなり、やがて起伏に呑みこまれたように見えなくなった――どのような場所であろうと閉じこめられているところなど想像もできない、ヒースと荒野の精がこの世に現れたかのようだった。

突然の美女との邂逅《かいこう》を思いかえすうち、ブレンドンは自然とその女性のことを考えていた。おそらくは観光客――団体でやって来たのかもしれないし、ここは一日かぎりの滞在かもしれない。そして許婚《いいなずけ》がいるに決まっているとまで想像した。ああした目の覚めるような美人がだれからも愛されていないなど、まず考えられない。事実、彼女の歌声と瞳には愛と幸せが溢れていた。年齢はおそらく十八歳あたりだろう。そこでふと思考が飛び、今度は自分自身の容姿について考えた。ことこの問題に関しては、だれもが甘い評価を下しがちだ。だが数々の厳しい現実を目のあたりにしてきたブレンドンは、みずからの容姿ですら、もっともそれをいうならどんな事項でも変わらないのだが、自分をごまかすようなことはなかった。彼は身体頑健で、理想的な体型を維持し、彼の年齢にしては柔軟性も敏捷性《びんしょう》も保っていたが、髪はくすんだ藁《わら》の色で、きれいにひげをあたった青白い顔には特徴といったものがなく、倫理観の高さと人柄の良さ、そして喧嘩っぱやいらしいことがかろうじて感じられるだけだった。これまではその顔立ちで不自由したことはなく、変装が容易なのは好都合だったが、女性の目を惹いたり、魅力的に映ったりすることを期待することはできなかった――それは事実として重々身にしみていた。

とぼとぼと足を進めるうち、丘の中腹にぽっかりと開いた巨大な坑に行きあたった。眼下にはフォギンター採石場のかつての作業場が広がっている。およそ二百フィートの深さはありそうなうつろな坑。縁から花崗岩の断崖を見下ろすと、大きなでこぼこの段々が続いている場所もあれば、むきだしの平板な岩が垂直に切り立っている場所もあり、岩肌にぽつぽつと散在しているのは雑草やナナカマドの稚樹、サンザシくらいだった。広々とした底には岩が転がり、その隙間をシダが埋めている。岩の塊の上ではジギタリスの花が頭《こうべ》を垂れ、あたりには野生動物が棲みついていた。あちこちの花崗岩の岩棚を水が伝い落ち、奥底に大小様々の淵を形作っていた。

ブレンドンは羊が踏みかためた獣道を伝って、坑へと下りていった。ダートムア・ポニーの親仔が採石場を駆けぬけ、西へと向かっていく。一ヶ所大きな氷堆石《ひょうたいせき》が縁から底まで扇状に広がっている場所があり、その崩れた花崗岩の斜面には上の突きだした岩棚から周囲よりも多めに水が滴《したた》り落ち、ピシャピシャと音を立てていた。無数の細かな水流が四方八方へ流れていく。ブレンドンがいま立っている場所から見える廃坑は、ごろごろ転がっている巨大な岩、深い立て坑、そして見渡すかぎりのそそり立つ絶壁と、まさに混沌としか形容しようのない眺めだった。以前訪れたときにこの場所の守り神の存在を感じとっていたため、今日は大声で叫んでみた。

「おーい、また来たぞ!」

「おーい、また来たぞ!」花崗岩のなかから山びこがはっきりと聞こえた。

「マーク・ブレンドンだ!」

「マーク・ブレンドンだ!」

「待っていたぞ!」

「待っていたぞ!」

一語一語が歯切れよくくっきりとこだまする。返ってくる言葉が人間の声とは違う色合いを帯びているところが、なんとも魅力に満ちていた。

夜というワインで満たされたように坑全体が紫色に染まったが、坑の東側絶壁の縁だけは赤い夕陽が黄金《きん》色に染めていた。ブレンドンはその混沌のなか、さらに歩を進め、北に五十ヤードほど離れたところにある、採石場のなかでもいちばん幅が広い場所へ向かった。のぞきこむと、中央にしんと静まりかえった大きな淵ふたつを見下ろすことができる。そこはかつての作業場のなかでもいちばん深くまで掘った場所だった。その小さな湖の片側は粗砂利《あらじゃり》の浜で、もう片側は水面から三十フィートほど花崗岩の絶壁がそびえたっている。硬質な透明感をたたえた水がほの暗い蒼い闇のなかに沈んでいた。必要なかたさの竿《ロッド》を持ち、長い釣り糸《ライン》を遠くまで投げられる腕の持ち主であれば、淵の水面の好きなところに毛鉤《フライ》を落とすことができる。トラウトがそこここで動くたび、水面に波紋が広がり、向こう岸の崖へとさざ波が走った。そのとき小さいほうの淵の水面がぐんと盛りあがったと思うと、真ん中あたりにある大きな岩の陰から出てきた大きな魚が跳びあがり、水面近くをふらふら飛んでいた小さな白い蛾を呑みこんだ。

ブレンドンもトラウト釣りの準備を始めた。だが、箱から小さな目のついたフライをふたつとりだし、愛用している髪のように極細のラインにつけながらも、いつになく心ここにあらずだった。先ほど見かけた鳶色の髪の乙女がどうにも頭から離れなかったのだ――四月を思わせる青い瞳――まだ人としての感情に目覚めていないかのような、小鳥のような歌声――機敏ながらも優美さが感じられる足取り。

夕闇が濃くなるなか、ブレンドンは釣りを始めた。だが一度か二度キャストしただけで、半時間ほど待つことにした。ロッドを地面に置き、ポケットからブライヤーのパイプと煙草入れをとりだす。一日の様々なものが眠りにつこうとしているなか、いまだときおり硬質な物音が単調に響いている。ブレンドンは鳥の鳴き声だろうと思っていた。その音は淵の向こう側、長い斜面の後ろから聞こえる。そのときふと気づいたが、それは自然の音ではなく、人間が立てている音のようだった。考えてみれば、石工がこてを使うときのリズミカルな音にそっくりなのだ。そのうち音が止んで、重たげな足音が採石場に響くと、ブレンドンはため息をついた——労働者が現れるだろうと予測したのだ。

ところが現れたのは労働者ではなかった。上背があり、体格もがっしりした男がこちらへ向かって歩いてくる。ノーフォーク・ジャケットにニッカボッカ、派手な真鍮《しんちゅう》のボタンのついた赤いベストという出《い》で立《た》ちだった。男は採石場の低いほうの入り口から入ってきて、北側の出口へと向かっていく。その出口からは、方々《ほうぼう》の淵へ水を運んでいる小さな流れが細い水路伝いに流れこんでいた。

男はブレンドンに気づいて足を止め、長い脚を広げて立つと、くわえていた葉巻を手にとり声をかけてきた。

「やあ、きみは見つけたってわけだな」

「見つけたって、なんの話です?」ブレンドンは応じた。

「ここにいるトラウトだよ。おれは気が向くとここへ泳ぎに来るんだが、どうして釣り人たちを見かけないのか、かねがね不思議だったんだ。半ポンド超えの魚が一ダースはいるからな。それよりも大きなやつだっているかもしれん」

出会った相手のことを仔細に観察してしまうのは、ブレンドンにとって習い性のようなものだった。さらに、人の顔に関してはなにがあろうと忘れない記憶力の持ち主でもあった。ブレンドンは顔を上げ、目の前にいる男のかなり特徴のある顔を眺めた。彼の観察は迅速かつ正確だった。だが、この一瞥《いちべつ》が途方もない意味を持つことを察していたら、つまりこの先何年ものあいだ、この男が自分にとってどのような存在になるかを予期していたら、もっと集中して精査しただろうし、あっさりと終えた会話ももっと引き延ばしていたのは間違いない。

がっちりとした肩、たくましい首、意志の強そうな角張った顎、大きな口に大きな口ひげ。そんな大きな口ひげを目にするのは初めてで、グロテスクに見えなくもなかったが、明らかに男はそれが自慢のようだった。というのも、ことあるごとに口ひげをひねり、先を耳近くまで尖らせているからだ。男がいくぶん耳障りな声で話すたび、茶色味を帯びた赤色のひげの下で、大きな白い歯がきらりと光った。話の端々からかなりのうぬぼれ屋であることが伝わってくる——激しやすい質《たち》だが、現実的な面も併せもつ男のようだ。小さな灰色の目はかなり離れており、そのあいだに大きな鼻がある。短く切った髪は燃え立つような赤で、口ひげよりもさらに目立っていた。夕闇迫るなかでも、男の赤味がかった顔は強烈な印象を残した。

男は親しげに話しかけてきたが、ブレンドンはいますぐ消えてほしいと心底から願っていた。

「おれは海釣りが好きでな」と大男。「穴子に鱈《たら》、ポラック、鯖——船の半分に釣果を山積みにして戻ってくる——それでこそスポーツってもんだ。どいつも引きは強いしな。あとで喉が渇いてたまらんが」

「そうでしょうね」

「よくわからんが、ここいらはつまらん土地のくせにやけに人気があるようだ」大男は続けた。「ダートムアがどうしたっていうんだ？　あるものっていえば、丘、石、それと子供でもひょいと渡れるしけた川くらいの不毛の荒れ地じゃないか——だのに、どいつもこいつも天国ですらとてもかなわない楽園みたいにいうのはなんでだ?」

ブレンドンは声をあげて笑った。

「この土地には一種の魔力があるんですよ。それがだれの血も湧かせるんでしょう」

「そうらしい。哀れな極悪人ばかりの囚人どもしか見るべきものがない、神に忘れ去られたプリンスタウンのような町でもな。おれの知ってる男は、ここらに自分でバンガローを建ててる。そいつは夫婦もんなんだが、つがいの森鳩よろしく幸せに暮らすんだろうな——少なくともふたりはそのつもりだ」

「こての音が聞こえたように思いましたが」

「ああ、職人が帰ったあと、おれが手を貸すこともある。だが、考えてもみろ——文明社会に背を向けて、わざわざ不毛の地で家庭を築くとはな!」

「さらにひどい事態だって考えられます——なんの野心も持たない輩《やから》だと」

「そのとおり——その夫婦は野心なんぞてんで興味ないときてる。愛さえあれば充分だそうだ——気の毒にな。ところで、どうして釣りをしないんだ?」

「もう少し暗くなるのを待っているんです」

「なるほど。じゃあな。でかい獲物に引きずりこまれないよう、せいぜい気をつけろよ」

赤毛の男は自分の冗談に大きな笑い声をあげた。ふたたび静かな水面《みなも》にくっきりとこだまの波紋を引き起こし、五十ヤードほど先の岩の隙間から大股に歩み去った。やがて静けさのなかに、エンジンをかける音が聞こえてくる。男は半マイル離れた街道へとバイクで走り去ったようだった。

男が姿を消すと、ブレンドンは立ちあがってぶらぶらともう一方の出口へ向かった。男が話していたバンガローが見えやしないかと思ったのだ。広大な立て坑をあとにして、右手へ顔を向けると、はたして南西の小さくへこんだあたりにそれらしき建物が見えた。まだまだ完成にはほど遠い印象だ。花崗岩の壁は驚くほど分厚いが、高さはようやく六フィートといったところだった。どうやら居室は六部屋と設計されているらしく、見たかぎりでは一階建てのようだ。周囲一エーカーほどを塀でかこっているが、その塀も未完成だった。家の南と西には目を瞠る眺望が広がっている。抜群の視力を誇るブレンドンは、プリマス港に流れこむ川にかかるソルタッシュ橋も、西の残照を背景にうねうねとした起伏が広がるコーンウォールも、はっきりと見てとることができた。暮らすには最高のロケーションだった。このような静寂に包まれた自然のなかで家庭を築こうとする夫婦は、どういうタイプの人間なのかと憶測をめぐらせた。

おおかた都会での生活に疲れきったか、あるいは人づきあいにうんざりしたかだろうと想像できた。おそらくは人生に失望したか、幻滅したかで、社交的な面々には背を向けて、人づきあいで派生する諸問題から可能なかぎり逃れ、人びとの恥知らずな振る舞いや愚行から距離をおき、この厳しい現実にかこまれた地で生きていくと決めたのだろう。ここはなにも約束してはくれないが、あるタイプの人びとが必要とするものは豊富に揃っている。フォギンターの静寂に包まれた窪地で暮らす予定の夫婦は、おそらくは数多《あまた》の人に先立たれ、大自然の懐《ふところ》深くに抱《いだ》かれて粛々と暮らす以上のものを求めないという境地に達したのだろう。となると、歳のころは中年に違いないとブレンドンは考えた。そこで、その夫婦は「愛さえあれば充分」なのだと大男がいっていたことを思いだした。つまり年齢がいくつにしろ、その夫婦にはいまもロマンスが瑞々《みずみず》しく感じられるということだろうか。

あたりは急速に夜の帳《とばり》に包まれ、光と影が織りなす模様が地上から消えると、あらゆるものはぼうっとかすみ、見分けもつかなくなった。ロッドのところへ戻ったブレンドンは、〈コーチマン〉という種類の小さなフライは実にいい仕事をすると知った。結局、ふたつの淵から一ダースのトラウトを釣りあげ、そのうちの六匹は手もとへ残し、あとはそのまま放してやった。なかでも大物の三匹は、どれも半ポンド以上の重さがあった。

この淵の再訪を決め、今日の釣りは終わりにした。そして、暗闇のなか凹凸《おうとつ》のあるムアを歩く危険は避け、道路を歩いて帰ることにした。採石場の隙間から外へ出て、百ヤード先に何軒か並んでいるコテージを通りすぎ、やがてプリンスタウンとタヴィストックを結ぶ街道にたどり着いた。星空の下をぶらぶらと歩いていると、自然とムアですれ違った鳶色の髪の美女が脳裏に浮かび、どんな服装だったかを思いだそうとした。娘のことなら、つやつやと光り輝いていた髪から、鉄か銀のバックルのついた茶色の靴を履いた足の軽快な歩調まで、ありとあらゆることをこれ以上なく鮮明に覚えていた。ところが、どういうわけか服だけはすぐに思いだせなかった。しかし待つこともなく脳裏に浮かんできた――薔薇色のニットに銀色の丈の短いスカートだった。

その後も二度、ブレンドンはおなじような時間を狙ってフォギンター採石場跡を訪れたが、あの女性をちらりとでも目にする僥倖《ぎょうこう》には恵まれなかった。やがて娘の記憶がいくらかぼやけてきたころ、不可思議かつ恐ろしい事件が起き、その他大勢の人びとと同様にブレンドンもそれどころではなくなった。ブレンドンは心底から困惑したし、かなり気も進まなかったのだが、刑事という職業柄、見て見ぬふりをするわけにはいかない事態が勃発したのだった。殺人が起きたとの噂は、翼が生えたかのごとく、驚くべき速さで高台に位置する教会のお膝元のこぢんまりとした町中を駆けめぐった。本来ならばブレンドンは無関係なのだが、ある事情により否応なく事件に巻きこまれ、予定よりも早く休暇を終わらせることとなった。

初めて採石場跡まで足を伸ばして釣りをした日の四日後、ブレンドンは午前中ずっとミーヴィー川の下流で釣りに興じていた。その晩、そろそろ一日が終わる真夜中近くのことだ。数人の宿泊客のグラスは空になり、パイプの灰もすっかり落とし、そろそろ部屋へ引き取ろうかというときになって、突然として驚愕の知らせが舞いこんできたのだった。

ダッチィー・ホテルの〝ブーツ〟と呼ばれている従業員ウィル・ブレイクは、あちこちの明かりを消そうと待ちかまえながら、ブレンドンの顔を見てこういった。

「聞いた話では、お客さんの専門に関係ありそうな事件が起こったそうでさ。明日は大騒ぎになるのは確実ですわ」

「刑務所からだれか脱獄したのか、ウィル？」そろそろ床につこうかとしていたブレンドンは、あくびをしながら尋ねた。「このあたりで起きる事件といったら、そんなものだろう？」

「刑務所から脱獄？　そうじゃないんでさ――どうやら男が殺されたらしいんですよ。なんでもペンディーンさんの義理の叔父さんというのが、ペンディーンさんを殺しちまったみたいなんでさ」

「なんでまた、そんなことをしでかしたんだね？」ブレンドンは上の空で尋ねた。

「そのあたりは、お客さんみたいな頭の切れる方々が明らかにしてくれるんじゃないんですかい？」とウィル。

「そもそもペンディーンさんというのは何者だね」

「フォギンター近くにバンガローを建ててる紳士ですよ」

ブレンドンは驚いた。ありとあらゆる身体的特徴まで鮮明に、赤毛の大男の姿が脳裏に浮かんだ。それをそのまま口で説明すると、ウィルが答えた。

「それ、それ、そいつが犯人でさ。気の毒な紳士の義理の叔父ですよ！」

ブレンドンはベッドへ入り、悲劇的な事件の知らせを聞かされた直後にしてはぐっすりと眠った。朝を迎えると、メイドといい、宿泊客といい、だれもが知っていることを彼に伝えたがるのだが、ブレンドン自身は興味を示さなかった。メイドのミリーがドアをノックした。熱いお湯を運んできて、日除けを上げる。有名な刑事ならば、だれよりも自分の話に熱心に耳を傾けてくれるものと決めてかかっていた。

「ホントにねぇ、お客さん――こんな恐ろしい事件が起きるなんて――」ミリーが早速始めると、ブレンドンはすかさず遮《さえぎ》った。

「おいおい、ミリー。頼むからそんな話はやめてくれ。はるばるダートムアまでやって来たのは、殺人犯をつかまえるためじゃなく、トラウトをつかまえるためなんだ。今日の天気はどうだろう?」

「霧が出て、じめっとしそうですね。それにしても、ペンディーンさん——本当にお気の毒で——」

「勘弁してくれ、ミリー。ペンディーン氏の話など聞きたくないんだ」

「あの大きな赤い悪魔が——」

「大きな赤い悪魔の話もなしだ。じめじめするなら、今朝は水路へ行くとするか」

ミリーはおおいに落胆した様子を隠しもせずに、ブレンドンをねめつけた。

「信じられません! まさか釣りに行かれるなんて——お客さんみたいに人殺しをつかまえるのが専門の方がそんなことを——ほんの目と鼻の先で人が殺されたっていうのに!」

「わたしの仕事じゃないんだよ。さあ、ひとりにしてくれないか。そろそろ起きようかと思ってな」

「もちろんですとも!」ミリーは信じられないという顔で、ぶつぶつ文句をいいながら姿を消した。

ところがブレンドンは、それほど追い求めていた自由をその事件のために享受できなくなったのだった。彼はこれ以上なにかいわれる前に一刻も早く退散しようとサンドウィッチを注文し、九時半にはどんよりと冴えない朝のなかへ出た。たちまちじっとりとした空気に包まれる。深い霧のせいで付近の丘の影も見えなかった。いつ降りだしても不思議はない空模様だが、釣り人としての視点に立てば、釣果は約束されていた。手早くレインコートに身を包み、ホテルをあとにしようとしたところで、ウィル・ブレイクが現れて手紙を差しだしてきた。ちらりと目をやり、ロビーの手紙入れに置いておき、戻ってきてからゆっくり読めばいいかと考えた。しかし女性の筆跡であるうえ、やけに特徴のある字だった。ブレンドンは興味をそそられ、目下話題沸騰の事件との関連など予想だにせず、ロッドとびくを置くと、手紙を開封して中身に目を通した。

前略ごめんくださいい。警察の方からあなたさまがプリンスタウンに滞在なさっているとうかがい、神の思し召《おぼめ》しのような気がいたしました。こうしてじかにお願いするなど図々しい振る舞いなのは重々承知しておりますが、もしかしたら打ちひしがれた女の訴えに耳を傾けてくださり、この闇に天才のあなたさまの手をさしのべていただけるかもしれないと、一縷《いちる》の望みを託してお便りをさしあげた次第でございます。お聞き届けくださいましたら、望外の喜びでございます。

かしこ

プリンスタウン、ステーション・コテージ三号

ジェニー・ペンディーン

ブレンドンは声に出さずに「まいったな」とつぶやき、ウィルに顔を向けた。

「ペンディーン夫人の家はどこにある？」

「ステーション・コテージですわ。刑務所のある森の手前にある」

「じゃあ、ひとっ走り行って、三十分ほどあとでお訪ねしますとお伝えしてくれ」

「わっかりました！」ウィルはにやりと笑った。「お客さんがいつまでも知らんぷりしてるわけないって、みなにいってたんでさ！」

ウィルはすぐさま姿を消し、ブレンドンはもう一度手紙を読んだ。きちんとした筆跡を眺めていると、なかほどが涙で滲《にじ》んでいるのが見てとれた。ふたたび「まいったな」とつぶやき、ロッドとびくはそこに置いたまま、レインコートの襟を立てて警察署へと向かった。署に到着すると、巡査から事件について簡単に説明を受け、そのあとで電話を使わせてもらえないかと頼んだ。五分後には、スコットランド・ヤードの上司と話していた。聞き慣れたハリソン警部補のロンドン下町訛り《コックニーなま》が、世界の中心から二百マイル以上離れた受刑者の中心へと響いてくる。

「どうやら殺人事件が起きたようなんです、警部補。犯人と目されてる男は姿をくらましました。ところが未亡人に捜査を依頼されましてね。気は進まないんですが、これも致し方ないかと」ブレンドンはそう説明した。

「結構じゃないか。致し方ないと思うなら、そうすればいい。今夜、また連絡をくれ。プリンスタウン警察のハーフヤード署長は旧知の仲だが、実に気持ちのいい男だよ。健闘を祈る」

警部補であるハーフヤード署長はすでにフォギンター採石場跡へ行っているそうだった。

「わたしも捜査に加わることになったんだ」ブレンドンは巡査に説明した。「また来るから、正午に事件の詳細すべてを教えていただきたいと署長にお伝えしてくれ。これからペンディーン夫人を訪ねるつもりだ」

巡査は敬礼した。ブレンドンのことはよく見かけていたのだ。

「せっかくのご休暇の妨げになりませんといいですが。もっとも、その心配は不要となりそうです。捜査は順調に進んでいるようですから」

「死体はどこにあるんだ？」

「それはまだ判明してないんです、ブレンドンさん。そのうえ、どうやらそれを知っているのはロバート・レドメインだけのようで」

ブレンドンはうなずいた。それからステーション・コテージ三号を探しに出かけた。

プリンスタウンの本通りから直角に曲がると、道沿いにタウン・ハウスが何軒か並んでおり、そのなかに目当ての家はあった。家はどれも北西を向いており、すぐ目の前にノース・ヘッサリー・トーの木に覆われた中腹のあたりが迫っている。急傾斜な森とその下の住宅とのあいだには、石垣が築かれていた。

コテージ三号のドアをノックすると、ほっそりとした白髪交じりの女性が応じた。見るからに涙に暮れている様子だった。小さな玄関ホールには狐狩りの獲物がいくつも飾られていた。大きなダートムア・フォックスの頭や尾、全身の剥製までいくつか並んでいる。最後の最後まで死に物狂いで野原を逃げまわっていた狐たちがいまは剥製となり、ケースにおさまって壁に飾られていた。

「ペンディーン夫人でらっしゃいますか?」ブレンドンが尋ねると、老婦人はかぶりを振った。

「いえ、いえ。わたくしはエドワード・ゲリーの妻ですわ。亡くなった主人は二十年間ダートムアの狐狩りの猟犬係として活躍し、ここいらでは名を知られておりましたの。ペンディーンご夫妻はうちに下宿なさっていたんですけど——いえ、いまもですが——その、奥さまはうちに下宿なさってますの」

「いま、お目にかかれますか?」

「無理もないことですけども、それはもう身も世もなく嘆き悲しんでおられて。本当にお気の毒に。失礼ですが、あなたさまのお名前をうかがってもよろしいですか?」

「マーク・ブレンドンと申します」

「まあ、お待ちかねですわ。ですが、お願いですから、優しく接してあげてくださいませね。あなたさまのような方とお話しするのは、なんの罪もない者にとってはとてつもない試練なんですのよ」

ゲリー夫人は玄関右手のドアを開けた。

「名高い刑事さんのブレンドンさんがいらしてくださいましたよ、ペンディーンさん」ゲリー夫人はそう声をかけ、ブレンドンが部屋へ入ると、その後ろでドアを閉めた。

テーブルに腰かけて手紙を書いていたジェニー・ペンディーンが立ちあがった。なんと夕焼けのなか見かけた鳶色の髪の娘だった。

第二章　事件の詳細

　その朝、ペンディーン夫人は明らかになにも考えず、なにもかまわずに手にとったのであろう服を身につけていた――おそらくは無意識のうちに。みごとな髪は頭の上で無造作に結いあげ、美しい顔は涙でくもっている。しかし夫人の自制心はほころびを見せることもなく、話をしながら感情的になることはほとんどなかった。とはいえ、疲労困憊《こんぱい》の体《てい》で、感じのいい澄んだ声からもそれはうかがえた。すさまじい苦しみに襲われ、気力も湧いてこないといった口調だった。自分自身を半分もぎとられたようなものなのだから、無理もないとブレンドンは考えていた。

　ブレンドンが入っていくと夫人は立ちあがり、彼が驚きの表情を浮かべたことに気づいた様子だが、さして意外そうではなかった。夫人は賞賛の眼差《まなざ》しで眺められることに慣れていたし、美貌に驚かれるのもつねのことだったからだ。

　一方のブレンドンは、再会に気づいたとたん心臓の鼓動がにわかに速く刻みだしたのを感じたが、ほどなく落ち着きをとりもどした。如才《じょさい》なく慰めの言葉をかけるうち、すぐに目の前の女性のためにおのれの知性と体力を惜しむことなく発揮したいと感じていた。一瞬心をかすめた後ろめたさは、彼の隠された能力を披露するほどの事件ではなさそうだとの思いだった。ブレンドンはこれまで犯罪捜査の通常の手法に加えて、より現代的な推理法も採りいれてきた。そして自身でも何度となく指摘しているとおり、成功をおさめた秘訣はこの二種の手法を組みあわせたことだった。早くもブレンドンはこの女性の前でおのれの実力を披露するときが待ち遠しくてたまらなかった。

「ペンディーンさん、わたしがプリンスタウンに滞在していることをご存じとは、光栄の至りです。できるかぎりお力になりたいと思っています。最悪の事態は免れるよう祈っていますが、聞いたかぎりではその可能性が高いようで。しかし信頼していただきたい。ペンディーンさんのために最善を尽くします。スコットランド・ヤードにもすでに連絡済みですし、いまはいわば自由な立場ですから、この事件だけに専念することができます」

「せっかく休暇でいらしているのに、自分勝手なお願いで申し訳ありませんが、できましたらあなたさまのような方にお願いしたいと――」

「そうしたお気遣いは無用に願います。わたしとしては、できるだけ早く事件を解決に導きたいと思っています。つきましては、ペンディーンさんのお話をうかがいたいのですが。とはいえフォギンターで起きたことについては、話していただく必要はありません。このあとで詳しく聞く予定になっていますから。あなたには、この悲しい事件が起こる前のことで、事件に関係ありそうな話を教えていただければと思います。それが事件にいくらかでも光明を投げかけ、捜査の一助となれば、ありがたいかぎりですが」

「お役に立てそうもありませんわ。なにしろいきなり稲妻に打たれたようなもので、いまだにみなさまから聞かされた話を信じる気になれないでおりますの——そのことについて考えることすらできません——想像しただけでおかしくなってしまいそうで。それが現実だと信じられるときが来るとすれば、わたしが正気を失ったときに違いありませんわ。夫はわたしの命ですから」

「とりあえずおかけになって、ペンディーンさんとご主人のことを教えていただけますか。ご結婚なさったばかりなんでしょうね」

「四年になります」

ブレンドンは驚いた表情を浮かべた。

「二十五歳になりますの」ジェニー・ペンディーンは説明した。「とてもその歳には見えないとよくいわれますけど」

「そうでしょうね。十八歳くらいだと思っていました。では、あなたやご主人の過去を思いかえして、参考になりそうなことを話してくださいますか」

夫人はすぐには口を開かなかった。ブレンドンは近くの椅子を引き、夫人の正面に腰を下ろした。背もたれに両腕をかけ、じっくり話を聞くつもりで楽な姿勢をとった。夫人が気兼ねなく話をできる雰囲気を創りだしたかったのだ。

「お友達と昔話をしているつもりで、気楽におしゃべりをしてください。実際にわたしのことも友人と考えてくださってかまいません。あなたの役に立ちたいという以外、なにも願っておりませんから」

「では、最初からお話しいたしますわね」夫人が口を開いた。「わたしの過去などとりたててなにもなく、話はあっという間に終わってしまいますし、今回の事件ともほとんど無関係だと思います。ですけど、実家の家族の話はわたし自身よりもご興味を持たれるかもしれません。もっとも家族と申しましても、いま残っているのは数えるほどですし、三人の叔父たちはみな独り者ですので、今後もそれが変わることはなさそうですわ。ヨーロッパにはそれ以外に血縁の者はおりません。オーストラリアにいる遠縁の者のことはなにも知りません。

　実家の物語はこうなんですの。オーストラリア南部のヴィクトリア州はマレー川沿いに暮らしておりましたジョン・レドメインは、牧羊でひと財産築きました。その後結婚し、大勢の子供が生まれました。ジェニーとジョンのレドメイン夫婦は、二十年あまりのあいだに七人の息子と五人の娘を授《さず》かりましたが、そのうち健康で大人といえるまで成長したのはわずか五人でした。男の子のうち生き延びたのは四人で、あとは幼いころに亡くなりました。ふたりはボートの事故で溺れたそうです。長女の伯母メアリーは結婚しましたが、一年ほどで亡くなりました。

　残ったのは四人の息子たちです。いちばん上がヘンリーで、つぎはアルバート、ベンディゴー、そしてロバート。末っ子のロバートももう三十五歳になりました。彼こそがいま、起きたといわれている恐ろしい事件に関係して、警察の方々が行方を捜してらっしゃる人物ですわ。

　ヘンリー・レドメインは英国に父親の事業の代理店を設立し、独自の才覚で羊毛販売を始めました。のちに結婚し、ひとり娘を——それがわたしです——授かります。両親のことははっきりと覚えています。両親が亡くなったのはわたしが十五歳の学生のときでしたから。両親は長年ご無沙汰していた祖父母に会うため、オーストラリアへ向かう船旅の途中でした。ところが彼らが乗った〈ワトル・ブロッサム〉号は乗組員もろとも沈没し、わたしはひとり残されました。

　祖父のジョン・レドメインは裕福でしたが、仕事が大切という主義の人でしたので、息子たちはそれぞれの職業につき、自分の生き方を祖父に認めてもらわねばなりませんでした。アルバート叔父は父のひとつ下で、学問や文学の素養がありましたから、若い時分にシドニーのとある書店で仕事を覚え、のちに英国へ渡って大手の立派な書店へ就職して、いわば本のエキスパートとなりました。やがて経営にも参加するようになり、海外出張もつぎつぎとこなし、ニューヨークにも数年滞在しました。しかし叔父がいちばん好きなのはイタリアのルネッサンス文学で、ずっとイタリアに憧憬《どうけい》の思いを抱いておりましたので、いまはそちらにいます。十年ほど前に引退し、ひとりで慎ましく暮らしているようです。祖父がもう長くないことも察していましたし、祖母はすでに亡くなっておりますため、遠くない未来に自分と残るふたりの弟で祖父の莫大な財産を相続することを期待できる立場でもありました。

　ふたり目の叔父、ベンディゴー・レドメインは商船の船員となりました。ロイヤル郵船社で船長まで務め、祖父が亡くなった四年前に引退しました。ベンディゴー叔父は口数少なく、ぶっきらぼうで愛想のかけらもない昔ながらの船乗りというタイプで、客船乗務を希望しながら、ついに果たせず貨物船の船長で終わりました——ことさらにそれを遺憾に思っていたようです。

それでも生涯海を愛しつづけた叔父は、引退してそれが可能になるとデヴォンシャーの崖の上に小さな家を建て、いまもつねに潮騒が聞こえるその家で暮らしております。

三人目の叔父ロバート・レドメインが、いま、わたしの夫を殺したと疑われている人物です。けれどもそんな恐ろしいことが本当に起きたのかと考えれば考えるほど、まさか、ありえないとしか思えないのです。悪夢中の悪夢を考えたところで、これほど恐ろしい事件よりもさらに動機も理屈もない事件が起こるとはとても思えませんわ。

ロバート・レドメインは若いころは祖父のいちばんのお気に入りで、祖父は末っ子である叔父をそれはもう甘やかしたそうです。そしてロバート叔父もまた英国へ渡り、家畜の飼育や農業に興味があったので、祖父の友人であるオーストラリア人の弟が経営する牧場で働きはじめました。ところが仕事に慣れてきたころになっても、出たり入ったりと落ち着かなかったようで。すべては祖父が末っ子の顔を見ずに一年も我慢できなかったせいだったそうです。

ロバート叔父はとにかく遊びに目がなくて、競馬と海釣りをこよなく好んでいました。大金を相続する見込みをあてにして、借金を抱えていたみたいです。父が亡くなってから、ときおり顔を合わせるようになりましたが、叔父はつねに親切で、休暇中などもたいそう可愛がってくれました。仕事はあまりしていない様子で、ほとんどの時間は競馬場で過ごすか、あるいはコーンウォールのペンザンスを訪ねるか、という感じでした。どうやらそこに当時おつきあいしていた女性がいたようです——ホテル経営者のお嬢さんだったとか。一方、わたしは学校を卒業すると英国を離れ、オーストラリアの祖父と同居する予定になっていました。ところがそのころ立てつづけに様々なことが起こり、レドメイン家一同の人生が大きく変化したのです」

「お疲れでしたら、少し休憩してください」ブレンドンは声をかけた。夫人がときおり言葉を切り、胸を膨らませてため息をついていることに気づいていたのだ。自分の歴史をよどみなく語るために、精一杯努力していることが感じられた。

「いいえ、できればこのまま続けたく存じます」夫人はそう応じた。「夏にペンザンスにいるロバート叔父のところに滞在していたとき、ふたつの大事件——いいえ、正確には三つの大事件が起きたのです。戦争が始まり、オーストラリアの祖父が亡くなり、そして最後に、わたしはマイケル・ペンディーンと婚約しました。

マイケル・ペンディーンを心から愛するようになって一年ほどたったとき、彼が求婚してくれたんです。ところがそのことをロバート叔父に伝えたところ、大反対され、とんでもない失策をしでかしたといわれたんです。未来の夫のご両親はすでに亡くなっていました。彼のお父さまは〈ペンディーン&トレキャロウ〉という名の会社を経営なさっていました。イタリアへサーディンを輸出していたのです。でもマイケルはお父さまの跡を継いでも、仕事には一向に興味を持てない様子でした。そのおかげで収入を得ているのに、彼の関心は機械方面にのみ向いているのです。それをいうなら、いつでも壮大な夢ばかり語っていて、実際に行動を起こすよりも、計画を立てるのを楽しむタイプでした。

わたしたちは深く愛しあっていましたので、婚約を邪魔するかのようにつぎからつぎへと不幸な出来事が起きたりしなければ、わたしたちがそのうち結婚することを叔父たちが反対するようなことはなかったはずだと思っています。

祖父が亡くなったあと、ちょっと風変わりな遺言を残していることと、遺産は息子たちが想像していたよりもかなり少ないことがわかったのです。といっても、優に十五万ポンドをうわまわるくらいはありましたけど。どうやら晩年の十年ほどのあいだに、判断を誤って見込みのない投資をたくさんしてしまった様子でした。

遺言書には、遺産のすべては存命のいちばん年長者、アルバート叔父の管理下に置くとありました。そしてアルバート叔父には、遺産の総額を彼が妥当と思う割合でふたりの弟と分割するよう指示していました。というのも、アルバート叔父は生来几帳面なうえ誠実な人柄でもあるので、だれにとっても不満がないよう平等に分けると祖父にはわかっていたのでしょう。そしてわたしについては、二万ポンドをべつにしておき、結婚の際にか、あるいは結婚しないようであれば二十五歳の誕生日にあたえるようにと指示してありました。そしてそれまでのあいだ、わたしは叔父たちの庇護下に置くとなっていました。さらにわたしの夫についても触れ、夫候補が現れたら、かならずアルバート叔父の承認を得ることとされていました。

期待していたほど遺産をもらえないとわかってロバート叔父は意気消沈していましたが、すぐに気をとり直しました。アルバート叔父が、遺産はロバート叔父とベンディゴー叔父とで三等分すると知らせたからです。そういうわけで、わたしの分は保留とされ、叔父たちはそれぞれおよそ四万ポンドを相続することになりました。これで一件落着と信じたわたしは叔父たちを説得しようとしました。マイケル・ペンディーンは祖父の遺産のことなどまったく知らず、当然わたしの持参金はないものと思っています。わたしたちは純粋な愛情で結婚を決めましたし、マイケルにはサーディンの輸出で年に四百ポンドほどの収入がありましたから、ふたりの生活にはそれで充分だと思っていました。

　そこで戦争です。あの八月の忌《い》まわしい日々、世界の表情が一変しました――もう永遠にもとへは戻れないのだと感じています」

　夫人は言葉を切り、ついと立ちあがってサイドボードへ近づくと、自分のために少し水を注いだ。ブレンドンは慌てて立ちあがり、夫人の手からガラスの水差しを引き取った。

「休憩にしましょう」ブレンドンは頼むような口調でいったが、夫人はひと口水を飲むと、かぶりを振った。

「休憩なら、あなたさまがお帰りになったあとでとれますから」夫人は答えた。「でも、近いうちにまた訪ねてくださいませね。こうしていると、ひと条《すじ》の希望を感じられるようで」

「それはお約束します、ペンディーンさん」

　夫人は椅子へ戻り、ブレンドンもまた腰を下ろした。それを待って、夫人は話を再開した。

「戦争はあらゆることを一変させました。そして未来の夫とロバート叔父の仲を修復不可能なほど引き裂いてしまったのです。ロバート叔父は冒険の機会を逃してなるものかと、大喜びですぐに志願兵となることを決めました。そして騎兵隊に入隊すると、おなじ志願兵になろうとマイケルを誘ったのです。ところが夫は、愛国心ならだれにも負けない人ですが――どうしてもまだ生きているようないい方になってしまいますね、ブレンドンさん」

「当然ですよ、ペンディーンさん――そうではないと立証されるまでは、我々全員がご主人は生きているものと想定しなくては」

「嬉しいお言葉、本当にありがとうございます！　夫は実戦に参加するつもりはありませんでした。体があまり丈夫ではないうえ、優しい質《たち》でしたから。接近戦に参加する自分なんて、想像もできなかったようです。もちろん、国に貢献したいのならば、いくらでもべつの方法がありますし――どんなことでも器用にこなす人でしたから」

「おっしゃるとおりです」

「でもロバート叔父にその理屈は通じませんでした。実戦に赴く志願兵はいますぐ必要とされているのだから、従軍可能な年齢に達していて、一人前の男と思われたい者なら、即刻入隊する以外の道は考えられないと決めつけました。そのうえ、その件を年長の叔父たちにまで知らせたのです。船会社を退職したばかりのベンディゴー叔父は――海軍予備役に所属していたため、開戦とともに召集に応じ、掃海艇の指揮を執る予定になっていました――叔父の思うマイケルの義務について激烈な口調で綴《つづ》った手紙を寄こしました。イタリアのアルバート叔父からもおなじような内容の手紙が届きました。わたしはすっかり腹を立てていたんですが、いうまでもなく、決断するのはわたしではなくてマイケル本人です。二十五歳になったばかりのマイケルは、ただただ自分の義務をきちんと果たしたいということしか頭にありませんでした。叔父たち以外に助言してくださる方がいるはずもなく、おそらく叔父たちの要望に異を唱えたと受けとられるのが怖かったのでしょう、夫はおのれを枉《ま》げて従軍を志願したのです。

ところが夫には入隊許可がおりませんでした。心臓から異音が聞こえるため、軍隊で必要な訓練に参加するのは不可能だとお医者さまに診断されたからです。わたしはそれを聞いて、神さまに感謝しました。でも、それからが大変でした。ロバート叔父はそれを知って激高し、入隊を免れようと、お医者さまをお金で抱きこんだに違いないとマイケルを非難したのです。とにかく気が滅入るやりとりが何度も繰り返され、叔父がフランスへ向けて出発したときには心底ほっといたしました。

そしてわたしの希望どおり、わたしとマイケルは結婚し、叔父たちには事後報告することにしました。それ以来叔父たちとの関係はぎくしゃくしたものになってしまいましたが、わたしは気にしていませんでした。夫がわたしの喜ぶことだけを考えてくれたからです。戦争が半ばを過ぎたころ、全国民に対して動員がかけられました。ここプリンスタウンでは、従軍可能年齢を超えたり、従軍不可と診断された男性を募集していると知って、マイケルはそれに志願すると決め、ふたりでやって来たのです。

皇太子殿下のお骨折りで、外傷の手当てに使う苔《こけ》の巨大な集積所が建設されたのです。わたしたちもそこでの作業に参加しました。ダートムアの沼地から採取した水苔を乾燥させ、洗浄したあとで化学処理を施《ほどこ》し、それを英国連邦各地の戦地病院へと送るのです。大変な作業でしたが、少人数でなんとかまわしていました。わたしは苔を選別し、洗浄する女性グループに交じりました。夫はムアを自在に歩きまわって苔を採取し、それをプリンスタウンまで運ぶという重労働をおこなえるほど頑健な質ではありませんので、刑務所の看守用クリケット場内にあるテニスコートで、苔をアスファルトに広げて乾燥させるという作業の第一段階に従事しておりました。また記録や経理の仕事も引きうけ、マイケルのおかげで集積所全体が申し分なく組織化されたのです。

そうして二年近く、ここゲリー夫人のお宅に下宿して、その作業を続けました。そのあいだにすっかりダートムアが大好きになったので、戦争が終わり、その余裕があったらでいいので、バンガローを建ててほしいと夫にお願いしました。夫のイタリア向けサーディン輸出業は、実質的には一九一四年の夏には終わったそうです。それでも〈ペンディーン&トレキャロウ〉社は高性能の小型蒸気船を何隻か所有していまして、それが思いがけない高値で処分できました。わたしに負けず劣らずダートムアの大ファンになっていた夫は、すぐさま行動を起こし、ここから数マイル離れた、フォギンター採石場跡近くの美しくてあまり人が通らない土地を長期間借りる契約を結びました。

そのあいだ、叔父たちからはなんの連絡もありませんでした。もっとも殊勲賞授与を報じる新聞記事で、ロバート叔父の名前を見つけたことはあります。わたしがいただけるはずの遺産のことは、戦争が終わるまでは尋ねないほうがいいとのマイケルの助言にしたがい、問い合わせずにおりました。そして去年からバンガローの建設が始まったのでまたゲリーさんのお世話になり、完成するまでここにいるつもりでした。

半年前、イタリアのアルバート叔父に手紙を送ったところ、それは慎重に対処すべき問題だと考えているとの返事をもらいました。もっとも無断で結婚してしまったことには、まだかんかんに怒っている様子でした。ダートマスの新居に落ち着いたベンディゴー叔父にも手紙を書いたところ、べつに腹を立ててはいないとしながらも、愛する夫については見くびったような言葉を並べた返事が届きました。

そういう状態だったのですが、つい先週にまさかということがありましたの、ブレンドンさん」夫人は言葉を切り、ふたたび息をついた。

「かなりお疲れのご様子ですが、続きは後日にしたほうがよろしいかと」

「いいえ、大丈夫です。すべてをきちんと理解していただくためには、いまなにもかもお話ししたほうがいいと思いますので。先週、わたしが郵便局から出てまいりますと、目の前でオートバイが急停車しました。それに乗っていたのが驚いたことにロバート叔父だったのです。叔父はオートバイから降りると、バイクを郵便局前に停めました。わたしが叔父に駆けより、首にかじりついて口づけすると、叔父はなにごとだという顔で呆れていました。改めて申しあげるまでもないことですが、わたしはとっくに叔父のことを許していたのです。叔父も初めのうちこそいかめしい表情をくずしませんでしたが、すぐに態度をやわらげてくれました。夏いっぱいトー湾《ベイ》に臨むペイントンに滞在する予定だそうで、叔父も婚約したらしいことをいっていました。わたしはできるかぎり感じよく振る舞い、数日プリマスで過ごしたのちに滞在中の宿へ戻るという話を聞くと、過去のしがらみは忘れて、我が家へ来て夫と話をしてほしいと頼みこみました。

叔父は二マイル先のトゥー・ブリッジズにいる戦友に会ってきたそうで、ダッチィー・ホテルでお昼をとり、その後プリマスへ向かう予定だと話してくれました。それならうちでランチを一緒にと熱心に誘いました。きちんとマイケルのことを説明すれば、夫に対する冷淡な態度を改めてくれるだろうと期待したのです。さいわい、少しならと我が家へ立ち寄ってくれることになったので、わたしは腕によりをかけて、ささやかな予算が許すかぎりのご馳走をこしらえました。やがて夫がバンガローから帰宅し、わたしは改めてふたりを引きあわせました。マイケルはすぐさま言い訳じみたことをつぶやきましたが、そうした不平をいつまでも引きずることはありませんでした。叔父のほうも歩み寄ってくれましたし。集積所に対する貢献が評価されてOBE勲章を授与されたいきさつなどに、にこやかに耳を傾ける叔父の様子を見るうち、過去は水に流して忘れようと夫の心境も変化したようでした。

あれはわたしの人生でいちばん幸せな日でした。心配しすぎていたことがわかりましたし、いくらかは叔父のことを観察することができました。一見したところはあまり変わらないように思えたものの、以前よりは声が大きくなり、より激しやすくなったようでした。また、戦争によって視野が広がったようでもありました。大尉まで昇進した叔父は、できれば軍隊に残りたかったそうです。数多くの実戦をくぐり抜けながら、奇跡的に命が助かったという話でした。停戦の数週間前にガス攻撃を受け、傷病兵として退役となったのですが、それ以前にも戦争神経症を患《わずら》い、二ヶ月ほど前線を離れた時期があったそうです。叔父自身は軽症だといっていましたが、以前とはなにか違うと感じるのは戦争神経症が原因ではないかという気がしました。なにしろすぐに興奮しますし、それがとにかく極端なのです――いま雲の上まで舞いあがったと思えば、つぎの瞬間地の底へ潜るといった塩梅《あんばい》で――戦地での想像を絶する体験がそうした傾向をさらに助長しているようにも思え、叔父の人なつこい態度や上機嫌な様子とは裏腹に、マイケルもわたしも叔父の神経は限界まで張りつめている気がして、とてもその判断力を信頼はできないと感じました。もっとも、以前から叔父の判断力はそれほど信頼をおけるものではありませんでしたけど。

きわめて自己中心的なところも見受けられましたものの、それでも叔父は驚くほど陽気でした。何時間も飽きることなく戦争の話を続け、いかにして勝利を手にして殊勲賞を授与されたのかを語りました。とりわけわたしたち夫婦の印象に残ったのは、叔父の話のある特徴でした。どうやらときおり記憶が怪しくなるようで、といっても事実と異なる話をするわけではないのですが、おなじ話を何度も繰り返し、ほんの一時間前にした武勇伝をまるで初めてのような顔をして話すのです。

夫はあとで、こうした特徴は深刻にとらえるべきで、脳に問題がある可能性も高く、今後悪化するかもしれないと話していました。わたしはまた仲直りできてこれ以上なく幸せだったので、そのときにはあまり気になりませんでした。お茶のあと、叔父にすぐプリマスへ戻らずに、数日我が家に滞在してほしいと頼みこみました。そして暗くなる前に三人でムアへ出かけてバンガローを見せたところ、叔父はいたく興味を惹かれた様子で、ようやく、とりあえずその晩は泊まることを決めてくれました。叔父はダッチィー・ホテルに部屋をとるつもりだったのを、なんとか断念させ、ゲリー夫人の来客用の寝室で我慢してもらうことになったのです。

しばらく我が家に滞在することになった叔父は、大工さんたちが帰ったあと、気が向くと楽しそうにバンガロー建設に手を貸してくれるようになりました。この季節は日が長いので、叔父とマイケルが連れだって出かけ、何時間も帰ってこないこともめずらしくなく、わたしはお茶を淹れて届けたものです。

叔父は戦友の妹である若い女性と婚約したことも話してくれました。婚約者がご両親と一緒にペイントンに滞在しているので、叔父はまたそちらへ戻る予定だったんです。八月にはトーー湾でレガッタ・レースが開催されるので、わたしたちもペイントンへ来るよう約束させられました。そしてわたしはこっそり、あとふたりの叔父に手紙を書きおくり、夫が戦時中に成し遂げたことに満足していると伝えてほしいと頼みました。叔父はお安いご用だと確約してくれ、これでかねてからの懸念もようやく解消かと安堵《あんど》のため息をついたものです。

昨夜は早めのお茶のあと、ロバート叔父と夫は連れだってバンガローへ出かけましたが、わたしは同行しませんでした。いつもとおなじように叔父のオートバイの後ろに夫が乗り、道路を通ってバンガローへ向かいました。

夕食の時刻になっても、どちらも戻ってきませんでした。いうまでもなく、昨夜のことです。夜半にさしかかるころまではさして気にかけてもおりませんでしたが、次第に胸騒ぎがしてきました。そこで警察署のハーフヤード署長をお訪ねして、フォギンターから夫と叔父が戻ってこないことと、なにかあったのかと心配していることをお伝えしました。署長さんなら叔父とも顔見知りなうえ、夫が苔の集積所で働いていたときは、なにかと頼りにしてくださっていたので、夫のことはよくご存じでした。わたしが申しあげられるのはこれですべてです」

ペンディーン夫人は長い話を終え、ブレンドンは立ちあがった。

「その続きはハーフヤード署長からうかがえるでしょう。お話は大変参考になりました。昔の事情までこれほどわかりやすく説明してくださるとは。いや、感服いたしました。いまのお話でいちばん重要なのは、ご主人とロバート・レドメイン大尉は和解に成功し、ペンディーンさんが最後におふたりを見送ったときには、きわめて友好的だったことです。その点は間違いありませんね？」

「もちろんですわ」

「叔父上が行方不明になってから、泊まっていた部屋に入られましたか？」

「いいえ、なにひとつ手も触れておりません」

「それは助かります、ペンディーンさん。では、のちほどまたお邪魔いたします」

「なにか希望のかけらでも、もたらしてくださいますでしょうか？」

「いまのところは実際になにが起きたのかが判然としませんので、希望のあるなしを口にすることはできかねます」

ペンディーン夫人はブレンドンの手を握り、おそらくは無意識のうちにだろうが、ひどく哀れを誘う、あるかなきかの笑みをちらりと浮かべた。悲歎に暮れていてもその美しさには一片の翳《かげ》りもない。いま知性が必要とされている局面だというのに、個人的感情がそこに割りこんできているブレンドンの目には、これ以上なく魅力的に映った。そして辞去するとき、ブレンドンの胸に去来したのはこれが稀《まれ》に見る難事件であってほしいという思いだった。ペンディーン夫人の心に深い印象を残したかったのだ——つねに冷静沈着な彼らしくもなく、高揚感を覚えながらそのときを予想した。だれの言葉かは失念してしまったが、かつて引用句辞典で目についた考えさせられる警句が、何度も脳裏に浮かんだ。《生涯にわたって人を幸せな気持ちにしてくれる一時間というものは存在する。もっとも、それに気づくことができたならだが》

だが、そんな自分が気恥ずかしくなり、これといった特徴のない顔がさっと赤らむのを感じた。

警察署へ戻ると車が待機しており、二十分後にはフォギンターに到着した。死を悼《いた》むかのようにあたりに垂れこめる霧のなか、以前釣りに興じた淵《ふち》を通りすぎ、切り立つ崖を眺めながら採石場跡の開けた場所を抜け、向こう端の出入り口へとたどり着いた。その出入り口から流れでる小川を通りすぎ、しばらく歩くとバンガローに着いた。いつの間にか食事時になっていた。数人の大工と石工たちは建物脇の木造小屋で食事しており、そこに二名の巡査とその上司であるハーフヤード署長が腰を下ろしていた。

ハーフヤード署長はブレンドンに気づくと立ちあがり、歩み寄って握手をした。

「きみがこの地に滞在していたのは実に幸運だった」署長は朴訥《ぼくとつ》なデヴォン訛《なま》りでそう挨拶した。「とはいえ、どうやらお知恵を拝借したくなるような難事件ではなさそうだがね」

ハーフヤード署長は六フィートの長身で、肩幅広くがっちりとしていたが、堂々たる上半身を支える部分がいささか心許なかった。脚がやけに細長く、わずかに外を向いていたのだ。頭が小さく、存在感のある鼻の上で小さな藍ねず色の目が輝いている様は、どことなくコウノトリを思わせた。リューマチを患っているらしく、動作がぎこちない。

「あの坑はわたしの脚にはつらくていかん」署長は正直に認めた。「しかしいままでに判明した事実から推察するに、フォギンター採石場跡は事件とは無関係のようだ。現場となってもなんの不思議もないがな。殺された現場はここ――このバンガロー内――で間違いないが、犯人はあんなおあつらえ向きの隠し場所を利用しなかったわけだ」

「採石場跡の捜査は終わったんですか？」

「まだだ。あそこを徹底的に捜査するとなると五十人は用意しないといけないから、絶対に必要だとなってからでいいだろう。あらゆる証拠はそれ以外の場所を指ししめしているしな。なんとも妙な事件だよ――あまりに感触が妙なので、おおかたその陰には頭のおかしい犯罪者が隠れているといったところだろう。なにもかもが明確に見えているんだが、正気の沙汰とは思えんのだ」

「死体がまだ発見されないとか？」

「そうなんだよ。だが発見されなくとも、殺人として立証できることはめずらしくない――今回のようにね。バンガローへ行こうか。話はそちらでするとしよう。殺人が起こったことだけは間違いないんだが、死体よりも先に犯人が見つかりそうな塩梅でな」

ふたりは連れだって小屋をあとにし、問題のバンガローに足を踏みいれた。

「では、署長が捜査に加わってからの状況を教えていただけますか?」ブレンドンがそう依頼すると、署長は一部始終を説明した。

「夜中の十二時を十五分ほど過ぎたころ、ノックの音で叩き起こされたんだ。階下へ下りていくと、あの晩宿直だったフォード巡査から、ペンディーン夫人が会いたがっていると聞かされてね。あのご夫婦のことはよく知っている。なにしろ戦時中はプリンスタウンの苔集積所の主戦力となって活動してくれたからな。

夫人によると、ご主人と叔父さんのレドメイン大尉がいつものように、大工たちがいなくなってから細々《こまごま》とした作業をするためにバンガローへ行ったんだが、夜中になっても帰ってこなかったらしいんだ。それで、さすがにいやな予感がすると。オートバイで出かけたという話だから、事故ではないにしろ、故障というのも考えられると、フォード巡査にもうひとり警官を叩き起こして道路沿いを確認するように命じると、ふたりは飛びだしていった——フォード巡査が戻ってきたのは三時半をまわったころだった。だれにも会わなかったが、バンガローが文字どおり血の海だというとんでもない知らせを持ち帰ったんだ——まるでだれかが動物を切ったみたいだと。そのころには明るくなってきたんで、わたしもすぐに車で向かった。台所になる予定の部屋はすさまじかったよ。台所に入る裏口の上の横木にまで血が飛び散っていた。

わたしはごくごく慎重に周囲を調べた。なにしろなにが手がかりとなるかわからんからな。だがボタンひとつ見つけることはできんかった。これまでわかったことを考えると、ここでなにをやろうと無駄としか思えんが。フォギンター採石場跡へ向かう道路、我々も通ってきたあの道路沿いのコテージの住人の証言によるとな。あそこは何人かの砕石工とその家族や、ウォーカム川の河川管理人のトム・リングローズが暮らしとる。あの採石場はもう百年以上使われてないから、砕石工たちはメリヴェールにあるデューク採石場まで通っとるんだ。そのおおかたは自転車でな。

朝食をとりに戻る途中、あのコテージでたしかと思われる情報を入手した。ふたりの人間からおなじ話を聞いたんだ。ちなみにそのふたりはおたがい面識がない。ひとりはジム・バセットという名で、デューク採石場で監督補佐をしとる。もうひとりはいちばん端のコテージに住んどる河川管理人のリングローズだ。バセットは一度か二度、くだんのバンガローを訪ねたことがあった。メリヴェールで採掘した花崗岩《かこうがん》が建設資材として使われているからだそうだ。だからペンディーンさんとレドメイン大尉の顔も知っていて、昨夜夏時間の十時ごろ、まだあたりが明るい時間に大尉がコテージ前を通って帰っていくのを見かけたらしい。そのときバセットはドアに寄りかかって煙草を吹かしていたが、ロバート・レドメイン大尉はひとりきりで、道路に出るまでオートバイを押してたという話だ。サドルの後ろには大きな麻袋がくくりつけてあったそうだ。

バセットが「こんばんは」と声をかけると、大尉も挨拶を返した。リングローズが大尉と行きあったのは半マイルほど先だ。もうオートバイに乗っていて、街道に向かってゆっくりと走っていた。で、街道へ出ると、出力を上げてスピードを出したらしく、その音がリングローズのところまで聞こえたそうだ。坂を登っていったので、リングローズはプリンスタウンへ戻るところだと思ったらしい」

ハーフヤード署長はそこで言葉を切った。

「判明していることはそれですべてですか？」ブレンドンは尋ねた。

「レドメイン大尉の行動という意味では——そのとおりだ」年長の署長は答えた。「署へ戻れば、新しい情報が待っていると思うがね。モートンを抜けてエクセターへ通じるのと、ダートミートを通ってアシュバートンや海岸沿いの町へ行くのと、両方の道路沿いの聞き込みをやらせてる。どちらかの通りを抜けてムアへ逃げこんだのは間違いないだろうからな。さもなくば、途中で変更してプリマスへ向かったか、あるいは北へ逃げたか。いずれにしろ足取りはほどなく判明するだろう。目立つ男だからな」

「リングローズもオートバイの後ろに麻袋がくくりつけてあったのを目撃したんですか？」

「ああ」

「署長がその件を口にする前に？」

「そのとおり。バセット同様、なにか聞く前からその件を話したよ」

「では、なかを拝見しましょうか」ブレンドンがいい、ふたりはバンガローの台所に足を踏みいれた。

第三章　謎

ハーフヤード署長に続いて、ブレンドンもマイケル・ペンディーン家のバンガローの台所になる予定だった部屋へ入った。署長が部屋の片隅に広げてあった防水帆布を持ちあげた。部屋の中央には大工の作業台が置かれ、すでに敷かれた床板の上にはかんなくずや道具が散乱している。防水帆布の下は、そこで大量の血液が流れたらしく、大きな真紅の血痕が壁際まで広がっていた。血はまだところどころ湿っていて、そこに貼りついたかんなくずの一部も赤く染まっていた。中央の血痕の端はこすれているところもあったが、そのなかに底に鋲《びょう》を打ちつけた大きなブーツの足跡が半分残っていた。

「今朝、職工たちはここへ入りましたか?」ブレンドンが尋ねると、署長は入っていないと答えた。

「昨夜、巡査二名がここへ到着したのは夜中一時過ぎだった――ペンディーン夫人の知らせを受けてすぐに、プリンスタウンからここへ向かわせたふたりだ。到着後懐中電灯であたりを確認したところ、この血痕を発見したというわけだ。そこでひとりが報告するために戻ってきて、もうひとりが夜通し番をした。わたしは職工たちが仕事にやって来る前に到着し、捜査が終わるまではどこにも手を触れちゃいかんといいわたした。ペンディーンさんは彼らが帰ったあと、いつもひとりでこつこつ作業してたそうだ」

「ゆうべもなにか作業したのかどうか、職工たちならわかるんでしょうか——その、バンガロー建設の作業という意味ですが」

「それはもちろんわかるだろう」

職工たちを呼んで質問してみると、大工は昨夜自分たちが帰ったあとでなんらかの作業をした形跡はなかったと断言した。一方、石工は庭をぐるりとかこむ石垣を指さし、昨夜夕方五時に自分たちが帰ったあとで、大きな石をいくつか積みあげてモルタルでかためてあると証言した。


……


「新しく積まれた部分を取り壊してくれ」ブレンドンが指示した。

そのあとはより丁寧に台所を調べまわることにした。ところがごくごく慎重に調べても結果ははかばかしくなく、大工が説明できないような事実はなにひとつ発見できず、抵抗した痕跡もなかった。この場所でそれほど容易に殺されたとなると、人間ではなく羊だった可能性も考えられるが、ブレンドンの目には人間の血液にしか見えないうえ、ハーフヤード署長がのちに重要証拠となるかもしれない発見をしていた。台所のドアの木材はすでに張られ、白いペンキで下塗りも済んでいたのだが、ちょうど人間の肩の高さのところに血の跡が残っていたのだ。

ブレンドンは即座に台所のドアを出たところの地面を調べた。でこぼこの地面には職工たちの無数の足跡が残っていたが、そのなかにとくに目を惹くものはなく、なんらかの意味がありそうな手がかりも発見できなかった。周囲二十ヤードほどの地面を目を皿のようにして観察すると、やがてオートバイの跡を発見した。そこへ停めてあったようで——バンガローから十ヤードの距離だ——泥炭質の土にタイヤとスタンドの跡がはっきりとへこんでいた。タイヤの跡をたどっていくと、たいそう地面が軟らかい場所があって、そこには深い跡が残っていた。タイヤの模様はブレンドンにも馴染み深いダンロップだ。半時間ほどたつと巡査が近づいてきて、敬礼をしてこういった。

「石垣を取り壊しおえましたが、なにも隠されておりませんでした。石工のフルフォードによると、麻袋がひとつなくなっているそうです。大きな麻袋で、先ほどの小屋の隅に置いてあったそうですが、中身のセメントはすべて捨ててあり、袋だけがなくなっているようです」

ブレンドンは小屋の隅へ行き、セメントの山をひっくり返して調べたが、なにも発見できなかった。そのまま職工たちの小屋を捜索したが、やはり収穫はゼロだった。続いてバンガローの並びをぶらぶら歩きまわり、近くの採石場入り口まで足を伸ばしたが、捜査が報われることはなく、ひと条《すじ》の光すら見えなかった。やがてしとしとと雨が降りだしたため、やむなく戻ることにした——とはいえ、釣りの穴場までは行き、そこの水際の砂地にくっきりとした大人の裸足の足跡を発見した。

バンガローに残っていたハーフヤード署長は、戻ったブレンドンが台所以外の五つの部屋を丹念に調べはじめると、そこへ加わった。居間になる予定の部屋は南西方向の絶景を一望のもとに見渡せるようだが、そこに吸いかけの葉巻が一本落ちているのをブレンドンが発見した。火がついたまま投げすてられ、しばらくくすぶっていたようで、床に焼け焦げが残っている。

さらに端に真鍮《しんちゅう》の金具のついた使い古しの茶色いブーツ用紐も見つけた。靴紐はすり切れており、結ぼうとしたら切れてしまったのだろう。しかしブレンドンはどちらの証拠も重要視することはなかった。残りの部屋を捜索しても重大な発見はなかったので、ブレンドンはプリンスタウン署へ戻る潮時だと判断した。ハーフヤード署長に水際の足跡を見せ、それを防水帆布で保護するよう要請した。

「いずれにしろ、ごくごく単純な事件でしょうね。こんなところで時間を無駄にする必要はありません、署長——とにかく電話があるところへ戻り、最新情報を確認しましょう」

「きみはこの事件をどう見るかね？」

「神経をやられた気の毒な男を相手にすることになるでしょう」ブレンドンは応じた。「そして神経をやられた男は早晩見つかるものと相場が決まっています。まず、これが殺人事件であることは論をまたないでしょう。戦争神経症の軍人がペンディーン氏に襲いかかり、喉をかっ切ってから、浅はかにも犯罪を隠蔽せんと死体とともにどこかに逃げたというところでしょうか。わたしがレドメイン大尉は正気を失っていると判断した根拠ですが、ペンディーン夫人からこれまでのいきさつを細かいところまですべて聞いたところ、ふたりはすっかり意気投合していたそうで、大戦勃発時の仲違《なかたが》いについてはおたがいに水に流すことにしたそうです。よって、たとえふたたび意見の相違があったところで、それは突発的なものでしょう。そんな事態はあまり起こりそうにありませんし、そんなことが殺人事件にまで発展するのはますます考えにくいですね。

レドメイン大尉は大柄で力がありあまっているタイプのようですから、殺すつもりはなく、ただ殴っただけという可能性はあります。しかし現場の惨状を見るかぎり、一発殴っただけという可能性は低いでしょう。いわゆる殺人狂的な面があり、正気を失った者の浅知恵でもって、あらかじめ計画を練っていたのではないかと思われます。そうだとすれば、間違いなくプリンスタウン署へ戻ればなんらかの知らせが届いているでしょう。暗くなる前に、死者と生きている者、双方の所在を突きとめなければ。あの足跡ですが、ひとりかふたりで水浴びに来た者のものかもしれません。そこはあとで詳しく調べるとして、必要とあらば坑の水を抜きましょう」

一時間もしないうちにブレンドンの意見は正しかったことが判明した。ロバート・レドメインのその後の足取りがある程度は明らかになったのだ。警察署へ戻ると、ある男がふたりを待っていた——ジョージ・フレンチ、ウェスト・ダートにあるトゥー・ブリッジズ・ホテルの馬丁だった。

「レドメイン大尉のことは知ってました」と馬丁はいった。「わりと最近に一度か二度、トゥー・ブリッジズ・ホテルにお茶を飲みに来たことがあったんで。ゆうべの十時半過ぎだったか、駐車場を出て道を渡ろうとしたら、だしぬけに警笛も鳴らさずオートバイが橋を渡ってすごい速さで走ってきたんです。おれはたまたま音に気づいたんで、間一髪飛びのくことができましたけどね。ライトはつけてなかったんですが、ホテルの入り口が開いてて、明るいなかを走ってったんで、すぐ大尉だってわかりました。あの立派な口ひげと赤いベストが見えましたから、間違いありません。

こっちには目もくれないで、なんだか必死な顔でしたね。ホテルの先はきつい登り坂だから、オートバイ走らせるだけで精一杯だったのかな。とにかくあっという間に通りすぎてったから、すごいスピードを出してたのは間違いありませんよ——時速五十マイルってとこですかね。プリンスタウンでなんかあったってのは聞いてたし、支配人さんに警察へ行って見たことをお知らせしたほうがいいだろうっていわれたもんで」

「その男はホテルを通りすぎたあと、どちらの方向へ向かいました、フレンチさん?」ダートムアの地理はよく承知しているブレンドンが尋ねた。「ホテルの先で道はふたまたに分かれていますよね。右手のダートミートへ向かったのか、それとも左手のポストブリッジやモートンへ行ったのか、どちらでした?」

しかし馬丁は答えられなかった。

「それが彗星《すいせい》みたいにすごいスピードで走り抜けてっちゃったんで、坂を登りきった先でどっちへ行ったかは、全然わかんないんですよ」

「だれかと一緒でしたか?」

「いや、ひとりでした。そんなよく見えたわけじゃないけど、サドルの後ろにでっかい麻袋がくくりつけてありましたね——それだけは間違いありません」

ハーフヤード署長の留守中に電話が何本がかかってきており、三ヶ所のべつべつの場所から目撃情報が届いていた。巡査がメモに書いておいたので、署長は一枚一枚それを読み、すぐにブレンドンへと手渡した。一枚目はポストブリッジの女性郵便局長からの情報で、昨晩サミュエル・ホワイトなる男が、村の北側の急斜面を無灯火のオートバイが猛スピードで走っていくのを目撃したそうだった。時刻は十時半から十一時のあいだだったとのことだ。

「そうなるとおつぎは隣のモートンから目撃情報が届いているのを期待するが」とハーフヤード署長。「残念ながら届いていないようだ。つぎの情報がアシュバートンから届いているということは、どうやらハメルダウンの手前の分かれ道を南へ向かったようだな」

二件目の目撃情報によると、アシュバートンの自動車修理工場主が真夜中を過ぎたばかりに叩き起こされ、オートバイにガソリンを入れてくれと頼まれたそうだ。工場主の語る男の人相はレドメイン大尉に合致するだけではなく、オートバイの後ろには大きな麻袋がくくりつけてあったことも追記されていた。男に急いでいる様子はなく、飲むものは置いてないと知ると毒づいて煙草を吸い、ライトをつけると、ダート渓谷を縫うように南へ向かうトトネス道路を走っていったそうだった。

三件目の目撃情報はブリクサム警察署から届いたもので、かなりの長文だった。内容は以下のとおりだった。

昨晩午前二時十分ごろ、ブリクサム警察署の宿直巡査ウィッジェリは、後部に大きな荷物をくくりつけたオートバイに乗った男が町の広場を通りすぎるのを目撃した。男は大通りを走り抜けていき、一時間ほど経過した午前三時前、おなじ男が戻ってきたが、今度は荷物がなかったことを同巡査が記憶していた。男は来た道を戻っていき、ブリクサムを出たところの坂道を猛スピードで登っていった。今日調べたところによると、男は午前二時十五分ごろにブリクサム沿岸警備隊の監視所を通りすぎたと判明。おそらく沿岸警備道路の先にある柵を、オートバイを押して通りぬけたと思われる。というのも、男がオートバイを押して丘陵地帯へと通じる急斜面を登っていくのを、ベリー岬の灯台にいた少年が見ていたのだ。少年の話では、灯台守である父親の具合がよくないので、医者を呼びに行くところだった。少年の話では、オートバイを押していたのは大柄の男で、オートバイ自体が重いのと、坂道が急勾配なうえにでこぼこだったので、息を切らしていた。医者からの帰り道では男を見かけなかったという。ただいま岬と崖周辺を捜索中。


ハーフヤード署長はブレンドンがすべての情報に目を通し、机へ置くのを待っていた。

「豆の莢《さや》をむくくらい簡単な事件のようだな――そう思わんかね?」

「早く逮捕したいものですね」ブレンドンは応じた。「それほど時間はかからないでしょう」

その言葉を裏づけるかのように電話が鳴った。ハーフヤード署長は立ちあがり、最新情報を受けとるために電話ボックスへ入った。

「こちらペイントン警察署です。たったいまレドメイン大尉の下宿を訪ねてきました――マリン・テラス七号です。昨夜、大尉は帰ってくる予定だったようです。昨日、帰宅するとの電報が届いたので、夕食を用意したそうです。連絡があったときは、そうする習慣だとか。しかし帰りが遅いので、就寝したとのこと。物音には気づかなかったが、翌朝階下へ下りてみると帰宅したとわかったそうです――夕食を食べた形跡があり、裏庭の物置にオートバイが停めてあったためです。いつもそこに停める習慣だったそうで。午前十時に声をかけても返事がないので、部屋へ入ってみたところ、大尉の姿はなく、ベッドに寝た形跡もなければ、服を着替えた様子もないとの話でした。それ以降大尉の姿を見かけた者はおりません」

「ちょっと待ってくれ。実はマーク・ブレンドンくんがこの地へ来ていたので、事件の捜査に加わってもらってるんだ。いま、彼にかわる」

ブレンドンはハーフヤード署長から報告の詳細を聞き、受話器を手にとった。

「ブレンドン刑事です。失礼ですが、名前をうかがえますか？」

「リース警部補だ。ペイントン警察署の」

「レドメイン大尉を逮捕したら、午後五時までに知らせていただけますか？　逮捕できなかった場合、それ以降なら車で駆けつけることができます」

「そうしてもらえると助かる。いまにも逮捕の報が入るのではないかと待っているんだが」

「ベリー岬からはなにも連絡ありませんか？」

「あちらには相当数の捜査官を配置して、崖の下まで洗いざらい調べさせているが、まだなにも発見できん」

「わかりました、警部補。午後五時までに逮捕の報がなければ、そちらへうかがいます」

ブレンドンは受話器を置いた。

「どうやら事件は解決したも同然だな」とハーフヤード署長。

「そのようですね。気の毒に、頭がおかしくなってしまったんでしょう」

「気の毒なのは殺されたほうだろう」

ブレンドンはまず腕時計に目をやり、それから思案をめぐらせた。私情が声高《こわだか》に主張している。まさか自分がこのような事態に陥るとは、驚きを感じるとともに深く恥じいった。今後、事件がどのような進展を見せるかは不明だが、彼自身の心中には紛れもなくある現実が存在した。その圧倒されるほどの現実とは、ジェニー・ペンディーンは夫を亡くしたということだった。彼女が本当に未亡人になったとしたら――

ブレンドンは苛立《いらだ》たしげにかぶりを振り、ハーフヤード署長に顔を向けた。

「ロバート・レドメイン大尉を今日中に逮捕できなかったとしたら、ひとつふたつやらなければならないことがありますね。具体的には、あの血液を採取して人間の血であることを立証したほうがいいように思いますし、持ち帰った葉巻とブーツの靴紐は、さして重要とは思いませんが、しばらく保管したほうがいいでしょう。では、わたしはどこかで食事を済ませてから、ペンディーン夫人をお訪ねしてきます。あとで戻ってきますので、なにか計画を変更する必要のあるようなことが起きないかぎり、五時半には車をお借りしてペイントンへ行くつもりです」

「わかった。どうやらきみの休暇が吹き飛ばされるおそれはなさそうだな」

「事件はいったいどうなっていくのでしょうか」ブレンドンはつぶやくようにいった。しかしそれ以上は口にせず、外出の支度を始めた。時刻は午後三時になっていた。ブレンドンはいきなり振り向くと、ハーフヤード署長に質問した。

「ペンディーン夫人をどう思われますか、署長？」

「夫人について問われれば、ふたつのことが頭に浮かぶ」年長の署長が答えた。「あれほど魅力的となると、数多《あまた》いる女性とおなじく血の通った生身の人間とはにわかには信じがたいという思いがひとつ。もうひとつは、あのように全身全霊を捧げて夫をあがめ、愛している女性は寡聞《かぶん》にして知らない、ということだな。今回の事件にはさぞかしショックを受けていることだろう」

その言葉を聞いてブレンドンは憂鬱《ゆううつ》な気分になったが、最愛の夫の死が夫人の人生をどのように変化させるかについては、まだじっくり考えていなかった。いきなり彼だけが問題の枠外へと永遠に除《の》け者にされたように感じたが、そうした埒《らち》もない思いこみにとらわれる自分に憤《いきどお》りも覚えた。

「ペンディーン氏はどのような方だったんです？」

「感じのいい男だったよ――いかにもコーンウォール人らしい――骨の髄まで平和主義者のようだったが、戦争の話は一度もしたことはなかったな」

「年齢はいくつなんですか？」

「どうだろう――いくつなのかは知らんが――二十五歳から三十五歳のあいだなら、何歳でも納得できるといったところか。目が弱くて、茶色の顎ひげをたくわえておった。細かい作業をするときには二重に眼鏡をかけていたが、本人の弁によると、遠目は利くとのことだった」

食事を済ませると、ブレンドンはふたたびペンディーン夫人を訪ねた。だがこれまでに様々な噂話が舞いこんだらしく、彼が伝えたかった件のほとんどはすでに知っていた。夫人自身、すでに変化が現れていた。口数は少なく、顔色も優れない。真実をしっかりと理解したのだろう。おそらく夫はもう生きていないと察したのだ。

しかし、それでもなお夫人はブレンドンの口からきちんと説明を受けたいと希望した。

「これまでにもおなじような事件を担当なさったことはありますの?」

「いえ、似ている事件というものは存在しません。それぞれ、みな違いがあるものなので。どうやらロバート・レドメイン大尉は戦争神経症を患《わずら》っていたせいで、理性がコントロール不能の状態に陥ったと思われます。戦争神経症はその程度こそ様々ですが、精神になにがしかの障碍を起こします――それは生涯続く場合もあれば、一時的なものである場合もあります。どうも叔父上は理性を失った状態になり、いわばその狂気の状態にあるときに恐ろしいことをしでかしたと考えられています。そして、まだ正気を失った状態にありながら、犯行の隠蔽工作をした模様です。残された証拠を見るかぎりでは、遺体を持ち去り、その後海へ遺棄するつもりだったと。残念ながら、ご主人が亡くなったことは疑問の余地もないようです、ペンディーンさん。どうか覚悟を決めて、この言葉にするのもはばかられる不幸の知らせを受けとめていただけますよう」

「受けとめろとおっしゃられても、そう簡単にはいきませんわ」ペンディーン夫人は応じた。「なにしろ、ふたりが仲直りして意気投合しているのを、この目で見ておりますから」

「あなたがご存じないことが起き、それが原因でレドメイン大尉が錯乱したとも考えられます。

正気に返ったとき、おそらく大尉はすべてを悪夢と思うことでしょう。ご主人の写真はお持ちですか？」

夫人は部屋を出ていき、少しすると写真を手に戻ってきた。瞑想でもしているような表情で、広い額の下から意志の強そうな目がのぞいている。顎、口、頬にひげをたくわえ、髪もかなり長く伸ばしていた。

「実際もこんな感じでしょうか？」

「ええ。でも表情が違いますわ。これはやけに不自然ですし――夫はもっと生き生きした表情を浮かべていたものです」

「おいくつですか？」

「まだ三十歳になっておりませんの、ブレンドンさん。でも、いつもずっと年上に見られていました」

ブレンドンはまじまじと写真を見つめた。

「必要でしたら、どうぞお持ちください。わたしは焼き増ししたものを持っておりますので」

ペンディーン夫人が申しでた。

「わたしは一度目にしたものは正確に記憶に刻みこみます。お気の毒ですが、ご主人の遺体は海に遺棄されたものと考えて間違いなく、いまごろは発見されているかもしれません。それがレドメイン大尉の目的だったと思われます。叔父上が婚約した相手について、教えていただけませんか」

「お名前と住所は存じあげてますが、まだ一度もお目にかかったことはないのです」

「ご主人は会ったことがありましたか？」

「わたしの知るかぎりではないと思います。いいえ、なかったとはっきり申しあげられますわ。お名前はフローラ・リードさんとおっしゃって、ペイントンのシンガー・ホテルにご両親と一緒に滞在なさってます。フランスで叔父の戦友だったフローラさんのお兄さまもご一緒だとか」

「大変参考になりました。ありがとうございます。捜査がこれ以上進展しないようなら、今夜はペイントンへ向かう予定です」

「どうしてですの？」

「自分で捜査するため、そして叔父上を知る方々から話を聞くためです。まだ行方不明なのがいささか解せないので。というのも、それほど精神的に混乱した状態にあった叔父上が、専門の捜査官たちの目を長時間かいくぐっていられるとは思えないのですよ。いや、我々の知るかぎりでは、叔父上に逃亡の意思があるのかどうかも疑問です。今日の早朝にベリー岬へ行ったあとは、下宿へ戻り、用意された食事をとり、オートバイをしまってまた出かけた――ツイードの上着と赤いベスト姿のままで」

「フローラ・リードさんにもお会いになりますの？」

「必要と判断したら、ですね。しかしロバート・レドメイン大尉が見つかれば行きませんが」

「では、単純きわまりない事件で、すぐに解決するとお思いなのですね」

「そのように見えます。気の毒な叔父上が正気に戻り、すべてを説明してくれると助かるんですがね。こんなことをお訊きしていいものかどうかわかりませんが、これからどうなさるおつもりですか？　なにかわたしが個人的にお力になれるようなことはあるでしょうか？」

ジェニー・ペンディーンはそれを聞いて驚いた表情を浮かべた。ブレンドンを見上げたその顔は、青白いなかにほんのり紅が差していた。

「ご親切に感謝いたします。このことは絶対に忘れませんわ。でももっと詳しいことがわかったときには、おそらくここを離れるしかないと思っています。本当に夫がこの世にいないとしたら、わたしひとりではバンガロー建設も続けられませんし。この地を離れることだけは間違いありません」

「どなたか、力になってくれるお友達はいらっしゃいませんか？」

ペンディーン夫人はかぶりを振った。

「白状しますと、わたしの気持ちとしては天涯孤独と変わらないんです。わたしにとっては夫がすべてでした——文字どおりすべてだったんです。そしてあの人にとってもわたしがすべてでした。これまでのことはよくご存じでしたわね——今朝、なにもかもすっかりお話ししたばかりですもの。残された肉親といえば、父方のふたりの叔父だけ——英国在住のベンディゴー叔父とイタリアに暮らすアルバート叔父ですわ。今日、ふたりに電報を打ちました」

ブレンドンは立ちあがった。

「明日、またご連絡さしあげます。ペイントンへ出向かずに済んだら、今晩もまたうかがいます」

「ありがとうございます。本当にご親切でいらっしゃるのですね」

「大変なときではありますが、だからこそなおのこと、ご自分の体をいたわってください。人はたいていのことには耐えられるものですが、一段落すると、体にとってこれほどの重荷だったのかと驚くことが多いものです。いわば、それまでのツケを払わされるわけです。医者に診てもらうことをお勧めします」

「大丈夫ですわ、ブレンドンさん――その必要はありません。本当に夫がもうこの世にいないのなら、わたしの命なんてどうなったところでかまいませんもの。このまま終わりを迎えてもかまわないと思うこともありますし」

「お願いですから、そんなことはおっしゃらないでください。希望を捨てないことです。現世での幸せは望めないとしても、社会の役に立つ存在となり、そこに喜びを見いだす可能性は否定できません。ご主人はあなたになにを期待してらしたのか、考えてみてください。これ以上ない悲劇や不幸に見舞われたとき、どういう態度で臨むことを望んでらしたのでしょうか？」

「優しい方ですのね」夫人は小声でつぶやいた。「本当におっしゃるとおりですわ。またいらしてくださいね」

ペンディーン夫人はブレンドンの手をとり、力をこめて握った。ブレンドンは辞去したが、夫人がそこはかとなく漂わせていた雰囲気に戸惑いを感じていた。とはいえ、夫人が洩らした言葉に不安を覚えたわけではない。夫人からは生命力と自制心が感じられるので、自殺の可能性を心配する必要はなさそうだった。まだ若いのだから、どれほどの傷であろうともいつか時間が癒してくれるだろう。しかし、すでに間違いなくこの世にいないだろう夫へ対する揺るぎない愛情には感じいった。夫人が人生をまっすぐに見つめ、自分自身の道を歩むようになったら、また違う幸せにたどり着くこともあるだろうが、夫のことを忘れることも、べつの男と再婚することもないだろうと思われた。

ブレンドンは警察署へ戻り、ロバート・レドメイン大尉がまだ見つからないと知らされて驚いた。その後の目撃情報も寄せられていなかった。もっともベリー岬を捜索していた班からは、ちょっとした報告が入っていた。岬の西側の断崖の上にある兎の巣穴の入り口で、セメントの麻袋が発見されたのだ。麻袋には血痕が残されており、なかにはセメント粉と髪の毛の小さな房が入っていた。

一時間後、荷造りを済ませたマーク・ブレンドンは警察の車でペイントンへ向かったが、現地に到着してもなにひとつ目新しい情報は届いていなかった。ロバート・レドメイン大尉がまだ逮捕されないことについて、リース警部補もブレンドン同様に驚きを隠せない様子だった。リース警部補の説明によると、麻袋が発見された崖下では、漁師と沿岸警備隊が総力を挙げて海上の捜索をおこなっているとのこと。しかし現地は潮の流れが速く、地元住民の話では死体はすでに外海まで運ばれてしまった可能性が高いという。その場合、海底に沈むべく死体に錘《おもり》をつけていなければ、一週間くらいで岬の一マイルから二マイル離れたところに浮かぶだろうとの意見だった。

ブレンドンはロバート・レドメイン大尉の下宿を訪ねるつもりで、シンガー・ホテルで夕食を済ませた。ホテルに部屋をとったのは、行方不明の大尉の婚約者やその家族について、なにか見聞きできるかもしれないと期待してのことだった。マリン・テラス七号の大家であるメドウェイ夫人からは、これといった話を聞くことはできなかった。メドウェイ夫人の語るところによると、レドメイン大尉はほがらかで親切ではあったが、ひどく怒りっぽい男だったという。生活は不規則で、帰宅するかどうかもまったく予測がつかず、家中が寝静まったあとで外出から戻ることもめずらしくはなかったようだ。昨夜にしても、帰宅した時刻もふたたび外出した時刻も不明だが、服を着替えた様子はなく、なにか荷物を持ちだした形跡もないということだった。

ブレンドンはオートバイを入念に調べた。サドルの後ろは軽い鉄棒でできた荷台になっており、そこに血痕が付着しているのを発見した。荷台に縛りつけてあった丈夫そうな紐の切れ端にも血痕がついていた。紐は切った形跡がある――崖に到着して荷物を抛《ほう》り投げるとき、レドメイン大尉が切ったことは疑問の余地もないだろう。状況証拠のつながりを検証するのはたやすく、朝を迎えてさらに問題が出現することはなかったものの、ロバート・レドメイン大尉が忽然《こつぜん》と消えてしまったことだけは、依然として究極の謎のまま残っていた。

翌日は朝食前にベリー岬を訪ね、崖を自分の目で検分した。断崖には巨大なうろこのごとく石灰石が並んでおり、そこにアザミ、白いハンニチバナ、アルメリア、ハリエニシダが自生していた。兎が棲みついている巣穴があり、そこで犬が血痕の付着した麻袋を発見したとのことだった。巣穴のなかに突っこんであったが、テリアは簡単に近づき、それを明るいところへ引きずりだしたそうだ。

巣穴のすぐ下から、崖はほぼ垂直に海に向かって落ちていた——その距離はおよそ三百フィート。その下は深い海原が広がっている。陽光に照らされた崖の表面は、そこここの裂け目や割れ目だけかろうじて緑の草が生えており、カモメがそのトモシリソウで粗末な巣を作っていた。崖の縁にはなんの痕跡も残されていないが、眼下の緑の海にはいくつものボートが浮かび、いまも漁師が網を使って死体を捜していた。この作業は延々続けられているが、依然なんの成果も得られずにいた。

そのあとはホテルに戻り、リード嬢と家族に自己紹介したところ、レドメインの戦友である兄はロンドンへ戻ったと聞かされた。ラウンジにいるリード嬢と両親に、ブレンドンが近づいて挨拶したのだった。だが、事件に新たな光明を投げかけられる者はいなかった。ロンドンで生地屋を営むリード夫妻は年輩で物静かな夫婦だが、娘はもっとはっきりした性格のようだ。父親よりも頭ひとつ背が高く、全体的に大柄だが上品な印象で、予想していたほどは悲しんでいない様子だった。しかし、よくよく聞いてみると、まだ知りあって半年ばかりのうえ、実際に婚約したのもついひと月前のことだという。リード嬢は黒髪で、表情がくるくる変化する、ごく常識的な考えの持ち主だった。若いころは舞台に立つのが夢で、国中を旅してまわる劇団に加わっていたこともあったが、そうした芝居中心の生活には飽き飽きしたとはっきりいい、大尉にも女優になる夢は捨てると約束したそうだった。

「レドメイン大尉が姪やその夫のことを話題にしたことはありますか？」ブレンドンが尋ねるとフローラ・リード嬢は答えた。

「ええ、聞いたことがあります。マイケル・ペンディーンは兵役から逃げだした臆病者だとしょっちゅういっていました。それだけじゃなくて、姪御さんのことも、あんな男と結婚するなんて絶対に許さない、金輪際《こんりんざい》姪とは思わないとはっきりいっていました。でもそれは、ロバートが十日ほど前にプリンスタウンへ行くまでのことです。届いた手紙ではまったく話が違っていました。なんでも偶然に会ったそうで、そうしたらペンディーンさんは兵役から逃げだしたのではなく、それどころか戦時中の功績が認められてOBE勲章をいただいたとか。それを聞いて彼も意見を変え、ペンディーン夫妻とすっかり仲直りしたと知らされたところへ、この恐ろしい事件が起きたのです。レガッタ・レースのときにはここへ来るようご夫婦に約束させたとも書いてありました」

「それ以降、大尉に会ったり、なにか連絡があったりはしていないのですね」

「ええ、まったく。最後に手紙が届いたのは三日前です。なんでしたらご覧に入れますわ。そこには昨日帰ることと、いつものように一緒に泳ぎに行こうと誘う言葉くらいしか書いてありませんでした。なのでひとりで出かけてロバートを探したんですけど、もちろん現れませんでした」

「大尉について、少しお訊きしてもよろしいですか、リードさん」とブレンドンは切りだした。

「いろいろ話をうかがえたら、とても助かります。我々はいま奇妙としか表現できない事件に直面しておりまして。現在のところ、状況はとても現実とは思えず、夢でも見ているのかと思うほどです。聞いたところでは、レドメイン大尉は戦争神経症を患っていただけではなく、毒ガスの後遺症にも苦しめられていたとか。そうした病気の徴候に気づかれたことはありますか？」

「もちろんです。周囲はみんな気づいていました。彼がおなじ話を何度も繰り返すことに最初に気づいたのは母でした。いつも機嫌がいい人でしたけど、戦争のせいで怒りやすくなり、皮肉っぽくなった面もあるようです。それに短気な質《たち》でしたが、人と喧嘩したり、それほどじゃなくても意見が衝突したりすると、すぐに後悔している様子でした。そして自分から謝ることを恥だと思ったことはないようです」

「よく人と喧嘩になってましたか？」

「とにかく自説を枉《ま》げない人でしたから。もちろん、実戦をたくさん目にしたことも大きかったんでしょう。そのせいでロバートはいくらか無神経になってもいて、彼が口にした言葉に軍人じゃない人がショックを受けることもありました。そういうときに相手がたしなめたりすると、彼は怒ってしまうんです」

「リードさんはレドメイン大尉を心から大切に思っておられましたか？　ぶしつけな質問で恐縮ですが」

「尊敬していましたし、ロバートにいい影響をおよぼすことができたと思いますわ。それに彼にはだれも真似できない長所がありましたから――稀《まれ》に見る勇敢さと誠実なところです。ええ、彼を愛していましたし、自慢の婚約者でしたわ。やがて時間がたてば、徐々に穏やかになり、あまり興奮もしなくなり、短気もおさまってくると思っていました。どのお医者さまからも、戦争神経症の症状はそのうち気にならなくなるだろうといわれていたそうですし」

「だれかを攻撃したり、殺したりすることができる人物だと思われますか？」

リード嬢は答えるのをためらった。

「わたしの希望は彼を助けてあげることだけです。ですから、お答えしますわ。相手にしつこく挑発されれば、かんしゃくを起こすところは想像できます。感情を爆発させて、相手を攻撃することも充分考えられます。数えきれないほどの死を目撃したせいで、危険というものに無頓着になってしまったみたいなんです。だから、彼自身が敵、それはいいすぎにしても敵だと思いこんだ相手を傷つけるところは、容易に思い浮かびますわ。それよりも彼らしくないと思うのは、そのあとで彼がとったとされている行動です――自分の正しくない行為の結果から逃げようとするなんて」

「そうかもしれませんが、殺人を隠蔽しようとしたことについては、覆《くつがえ》しようのない証言があるのです――実際に手を下したのがレドメイン大尉だったのか、それとも彼以外の人物だったのかは、現状ではどちらともいえませんが」

「とにかく、一刻でも早くあの人が見つかるよう願い、祈っておりますわ。それでも、万が一本当にそんな冷酷な犯罪に手を染めたのだとしたら、もう見つかることはないような気がします」

「どうしてそう思われるのでしょう、リードさん。しかし、そうお感じになる理由はわかるように思いますが。考えていらっしゃることは、わたしの頭にも浮かびました。自殺の可能性ですね」

リード嬢はうなずき、ハンカチで目を覆った。

「そのとおりですわ。かわいそうなロバートが正気を失い、あとになってから我に返り、激情の赴くままになんの罪もない人間を手にかけてしまったと知ったら、どうするか。わたしの知っているロバートなら、とるだろう道はふたつしかありません――すぐさま当局に出頭して、なにが起きたのかを洗いざらいうちあけるか、さもなければ、できるだけ早く自殺するか。そのどちらかですわ」

「動機というものは、つねにはっきりしているわけではありません」ブレンドンは三人に説明した。「突如として湧き起こった嵐のような感情に呑みこまれ、人を殺《あや》めることはめずらしくないですが、これは一閃《いっせん》の稲妻とおなじで、悪意などはみじんも存在しないのです。今回の事件の場合も、そうした一閃の稲妻としか説明はつかないように思われます。しかしペンディーン氏のようなタイプの人物が、どうしてそこまで激しく大尉を立腹させたのかが釈然としないのです。ペンディーン夫人の証言とプリンスタウン警察署長の人物評によると、人当たりのいい穏やかな青年で、かっとなることなどまずなかったようなのです。ハーフヤード署長は医療用の苔《こけ》集積所の縁でペンディーン氏をよく知っていました。戦争中の二年間、そこで作業していたからです。レドメイン大尉にしろ、ほかのだれかにしろ、相手を激怒させるような人物ではないことは明白です」

それからブレンドンは、ごく短時間ではあったが採石場跡の淵《ふち》でレドメイン大尉と邂逅《かいこう》した個人的な体験について、手短に説明した。どういうわけか、その個人的な逸話がフローラ・リード嬢の琴線に触れたようで、かなり動揺しているのが傍《はた》からも見てとれた。

それればかりかリード嬢はさめざめと泣きだし、やがて立ちあがってその場を離れた。そのおかげで、両親は話がしやすくなった印象だった。

とくにそれまで寡黙で無関心な態度だったリード氏が、別人のように饒舌《じょうぜつ》になった。

「このことはお話ししておいたほうがいいだろうと思いましてな。家内とわたしはこの婚約には諸手《もろて》を挙げて賛成しておったわけではないのです。レドメイン大尉は気立てもよく、善良な人物と思っておりました。常識にとらわれないところがあったようで、フローラのこともひと目で気に入ったようでした。出会ってすぐに激しい愛をうちあけられ、フローラも好いておったようです。しかしあの大尉が落ち着いた結婚生活を送れるとはとても思えんのですよ。彼は放浪者でした。すべて戦争が原因です——人間的なところがないとまではいいませんが、社会に対する義務や責任といったものに関心が持てない様子でした。良識ある人間として、戦争で破壊された社会生活の再建に尽力する気骨というものが見受けられなかったのです。ただ毎日楽しく暮らし、スポーツに興じるか、散財するだけでした。あれではろくでなしの亭主にしかならんというのはいいすぎにしても、将来も安定した生活を営むという発想はなかったと思います。なんでも四万ポンド近くの遺産を相続したそうですが、金の価値をまったく理解しておらず、今後の自分の責任についてもなんらかの見識を発揮してくれるとはとても期待できない状況でした」

ブレンドンは実情を話してくれたことに感謝を述べ、問題の人物は自殺しているのではないかとの確信が高まっていると繰り返した。

「発見されないまま過ぎていく刻一刻、そのおそれは増しています」とブレンドン。「それどころか、考えようによっては、それがいちばん望ましいのかもしれません。さもなければ、よくてもブロードムア精神病院行きでしょうから。我が国のために戦った大尉が、それも勇敢に戦った大尉が、犯罪者を収容する精神病院で人生の残りを過ごすなど、あまりに痛ましいですからね」

それから二日間、ブレンドンはペイントンに滞在し、彼の精力、創意工夫の才、経験を総動員して行方不明者たちの発見に努めた。しかしどちらの生死もわからぬまま、プリンスタウンはもちろんそれ以外のどこからも、有益な情報のかけらすらもたらされることはなかった。ロバート・レドメイン大尉の顔写真は焼き増しされ、西部および南部の全警察署の告示板に掲示されたが、一、二件の誤認逮捕が発生しただけに終わった。一件はノース・デヴォンで拘束された大きな赤毛の口ひげを生えした浮浪者、もう一件はデヴォンポートで逮捕された新兵だった。この新兵は写真そっくりの容貌のうえ、レドメイン大尉が行方不明となった二十四時間後に歩兵連隊に入隊していたのだ。しかし、どちらもまったくの別人だと判明した。

やがてブレンドンはプリンスタウンへ戻ることを決めた。そしてペンディーン夫人にその旨手紙で知らせ、明日の夕方、ステーション・コテージを訪ねると書き添えた。ところが、それと行き違いに夫人の手紙が届いたため、彼は計画の変更を余儀なくされた。夫人はとうにプリンスタウンを発ち、ダートマスの先にあるベンディゴー叔父の家〈烏《からす》の巣〉で世話になっているそうなのだ。手紙にはこうあった。

こちらへ来るようにと再三叔父からいってきたこともあり、わたし自身願ってもないことなので、そうすることにいたしました。これは絶対にあなたさまにお伝えしなくてはならないのですが、ベンディゴー叔父は昨日ロバート叔父から手紙を受けとったそうです。すぐさまその手紙をあなたさま宛てにお送りさせてほしいと頼みこんだのですが、叔父は承知してくれません。ベンディゴー叔父はロバート叔父の味方だということなのでしょう。とはいえ、ベンディゴー叔父も警察の捜査の邪魔立てをするような真似はすまいと信じておりますが、今回の恐ろしい出来事については、まだ判明していない事情があるはずだと確信しているようです。明日の午後二時にキングスウェア駅に到着する列車があります。その時間にフェリー乗り場まで〈烏の巣〉からモーターボートを迎えに行かせます。まだペイントンにご滞在でしたら、こちらまではほんの二、三時間しかかかりません。おいでいただけると嬉しく存じます。

夫人は最後にブレンドンに対する感謝の言葉と、夫人を襲った悲劇が彼の休暇を台無しにしてしまったことに対するお詫びの言葉を書き添えていた。

手紙を読みおえたブレンドンの思考は夫人のことで占められ、その手紙の重要性にすらしばらく思いいたらない有様だった。つい先ほどまで、その晩プリンスタウンへ戻れば再会できると思っていた。ところが、夫人ははるかに近い、ダートマスの先の崖上に建つ家へ来ていたのだった。

ただちにフェリー乗り場にうかがう旨、電報を打った。そうしてようやく、ロバート・レドメイン大尉から手紙が届いたという知らせをいまごろ受けとったという事実に、不快感を覚える余裕ができた。彼はベンディゴー・レドメインという人物について、あれこれ思考をめぐらせた。

「兄弟はやはり兄弟ということか」ブレンドンは考えた。「たしかに行方不明の男にとって、引退した船乗りの家ほどおあつらえ向きの隠れ場所はないだろうな」

第四章　手がかり

マーク・ブレンドンがキングスウェアのフェリー乗り場に着いたとき、モーターボートは少し離れた場所に停泊していた。ブレンドンは有名な港町を訪れるのは初めてだった。頭のなかは数多《あまた》の考えごとで占められていたものの、それでも解放感を覚え、優美な河の流れ、河口を見下ろす山々、緑に覆われた斜面に抱《いだ》かれた旧《ふる》い町の景観に目を瞠《みは》った。そうしたなかでもひときわ目を惹くのは王立海軍士官学校で、青い空を背景に白と赤の石造りの建物がどっしりとたたずんでいた。

ブレンドンを待っていたのは立派な小型艇だった。船体は白のペンキで塗られ、造作はチーク材で統一されている。真鍮《しんちゅう》と計器類はぴかぴかに磨きあげられ、エンジンと舵輪は船首のほうに、天幕で覆われた船室と談話室は船尾近くにあった。ブレンドンが水際へ近づいていくと、ここまで小型艇を運転してきたらしき男が、ひとりでその日除けがわりの天幕を巻きあげていた。男がその作業に没頭しているあいだ、ブレンドンはあることに気づいて目を輝かせた。小型艇にはすでに乗船している女性がいたのだ。目の前に座っているのは、ほかならぬジェニー・ペンディーン夫人だった。

夫人は黒い服に身を包んでいた。ブレンドンはボートに乗り込んで挨拶をしながら、この喪服は夫人の心の裡《うち》の現れなのだろうと合点した。この年若い妻にあらゆる希望を捨てさせるような出来事が起こったに違いない。叔父に届いた手紙を読み、自分は未亡人になったのだと悟ったのだろう。夫人は愛想よく挨拶し、突然の招待に応じてくれた礼を述べたが、しばらくすると彼女の心境に変化が起きていることが感じられた。陰鬱《いんうつ》な雰囲気を漂わせ、深い悲哀に沈んでいる様子なのだ。ブレンドンは自分の手紙が行き違いでプリンスタウンに届いていることを伝えたあとで、レドメイン大尉から届いた手紙の内容を尋ねたが、夫人は答えなかった。

「あとで叔父からご説明するはずです。ブレンドンさんが最初から疑ってらしたことが正しかったと証明されたようですわね。夫は頭がおかしくなった男の手にかかって、かけがえのない命を失ったんですわ」

「しかし、ペンディーンさん、とても信じられないのです。そのような正気を失った男が、まだ生きているとしたらですが、これだけの大規模な捜査網からいまだ逃れているなど。その手紙がどこで投函されたのかはご存じですか？　もっと早くにそれをうかがうことができたらよかったのですが」

「わたしもベンディゴー叔父にそういいました」

「叔父上はそれが間違いなく弟さんの手紙だと確信があるようですか？」

「ええ、その点は自信があるようです。プリマスで投函されていたそうです。でも、あの手紙について、わたしにお尋ねにならないでいただきたいのです、ブレンドンさん。そのことを考えたくないので」

「どうかお気を強くお持ちになりますよう。あなたが勇敢な方なのは存じておりますが」

「なんとか生きながらえてはいます。でも、わたしの人生など、もう終わったものと感じておりますわ」

「そんな風に思うものではありません。母を亡くしたとき、こんな言葉に慰められたのを覚えています。年老いた牧師さんの言葉でしたが。故人がなにを望んでいるかを考え、それを実践して喜ばせるよう努めるのです、と。あたりまえの言葉に思えるでしょうが、じっくり考えてみると、それが救いになるかもしれません」

モーターボートは速度を上げて走りだし、港の入り口の両側にそびえたつ歴史ある古城のあいだを滑るように進んだ。

ペンディーン夫人が口を開いた。

「こうした平穏で美しい景色も、わたしの気持ちをさらに悲しくさせるだけなのです。つらい思いに耐えているときは、厳しい自然に耐えているような場所を訪れるほうがいいように思います――それこそ荒涼とした、もの寂しい場所へ」

「なにか夢中になれることをお探しになるべきだと思います。そしてそのことにうちこんでごらんなさい――必要ならば、必死で手を動かしてやるのです。つらい時期は、肉体的にも精神的にも敢えて自分を追いこんでやるしかないのですから」

「それでは麻薬とおなじですわよね。お酒に溺れたり、阿片を吸ったりするのと、変わりないような。わたしはできることなら、この哀しみから逃げだしたくないと思っているのです。それくらい、死んでしまった夫のためにしてあげたくて」

「あなたは意気地なしではありませんね。これからもあなたらしく生きて、世界をさらに幸せで満たしてください」

それを聞いて、夫人は初めて微笑んだ――ほんの一瞬のことだった。笑みは夫人の美貌をさらに輝かせたが、すぐに消えてしまった。

「ブレンドンさんはお優しくて、ご親切なだけではなく、とても物知りでらっしゃるのですね」夫人はこう応じて、そこで話題を変え、船首にいる男を示した。男はふたりに背を向け、背筋を伸ばして舵輪を握っている。帽子はとったまま、ごくごく小さな声で歌を口ずさんでいるが、うるさいエンジン音のせいでほとんど聴きとれなかった。どうやらヴェルディの初期のオペラを歌っているようだ。

「彼のことにお気づきになりました？」

ブレンドンはかぶりを振った。

「イタリア人ですのよ。トリノの出身で、しばらく前から英国で仕事をしているそうです。わたしにはイタリア人というより、ギリシア人のように見えますけど——現代のギリシア人ではなく、古代ギリシアの時代の。ほら、学生時代の教科書に載っていたような。頭の形がまるで彫像のようだと思いません？」

夫人は男に声をかけた。

「岸から一マイルくらいの航路を進んでくれるかしら、ドリア。ブレンドンさんに海岸線をお見せしたいの」

「かしこまりました、奥さま」男は答え、針路を変更して沖合へ向かった。

ペンディーン夫人の声に男が振り返ったとき、ブレンドンは初めて男の顔をまともに見た。真っ黒に日焼けした顔はきれいにひげをあたってあり、目を瞠るほどの美丈夫だった。古典的な顔立ちだが、古代ギリシア人が理想としていたような、魂を超越した完璧さには欠けていた。イタリア人の黒い瞳は光り輝いており、裡なる知性を感じさせるからだ。

「ジュゼッペ・ドリアは素敵な逸話の持ち主なんですの」夫人が続けた。「ベンディゴー叔父から聞いたのですが、とても由緒ある一族の出身なんだそうです。どこだったか失念してしまいましたけど、ヴェンティミーリア近くのある地域のドリア家の末裔《まつえい》、最後のひとりだとか。叔父のお気に入りなんですの。わたしとしては、外見がハンサムなだけではなく、人柄も誠実で信頼のおける人物であるよう願っておりますわ」

「たしかにいい生まれという雰囲気が漂っていますね。どこか違いますよ。顔立ちに高貴さが感じられます」

「それに如才《じょさい》ないというか——船乗りはそういうものらしいですが、なんでもひとりでこなしてしまうんです」

ブレンドンはダートマスの海岸線の変化に富む景観にただひたすらに魅入られていた。緑に覆われた切り立った岬があるかと思えば、赤い砂岩ばかりの崖が見え、のどかな海からは真珠色に輝く石灰石の断崖がそそり立つ。やがてボートは西の方角へと舵を切り、つぎつぎと現れる様々な崖や砂浜を抱く小さな入江を過ぎ、やがてさらに険しい六百フィートの高さにそびえたつ断崖絶壁の裾に沿って進んだ。

断崖のなかほどにまるで小鳥の巣のようなこぢんまりとした家が建っていて、イギリス海峡を向いている窓はどれもちらちらと光っていた。家の中央から塔のようなものが突きだしている。その正面に広がる平地にはマストに使う円材を利用した旗竿が立っており、その先端では赤い英国商船旗がはためいていた。家の後方は山腹の狭い谷になっていて、家へと下りてくる道が通っている。家の周囲には崖が突きだしており、下で夏の波が気怠《けだる》げに寄せては砕ける様は、岸辺に真珠の首飾りを広げたようだった。家のはるか下方、ちょうど満潮時でも沈まないあたりには細長く砂利《じゃり》の浜が広がり、その上にボートハウスとして使用されている洞窟があった。ブレンドンたちが乗るボートはどうやらそこを目指しているらしかった。

モーターボートは速度を落とし、ついで舳先《へさき》が砂利の浜へあたった。ドリアはエンジンを切り、歩み板を浜へ渡してその傍《そば》に立つと、ペンディーン夫人とブレンドンが降りるのに手を貸した。その浜は一見したところ周囲から隔絶されているように見えたが、背後の岩棚に石を削った階段がうねうねと上まで通じており、鉄の手すりもついていた。夫人が先に立って二百段の階段を上り、ブレンドンもすぐあとを追った。上の平地は五十ヤードほどの奥行きがあり、海の砂利が敷かれている。小型の真鍮の大砲が二門並んでいて、欄干《らんかん》の上から海へ向かって砲口を突きだしていた。中央の旗竿の周囲だけは芝生が生えており、そのまわりは帆立貝の貝殻で飾ってあった。

「引退された船乗りならでは、というご住まいですね」ブレンドンは感想を口にした。

小脇に望遠鏡を抱えた年輩の男がこちらへ歩み寄ってきて、ふたりに挨拶した。ベンディゴー・レドメインはがっしりとたくましい体格をしており、いかにも船乗りという風貌だった。無帽の頭は短く刈りこまれていても燃え立つような赤毛で、頬と顎にもやはり短く刈りこんだ白髪交じりの赤いひげを生やしていたが、大きな口の上はきれいに剃《そ》ってあった。長年風雨にさらされた顔は赤らんでおり、頬骨のあたりはさらに色が濃くて紫色に近い。荒野に生える雑草といった風情《ふぜい》の眉の下には、奥まった場所から陰気そうな赤茶色の目がのぞいていた。下顎が突きだしているのが、喧嘩っぱやく不機嫌そうな印象をあたえる。こうした風貌がこの老船乗りの人となりと相反しているわけでもなさそうだった。少なくとも初対面のときは、ブレンドンのことを重んじる気配はさして感じられなかった。

「船が見えたもんでな」ベンディゴー・レドメインは握手をした。「なにか新しい知らせは？」

「レドメインさん、残念ながら」

「そうか、そうきたかね！ スコットランド・ヤードともあろうもんが、正気を失った哀れな男ひとり見つけられんとはな！」

「そのためにご協力願いたかったのですが」ブレンドンもぶっきらぼうに応じた。「弟さんから手紙を受けとられたというのが本当でしたら」

「だから協力してやろうといってるじゃないか。ちゃんと見せてやるさ」

「おかげで二日が無駄になりました」

ベンディゴーは心外だといいたげになにかつぶやいた。

「だから、なかへ入って、手紙を読んだらいいだろ。まさかこんなに時間がかかるとは思わんかったんでな。なんともすさまじい事件が起きたもんだが、おれにはどういうことなのか、さっぱりわからん。しかしひとつだけはっきりしてることがある。弟がこの手紙を書き、プリマスで投函したってことだ。だがプリマスで姿を見かけたという話も聞かんから、あいつの希望どおりの展開になったのはまず間違いなかろう」

そこで姪に顔を向けた。

「三十分後にお茶にしよう、ジェニー。それまでブレンドンさんは塔の部屋へ案内するとするか」

ペンディーン夫人は家のなかへ姿を消し、ブレンドンと老船乗りもそれに続いた。

家の主のコレクションである、外国の様々なめずらしいものが溢《あふ》れんばかりに展示されている矩形《くけい》の広間を抜け、階段を上がると、灯台の灯室そっくりの八角形の大きな部屋へ出た。この家でいちばん高いところにある部屋だった。

「ここはおれの望楼だ」ベンディゴー・レドメインは説明した。「荒天のときは、ここに終日陣取って、そら、そこにある三インチのそれは遠くまでよく見える望遠鏡で、海がどう変化するかをじっくりと観察しとるんだ。あそこの隅に寝台があるだろ。ここで寝ることもめずらしくない」

「航海しているような気分になれますね」ブレンドンが感想を口にすると、その言葉はベンディゴーのお気に召したようだった。

「まさにそのとおり。そのうえ、ここはたまに揺れることもあってな。こないだの三月に南東の強風が吹いたときにゃ、ここらの崖に大きな波がこれでもかってほど打ちつけて、それはもうすさまじかった。あれより大きかったら、どうなってたやら。なにしろこの家の大黒柱《キール》まできしんどったぐらいだ」

ベンディゴーは隅にある背の高い戸棚に近づき、解錠すると、なかから古めかしい意匠の四角い木の手文庫をとりだした。それを開け、とりだした手紙をブレンドンに差しだした。

ブレンドンは開け放した窓の下の椅子に腰を落ち着け、じっくりと手紙に目を通した。字こそ大きいが、くねくねとのたくっているような筆跡だった。文字全体がいくぶん右上がりなため、右下の隅に三角の余白ができている。

親愛なるベンディゴー兄さん

万事休すだ。マイケル・ペンディーンを手にかけ、最後の審判の日まで見つかるおそれのない場所に隠した。どうしようもないものに駆りたてられてこうなってしまったが、いまとなっては後悔している――マイケルのためじゃなく、おれのためにな。今夜、なんとかしてフランスへ渡るつもりだ。状況が許せば、追って落ち着き先を知らせるよ。ジェニーを頼む――厄介者の亭主を追っぱらうことができて、あれのためにはよかった。ほとぼりが冷めたら、帰国するかもしれないな。アルバート兄さんによろしく伝えてくれ。フローラにもよろしく伝えてほしい。

R・R

ブレンドンは手紙とそれが入っていた封筒を入念に調べた。
「べつの手紙をお持ちではありませんか――以前に届いた手紙があれば、これと比較したいのですが」
ベンディゴーはうなずいた。

「そういうだろうと思っておった」そう答え、手文庫からもう一通の手紙をとりだした。それはロバート・レドメインの婚約を知らせる手紙で、筆跡は一致した。

「弟さんはどうしたと思いますか、レドメインさん？」ブレンドンはそう尋ねながら、二通の手紙をポケットへしまった。

「自分の希望どおりに行動したと思っとる。この時季、プリマスのバービカン埠頭には、毎日のようにスペインとブルターニュの玉ねぎ輸送船が十隻以上立ち寄るんだ。哀れなロバートがあそこまでたどり着いたとしたら、金さえ積めば匿《かくま》ってくれる者などごまんといるだろ。ああいうスループ帆船は、いったん乗りこんでしまえばあれほど安全な場所もないからな。サン・マロかどこかで降ろしてもらえば、まんまとあんたらの手から逃れることができる」

「そして精神に異常をきたしていると発覚することでもないかぎり、弟さんの消息を耳にすることはないのでしょうね」

「なんでまた、頭がおかしいと発覚するんだ？」ベンディゴーが訊いた。「弟がなんの罪もない相手を殺したとき、頭がおかしかったことは間違いない。あんな恐ろしいことをしでかすなんて、神経がどうかしたに決まっとるからな。そのあとだって正気と思えんだろう——最初から自分が犯人だと触れまわってるも同然で、まるで子供の浅知恵じゃないか。だが、頭がおかしくなってこんな大《だい》それたことをしでかしたものの、そのあとはすぐに正気に戻ったんじゃないか？　明日ロバートを逮捕したら、ひょっとするとあんた同様にいたって正気かもしれん——あることについてだけは例外だがな。あいつは戦争中に臆病風に吹かれたマイケル・ペンディーンのことを、結局は許しちゃいなかったんだな。だからそのわだかまりが頭から離れず、しまいにゃ神経が毒されて、抑えつけられんとこまで膨らんでしまった。そういうことだったんじゃないか？　もっとも気の毒なマイケル・ペンディーンのことは、おれだって見下げはてた野郎だと思ってたし、おれたちが反対したのにあれが結婚したときには本当に頭にきたもんだが、おれは頭がおかしくなったりはしなかったし、あいつが実は誠実な男で、水苔《みずごけ》の集積所で大活躍したと聞いて、それはたいしたもんだと感心した」

ブレンドンはしばし思考をめぐらせた。

「ごもっともです。おそらく真相もそのあたりだと考えております。この手紙を読んだ印象では、どうやらベリー岬で死体を処分したあと、一度下宿へ戻り、どうにかして変装し、ペイントン駅を早朝出る列車でニュートン・アボットへ向かい、そこからプリマスへと移動したようですね。我々が捜索を始めたころにはすでにプリマスにいて、じっと影をひそめていたに違いありません」

「おれもそう思う」老船乗りが応じた。

「最後に弟さんに会ったのはいつですか、レドメインさん」

「ひと月ほど前だったか。リードさんを連れてきたときだ――弟が結婚する予定だった若い娘だよ」

「そのときは変わった様子はありませんでしたか？」

そう尋ねられてベンディゴーは考えこみ、赤い顎ひげを掻いた。

「うるさいぐらいにはしゃいで、ぺちゃくちゃしゃべってたな。まあ、いつもそんな調子だったが」

「ペンディーン夫妻の話題は出ましたか？」

「いいや、ひと言も。自分の婚約者に夢中でな。秋の終わりには結婚する予定で、そのあとアルバートのところを訪ねることになっとった」

「フランスに着いたら、リードさんに連絡する可能性はあるでしょうか？」

「あいつがどうするかなんぞ、おれにはわからん。その前にあんたらが逮捕するかもしれんだろ？　そうなったら、法律的にはどうなるんだ？　頭がおかしくなった男が人殺しをした。ところがつかまえてみたらえらい真っ当だったとなると？　精神に異常をきたしたときの殺人で絞首刑にはできんだろうし、かといって、至極真っ当な男を精神病院送りにもできんだろ」

「たしかに難しい問題ですが」ブレンドンは認めた。「法は危険を冒さないものなんです。精神に異常をきたして人を殺した男がときどきは正気に戻るとしても、一度人を手にかけた以上、野放しになるようなことはありません」

「なるほどな。話はこれでしまいかね、刑事さん。またなにか連絡があったら、すぐ警察に知らせるよ。あんたらが逮捕したときも、もちろんすぐに知らせてくれるんだろうな、おれと兄貴には。家族にとってはやりきれんよ。戦争じゃ大活躍して、勲章までもらったが、あいつの頭がおかしくなったとしたら、その原因もまた戦争ときてる」

「そうした事情はもちろんきちんと考慮されるはずですよ。本当に心からお気の毒に思います、弟さんを。そしてあなたのこともです、レドメインさん」

ベンディゴーはもじゃもじゃの眉の下の、不機嫌そのものといった目をブレンドンに向けた。

「ある晩ふらりとあいつが立ち寄ったとしても、精神病院の生き地獄に閉じこめるとなると、喜んで引き渡す気にはなれんがな」

「きっと市民としての義務を果たしてくださる——わたしはそう信じています」ブレンドンは応じた。

ふたりが食堂へ下りると、ペンディーン夫人がお茶の用意をして待っていた。三人とも無言でお茶を飲み、ブレンドンはその隙に若くして未亡人となった女性をそれとなく観察した。

「これからどうなさるおつもりですか、ペンディーンさん？　ご連絡したいことができたら、どこへうかがえばいいのでしょう？」しばらくしてから、ブレンドンは尋ねた。

夫人はブレンドンではなく、ベンディゴー・レドメインに顔を向けて答えた。

「ベンディゴー叔父さまのお世話になる予定ですわ。しばらくここに滞在していいと許可をいただいたので」

「ずっとここにいればいい」老船乗りはきっぱりといった。「これからはここがおまえの家だ、ジェニー。こうして来てくれたのを本当に嬉しく思っとるよ。いまとなっては、残っとるのはおまえと兄のアルバートとおれの三人だけだからな。哀れなロバートとは、もう一度会える気がせん」

そのとき年輩の女性が部屋へ入ってきた。

「ドリアが何時ごろお帰りになる予定なのか、知りたがっています」女性は告げた。

「できればいますぐに出発していただけると助かります」ブレンドンが依頼した。「思った以上にゆっくりしてしまったもので」

「それならボートに乗って待ってるよう伝えてくれ」ベンディゴーが指示し、五分とかからずブレンドンは暇《いとま》を告げた。

「弟さんが見つかりましたら、真っ先にお知らせします、レドメインさん。気の毒な弟さんがまだ生きているなら、それほど長期間逃亡を続けるのは不可能だと思われますし。現在、本人はとてつもない不安と苦痛に苛《さいな》まれているはずですから、弟さんのためにも早く自首するか、あるいは見つけだされるよう祈っております――英国ではなく、フランスで、となるにしても」

「ありがたい」老船乗りは低い声で応じた。「たしかにそのとおりだ。いまとなっては、すぐに連絡しなかったことが悔やまれるな。また弟から連絡があれば、すぐさまスコットランド・ヤードに電報を打つか、ダートマス警察にそうしてもらうとしよう。見てのとおり、ダートマスの町までは電話が通じとるのでな」

一同はふたたび平地の旗の下に立った。ブレンドンはごつごつとした崖が続く海岸線と、その手前の内陸へ向かって緩やかな勾配を描く麦畑をつくづくと眺めた。実に寂しいかぎりの風景で、西のほうへ一マイルほど離れたところに一軒ぽつんと農家の屋根が見えるだけだった。

「弟さんが訪ねてきたら――わたしはその可能性も捨てきれないでいます――家のなかで休ませ、すぐ警察へ通報してください。言葉にできないほどおつらいだろうとお察ししますが、どうしてもそうしていただく必要があるのです。レドメインさんならば、ためらわずに実行してくださるものと信じております」

ブレンドンと話すうち、気難しい老船乗りもいくらか愛想がよくなっていた。ブレンドンの仕事に対して自然と感じるであろう反発は、刑事個人にまではおよばなかったようだ。

「義務は果たさんとな。とはいえ、あんたのような仕事とは無縁でよかったと神に感謝するがね。おれにできることがあるなら、きちんと実行すると信じてくれて大丈夫だ。もっともあいつがここに立ち寄るとは思えんがね。どちらかといえば、イタリアに暮らすアルバートを頼るんじゃないかという気がするな。じゃ、ご苦労さん」

ベンディゴー・レドメインは家のなかへ戻り、傍《そば》に控えていたペンディーン夫人が石段の上までブレンドンを見送った。

「あの気の毒な叔父を恨んでいると誤解なさらないでくださいね」夫人はいった。「哀しみに押しつぶされそうになっている、ただそれだけなのです。以前は愚かにも、戦争の被害はあまりなかったと口にしたこともありましたが、とんでもない――わたしの愛する、なによりも大切な夫の命を奪ったのは、ほかでもない戦争だったんですわ――ロバート叔父ではなく。ようやくそのことがわかりました」

「ペンディーンさんがそのようにご聡明なことが救いですね」ブレンドンは静かに答えた。

「あなたの比類なき忍耐強さと勇気に感銘を受けております。ですから――その――あなたのためならなんでもするつもりです。わたしにできることであれば、文字どおりなんでも、です」

「ご親切にどうもありがとうございます」夫人は礼を述べ、ブレンドンの手を握って別れを告げた。

「ここを離れることになったら、わたしに知らせてくださいませんか」ブレンドンは訊いた。

「ええ――そうおっしゃるなら」

ふたりは別れ、ブレンドンはろくに足もとへ目もやらずに石段を駆けおりた。すでに全身全霊を捧げてこの女性を愛していることを自覚したのだ。すさまじく激しい感情が全身を駆けめぐっていたが、理性や常識がそれに抵抗していた。

待機していたモーターボートへ飛びのると、すぐにボートは速度を増してダートマスの町へ向かった。道中、ドリアがなにかと話しかけてきた。しかしブレンドンはこのイタリア人の好奇心を満足させることにほとんど興味を持てなかったため、かわりに彼自身についていくつか質問してみたところ、大喜びで自分の話を始めた。ラテン系特有の軽薄さと自己顕示欲そのままにまくしたてる様は、ブレンドンからするとひと言もの申したい思いがよぎったが、そうとは知らぬドリアはボートがダートマスの浮き桟橋に到着するまでしゃべりつづけていた。

「どうして自分の国に帰らないんだ？　戦争は終わったのに」ブレンドンは訊いた。

「戦争が終わったからこそ、生まれた国を飛びだしたんですよ、シニョール」ドリアは答えた。

「ぼくは海軍でオーストリア軍と戦いました。でも、いまじゃ――いまのイタリアは喜びのない国になっちゃったんです。英雄が帰るにふさわしい祖国じゃありませんよ、いまのあの国は。ぼくはどこにでもいるような人間じゃないのに。代々続く由緒ある家柄の出身で――なにを隠そう、アルプ＝マリティーム近くのドルチェアックアのドリア家の子孫なんですよ。ドリア家の名なら耳にしたことがあるでしょ？」

「いや、あいにく――歴史には詳しくないんでね」

「ドリア家はネルヴィア河両岸にまたがる、それは立派な城に暮らし、ドルチェアックアの地を統治してきました。我が一族は戦闘に長《た》けていて、モナコ大公を殺害した祖先もいます。でも偉大な一族ですよ――偉大な一族というのは国家とおなじ――その歴史はいってみれば砂時計の砂の山です。時間とともに積みあがったり、崩れたり。まさにそのとおりなんです！　歳月が流れて砂時計が揺すぶられると、砂は落ちていきます――残るのは最後のひと粒だけ。そしてぼくがその最後のひと粒なんですよ。我が一族はみなつぎつぎに落ちていき、ぼくひとりが残ったというわけです。父はボルディゲーラで辻馬車の御者《ぎょしゃ》をしてました。でも戦死し、母もまた亡くなりました。兄弟はいませんが、妹がひとりいます。もっとも一族の面汚《つらよご》しだったんで、もう死んでてくれたらいいなと思ってます。生きてるのはわかってますけどね。だから、本当にぼくひとりしかいないんです。偉大なる我が一族の運命が、この両肩にかかってるんですよ――なにしろかつては君主としてあたり一帯を統治してた一族ですからね」

モーターボートの舳先に立つドリアの傍《そば》に座っていたブレンドンは、イタリア青年の堂々たる美丈夫ぶりにただただ目を奪われていた。青年は見目の良さだけではなく、知性や野心も備えていることは明らかなうえ、ときおりちらりと無邪気だが皮肉な言葉までのぞかせた。

「一族の運命がそのようにひと条《すじ》の糸に託されていることはたまにあるな」ブレンドンは応じ

た。「たったひとりの人生という糸に。おそらくきみは栄光の一族を復興させるために、この世に生を受けたんだな、ドリア」

「おそらくなんかじゃありませんよ。そのとおりなんです。たまに妖精が話しかけてくる声が聞こえるんですよ、ぼくは偉業を成し遂げるために生まれたんだって。すごいハンサムなのもそのせい——それが必要だからだって。頭の回転が速いのもそう——やっぱり必要だからだそうです。ドルチェアックアにある、いまじゃ朽ち果てている我がドリア一族の城とぼくのあいだには、ただひとつのことしかありません——そう、たったひとつです。それは世界のどこかでぼくを待ってるんですよ」

ブレンドンはそれを聞いて笑った。

「それなら、こんなところでモーターボートを運転している場合じゃないだろう」

「いまは機をうかがってるんですよ。待ってるんです」

「なにを?」

「女性——妻となる女性ですよ。ぼくに必要なたったひとつのものというのは女性なんです——それもうんと、うなるほど金を持っている女性。この顔があれば、その財産を手に入れることができます——わかるでしょ? そのために英国へ来たんです。いまのイタリアにはぼくが必要とする額の財産を相続する女性はいませんから。でも、ここに来たのは間違いでした。上流階級が集まる場所へ行かなくちゃいけなかったのに。そういうところにはうなるほど金がありますからね。ほら、《黄金が口を開けばだれもが沈黙する》っていうでしょ」

「なにか大きな勘違いをしていないか？」

「いいや、ちっとも——ぼくは自分のどこに高値がつくかわかってるんです。女性たちはこのきれいな顔にどうしようもなく惹きつけられちゃうもんなんですよ、シニョール」

「そういうものか」

「女性に人気があるのはまさにこういう顔なんです——古風というか、趣《おもむ》きがあるというか——当然でしょ。それに気づかないふりをして謙遜するなんて、阿呆のやることですよ。ぼくみたいに、誇り高く高貴な血を受け継いでるうえに、才能にも恵まれた者は——ほら、いってみれば必要なものはすべて手にしてるわけで——ロマンスにしたって——女性を愛することができるのはイタリア人だけですから——そういう男ならば、稀《まれ》に見る美人の大金持ちと出会うことができるんです。ただ辛抱強く待ってさえすれば。だけどこんなよぼよぼの船乗りのとこにいたんじゃ、そんなとびきりの美女と出会えるわけがありませんよね。どうも名門の出ってわけじゃなさそうだし。そんなこと、なにも知らなかったんですよ。こっちへ来る前に、一度でも会ったり、あのしみったれた穴蔵みたいな家を見てたらよかったんですけど。もう一回広告を出して、今度はもっと上流社会に潜りこむつもりです」

気づけばブレンドンはジェニー・ペンディーンのことで頭がいっぱいになっていた。ときが過ぎ、いまの喪失感や悲哀がいくらか癒えたころ、この様々な意味で非凡な男のことを夫人が見直す可能性はあるだろうか？　しばらく考えていたが、おそらくその可能性はないとの結論に達した。なによりも、ドリア一族の最後のひとりである青年が最終的に目指している地位と財産は、マイケル・ペンディーンの未亡人が差しだせる程度ではないことは明らかだった。ブレンドンは気づくとこの非凡な青年に嫌悪感を抱いていた。彼は英国人ならばだれもが大切に思う謙遜や自己抑制といった美徳を、これ以上なく陽気かつ無造作に踏みつけにしていた。とはいえ、ドリアの冷静沈着ぶりと、商品としてのおのれの価値を正確に評価しているところは感嘆に値した。

浮き桟橋に到着すると、ブレンドンは内心ほっとしながらドリアに五シリング手渡し、別れを告げた。だがその後も、ジュゼッペ・ドリアの存在は執拗に心にこびりついていた。彼の傲慢さに閉口するにせよ、あのみごとな美貌に見ほれるにせよ、あのヴァイタリティと思わず惹きつけられてしまう雰囲気から逃れるなど、到底できない相談だった。

ほどなくして警察署に到着したブレンドンは、急ぎプリマス、ペイントン、プリンスタウンの各署へ連絡し、最後のプリンスタウン署には特別な指示を出した。ハーフヤード署長にステーション・コテージの大家のゲリー夫人を訪ね、ロバート・レドメインが泊まった部屋を詳しく捜索するよう依頼したのだ。

第五章　目撃されたロバート・レドメイン

捜査のこの段階でマーク・ブレンドンの印象に残ったのは、あまりにも現実感が欠如していることだった。彼がとらわれていた偽りの気配は、やがてブレンドンをしのぐ鋭い知性と才能の持ち主によって吹き飛ばされることになる。だがすでに、どこかでごく初歩的な間違いを犯したために誤った道筋をたどってしまったこと――暗中模索をしているうちに、現実へと導いてくれる唯一の小径《こみち》を見過ごしてしまったことは、うすうす自覚していた。

翌朝はペイントンからプリマスへ移動し、入念かつ徹底的な捜索をおこなうべく、みずから陣頭に立った。しかし、すでにとき遅しであろうことは重々承知しており、ロバート・レドメインがまだ存命であるなら、もはや英国内にいるはずがないと確信を持っていた。そこでプリンスタウンへ戻り、念には念を入れてもう一度現場を調べてみようと考えた。そんなことをしたところで無駄に終わる可能性が大だと感じながら、それでも捜査の基本をないがしろにするわけにはいかないからだ。砂地に残っていた裸足の足跡は慎重に保管されていた。調べてみたところそれほど鮮明ではなかったので、だれのものと特定するにはいたらなかったが、三人はいないにしても、少なくともふたりの男の足跡だと判明したことで気は済んだ。ロバート・レドメインが淵《ふち》に泳ぎに来るといっていたことを覚えていたので、三種類の足跡だと立証できないかと試みたが、それは失敗に終わった。

できるかぎり丹念に事件の捜査をおこなってきたハーフヤード署長は、すべての責任は姿を消した殺人犯の兄、ベンディゴー・レドメインにあるとご立腹だった。

「手紙のことを即座に知らせなかったのはわざとに違いない」ハーフヤード署長はきっぱりといった。「三日前にわかっていれば、事情はまったく違っていた。犯人はいまごろフランスにいるんだろう。場合によってはスペインかもしれないが」

「犯人の詳細な身体的特徴を各方面へ知らせました」ブレンドンが説明したが、署長はその報告をあっさりと聞きながした。

「外国の警察が逃亡犯をつかまえたことなど、どれだけあったというんだ」

「しかし、今回はよくある逃亡犯ではありませんから。わたしはいまもあの男は正気を失っていると考えています」

「そうだったら、いまごろとっくにつかまってるだろう。わたしにいわせれば、単純だったはずの事件がどんどん謎めいてきているのは、あの男は頭がおかしいと考えているせいだよ。わたしはそうじゃないと睨《にら》んでいる。あいつには事件当時もいまも、実はなんの異常もないんだよ。そうなると、もう一度最初から考えなおし、どうして殺したのかを探らなくてはいかんな、ブレンドンくん。これがあらかじめ計画された殺人で、当初の印象よりもはるかに巧妙に仕組まれた事件だとしたら、過去を探り、レドメイン大尉がこんなことをした動機を見つけだす必要がある」

しかしブレンドンは納得がいかなかった。

「わたしはその意見に賛同できません。そうした仮説も検討はしましたが、それにしてはあまりにも異様すぎます。公明正大な証言によって、事件の夜、レドメイン大尉のオートバイで仲良く連れだってプリンスタウンを出るそのときまで、あのふたりが和気《わき》藹々《あいあい》とやっていたことは間違いないわけですから」

「公明正大な証言だって？　まさかとは思うが、ペンディーン夫人の証言が公明正大だと考えているわけじゃなかろう？」

「どうしてです？　公明正大を疑ったことはありませんが。とはいえ、いまはペイントンでローラ・リードさんから聞いた話のつもりでした。ロバート・レドメイン大尉と婚約していた女性です。彼女の話では、レドメイン大尉は意見が百八十度変わったと手紙に書いてきたそうです。それだけではなく、姪御さん夫婦をレガッタへ招待したと書き添えてあったと。さらにつけ加えるなら、リードさんと彼女の両親は、従軍した大尉は激しやすく、精神的に不安定だったと口を揃えていっていました。事実、父親のリード氏はこの結婚にあまり乗り気ではなく、大尉はいとも簡単に正気と狂気の境界線を飛び越えてしまう可能性があるとの意見でした。ですから、ハーフヤード署長、精神的に破綻したという以外に、筋の通った仮説をひねり出す必要はないのです。兄ベンディゴーへ宛てた手紙を読み、その考えは確信となりました。あの筆跡は自制や節度に縁がない人間のものです」

「筆跡が本人のものであるのは間違いないのか？」

「ベンディゴー・レドメインが所持していたほかの手紙と突きあわせました。かなりくせのある字です。疑問の余地はありません」

「これからどうするつもりかね？」

「プリマスへ戻り、玉ねぎ輸送船を徹底的に調べるつもりです。ああした船は始終港を出たり入ったりしているので、レドメイン大尉の手紙が投函された直後にプリマスから出港した船を見つけるのはたやすいはずです。おそらくまた新たな荷を積んで一週間か二週間で戻ってくるでしょうから。突きとめることはできるでしょう」

「雲をつかむような話だな、ブレンドンくん」

「当初から、わたしの目には、この事件の捜査すべてがそのように見えていました。どこかで重要な鍵を見落としてしまったのでしょう。目立つ格子縞の上着、赤いベスト、ニッカボッカという出で立《いた》ちの男が、人を殺した翌朝にペイントンで姿を消し、鉄道でも、道路でもいっかな目撃されないという事実はどういうことなのか——筋が通りませんし、これまでの経験からいっても納得しかねます。となると、目に見えるものをそのまま受けとるわけにはいきませんね」

「そのとおり——なにかを見落としてしまったのだ。わたしもその点をいいたいんだよ。警察の失態なのか、はたまた我々の捜査方針を誤らせるためにとんでもない罠がしかけてあったのか。まあ、そこはきみがそのうち解明してくれるだろうが。どのみち、プリンスタウンでできることはないように思う」

「わたしもおなじ意見です」ブレンドンはうなずいた。「これまでおこなってきた通常どおりの捜査手順すべてが、すさまじい時間の無駄に思えてきました。ここだけの話ですが、これでもかなり恥じいっているのですよ、ハーフヤード署長。なにかを見落としているのはたしかです——それも肝心要《かんじんかなめ》なことを。どこかに道標が立っていたのに、わたしは気づかなかったんです」

ハーフヤード署長はうなずいた。

「そういうことはたまに起こるものだ――実に苛立《いらだ》たしいかぎりだがね――周囲からは笑いものにされ、そんな様《ざま》では給料泥棒だと非難される。きみのいうとおり、でかでかと危険信号が掲げられていた事件だというのに、ほかの手がかりを追っているうち、あるいはこれこそが唯一正しい仮説だと思いこんだものに固執するあまり、真に重要な点を見落としたまま進み、果ては向こうずねをすりむいてしまう。しかし、そのときはもう手遅れで、我々は愚か者としてさらし者になるしかない」

ブレンドンはその経験知の正しさに深くうなずいた。

「考えられる状況はふたとおりしかありません。ひとつは動機なき殺人――動機がない、つまり正気を失っていたケースです。さもなくば、実は隠された理由があった、すなわちレドメイン大尉はかなり前からペンディーン殺害計画を練っており、それを実行に移したケースです。第一のケースの場合、レドメイン大尉はとっくに発見されているはずです。死体を発見されないような巧妙な方法で自殺したのでないかぎり。第二のケースの場合、大尉は実にしたたかなくわせ者です。オートバイでペイントンへ向かい、死体を処分した――なにからなにまでとても正気の沙汰とは思えませんが――そうしたすべてが巧妙に練られた計画の一部だったということです。しかし、精神状態がどうであれ、生きているのならば兄へ宛てた手紙に書いたとおりの行動をとると思われます。つまり、船でフランスかスペインを目指しているはずです。だからこそ、つぎに打つ手はそこなんです――大尉を乗せた船を突きとめるのです」

翌日、ブレンドンはその計画を実行に移すため、プリンスタウンを出てプリマスへ向かった。バービカンの船乗りの常宿に部屋をとり、港湾当局の協力のもと、問題の日時にプリマスに停泊していた十隻以上の小型船舶のその後の運航状況を調べたのだ。

この骨の折れる作業にひと月ほどかかりきりになっていたが、なんの成果も挙げることはできなかった。条件に該当する船の船長のだれひとり、ちょっとした情報すら提供してくることはなく、そのうえこれ以上ない監視態勢を敷いたにもかかわらず、ロバート・レドメインに似た男の目撃情報が港湾警察もしくはプリマス市民からもたらされることもなかった。

とうとうブレンドンはロンドンに呼び戻された。その失態を話の種にされる日がやって来たのだ。だが彼らしくもなく落ちこむ様子を見て、からかう声は影をひそめた。一見したところはさして難しいとも思えぬ事件でブレンドンが躓《つまず》いたと知り、上司は耳を疑ったが、その後本人から説明を受けて納得した。ブレンドンは自分が確信しているとおり、こう説明したのだった。ロバート・レドメイン大尉は英国から出国することなく、おそらくはプリマスで兄ベンディゴー宛ての手紙を投函した直後に自殺したのだと。

すぐにブレンドンは多忙な毎日に呑みこまれ、そのうち英国中部で起きたダイヤモンド盗難事件にかかりきりになった。数ヶ月過ぎても、マイケル・ペンディーンの死体は発見されず、スコットランド・ヤードという狭い世界では事件は棚上げとなり、外の広い世界では事件が起きたこと自体、忘却の彼方へと追いやられた。

事件そのものにはとうに関心を失っていたマーク・ブレンドンは、ひそかに安堵《あんど》のため息をつきながら、事件が原因で生じた事態と向きあう心の準備をしていた。ジェニー・ペンディーンだった。彼女はいまもなお大きな存在感を放っていた。事実、仕事に追われる毎日でも、ほかの個人的な関心事が入りこむ隙もないほど、ブレンドンの心のなかは彼女のことで占められていた。もう一度会いたいという気持ちは言葉にならないほど募っているというのに、事件の捜査が続いているあいだは進捗状況を報告するという口実でこまめに手紙を書きおくることもできたが、いまではその口実がなくなってしまっていた。これまでに出した手紙にはすべて返事が来たが、どれも例外なく短いもので、彼女自身のことに触れているものはなかった。今後の計画を尋ねた折も、それについては沈黙したままだった。唯一洩らした情報といえば、バンガローが亡き夫の設計どおりに完成する予定なので、ついては借地契約を引き継いでくれる人を探しているということだった。正確な文面はこうだった。

わたしは二度とダートムアへ戻るつもりはございません。かの地はいちばん幸せだった想い出の場所ですが、同時にこれ以上ない不幸に見舞われた場所でもあるからです。あのような幸せな日々は二度と望めないいま、言葉にならない悲哀をふたたび思いだしたくはないのです。

ブレンドンは何度となくこの文を読み返し、一語一語の重みを考えた。そして、ジェニー・ペンディーンは、最上の喜びは永遠に失われてしまったと考えているが、いま現在の荒涼たる心象風景がやがて静かな満足感にとってかわる日が来ることを待ち望んでいるとの意味だと受けとった。

しかし、はたしてそれは事実なのだろうかとブレンドンは訝《いぶか》った。おそらく夫人が言葉の選択を誤ったため、実際よりも早く心の平穏を望んでいるかのような印象をあたえたのではないだろうか。これまで、夫人の筆舌に尽くしがたい悲歎をいくらかでもやわらげるには、たった四ヶ月などではなく、少なくとも一年は必要だろうと考えてきたせいもある。実際、それは確信に近かったので、このどうとでも解釈できる文章を、夫人が意図したのではない意味に受けとってしまっただけだと結論づけた。とはいえ、とにかくもう一度会いたくてたまらず、どうすればそれが実現するかと頭を悩ませていたら、意外と早くその機会がめぐってきた。

十二月半ば、ニューヨークからプリマスへやって来るふたりのロシア人を逮捕するように命じられた。ふたりの身元を確認し、英国で彼らがとった行動の調査を終えると、しばらく時間の余裕ができた。そこで夫人にはなにも知らせずにダートマスへ向かい、その晩はその地の宿に泊まり、翌朝九時に歩いて〈烏《からす》の巣〉を訪ねた。

彼の心臓は激しく高鳴り、ふたつの考えが頭のなかをぐるぐると渦巻いていた。というのも、実は夫人に会いたいという思いだけで行動しているわけではなく、あの崖の住民たちの不意を突きたいという意図もあったのだった。ベンディゴー・レドメインは弟を匿《かくま》っているのではないかとの漠然とした疑いを、いまだ捨てきれずにいたのだ。そう疑うたしかな理由こそないが、払拭することもできずにいたため、何度となく計画した不意打ちをこうして決行に移したのだった。

もっとも、河口の西にそびえる高台を登るうち、その疑いはみるみる小さくなっていった。そして二時間足らずで、そそり立つ崖と灰色に沈む冬の海のあいだに止まった鳥のような、〈鳥の巣〉が見える場所にたどり着いたときには、意中の女性以外のことはきれいさっぱり脳裏から消え失せていた。

このあと、どのような驚愕の事態が待ち受けているか、ブレンドンはちらとも予感することはなかった。彼の秘めた思いも、採石場跡近くで起きた犯罪の記録も、これから起きる出来事によって驚くほどの進展を見せることになるのだが、この時点ではそのようなことは夢想だにしていなかったのだ。

崖の上を通る街道を進むと、冬の空の下、茶色の土がむきだしになった畑が一面に広がっていた。頭上を甲高い声で鳴くカモメが飛びまわっているものの、それ以外に生命を感じさせるものといえば、馬でのろのろと畑を耕す農夫とあたりを飛び交う海鳥くらいのものだった。やがてブレンドンは通りに面した白い門の前に立ち、ようやく目的地へ達したことを知った。門には〈鳥の巣〉と刻まれた青銅板が貼ってあり、その上には夜間に門灯をしまう箱のついた柱が立っている。家へ向かう急勾配の坂道を下っていくと、はるか下にある旗竿と家から突きだす格好の塔の部屋が目に入った。陰鬱《いんうつ》な天候のせいか、わびしさともの悲しさがあたりにたちこめているようだ。風がため息を洩らし、枯れ草のあいだで光が揺れている。水平線は靄《もや》に隠れて見えず、海面近くを覆う灰白色の霧の下、単調に寄せては返す無数のさざ波の波頭が羽毛のようだった。

坂道を下りていくと、男が庭に二フィートの高さの金網のフェンスを張っているのが見えた。家のまわりの緑豊かな土地を耕し、丹精こめて世話をした花壇を兎に荒らされないようにとの用心だろう。

そのとき歌声が聞こえ、それがモーターボートの運転手のドリアだと気づいた。五十ヤードほど離れたあたりでブレンドンが立ち止まると、ドリアは仕事を抛《ほう》りだして近づいてきた。帽子をかぶらず、黒くて細い葉巻を吹かしている。中央にイタリア国旗が描かれた帯が巻かれているので、トスカーナ地方産の葉巻なのだろう。ブレンドンであることを確認すると、ドリアのほうから声をかけてきた。

「これは、これは、ブレンドンさんじゃないですか！　探偵さんの！　なにか旦那さまに知らせることができたとか？」

「そうじゃないんだ、ドリア――報告できることはないんだよ。どうもつきに見放されていてな。だが近くまで来たものだから――またプリマスで用事があったので――ペンディーン夫人と叔父上にご挨拶だけでもと。それより、どうしてわたしのことを探偵さんと呼ぶんだ？」

「犯罪小説を読んだら、刑事さんは〝探偵さん〟と呼ばれてたんですよ。アメリカでの呼び方なんでしょうね。イタリアじゃズビロと呼びますし、この国じゃ警官ですかね」

「みなさんはどうなさっている？」

「とてもお元気ですよ。ときが過ぎれば、涙は乾きます。神さまが見守っててくださいますからね」

「そしてきみも、いまもまだ大金持ちの女性とめぐり逢うのを待っているのか？　ドリア一族の末裔《まつえい》であるきみをまた城主に戻してくれるような」

ジュゼッペ・ドリアはそれを聞いて大声で笑った。そして目を閉じて、異臭のする葉巻を吸った。

「さあ、どうでしょう。《計画は人にあり、決裁は神にあり》といいますからね。人の計画なんぞ簡単にひっくり返す、キューピッドという神さまがいるんですよ、ブレンドンさん。そこらの畑で、鋤《すき》の刃が土のなかに隠れ棲んでいる昆虫やウジ虫の住処《すみか》をひっくり返すのとおなじです」

ブレンドンの脈が速くなった。ドリアがなにをいおうとしているのか、だいたい見当がついて不安を覚えたものの、驚きはしなかった。ドリアは先を続けた。

「どんな野望も美しさには敗れることがあるんですよ。先祖伝来の城は愛の潮の流れの前に崩れおちたんです。ちょうど子供が波打ち際に作った砂の城のようにね。いや、本当にそのとおりのことが起きたんです」

ドリアはため息をつき、まっすぐにブレンドンを見つめた。体にぴったりとした茶色のウールのニットを着ている姿は、黒っぽい背景を前に一幅《いっぷく》の絵さながらだった。ブレンドンはかけるべき言葉も浮かばず、また坂道を下りようとした。なにが起きたのかを想像すると、目の前のロマンティックなイタリア人よりも、ジェニー・ペンディーンのほうが気がかりだったのだ。しかし、異国で生まれ育ったドリアが、まるで国外に追放されたかのようにいまだこのような人里離れた場所で暮らしていること自体、言葉に負けないくらい雄弁に事情を物語っていた。壮大な野望を抱くドリアが、〈鳥の巣〉に鎖でつながれているわけでもないのに、とくに理由もなく野望を棚上げしているのだ。それでも、ブレンドンはドリアの告白の意味を勘違いしたふりをした。

「なるほど、主人に惚れこんだってわけか！　ああした古くからの船乗りというのは、こちらが彼のちょっとした流儀さえ呑みこんでしまえば、最高の友人となるんだろうね」

ドリアはうなずいた。

「旦那さまにはなんの不満もないし、可愛がってくださってます。それはぼくが旦那さまのことを理解し、尊敬してるからです。どんな犬も自分の犬小屋じゃ百獣の王ライオンですからね。ここを支配してるのは旦那さまです。でも支配できないとしたら、男にとって家がある意味はないでしょ？　ぼくたちは友達です。けれど、残念ながらずっとつきあうわけには——とりわけ——」

そこでドリアは言葉を切り、いやなにおいの葉巻の煙を盛大に吐きだすと、金網の作業へと戻っていった。しかし、ひょいと振り返り、歩きはじめたブレンドンにまた声をかけた。

「マドンナは在宅ですよ」そう大声でいった。だれのことを指しているのか、ブレンドンは聞くまでもなかった。

五分後に〈烏の巣〉に到着したブレンドンを迎えたのは、ほかならぬジェニー・ペンディーン夫人だった。

「叔父は塔の部屋ですの。すぐに呼んでまいりますわ。でもなにかおわかりなんでしたら、先にうかがってもよろしいかしら。またお会いできて嬉しいですわ——本当に！」

夫人は興奮した様子で、潤《うる》んだような大きな青い瞳を輝かせている。いつにもまして美しいと感じた。

「ご報告できることはなにもないのです、ペンディーンさん。少なくとも——いや、ありません、まったく。あらゆる可能性を追ったのですが、どれもはかばかしい結果は得られませんでした。それで、ペンディーンさんは——お変わりありませんか？　なにかあれば、知らせてくださってますよね？」

「なにもありませんわ。なにかわかれば、間違いなくベンディゴー叔父が知らせてくれるはずですけど。もう亡くなったのだと思っています——ロバート叔父は」

「わたしもそう思います。失礼じゃなければ、ペンディーンさんのことを少しうかがってもよろしいですか？」

「ずっとわたしのことを気にかけてくださってますのね。本当にありがとうございます。なんとかやっておりますわ、ブレンドンさん。わたしも自分の人生を歩まなくてはいけませんし。ここでお役に立っているようです」

「では、いまの暮らしに満足なさっているわけですか？」

「ええ。満足が幸せのかわりというのもあれですけど、それでも満足しております」

ブレンドンはもっとうちとけた話をしたかったが、一歩踏みこむ口実がなかった。

「なんとかわたしの力で、その満足をまた幸せへと変えてさしあげたいものですが」

ペンディーン夫人は微笑んだ。

「ありがとうございます。そう考えてくださるだけで、嬉しく存じます。心から心配してくださっているんですね」

「もちろんです」

「たぶん、そのうちにロンドンへ行くつもりです。そのときはいろいろお力を貸してくださいませね」

「それは、ぜひ——できるだけ早いほうがいいと思います」

「まだ気分が晴れなくて、気づくとぼうっとしていることも多いんです。ときどきひどく落ちこんでしまうこともあって、そういうときは叔父の声を耳にすることも耐えられないんですの。そうなってしまったら、ひとり部屋へ閉じこもることにしています。心が人並みの状態に戻るまでは、原始的ですけど、しばらく自分を鎖で縛りつけておくしかないようです」

「なにか気晴らしが必要ですね」

「それならたくさんあります——想像なさっているより、ずっと多いんですのよ、こんなところでも。ジュゼッペ・ドリアは歌を聴かせてくれますし、気が向くとボートで出かけることもあります。ベンディゴー叔父の用事や食材の買い出しにダートマスの町まで出向くときは、いつもボートで往復していますし。それに春になったら、鶏を飼おうかという案も出ているんですよ」

「あのイタリア人――」

「彼は紳士です、ブレンドンさん――ええ、立派な紳士ですわ。それほどよく知っているわけじゃありませんが、一緒にいると安心するんですの。なにかさもしいこと、卑《いや》しいことをする人じゃありません。わたしが初めてここへ来たとき、うちあけてくれたことがあります。あのころは、お金持ちの妻を見つける夢を見ていましたわ。彼を愛し、イタリアにあるドリア家のお城をとりもどし、名門一族を再興するために力を貸してくれる妻です。彼はとてもロマンティックだし、妙に人を惹きつける魅力やエネルギーがある人なので、いつかその夢を実現させるに違いないと信じてますわ」

「彼はいまもその夢を諦めていないのですか?」

夫人はしばし返事をしなかった。その目は窓の外の揺らぐ海へ向けられている。

「諦める理由があります?」

「彼に出会った女性はたちまち恋に落ちてしまうんでしょうね」

「そうだと思いますわ――驚くほどハンサムですし、考えていることもちゃんとしています」

夫人に警告しようかという考えも頭をよぎったが、意見を求められてもいないのに、それはずいぶんとさしでがましい行為に思えた。しかし夫人は彼の胸の裡《うち》を読んだようだった。

「わたしは再婚などしませんわ」

「ペンディーンさんに求婚する勇気がある者などいないでしょう――ずっと苦しんでらしたことを知っている者なら。その、まだ充分な月日がたったとはいえませんから」ブレンドンはぎこちなく言葉をつないだ。

「わかってくださるんですね」夫人は衝動的に彼の手をとった。「わたしたちアングロサクソンとラテン系のあいだには、深い谷が横たわっているように思います。わたしたちと違い、ラテン系は気持ちの切りかえが早く、人生で手にできるものはすべて貪欲《どんよく》に我がものにしようとします。ドリアはいろいろな点でまだ子供じみていて、いってみれば詩的でほがらかな子供ですわ。とりわけこの国と相性がいいとは思えませんが、彼の話ではイタリアには裕福な女性がいないそうなのです。それでいて、イタリアが恋しくてたまらないようですわ。そのうちお国へ帰る予定だそうです。春になったら、ベンディゴー叔父のもとを去るつもりだと、わたしにはうちあけてくれました。あ、そのことはここだけの話にしてくださいますか？　ベンディゴー叔父はドリアのことを高く評価していて、いなくなると知ったらたいそう残念がるのは間違いないので。ドリアは器用になんでもこなしてしまううえ、わたしたちの希望やただのきまぐれにまで、どういうわけかよく気づいてくれるんです」

「どうも、おしゃべりがすぎたようです」

「そんなことおっしゃらないで。またお会いできたのが、本当に嬉しくてたまりませんの、ブレンドンさん。そうだわ、お昼をご一緒していただけませんこと？　この家ではいつもお昼に正餐《せいさん》をいただくんです」

「お邪魔じゃありませんか？」

「とんでもない。そのあとのお茶もご一緒していただけると嬉しいですわ。とりあえずベンディゴー叔父の部屋へご案内いたしましょう。叔父と一時間ほどお話ししてくださっていたら、食事の用意ができますわ。いつもドリアも一緒に食卓をかこむのですが、よろしいでしょうか？」

「ドリア一族の末裔と、ですか！　そんな高貴な方と食事をご一緒するのは、おそらく生まれて初めてだと思います」

夫人は先に立って階段を上がった。階上は老船乗りの聖域だった。

「ブレンドンさんがいらしてくださいましたの、ベンディゴー叔父さま」そう夫人が声をかけると、ベンディゴー・レドメインは大きな望遠鏡から目を離した。

「嵐になるぞ」ベンディゴー・レドメインが告げた。「風が十一度ほど南寄りになった。イギリス海峡じゃすでに海が荒れておる」

ベンディゴーがブレンドンと握手をしていると、ペンディーン夫人は姿を消した。ベンディゴーはブレンドンとの再会を喜んだものの、弟への関心は見るからに薄れている様子だった。だが弟を話題にするのは避けながらも、目下の懸念事項については、ブレンドンが驚くほど率直に語りかけてきた。

「おれはがさつな人間だが、周囲の空模様についてはしっかりと観察を怠らない質《たち》だ。だから夏にあんたがここへやって来たとき、可愛い姪がお気に召した様子なのも、まあ、すぐに気がついた。あれはどうも男の冷静さを失わせるところがあるようだな。おれは乳離《ちばな》れしたのを最後に、女を必要としたことがない。船乗り仲間が大勢女で躓いて座礁《ざしょう》したのを見てきたせいか、どうも信頼する気になれんのだ。だがそんなおれでも、あれが来てからというものこの家での暮らしは実に快適になったし、優しく扱われるのも悪い気はせんのは認めんでもない」

「そうでしょうね、レドメインさん」

「話は最後まで聞け。最近、ちょいと困った事態となっとるようでな。おれの右腕──ジュゼッペ・ドリア──がどうもあれに目をつけてる様子なんだ。独り者のあの男は実に貴重な存在だし、夫を亡くした姪も負けず劣らず貴重だ。あの男は一文無しだが、こう始終つきまとわれてたら、そのうち姪もその気になるかもしれん。そうなったら来年には結婚し、ふたり揃ってここを出ていってしまうかもしれんじゃないか！」

それを聞かされて、ブレンドンはどう応じたものか。言葉に詰まった。

「わたしがレドメインさんでしたら、ドリアにはっきりといいきかせるでしょうね。イタリアではどうしたら礼儀にかなっているとされているのか、どう振る舞えばいいのか、ドリアのほうがよくわかっているはずです。紳士らしいですしね。とはいえ、つい最近夫を亡くしたばかりの女性に求婚するのは、どれほどひどい仕打ちかは教えてやったほうがいいでしょう──姪御さんのように、ご主人のことを心から愛していたうえ、これ以上ない悲劇的な状況で二度と会えなくなってしまった場合は、とくにそうだと」

「そのとおりだ。ドリアひとりだけの話なら、おれもそうしただろう。だが、ドリアはどのみちここに長くいる男じゃない。そうはっきり口にしたわけじゃないが、あの男を引き止めてるのは姪の存在だけというのは、見てればはっきりわかる。となると、あれのことも考えてやらんといかん。なにもあの男がその気になるよう仕向けてるとか、そんなことをいいたいわけじゃない。もちろん、そんなことをする娘じゃないが。しかし、さっきもいったとおり、おれは周囲の出来事はしっかり気にかけとる。姪はあの男と一緒にいるとき、まんざらいやでもなさそうでな。それは否定できるもんじゃない。ドリアは顔がいいだけじゃなく、自分のしたいことを押し通す力がある。そして、姪はまだ若い」

「彼は財産のある女性を探していると思っていました——失われた一族の栄光をとりもどすだけの財力を必要としているものと」

「以前はそうだった。もちろんあれの二万ポンドじゃ到底足りんことも、やつは重々承知してるはずだ。だが愛というもんは、恐怖心以外も様々なことを退《しりぞ》けさせる力があるようだ。野望をくじくこともあれば——さしあたりはそれだな——人生のあらゆる面でハンデを負わせることもある。いま、ドリアが望んでるのはジェニー・ペンディーンだけで、おれの見たところ、遠くない未来にその望みはかなうな。ふたりがここにとどまり、いまの暮らしを続けることを選ぶのなら、おれとしてはなんの不満もない。だが、当然のことながらそうはならんだろ。いまとなっては、ドリアは友人だ。給料分の仕事はもちろん、それ以上のこともやすやすとこなしてくれる。使用人というよりは、客人に近いな。いなくなったあとのことなぞ、想像もできん」

「どうしたらいいのか途方に暮れるわけですか、レドメインさん」

「そのとおりだ。姪の幸せの邪魔なぞしたくもないが、ドリアがいい夫になるのかについては疑問が残る。もっとも、いい夫なんぞ、どの国だろうがめったにお目にかかれないだろうし、イタリアにいたってはなおさらいそうもないがな。ドリアだって結婚して一年もすれば気が変わり、またもや野望に夢中になって、それを実現するための金が欲しくなるかもしれん。姪は将来的にはかなりの財産を手にすることになる。まず最初は哀れなロバートの遺産だな。おれの知るかぎりじゃ、おれや兄貴の遺産もあれが相続するはずだが、それはまだ先の話になりそうだ。こんな話をうちあけるのは、あんたが良識あると定評のある男だからさ」

「信頼していただいたことには感謝いたしますし、その信頼にきちんとお応えするには、やはりレドメインさんに倣《なら》って、率直に申しあげるのがいちばんだと思います」しばし考えたあと、ブレンドンは答えた。「たしかにわたしはペンディーン夫人のことをお慕いしております。夫人は一見しただけでわかるとおり、とてもお美しいうえに趣味もよく、実に魅力的な女性です。そうしたすばらしい特質に恵まれた方ですから、しばらくはなにも起こらないと安心なさって大丈夫かと思います。一生ではないにしろ、まだ当分は亡くなったご主人の想い出とともに過ごされると思います」

「おれもそう思う。成り行きを見守るしかないのかもしれん。年が変わるあたりか、もっと先の話になるかもしれんが。だが、見てるといい。あのふたりは毎日一緒に暮らしてるんだ。姪はおれには精一杯隠そうとするだろうし、おそらくは自分自身にも限界までそうするだろうが、ドリアの軍門に降《くだ》るのは時間の問題だろうな」

ブレンドンはなにも答えなかった。がっくりと目を伏せ、失望を隠そうとはしなかった。

「いいか、おれは英国人のほうがいいと思っとるが」船乗りは認めた。「このあたりじゃライバルになる者もいないときてる。ドリアの思いのままなんだよ」そこで、話題を変えた。「哀れな弟についてはなんの知らせもないんだろ？」

「そのとおりです、レドメインさん」

「あのぞっとする事件は、まったく違う解釈ができるんじゃないかと疑っててな。そういえば、あの血が人間のものなのは間違いないのか？」

「はい」

「ペンディーンに関しては、海の秘密がまたひとつ増えたってとこか。ロバートは、最後の審判の日までどこに骨が埋まってるのかはわからんだろ」

「わたしも弟さんが亡くなっていることについてはほぼ確信しています」

数分後に食事を知らせる銅鑼《どら》の音が階下で響き、ふたりは連れだって下りていった。たっぷりと用意された正餐のあいだ、ずっとひとりで話をしていたのはジュゼッペ・ドリアだった。たぐいなきエゴイストであることを隠そうともせず、絵に描いたような自分の野望について、得々として披露したのだ。もっとも、近ごろはそうした野望を実現することを諦めはじめていることも認めはしたが。

「ドリア家は、かつてはイタリア西部で知らぬ者はない一族でした。ヴェンティミーリアとボルディゲーラのあいだを内陸に入っていくと、山々のふもとの河沿いに祖先の城はあります。古くからある橋はいまもネルヴィア河に虹のようにかかってますし、葡萄《ぶどう》やオリーヴの木が茂る丘には人家が建ち並んでます。そうしたすべてを睥睨《へいげい》するように、廃墟と化したドリア城がそそり立っているのです――そう、あたかも過去の亡霊のように。人間のせわしない様々な営みの中心に、人の関心事からは遠く遠く隔てがある、中身のないうつろな城がそびえているんです。そしてその周囲には、ここの断崖絶壁の下の海のごとく、人びとの生活が波のようにひたひたと押し寄せてます。人は群れをなしてどこにでも侵入してきます――かつてはぼくの祖先に、帽子をとってひざまずいていたような下々の者が、ですよ。豪奢《ごうしゃ》な部屋じゃ卑しい生まれの者たちがうろうろし、大理石の床じゃ村人たちが洗濯物を乾かし、重臣の私室じゃ子供たちが遊び、王女たちがなにかを願ったり、恐怖に震えたりしながら腰かけた窓辺じゃ、コウモリがひらひら飛び交ってるんですからね！

ぼくの祖先は長い時間をかけて没落し、最後はそれこそあっという間でした。祖父は貧しい木こりでした。山で作った炭を二頭のラバに積んで運んでたんです。叔父はマントンでレモン栽培を始め、数千フラン稼いだんですが、妻に浪費されて終わりました。いまじゃ、ぼくひとり――ドリア一族の最後のひとり――が残りました。そしてドリアの城もかなり以前から売りに出されてます。

城を買えば、自動的に称号もついてきます――イタリアの法の異常なところです。豚肉屋だろうがバター売りだろうが、金さえあれば明日からドリア伯爵になれるんです。もっとも救いがないわけでもないんですが。城と称号自体は安いとはいえ、廃墟と化した城を修繕し、かつてのような堂々たる姿へ戻すとなると、それこそ億万長者でもなければできませんからね」

ドリアはこうした調子でずっとまくしたてていた。食後はまたトスカーナ産の葉巻に火をつけ、ベンディゴー・レドメインがブレンドンのために開けた特別のブランディを呑み、しばらくするとひとり姿を消した。

残された者の話題は自然とドリアのことになった。ブレンドンはなによりもペンディーン夫人の様子に注目していた。だが夫人はとくに態度を変えることもなく、ドリアの声、なんでもこなしてしまう器用さ、そして性格の良さを褒めただけだった。

「およそできないことがない人なんです。今日の午後は釣りに行く予定だったんですが、海が時化《しけ》ているので、予定を変更してまた庭仕事をするようですわ」

いまのところ夫人は、ドリアが富豪の妻を見つけて野望を実現できるよう願っている様子だった。夫人の将来の計画に彼が入りこんでくる心配はなさそうだ。まだドリアの話題が続くなか、夫人のある発言にブレンドンは驚かされた。

「あの人は女性が好きではないんです」夫人はきっぱりといいきった。「本当ですのよ。たまに女性を馬鹿にしたような態度をとるのは、本当に我慢なりませんわ。そうしたあたりはベンディゴー叔父さまそっくりです。叔父さまはずっと独り者を貫いた頑固なお方ですから。ドリアは、女性、司祭、そして鶏は満足するということを知らない、なんていうんですのよ。だから、女性よりも男性のほうがずっと強欲だし、それは昔から変わらないといいかえしてやりますの」

それを聞いて老船乗りは声をあげて笑い、三人はテラスへ場所を移した。そろそろ夕闇があたりを包みだす時刻だった。嵐はまだそれほど近づいておらず、日没時の西の空はいまにも燃え立つような鮮烈な赤に染まっている。強風が吹き飛ばしたために、雲ひとつない空が広がっていた。海の色は深みのある紫へと変化し、そこへスタート灯台が星明かりのような白い光を投げかける。はるか下の重たげな波がうつろな雷のような音を響かせていた。三人は室内へ戻り、ベンディゴーがブレンドンにめずらしいコレクションをいろいろ披露した。五時になるとお茶を飲み、一時間後にブレンドンは暇《いとま》を告げた。また訪ねてほしいとのお決まりの挨拶の言葉をかけられ、老船乗りはいつでも大歓迎だと力強く断言した。ブレンドンにとって、かなりそそられる誘いだった。

「さすがですわね」外の門まで送ってきた夫人がいった。「すっかり叔父のお気に入りになられて。本当にめずらしいことですのよ」

「せっかく誘っていただいたので、クリスマスのあとに数日お訪ねしようかと思っておりますが、ご迷惑ではありませんか?」と尋ねたところ、いらしてくださるとわたしも嬉しいとの返事だった。

ほんの少し元気づけられて帰途についたブレンドンだったが、夫人が傍《そば》にいたおかげで溢《あふ》れでてきた陽気な気分は、じきに波が引くように消滅した。いまはなにもかもが疑わしく、夫人がドリアに冷淡な態度をとるのは、ただそのふりをしているだけとも思えてきた。喪に服しているうちはそんな気配は見せないように用心しているだろうが、来年の夏が終わるころには、夫人は二番目の夫と暮らしているのかもしれないというつらい予感がした。しばらくしてまた〈鳥の巣〉を訪ねるのが賢明かどうか、時間をかけて検討したところ、再訪したいとの強い思いに駆られた。とはいえ、さすがに明日また訪ねるつもりはなかったので、春が近づいたらベンディゴー・レドメインに招待を思いだしてもらうため、手紙をしたためようと心を決めた。そのころには、いろいろなことに変化が起きているかもしれない。というのも、ブレンドンは夫人と手紙をやりとりするつもりだったのだ。とにかく手紙という形で最初の一歩を踏みだしてみることにした。

　ひとりで道を歩いているうちに月が昇り、月光を遮《さえぎ》ってやろうとばかりに集結したちぎれ雲のあいだから銀の光を投げかけていた。雲はまたたく間に飛んでいき、ブレンドンの頭上では電話線がまもなく嵐になると鼻歌を口ずさんでいた。発作のようにきまぐれに叫び声をあげる風同様、ブレンドンの思考はあっちへ飛び、こっちへ飛びと定まらなかった。夫人が口にしたひと言ひと言の重みをはかり、彼に向けた表情ひとつひとつの意味を知りたいと必死だったのだ。

　ベンディゴー・レドメインの予想は結局のところ、てんで見当違いと判明するに決まっている、マイケル・ペンディーンの未亡人が哀しみを忘れ、イタリアからやって来たよく知らぬ男に心を奪われるなど、絶対にあるわけがないと自分にいいきかせた。その可能性を考えることさえ失礼だ。あのように突然として悲劇的な形で夫を失ったきちんとした女性が、ああいうハンサムだがエゴイズムが鼻につく饒舌《じょうぜつ》な男などに、傷心を慰めてもらったり、ましてや将来の心安らぐ生活の約束をしたりするわけがない。理屈は通っているように思えたが、ブレンドンにはわかっていた。こうしてあれこれ考えながらも、恋の前には理屈などなにひとつ意味をなさず、どれほど生真面目と思えた人物だろうと揺らぐことがあると。

物思いにふけりながら、ブレンドンは重い足取りで歩を進めた。やがて風上側の高い堤と向かい側の松林を抜けるあたりで、まさに人生初といってもいい驚きに襲われたのだった。

通り沿いに門が建っており、その奥には林が広がっているのだが、なんとその門の向こうにロバート・レドメイン大尉が立っていたのだ。

ブレンドンとのあいだにあるのは、五本の横木のある門だけだった。背が高い大尉は横木の上で腕を組み、だらりと半身を門にもたせかけていた。月明かりがその顔をはっきりと照らしている。頭上では吹き抜ける強風に松林が不機嫌そうに耳障りなうなり声をあげ、はるか下からは怒り狂う波が崖に打ちつける叫びにも似た音がここまで響いていた。赤い男は身じろぎもせずに、ブレンドンのほうを見つめていた。ツイードの上着、帽子、赤いベストは、フォギンター採石場跡で会ったときの記憶にあるとおりだった。月の光が驚いた目と目立つ口ひげ、その下の白い歯を照らしている。その顔からは恐怖と限界まで憔悴《しょうすい》しきった様子が見てとれたが、狂気の気配はまったく感じられなかった。

その場所でだれかと会う約束をしたという風情《ふぜい》だったが、当然その相手はマーク・ブレンドンではない。ブレンドンが足を止め、大尉に対峙《たいじ》すると、つかの間ブレンドンを見つめた。顔に見覚えがあったのか、あるいはどのみち敵だと判断したのか、大尉はさっと身を翻《ひるがえ》して背後の松林へと逃げこんだ。ほんの一瞬でその姿は見えなくなり、慌てて逃げる音も荒れ狂う嵐がすべてかき消してしまった。

第六章　ロバート・レドメインの主張

しばらくのあいだブレンドンはその場から動けず、月明かりに照らされた門とその背後の暗い林を見つめていた。松の下には石楠花《しゃくなげ》や月桂樹といった常緑樹がみっしりと葉を茂らせ、難攻不落の避難所を提供している。いまロバート・レドメインを追うのは、成果を期待できないばかりか、危険でもあった。こうした場所では、追う者が追っていたはずの者にいいように翻《ほん》弄《ろう》されかねないからだ。

まさかの人物との遭遇にブレンドンは困惑していた。というのも、これはこれだけで終わる問題ではないからだ。つまりは、ついさっき暇《いとま》を告げた〈烏《からす》の巣〉の住民のだれかが、裏切って嘘をついている証左にほかならないのだ。久しぶりに訪ねたその日に、たまたま指名手配の男が兄の家の近くに姿を現すという偶然が起きる可能性はきわめて低い。とはいえ、ブレンドンは訪ねることをあらかじめベンディゴー・レドメインへ知らせていないのだから、共謀してブレンドンの前に姿を現すことができるはずもなかった。

ブレンドンは幻覚を目にしたのかもしれないと考えたが、つねに理性的な自分の精神状態が亡霊を見せるとも思えなかった。彼に備わった想像力は彼の弱点どころか強さの源であり、どんな迷信も彼の頭脳の働きを弱めることはなかった。しかも、突然現れたあの瞬間、ブレンドンはロバート・レドメインのことなど考えてもいなかったのだ。やはり生身の人間、それもだれかの目に触れることを避けている人間を目撃したのは間違いなかった。

この発見を軽視するつもりは毛頭なく、必要とあればベンディゴー・レドメインに頼んでひと晩泊めてもらってでも、ロバート・レドメインを逮捕するつもりだったが、ダートマスの警察に応援を頼む前に、まず最初にジェニー・ペンディーンがこの件にどう関係しているのか、話を聞いておきたかった。ジェニーが彼を欺《あざむ》くとは考えられないし、率直に尋ねれば嘘をつくこともないだろうと感じる。しかしそのとき、すでに嘘をついているのはほぼ確実だというつらい想像が頭に浮かんだ。ロバート・レドメインが〈烏の巣〉で匿《かくま》われているのであれば、ドリアやひとりいる女性の召使いも含む住民全員が、その秘密を知っていることは間違いないからだ。

ジェニーにロバート・レドメインを見逃してやってほしいと懇願されたら、はたして目撃したことを自分の胸ひとつにしまっておけるだろうかと考えた。この機に乗じて個人的な希望を募らせ、未亡人の頼みを聞くかわりに自分の野望を達成しようとする男もいるだろうが、ブレンドンは職務上の義務と恋愛を混同したりはしなかったし、一方をなおざりにすることでもう一方が成功するかもしれないなどと考えることもなかった。ただそうした疑問を検討してみただけのことで、ブレンドンはすぐに決意をかためた。翌日ロバート・レドメインを拘束できるような状況になったら、たとえジェニーだろうと、ベンディゴー・レドメインだろうと、それどころかこの地球上の何人《なんぴと》だろうと、彼の邪魔はさせないと。事実、ブレンドンは翌日そうした状況に持ちこめることに、いささかの疑いも抱いていなかった。焦って夜にことを進める必要はなかった。つねになく肉体的にも感情的にも振幅《しんぷく》の激しい一日だったのでぐっすりと眠り、翌朝日を覚ましたのも遅くなってからだった。八時半に着替えていると、客室係のメイドが現れた。

「お客さま、いますぐにお会いしたいという男性がいらしています。お名前はドリアさまとおっしゃって、〈鳥の巣〉からレドメイン船長の使いとしていらしたそうです」

おかげで今日の仕事がやりやすくなったかもしれないと考え、ブレンドンは来客を部屋へ案内するように指示した。二分もしないうちにジュゼッペ・ドリアが部屋を訪ねてきた。

「ぼくの予想どおりでしたね」ドリアは開口一番にこういった。「昨夜はダートマスに泊まっているということ以外、ぼくたちはなにひとつ知りませんでした。だけどぼくは、おそらくいちばんいいホテルを選んでるだろうと予想したんですが、まさにそのとおりでした。さしつかえなければ、朝食をご一緒させてください。食事をしながら、ここへ来たわけを説明します。できればここをチェックアウトなさる前に、つかまえたかったんです。なんとか間に合ったようで、ほっとしましたよ」

「マイケル・ペンディーンを殺したロバート・レドメインが現れたとか?」ひげ剃《そ》りを終えな

がらブレンドンが尋ねると、ドリアは驚きの表情を浮かべた。

「なんですって《コルポ・ディ・バッコ》！　どうしてわかったんです？」

「わたしも帰り道で彼を見かけたんだ。実はダートムアの事件が起こる前にも会ったことがあったので、顔を覚えていたんだよ。だが、あちらがわたしのことを覚えていたかどうかは、よくわからないがね」

「みんな、怯えてるんですよ」ドリアは話を続けた。「まだ旦那さまを訪ねてきたわけじゃないんですが、すぐ近くまで来ているのはたしかです」

「まだレドメインさんを訪ねてきていないなら、どうして近くに来ているとわかるんだ？」

「それはこういうわけなんですよ。ぼくは毎朝早く、丘の上にあるストリート農場へミルクとバターをもらいに行くんです。今朝も行ったところ、気味の悪い話を聞かされたんですよ。昨夜、男がストリート農場に忍びこんで、勝手に飲み食いしてたそうなんです。変な物音に気づいた農場の人が、台所に座りこんでなにか食べている男を見つけたって——赤毛で口ひげも赤い大男で、赤いベストを着ていたそうです。ブルックさん——農場の人の名前です——に気づくと、台所の裏口から飛びだしていったらしいです。たぶんそこから入りこんだんだろうって。ブルックさんとしてはまるきり見知らぬ男なので、ただの冒険談として話してくれたわけなんです。ぼくは帰宅すると、旦那さま《パドロン・ミオ》にその件を報告しました。

　その男の風体《ふうてい》を説明すると、旦那さまとマドンナはびっくり仰天していました。それがだれなのか、すぐにわかったんですね——そう、人殺しだって！　おふたりはすぐにブレンドンさんのことを思いだして、できれば出発前につかまえたいので、自転車を飛ばして探しに行くようにといわれたんです。なんとか間に合いましたが、ここでのんびりしてるわけにはいきません。すぐに戻って、見張りをしないと。あの家にだれもいないというのが不安でたまらないんです。海上生活が長い旦那さまは海の上じゃ無敵でしょうが、弟さんのことはちょっと怖がってるようなんです。それにマドンナもいます――心底怯えきってますよ」

「まずは食事にしよう」身支度を終えたブレンドンが提案した。「十五分ほどで車を用意させ、できるだけ早く向かうことにする」

ふたりはかきこむようにして朝食を済ませたが、ドリアは動揺を抑えるのが徐々に難しくなっている様子だった。ほかの警官も一緒に連れてきてほしいと強く主張したが、ブレンドンはあっさりと断った。

「時間ならたっぷりとある」ブレンドンはいった。「さして苦労なく逮捕できるだろう。〈烏の巣〉でベンディゴー・レドメインさんにお会いして、彼の意見を聞くまではなにもしないつもりだ。ロバート・レドメインが食物目当てで近隣の家に侵入しているのなら、やつも限界が近いんだろう」

九時になる前にドリアは〈烏の巣〉へ帰っていき、ブレンドンはそれを見送った足で警察署へ向かった。リヴォルヴァーと手錠を借り、これからの計画についてはそれとなくほのめかす程度だったが、大至急警察の車を一台用意するよう命じた。車は巡査が運転することになった。出発前にブレンドンは、地元の警察署長であるダマレル警部補に、午前中は電話の前で待機してほしいと依頼した。そして当分は秘密厳守にするよう求めた。

ブレンドンは先に出発したドリアに追いつき、追いこした。嵐が過ぎ去ったあとの、よく晴れた冷えこむ朝だった。崖下の海はまだうねっていたが、それも次第におさまりつつあった。

ベンディゴー・レドメイン家の住民みなが嘘をついているとの疑惑は、ジェニーと一家の主《あるじ》であるその叔父を前にした瞬間、ブレンドンの頭から消え去った。ジェニーは不安そうな様子だったし、叔父はわけがわからないといった風情《ふぜい》だったのだ。昨晩ブレンドンが目撃した事実も考えあわせると、食べ物を求めてストリート農場へ侵入したのがロバート・レドメインであることは、まず間違いないと思えた。ブレンドンがロバートを見かけたのは、彼がストリート農場へ忍びこんで住人を怯えさせる数時間前のことなのだ。ロバートはいまどこに隠れているのか。そして、なぜここまでやって来たのか。おそらく不運な男はスペインもしくはフランスから舞い戻ってきて、いまはこの近辺で息をひそめ、おのれの身を危険にさらすことなく兄の老船乗りと会える機会を狙っているのだろうと、全員の意見は一致した。

「弟さんはおそらくこの家を見張っているのでしょう」ブレンドンはいった。「そしてどうにかしておのれの身の安全を確保しながら、レドメインさんに近づく方法はないかと、知恵を絞っているに違いありません」

「あいつには信頼できる人間がひとりしかおらんだろ。おれくらいしかな」とベンディゴー・レドメイン。「ジェニーがあいつのことを恨んでないと知れば、姪のことも信頼するかもしれんが、さすがにあいつを許してやるほど敬虔《けいけん》なキリスト教徒だとは思わんだろ。どのみち、ここにジェニーがいることは知らんがな。ついあいつが正気でいるものと考えてしまうが、それだってどうかはわからん」

ベンディゴー・レドメインから政府発行のこの地区の大地図を借り、じっくりと時間をかけて調べていたブレンドンは、この近辺でいちばんロバート・レドメインが隠れている可能性が高い場所をただちに捜索することを提案した。

「レドメインさんとペンディーンさんのためにです」ブレンドンは説明した。「またあの大騒ぎが繰り返されるのも、終わったことを蒸し返されるのも、おいやだろうと思いまして。警察に通報せずにつかまえることができれば、それに越したことはありません。弟さんは限界に近いはずです。わたしが見かけたときも、不安と苦悩でげっそりとしていました。緊張と苦痛に満ちた日々が続いたため、おそらくいまは、自分を理解してくれて危害を加えようとしない者なら、見つけられてもかまわないという心境なのでしょう。とくに重点的に捜索したほうがいい場所がふたつあります。まずは海岸線。海面よりも高い位置に、隠れるには最適の洞窟や岩の割れ目がたくさんあります。そしてもうひとつは鬱蒼《うっそう》と茂った森です。昨晩ばったり会ったとき、弟さんが逃げこんだのも森のなかでした。今朝、ここへ来る途中に調べてきました。かなりの広さがあるようですが、狩猟のための道が何本も横切っていますから、それを利用すれば何百ヤードだって調べることができます」

ベンディゴー・レドメインは帰宅したばかりのドリアを呼んだ。

「モーターボートを出せるか?」ドリアは大丈夫だと思うと答えた。それを聞いて、ベンディゴーはある提案をした。

「これから二十四時間、目立たぬようにこっそり捜索をおこなうのはどうだ？　そうした手ぬるい方法じゃつかまえられんとなったら、当然、大勢の警官で逮捕してもらうほかないが。これからいまあんたが挙げた場所へ行けば、まず間違いなく哀れなあいつが隠れてるところはわかるだろ。はっきりいえば、なにもせずにただここで座って待ってても、暗くなってから忍びこんでくるかもしれんがな。だがここはあんたの提案どおり、海岸線と森に隠れてないか、実際に調べてみようじゃないか。

あいつの顔を知っとるのはおれたち三人だけ――ジェニー、おれ、それとあんただ。ジェニーにドリアをつけるから、モーターボートで海岸線を調べるんだ。西へ行けば、岩陰に上陸しやすい小さなくぼみが方々《ほうぼう》にある。洞穴に隠れてるか、うろうろしてる弟を発見するかもしれんな。奥がトンネルとなっとる洞窟もあり、荒野や険しい谷へ続いとる。とにかくひとけもない荒れた土地だから、弟も長くはひそんでられんだろ。そのうち腹が減って出てくるはずだ。ふたりには二、三時間探してもらい、おれたちはこの家の上を調べよう。あるいはおれとあんたがモーターボート担当で、姪とドリアが黒い森にするか――どちらでもかまわん」

ブレンドンはしばし考えた。追われている者は海岸近くよりも森のなかのほうが安全だと考える可能性が高いだろう。さらに、船乗りの適性はないと自覚しているうえ、嵐の直後の荒れた海では、モーターボートはかなり揺れるだろうと予想がついた。

「ペンディーンさんがこの天候でも気になさらないのでしたら、そしてこんな海へ出ても危険がないようでしたら、ご提案どおり姪御さんには海岸線の洞窟を探してもらうのがいいでしょう。ドリアがついていてくれれば心配ないでしょうから、そのあいだに我々は森のほうを調べましょう。我々だけでなんとか弟さんに近づくことができれば、騒ぎを起こすことなしに弟さんを確保できるかもしれません」

「ぼくたちがつかまえることができたら、大騒ぎになるのは間違いありませんよ」とドリア。「なんといっても悪名高い極悪人ですからね。居所を突きとめて引っぱりだしたとなれば、世間は仰天し、大絶賛されることになりますよ」

ドリアは三十分ほどで捜索へ出かける準備を終え、モーターボートは〈烏の巣〉の下から躍りでて、西へと向かった。まだ波はうねっているものの、ジェニーが船尾に腰を落ち着け、ツァイス社製の双眼鏡を崖と海岸線に向けるのに支障はなかった。ふたりが乗ったモーターボートはみるみるうちに小さくなり、煙るなかの白い点となった。ふたりが見えなくなると、船乗り時代のピーコートと帽子に身を包んだベンディゴー・レドメインはパイプに火をつけ、頑丈そうなブラックソーンのステッキをついて、ブレンドンとともに出かけた。待っていた警察の車にふたり揃って乗りこみ、じきに昨晩ロバート・レドメインを見かけた門へ到着した。そこで車を降り、ふたりは黒い森へ分け入った。

ベンディゴーはあいかわらず姪の話をしていたが、ブレンドンとしてもそれがいちばん興味のある話題だった。

「ジェニーはいま、いわば分岐点に立っとるんだ」ベンディゴーはきっぱりといった。「なにを考えておるか、手にとるようにわかる。あれは亭主をそれこそ心の底から好いてたんだ。だからあれの性格は色濃く亭主の影響を受けとる。なにしろ子供のころとはまるきり別人のようだからな。しかしドリアのほうもどんどん夢中になっとるのは間違いない——ああいう男が恋をすると、たいていは女のほうもまんざらでもないもんだ。いまじゃ、姪もなんだかんだでドリアのことが気になりはじめてると睨《にら》んどる。だが、同時にそういう自分を恥じてもいる。そう、文字どおり恥じいってるんだ——亭主が亡くなってまだ半年しかたってないのに、もうほかの男が心のなかに入りこんでるんだからな」

ブレンドンは気になる点を尋ねた。

「ご主人の影響で性格が変わったとおっしゃいましたが、具体的にはどう変わったんです？」

「それはな——あれに良識ってもんを教えてくれたんだ。いまじゃ想像もできんだろ、あれが赤毛のレドメイン家の一員——短気で性格がきつく、すぐかっとなるおれたちと血がつながっているとは。だが、そういう子供だった。父親はだれよりも色濃くレドメインの血を継いでたから、それが遺伝したんだろ——とにかく我《が》が強い子供だった。とにかく元気で、いたずらが大好きでな。学校じゃたいそう人気者だったらしいが、それは校則を鼻で笑ってたからだろ。おふざけがすぎて、退学処分を喰らった学校もある。記憶にあるのはそんな子供だったが、未亡人になってやって来たらああだ。だから亭主がどんな男だったのかはよく知らんが、ジェニーに関しては魔法を使ったとしか思えん。いわゆる良識と我慢ってやつを教えこんだんだからな」

「大人になるにしたがって経験を積み、自然と成長したのに加え、ご主人の突然の死で言葉にならないショックを受けたことによるものかもしれません。あるいはそうした様々な要素が重なりあって気性が落ち着き、しばらくのあいだだけにしろ、性格が変わったように見える可能性も」

「そうさな。だがああしてると落ち着いて見えるかもしれんが、けっして真面目一本槍の人間じゃない。生きる喜びを溢《あふ》れさせとる娘だったから、亭主だろうと、ほかのだれだろうと、たった四年でそれをゼロにすることはできん。亭主はコーンウォール出身には多いメソジスト派だったのかもな。ほら、楽しいことは許されんと考える連中だよ。なんにしろ、こんな短いあいだでは完全に別人に変えることはできなかった。いま、こうして身近に見てると、まだ若い姪はあのラテン系の男の影響を受け、ゆっくりと時間をかけて本来の性格へ戻っておるようだ。ドリアはあれでなかなか抜け目なくてな。どうすれば姪のうぬぼれをくすぐることができるか、よく承知しとる。美人のわりにゃ虚栄心がないほうだと思うが、それでも女だから、やはりいくらかはうぬぼれがあるだろ。ドリアは愛のためなら野望を諦めても悔いはないとほのめかしたようだ。これ以上ないタイミングでそんな言葉を聞かされ、あれはドリアの狙いどおりの方向を見つめとる。財産よりも、イタリアの城を復興する夢よりも、大切だといわれちゃな。要するに、おれの目に狂いがなけりゃ、一年たってそれが許されるようになったら、すぐに求婚するだろってことだ」

「夫人は承諾すると思われますか、レドメインさん?」

「いまのところは、おそらくそうなるだろ。しかしあの男はかなりきまぐれだからな。そのころには気が変わっているかもしれん」

つぎはベンディゴー・レドメインが質問を始めた。

「哀れな弟の書類を調べてみたが、遺言書はなかった。当然、この事件が起きてからは、金を使うこともできんはずだ。どうやって生き延びているのか、あいつのみが知るだな。だが最悪の状況を迎えることも考えておかんと。やっぱり精神に異常をきたしていたと判明したら、あいつの財産はどうなるんだ？」

「最終的にはレドメインさんとお兄さんが相続することになると思います」

重い足取りで森を進むうち、ばったり猟場管理人に出くわした。管理人は不法侵入者であるふたりにいやな顔をしたが、目的を知るとどこでも自由に探してかまわないと応じた。さらに逃亡犯の人相を聞き、ぬかりなく目を光らせておくし、あとふたりいる管理人にもその旨伝えておくと約束した。そしてさらに詳しいことがわかるまでは、逃亡犯に関しては秘密厳守であることも承知してくれた。

だが、ブレンドンとベンディゴー・レドメインはなにも発見できずにいた。追っている男が隠れていた痕跡どころか、わずかな手がかりすら見つけられなかったのだ。三時間ずっと休憩なしに歩きまわったおかげで森全体を調べることができたが、ベンディゴーが限界まで疲れきってしまったため、車に戻って〈鳥の巣〉へ帰ることにした。

ところが、帰宅したふたりを重大ニュースが待ち受けていた。手配中の弟は海岸のどこかに隠れているというベンディゴーの見立てが正しかったと立証されたのだ。ジェニー・ペンディーンがロバートを目撃したのみならず、ごく近くで接したという。ジェニーは精神的にまいってしまったらしく、いくらか感情的になっていた。一方のドリアはみごとに成果を出すことができて、自慢をしたくてたまらない様子だったが、奇妙な冒険のヒロインであるジェニーから一部始終を説明してくれと役目を譲った。

ジェニーはかなり動揺していて、話をしながら二、三度言葉を詰まらせた。だがベンディゴーは哀れな弟の話にすっかり心を奪われて、目の前の姪の様子がおかしいことには気づいていないようだった。なんでも、ふたりがまだモーターボートの上にいるとき、ロバート・レドメインの姿が目に飛びこんできたそうだった。

「ロバート叔父に気づいたのは」ジェニーが説明した。「二マイルほど海岸線を進んだころです。海から五十ヤードほど離れた場所に座ってらしたのが目に入ったのです。もちろん叔父もボートに気づいたようでした。でもあちらには双眼鏡はありませんし、海岸線から半マイル以上離れていたので、わたしだとはわからなかったはずです。するとドリアが、上陸してもっと近くへ行ってみようと提案しました。そういわれると、できればこちらから近づいたほうがいいように思いました。怖いとは感じませんでした——もっともわたしの人生を破滅させたことはおわかりなわけですから、わたしと顔を合わせるのは避けたいのかもしれないとは思いました。

わたしたちは叔父に気づかなかったかのようにボートを走らせ、小さな崖の反対側に入りました。そのまま叔父からは見えないところで陸に上がり、ボートをつなぐと、足音をしのばせてこっそり近づきました。やはり間違いありません。双眼鏡でロバート叔父だと確認しました。そのあとはドリアが先に立ち、わたしはその後ろについて二十五ヤードの距離まで近づきました。そこで気の毒な叔父はわたしたちに気づいて慌てて立ちあがりましたが、すかさずドリアが駆けよって、わたしたちは味方ですと声をかけたんです。叔父が逃げようとなさったらドリアは力ずくで押さえつける覚悟でしたが、叔父はおとなしいものでした。疲れきっていたご様子です。ずっと大変だったのでしょうから、無理もありませんよね。最初は怯えてらしたようで、わたしが近づくとその場に頽《くずお》れてしまいました。それでも四つん這いで逃げようとなさったんですが、わたしは辛抱強く、敵ではないことを理解してもらおうと声をかけつづけました」

「頭はしっかりしてるのか？」ベンディゴーが尋ねた。

「そのように見えました。でもこれまでのことは、事件についても、いままでどうしていたのかも、なにひとつ話してはくださいませんでした。まるで別人のようになってしまわれたんです。以前のロバート叔父の亡霊みたいでした。轟《とどろ》かんばかりだった声はささやき声になって、その目はなにかにとりつかれたようで、怖いくらいです。げっそりとやせ細って、なんとも形容しようがないお姿になっていました。ドリアを声が届かない場所へ追いやると、ここへはベンディゴー叔父さまと会うために来たと教えてくださいました。数日前にたどり着き、海岸線を西へ行ったあたりの洞窟に隠れていたそうです。正確な場所は教えてくれませんでしたが、わたしたちが叔父を見つけた場所の近くであるのは間違いないと思います。ぼろぼろの服を着て、怪我をしていました。片手はきちんとした手当てが必要な様子でしたわ」

「それでも叔父上は正気だとおっしゃるんですね、ペンディーンさん」ブレンドンは確認した。

「ええ――正気を疑うほどの恐怖に怯えている以外は。もっともいまの状況を考えれば、恐怖にとらわれないほうが不自然です。気の毒なロバート叔父はすでに気力体力の限界だと感じているようです。もし叔父が精神に異常をきたしていれば、極刑は免れることができるでしょうが、叔父本人はそのことをご存じないのです。一緒にボートで帰り、ベンディゴー叔父さまにお会いになってください、そしてこの国の方々の慈悲の心を信じましょうとお願いしました。そうしたことで、わたしがなにかを裏切っているとは思いません。というのも、いまは正気にしか見えませんが、事件当時は実際に狂気にとらわれていたのは間違いないのですから。そうでなければ、事件の説明がつきませんもの。だとすれば、それに応じた扱いを受けるのが当然だと思います。でも、叔父は疑い深くて、信じてくださらない様子でした。わたしに礼をいったかと思うと、いきなり驚くほど卑屈な態度になったり。でもわたしのことも、ドリアのことも、信頼してくれているわけではないのはわかりました。ボートにもけっして乗ろうとはなさいませんし。とにかくピリピリとしていて、そのうちわたしたちが待ち伏せをたくらんでいるんじゃないかとか、無理やり叔父を拘束するつもりじゃないかとか、警戒なさるようになって。ですから、ロバート叔父はなにを望んでらっしゃるのか、わたしにどうしてほしいとお思いなのかを訊きました。そうしたらしばらく考えたあと、ベンディゴー叔父さまがふたりきりで会ってくれるなら、そして会ったあとで自分の自由を奪わないと神に誓ってくれるなら、今夜みんなが寝静まったあとで〈鳥の巣〉を訪ねるとおっしゃったんです。

当座は、食料と暗くなってから隠れ場所を照らすランプが必要だそうです。でも、そんなことよりも、とにかくまずベンディゴー叔父さまとふたりきりで会いたいとそればかりおっしゃっていました。そしておれの味方だというなら、もう帰れと。そして、ロバート叔父から、こう託《ことづ》かりました。ベンディゴー叔父さまがふたりきりで会うつもりがあるなら、真夜中過ぎなら何時でも指定の時刻に訪ねるつもりだ。だがその前に、だれも同席させないこと、そして罠にかけたり、無理に拘束したりはしないことを書面の形で誓ってほしいと。ロバート叔父はこの国をあとにして、イタリアのアルバート叔父を訪ねたいそうです。なので、ベンディゴー叔父さまにその手段と服の手配を頼みたいと。わたしたちにどこで叔父を見つけたかを秘密にすると約束させ、暗くなる前に書面にしたベンディゴー叔父さまの返事を持っていく場所を指定なさいました。できるだけ早くその場所へ返事を届け、置いたらすぐにその場所を離れるようにいわれました。叔父はあとで返事を読むつもりだそうです」

ベンディゴー・レドメインはうなずいた。

「そのとき一緒に、哀れな弟になにか食べるものと飲むもの、それとランプを持ってってやったほうがいいな。この半年、どうやって生きてきたものやら、想像もできん」

「フランスにいた――そうおっしゃっていました」

ベンディゴーはさして悩む様子もなく今後の方針を決め、ブレンドンもそれに賛成した。

「なにより忘れちゃいかんのは」ベンディゴーはきっぱりといった。「いま、どう見えようと、相手はおそらく正気じゃないってことだ。いまの話がそれを証明しとる。とはいえ、ふたつの国の警察に追われながら、いまもまだ逃げまわってるところを見ると、あいつは正気は失いながらも、どうやら驚くほど悪知恵がまわるようになったらしい。もっともジェニーがいうとおり、とうとう限界を迎えとるようだな。あいつはこの家の場所も、どの道を通ればたどり着けるかも知っとる。だから、おれはいわれたとおりにするつもりだ。

今夜訪ねてこいと書いてやる——正確には明日か。午前一時に訪ねてくるなら、ドアは開けておくし、玄関ホールも明かりをつけておくと。あいつは勝手に家のなかへ入り、おれのいる塔の部屋へ上がってくればいい。おれ以外にはだれにも会いたくないし、好きなときに勝手に姿を消したいというなら、いくらでも誓約書を書いてやる。それで安心して会いに来られるっていうならな。実際に顔を合わせれば、あいつがどんな様子か確認できるし、これからどうするかを相談することもできる。もちろん罠にかけることだってできるだろうが、たとえ正気じゃない弟相手でも、嘘をつくことはできんな」

「嘘をつく必要など、まったくありません」ブレンドンは応じた。「レドメインさんがふたりきりでお会いになるのを躊躇《ちゅうちょ》なさらないなら、お考えのとおりになさるほうがいいでしょう。もっとも、おわかりのこととは思いますが、弟さんの希望どおりに違法行為の手助けをなさるのは、言語道断といわざるをえませんが」

ベンディゴーはうなずいた。

「もちろん、そのつもりはない。どのみち兄のアルバートにあいつのことを任せるわけにはいかんのだ。アルバートは体も弱く、神経質なところがある男だから、避難場所を求めてロバートがやって来ると考えただけで、発作を起こすに違いない」

「避難場所ならば、国が用意してくれるはずです」とブレンドン。「弟さんの今後は、もはやご兄弟の問題ではありませんから。いま望みうるいちばんいい形は、弟さんが一刻も早く安全な環境を確保することです。本人にとっても、それ以外の方々にとっても、それがいちばんです。弟さんにお会いになったら、ここに味方がいると安心させてやり、彼の言い分をじっくり聞いてやることです。そのあとは、レドメインさん、わたしに一任してくださるよう、お願いいたします」

ベンディゴーは時間を無駄にせず、要望どおりの手紙をしたためた。今夜の午前一時にひと目につかないよう訪ねてこいと記し、弟の身の安全と、いつでも好きなときに立ち去ることができる自由を、神に誓って保証した。それはそれとして、できれば〈鳥の巣〉に泊まり、今後の身の振り方について相談してほしいと真剣に願っていると追記した。その手紙をポケットへおさめ、当座入り用なものをモーターボートに積みこむと、ジェニーはふたたび出発した。モーターボートの操縦ならドリアに負けない腕前なので、ひとりで出かけるつもりでいたが、それはベンディゴーが許可しなかった。

すでに夕闇があたりを包みはじめていたため、ドリアは小型艇の限界ぎりぎりまで速度を上げて走らせた。

その後ブレンドンはたいそう驚かされることになる。〈鳥の巣〉の主人と一緒に旗の下に立ち、モーターボートの出発を見守っていると、西に向かったボートが灰色に煙る静かな夕暮れのなかに呑みこまれるなり、予想もしない提案を持ちかけられたのだ。

「実はな、正直に白状すると、今夜弟とふたりきりで会うのはどうもいやな予感がするんだよ。なんでそう感じるのか、うまく説明できんが。おれは臆病者じゃないし、一度も義務から逃げたことはない。だが、どうしても気が進まんのだ。気の触れた男は、所詮《しょせん》気の触れた男だ。意見が違ったとしたら、どれほど言葉巧みに説得しようとも、理屈が通じるとは思えん。また頭がおかしくなったり、おれの助言に腹を立てたり、あるいはいきなり襲いかかってきたりしたら、こっちはお手上げだ――つまり、銃弾であいつを止めるしかない。だが、そんな事態になったとしても、その手は使いたくないんでな。

おれはふたりきりで会うと約束したんだから、気の毒なあいつに嘘をつくつもりはないが、なにも問題なく終わり、あいつが暴力的になることもなければ、ほかのだれかがいたと知ることだってないわけだ。反対におれの身に危険が迫ったとしても、万が一の場合はだれかがいるとわかってれば、おれも余裕を持って対処できるだろ。とにかく、ひとりきりで相手して、あいつが暴力をふるいそうになったら、考えたくもない事態になるのは間違いない」

この意見には、ブレンドンとしてもうなずかざるをえなかった。

「たしかにおっしゃるとおりです。今回のような場合は、手紙で誓ったことを守らなくても、ご自分を責める必要はありません」

「だがな、きちんと約束を守ってやりたいって気持ちもある。訪ねてくるなら、いつでも好きなときに帰っていいと誓ったのは事実なんだからな。あいつがなにかしでかして、おれがその誓いを破るしかなかったなら話はべつだが、そうでないかぎり、やはり守るべきだろ」

「さすがのご慧眼《けいがん》ですね。全面的に賛同します。ドリアならあらゆる意味で信頼がおけますし、腕力の点でも頼りになるに違いありません」

だがベンディゴーはかぶりを振った。

「そうじゃない。この話を切りだすのをドリアと姪がいなくなるまで待ったのは、ちゃんと理由があるんだ。あのふたりをこれ以上この件にかかわらせたくない。いや、あのふたりにかぎらん。あいつがやって来るとき、だれかが塔の部屋へ隠れとることは、だれひとりとして知られたくない。あのふたりはおれがふたりきりで弟に会うと信じとるし、一瞬たりとも近寄ってはならんといいわたしてある。おれとしては、あんたにいてもらいたいんだ。あんたひとりに」

ブレンドンはしばし考えた。

「正直申しあげると、弟さんの要望を聞いたときからその案は頭に浮かんでいました。しかし条件を聞いてしまうと、無理強《むりじ》いもできませんから。そういうわけで、わたしとしては異存ありません。それどころか、わたしがこっそり同席することはどなたにも——それこそ、このお宅のみなさんにも内密にしておくほうが望ましいかと」

「そんなこと、お安いご用だ。あんたが警察の車を帰して明日報告するといえば、おれたちが今後どうなるかを見極めるまで、警察がなにかうるさくいってくることはないだろ。あんたは塔の部屋へ上がって、旗やらなにやら細々《こまごま》としたものをしまっとる戸棚に隠れてればいい。またおあつらえ向きに人間の頭の高さに換気用の穴が空いとるんだ。あそこならすべてを見聞きすることができるし、万が一おれの命が危ないとなったら、五秒で飛びだすこともできる」

ブレンドンはうなずいた。

「そのあたりのことはそれで結構ですが、わたしが考えているのはそのあとです。弟さんが約束どおり好きな時間に帰っていけば、待ちかまえていたようにペンディーン夫人が部屋へ上がってくるでしょう。とはいえ、わたしとしてもひと晩中戸棚のなかというわけにはいきませんし」

「そんなことはどうにでもなる。とりあえず大事なのは、車を帰しておくことだ。そうすればおれたち以外は、あんたはダートマスへ帰ったから、明日の朝まで現れんと思うだろ」

ブレンドンもその案で異存はなかった。乗ってきた車をダートマス署へ帰し、ダマレル署長にはさらなる要請があるまでなにもする必要はないと伝えるよう命じた。それから老船乗りと一緒に塔の部屋へ上がり、問題の巨大な戸棚を検分し、面会のあいだずっとそのなかに隠れていても快適に過ごせることを確認した。戸棚の扉それぞれに半ペニー程度の大きさの穴が穿《うが》たれており、足もとに三インチほどの台でも置けば、目と耳がほどよい高さになりそうだった。

「問題は、弟さんがいなくなったあとにどうするかです」ブレンドンは思案顔で対面後のことに話題を戻した。「弟さんが帰ったあと、ペンディーン夫人はもちろん、おそらくはドリアも、どういう具合だったのか、レドメインさんがどのような決断を下されたのか、一刻も早く知りたくて駆けつけてくるのは確実ですから」

「あとのことなど、どうにでもなる」ベンディゴーは繰り返した。「おれはロバートを玄関まで送ってくから、あとをついてきて、あいつが帰った直後にこっそり出てってもいいし、ロバートがいなくなったら姿を現して、思うところあって敢えておれ以外には知らせずに残ったんだとジェニーに説明してもいい。それがいちばんいいんじゃないか？　あんたがいると知れば、ジェニーがゆっくり眠れる快適な部屋を用意するだろ」

ブレンドンもその案に賛成した。やがてモーターボートが戻ってくると、ベンディゴーがブレンドン刑事はいくつか調べる必要があるので帰ったが、明朝早くに戻ってくる予定だと姪に告げた。ジェニーはすでに彼がいないと知って驚いた表情を浮かべたが、どのみち逃亡犯が現れる前にそうする必要があったのだからと応じた。

「お手紙、ランプ、それに食べるものや飲み物を、ロバート叔父の指定の場所に置いてきました。大きな石がごろごろしている、古代に隆起した海岸の上のあたりで、ひとけのないわびしい場所でしたわ」

こうして万事整った。ブレンドンはすでに塔の部屋へ上がり、ベンディゴーはだれかが立ちいることのないよう注意していた。ベンディゴーがいないときは錠をかける習慣だったので、今夜も夜中まではそうしておいた。ブレンドンの食事を隠れ場所へ届けたあと、ベンディゴーは姪、ドリアと夕食をとった。彼が塔の部屋へ上がってくるのはいつも十一時前後だから、それまでにブレンドンはきちんと戸棚のなかへ隠れる手筈となっていた。

予定の時間になると、ドリアは明かりを手に主人と一緒に塔の部屋へ上がってきた。ジェニーもごく短いあいだ同席したが、十分ほどで自室へ引き取った。空模様はまたもや嵐の気配を帯び、雨が降りだしていた。叫んでいるかのような西からの強風が灯室そっくりの塔の部屋を揺るがし、窓ガラスに叩きつける雨粒が重たげな音を響かせる。ベンディゴーは落ち着かない様子で動きまわったり、眉根を寄せて夜中の漆黒《しっこく》の闇を見つめたりしていた。

「哀れなあいつは溺れ死ぬか、この真っ暗闇をこの家まで登ってくるあいだに首の骨を折るか、どっちかだろうな」ベンディゴーはつぶやいた。

ドリアは水差し、蒸留酒の瓶、煙草の小さな樽、クレイのパイプを二、三本運びこんだ。というのも、老船乗りは夕食前は煙草を吸わないが、食後はベッドに入るまでひっきりなしにパイプをすぱすぱ吹かすのがつねだったからだ。

ベンディゴーはふとドリアを目にし、ドリアに顔を向け、こう尋ねた。

「今日は哀れな弟を目にしたんだったな。おまえは頭も切れるし、人間の本質を少しは理解しとる。弟をどう思った?」

「ごく近くでお会いし、お声も耳にしました」ドリアは答えた。「ぼくはこう思いました――この方は重いご病気だと」

「また急にかっとなって、違うだれかの喉をかっ切るようには見えなかったか?」

「それは絶対にないと思います。これだけはいえます。マドンナのご主人を殺したときは頭がおかしくなっていましたが、いまはいたって正常です――そこいらにいる人間となんら変わりません。あの方が必要としているものはただひとつ――心の安らぎです」

第七章　約　束

ベンディゴーはパイプに火をつけ、部屋にある唯一の本『白鯨』に目を向けた。ハーマン・メルヴィルの大傑作は、老船乗りにとってはずっと前からこの世に存在する唯一の文学作品だった。この小説にはベンディゴーがこの世で関心があるすべてと、それほど遠くない未来に迎えるだろう死を受けいれるために必要なすべてと、死をも超越した来世という概念が詰まっていた。それだけではなく、『白鯨』は彼の充実した毎日には欠かせない、大海原《おおうなばら》とのつながりをつねに感じさせてくれる書物でもあった。

「そうか。もう下がっていいぞ。いつものように家中の戸締まりを確認したら、おまえも寝《やす》め。玄関ホールの明かりだけはつけたままで、玄関は掛け金だけにしておくように。あいつが時計を持ってたかどうか、わかるか？」

「時計はしていませんでしたが、奥さまがその点にお気づきになって、ご自分の時計をお貸ししてました」

ベンディゴーがうなずき、クレイのパイプを手にとったとき、またドリアが口を開いた。

「大丈夫ですか？　お望みなら、万が一のときに備えて、どこかに隠れていましょうか？」

「いや、その必要はない――もう下がって、早く寝《やす》め。くれぐれもこそこそ嗅ぎまわったりはするなよ。おまえも紳士なんだからな。おれは哀れな弟に道理を説いてやるつもりだ。それでなんとかなるだろ。あいつが戦争神経症だなんだと苦しんでることは周知の事実なんだから、法律で厳しく罰せられることはないといってやるつもりだ」

「ご主人を殺されたというのに、奥さまはまるで天使のようにロバート・レドメインさんに接してましたよ。最初、弟さんは警察に突きだされると覚悟してたようでした。ところが、奥さまは慈愛に満ちた目で見つめてらっしゃるんですからね。失礼する前に、ちょっと奥さまの話をしてもよろしいですか？」

ベンディゴーは猫背の肩をすくめ、片手で赤毛を掻いた。

「あれの話なら、まず本人にするのがいちばんじゃないか？　おまえが考えてることはよくわかっとるが、決めるのは本人だ、おれじゃなくな。あれは幼いころから男の子顔負けで、自分のしたいとおりにする子だった――見た目こそ女の姿をしとるが、意志が強いところは父親そっくりだ」

この会話の一言一句をブレンドンが聞いていると思うと、ベンディゴーはどうにも居心地の悪さを感じたが、これればかりはどうしようもなかった。

「ぼくたちイタリア人は、まず愛する相手のご両親とお近づきになろうとするんです」ドリアは説明した。「だからぼくとしては、まず旦那さまのお許しをいただきたいんです。奥さまの親がわりですから。そうですよね？　奥さまはひとりじゃ生きていけない方です。神さまがそうお決めになったのです、独身や未亡人として生きていってはいけないと。イタリアにこういう諺《ことわざ》があります。《美しく生まれついた女は結婚するように定められている》ぼくはそのうちほかの男が現れるだろうと、とにかく不安でたまらないんですよ」

「だが、おまえの野望はどうする——莫大な財産を相続する女と結婚して、一族のために爵位と領地をとりもどすのはどうなったんだ？」

以前の夢を捨て去ったというつもりなのか、ドリアは両手を右へ左へと大きく動かした。

「これは運命なんです。これまでは愛のない人生しか予想したことがありませんでした。だれも愛したことはないし、愛したいと思ったこともなかったからです。愛なんてものは、金のために結婚して、恋をするのに必要な手段と時間を手に入れたあとで考えればいいものだと。だけど、いまとなってはすべてが変わりました。キューピッドの矢が勢いよく放たれてしまったのです。ぼくが必要としていた裕福な女性じゃなく、心が響きあう女性と出会ってしまったんです。いまとなっては、裕福な女性を必要としてはいません。求めているのはぼくの情熱を、憧れを、敬愛を目覚めさせた奥さまだけです。マドンナ——ジェニーという名の英国人がいないなら、人生に意味なんてありません。城や爵位——華麗なる栄光——奥さまの前でそれがなんだというんでしょう？　なんの意味もありません、旦那《パドロン・ミオ》さま。すべては塵芥《ちりあくた》です！」

「ジェニーの気持ちはどうなんだ、ジュゼッペ？」

「奥さまのお心はわかりません。でも、あの瞳はぼくに希望はあると伝えてくれています」

「おれはどうなる？」

「ああ！　愛というものは自分本位なものです。ですが、できれば旦那さまのことを傷つけたり、なにかを奪ったりはしたくないと思っています。ずっとぼくのことを可愛がってくださいましたし。奥さまも旦那さまのことは大切に思っています。ぼくに僥倖《ぎょうこう》が起き、奥さまと結婚することができたとしても、旦那さまのようにずっとよくしてくださった人のご機嫌を損ねるようなこと、奥さまはなさらないはずです」

「どのみち、その話は半年棚上げだ」ベンディゴーは長いクレイのパイプに火をつけた。「おまえの国でもこの国とおなじく、紳士的に女性に求愛する方法もあれば、そうでない方法もあるだろ。知ってのとおり、あれは未亡人だ――それも想像を絶する状況でそうなったわけだ。まだ当分のあいだは愛を語るなんぞ論外だってことは、わかってやってくれ」

「おっしゃるとおりだと思います。ぼくの目のなかで燃えあがる炎も押し隠しています。奥さまに顔を向けるときには、目を細めて見るのがやっとですよ」

「ジェニーが相続する財産はそれなりにあるはずだが、おまえのように鼻が利く男は、その点も承知の上なんだろ。だが、いまはすべてが宙ぶらりんだな。亭主は遺言を残してなかったが、権利のある者はほかにいないので、亭主の遺産はすべてあれのもとへいく――おそらく年に五百ポンドといったところか。だが長い目で見れば、そんなもんじゃない。兄のアルバートとおれはどちらも老いぼれの独り者で、身寄りといえばあれくらいなもんだ。実際のところ、すべて順当に行けば、かなりの金持ちになるんじゃないか。廃墟と化した城を買いとるのは無理だろうが、それでも悪くない額だ。それに、哀れなロバートの金もある。あいつが最終的にどうなるかはわからんが、もう財産を使うことはないだろ」

「ぼくにとってそうしたすべては、木々のあいだを抜ける風や雌鶏《めんどり》の甲高い鳴き声と変わりません」ドリアはきっぱりいいきった。「いままでそんなことを考えたことはありませんし、考えたいとも思いません。ぼくが奥さまに抱《いだ》いている愛に比べたら、そんなものはマスタード・シード程度の重みしかないんです。奥さまが極貧だろうと、はたまた億万長者だろうと、ぼくの気持ちは変わりません。全身全霊を傾けて、ただひたすらに愛を捧げているんです――ぼくの気持ちには隙間というものがないので、金に対する欲望がそこに足をかけたり、あるいは貧乏暮らしへのおそれがひそんだりすることはありません。幸せになれるかどうかに、金のあるなしは関係ないんです。でも、この世で真の幸福にたどり着くためには、絶対に愛が必要です」

「ただの戯言《たわごと》のようにも聞こえるが、意外と神の真理かもしれんな――おれにはわからん。なにしろ生涯一度も恋に落ちたこともなければ、だれかから一方的に好意を抱かれることもなかったからな」ベンディゴーは応じた。「だが、いまさっきいったとおり、とにかく半年はおとなしくしてろ。それに、それがおまえに最良の結果をもたらすかもしれん。というのも、ひとつだけたしかなことがあるからだ。いまのような状況下で愛をうちあけたところで、ジェニーがいま以上におまえに好意を抱くことはない」

「わかっています」ドリアは答えた。「安心してください。恋心は隠して、慎重に振る舞うよう気をつけます。奥さまを充分悲しませてあげないと――なにも利己的な理由だけからいっているわけじゃありません。旦那さまがおっしゃるとおり、ぼくも紳士の端くれですから」

「といっても若者は若者だからな。そのうえ、おまえたちイタリア人は、おれたち北の民族なぞ比べものにならんほど、炎のような情熱が自然と備わってるときてる」

そのときドリアの態度が変わり、顔をしかめたような、興味を惹かれたような表情でベンディゴーを見た。やがてドリアはにやりと笑い、会話を終わらせた。

「ご心配なく。ぼくのことを信じてください。だって、信用できないと感じる理由なんてひとつもないはずでしょう。この件、あと半年は口にしませんので。では、おやすみなさい、旦那さま」

ドリアは姿を消した。しばらくは静かな部屋にすりガラスの窓を叩く雨音だけが響いていた。やがてブレンドンが隠れ場所から出てきて、手足を伸ばした。ベンディゴーは半ば面白がっているような、半ば厳しさを感じさせるような表情でその様子を見守っていた。

「まあ、そういうことだ」ベンディゴーは口を開いた。「これでよくわかったろ」

ブレンドンは首を曲げた。

「レドメインさんの見るところ、姪御さんも――」

「ああ――そう思っとる。そりゃそうだろ。ドリア以上に若い女を惹きつける男にお目にかかったことがあるか？」

「彼はきちんと約束を守って、半年のあいだ、先走ったことをしたりはしないでしょうか？」

「あんたも恋愛沙汰にかけちゃ、おれに負けず劣らず野暮天のようだな。その程度ならおれでもわかるぞ。当然あいつは先走る。自分でもどうしようもないだろ。こうして説明するのも馬鹿らしいくらいだ」

「ペンディーン夫人としては、違う夫と暮らすなど、この先何年も考えることすらできないのではないでしょうか。いやしくも英国人の名に恥じぬ男なら、他人が立ちいるべきではない夫人の哀しみを、敢えて土足で踏みにじるような真似はしないのでは？」

「おれにはそのあたりのことはわからん。あれがどれだけ深く悲しんでいるにしろ、ドリアにどうしようもなく惹かれはじめてることはわかるがな——それにドリアは英国人じゃない」

一時間ほど話しあううち、老船乗りにはどこか運命論者めいたところがあることにブレンドンは気づいた。ベンディゴーはすでに姪はいつか再婚するだろうと、それもその相手はイタリア人ドリアだろうと結論を出している様子だった。また、その予測にしても、自分の快適な生活が脅かされると不安を感じているだけで、個人的に反対しているわけでも、ドリアを信頼できないと感じているわけでもないこともわかった。叔父として、ジェニーがあの男を二番目の夫として選んだら後悔することになるといった心配はしていないようだ。ブレンドンとしては彼独自の立場から、ああした移り気で、違和感があるほどハンサムな男は、まだ若いジェニーの人生に遠からず苦難をもたらすのではないかとの危惧を拭いきれなかった。自分の愛はドリアの愛に負けるものではないとの自負もあったが、いまはどんな形であろうとそれを示す望みがないことを受けいれるしかなかった。つまりはこの大切な局面で、ジェニーの力になることはできそうにないのだった。だが忍耐強い質《たち》だったので、いまは雌伏《しふく》のときと、希望を捨てずにじっと待つことにした。彼の献身が報われることはないにしても、それでもいずれは彼の力が必要となるときが来るかもしれない。

ブレンドンは自分のことをよくわかっていた。この生まれて初めて感じている、いわくいいがたい愛情というものは、少なくとも彼にとっては、個人的な幸せを利己的に追い求めるよりもはるかに優先されるべきものであった。その点はドリアもおそらく認めるだろうが、それが試される局面にドリアが立たされたとして、自分の情熱よりも相手の女性の幸せを優先するかについては、おおいに疑問が残った。

約束の一時が近くなったため、そろそろ戸棚のなかへ戻らなくてはいけないが、その前にロバート・レドメインについて確認しておきたいことがあった。そして年長のベンディゴーの最後のひと言は、まもなく迎える対面がどういった結果となるかについて、無視できない疑念を抱くに充分なものだった。

「もしもの話だが」とベンディゴー。「自分がしでかしたことについて弟がもっともな理由を説明したら――たとえばペンディーンの命を奪ったのは正当防衛だったとかな――少なくともおれが納得できる理由だったら、おれは諦めずにあいつのために徹底的に闘うぞ。あんたはそんなことをしたらおれも法を犯すことになるというだろうが、それがどうした。こんな事態になったら、血は水よりも濃いんだ」

ベンディゴーがこういうことを口にするのは初めてだったが、ブレンドンは無言で通した。階下のホールの時計が一時を打つのが聞こえ、ブレンドンは戸棚へ戻り、後ろ手に扉を閉めた。ベンディゴーがまたパイプに火をつけたとき、階段を上ってくる足音が聞こえた。しかしその足音からは警戒心や慎重さは感じられなかった。足音の主はためらう気配もなければ、音を立てずに上ろうと努める様子すらもないのだ。男はまたたく間に階段を上がってきたので、老船乗りは静かに立ちあがり、弟と対面する覚悟を決めた——ところが現れたのはロバート・レドメインではなく、ジュゼッペ・ドリアだった。

ドリアはやけに興奮した面持ちで、目を輝かせている。息を切らし、額に落ちた髪をかきあげた。肩や顔が水滴できらきらしているところを見ると、どうやら雨のなか外に出ていたらしい。

「一杯呑ませてもらえますか？」とドリア。「もう、とにかくおっかなくって」

ベンディゴーが酒瓶と空のグラスをテーブルの向こうへ押しやると、ドリアは腰を下ろして酒をグラスに注いだ。

「のんびりしてるんじゃない。なにがあったんだ？　いまにもやって来るかもしれんのに——弟がな」

「いえ、ここへは来ません。ぼくは弟さんに会って、話をしてきました——会いには来ないいんです」

ドリアはちびちびと蒸留酒を舐めていたが、やがて話しはじめた。

「いつものようにあたりをぐるりと見まわり、門灯のオイル・ランプを消そうとしたとき、弟さんのことを思いだしたんです。三十分ほど前でしょうか。ランプはつけておいたほうが目印になっていいだろうと気づいて。夜になるとただでさえ真っ暗なのに、この嵐じゃ危ないですから。だからはしごを下りていったんですが、そのときに姿を見られていたんです。道の向かい側の岩の陰に隠れていたんですよ。あそこは岩が張りだしていて、ちょうど天然の差しかけ屋根のようになっていますよね。ぼくの顔に見覚えがあったらしく、近づいてきたので少し話をしました。弟さんは新たな恐怖にとらわれ、怯えきっています。みんなが自分のことを追っていて、いまも自分をつかまえるためにそう遠くない場所に何人もひそんでいるというんですよ。だから、そんなはずはないと安心させ、旦那さまはあなたさまをなんとか助けたい一心で、ひとりで待ってらっしゃると説明しました。早く家のなかへお入りになって、このままぼくに門を閉めさせてくださいと言葉を尽くして説得しましたが、ますます猜疑心《さいぎしん》に駆られたようです。弟さんの目には、ハンターに追われる動物めいた恐怖が浮かんでいました。それでぼくのことも誤解したみたいです。恐怖に凝りかたまった弟さんには、安心させようとかける言葉が逆効果のようで。絶対に門のなかへは入ろうとせず、まだ助ける気持ちがあるのなら、反対に会いに来てほしいとの伝言を託されました。かなり具合が悪そうで、あれじゃ長くは保たないでしょう。ランプの明かりに浮かんだ目には死相が現れていましたよ」

そこでドリアは言葉を切り、ベンディゴーは状況の変化をゆっくりと把握した。ついで声を張りあげて話しかけたが、その相手はドリアではなく、隠れている男だった。

「もう出てきてくれ、ブレンドンさん」ベンディゴーは大きな声でいった。「聞いてのとおり、今夜のゲームは終わりだ。ドリアがロバートと会ったが、あいつは怯えきっていて、逃げてしまったらしい。どのみち、ここには訪ねてこない」

それを聞いてブレンドンが戸棚から姿を現すと、ドリアは目を丸くした。明らかに先ほどのやりとりを思いだした様子で、気まずそうに顔を朱に染めた。

「ええっ！　嘘でしょう《コルポ・ディ・バッコ》?」ドリアは大声をあげた。「じゃあ、ぼくの話を全部聞いていたんですか！　それはずるいですよ！」

「騒ぐな」ベンディゴーが大声をあげた。「ブレンドンさんがここにいるのは、弟のためにそうしてくれとおれが頼んだからだ——ここでなにが起きるのか、すべてを知ってほしかったんだ——おまえの恋愛沙汰など、だれも気にかけたりせん。ブレンドンさんならなにを聞いたところで、職務に無関係なことは聞きながしてくれる。で、ロバートはなんといっていた?」

しかしドリアの怒りはおさまらなかった。口を開いたがすぐに閉じ、まずはブレンドン、ついで主人に目を向け、息を荒げている。

「話を続けろ」ベンディゴーがいった。「おれが会いに行けばいいのか?　それともあいつはもう行方をくらましたのか?」

「わたしのことなら、それ以上考える必要はない」ブレンドンも言葉を添えた。「わたしがここにいた理由はただひとつ、それはきみもよくわかっているはずだ。きみの個人的な希望や野望は、わたしにはまったく無関係だ」

それを聞いて、ドリアはようやく落ち着きをとりもどした様子だった。

「いまは召使いなので、旦那さまのおっしゃるとおりにします。ぼくが託された伝言はこうです。追われる身としては、兄さんがひとりなのを実際に目にするまでは、不安でドアのなかや屋根のあるところへ入ることはできない。いまはジェニーとこの男に見つかった場所の近くにある、海の傍《そば》の洞窟に隠れている。その洞窟は海に面しているので、ボートで近づくこともできるし、裏の崖から這ってくることもできる。そこで待っているから、明日の夜中の十二時を過ぎたころ、兄さんに来てほしい。でも崖からのルートは巧妙に隠してあるので、教えたくない。だから海からのルートで来てくれ、とのことです、旦那さま。そうぼくに説明しながら、いろいろ考えているご様子でした。洞窟のランプをつけておくから、ボートから明かりが見えたらそれを目印にして来てほしいそうです。弟さんの要望は以上です。あとひとつ、旦那さま以外のだれかが上陸しようとしたら、銃で撃つつもりだと、はっきりいっていました。あ、あとひとつありました。旦那さまが事情を知ったら、すべてを許し、弟さんの味方となってくれるのは間違いないそうです」

「正気のような話し方だったか?」ブレンドンが尋ねた。

「そのように思いました。でも、もう限界が近いようにも感じました。以前は力自慢だったようですが、いまじゃ見る影もないほど憔悴してます」

ふとブレンドンの脳裏に妙な考えが浮かんだ。先ほどドリアがプライベートなことをベンディゴーにうちあけていたとき、大きな戸棚にブレンドンが隠れていることに気づき、ロバート・レドメインに兄とふたりきりで会うことはできないと警告した可能性はないだろうか?しかしながら、ブレンドンはその疑念をすぐに捨て去った。彼が戸棚から姿を現したときの驚きと怒りは本物としか思えなかったからだ。さらに、ドリアがロバート・レドメインに肩入れする理由はなにひとつとして思いつかないこともあった。

ベンディゴーが口を開いた。

「それなら、あいつのいうとおりにしようじゃないか。しかし、いまとなっては生死の問題だというのに、明日の晩まで待つしかできんとは、歯痒《はがゆ》いもんだな。よし、モーターボートで行こう。そして明かりが見えたら上陸し、大声で呼びかけるんだ」

そこでブレンドンに顔を向けた。

「あんたに頼みがある。おれがあいつと会って話を聞くまで、手を出さずにいてくれんか。これは兄としての頼みだ」

「もちろんです。弟さんにお会いになって、話を聞くまではそっとしておいてくれというのは、よく理解できます。例外的な措置となるでしょうが、人道的な観点から見ればごく当然の希望ですから」

「明晩はここへ泊まってくれ」老船乗りは続けた。「うまく哀れな弟を説得することができたら、ボートへ乗せて連れ帰るつもりだ。そうすることができたら、ふたりで道理を説いてやりたい。忘れちゃならんのは、これまでだれひとりとしてあいつの言い分をきちんと聞いてやったことはないってことだ」

「レドメイン大尉になんらかの言い分があるとしたら、逃亡などしなかったでしょうし、わざわざ苦労してあんな風に死体を隠さなかったんではないでしょうか」とブレンドン。「それなりの事情がありそうだと、あまり期待を膨らまさないほうがいいように思います。それよりも戦争神経症が原因で殺人罪を犯したと立証することになる可能性のほうがはるかに高そうですから——弟さんにマイケル・ペンディーンを殺す理由がないほど、彼が正気を失っており、そのために彼が手を下した犯罪を裁けないということになるわけです」

「いま弟さんは間違いなく正常で、とにかくお気の毒な状態です」ドリアが強い調子で口を挟んだ。「飢えた小鳥のように、旦那さまの掌《てのひら》へ乗ってくるはずです」

「今夜のところはこれで終わりだ。そろそろ寝《やす》むとしよう」とベンディゴー。「この家はつねに予備の寝室に寝台の用意ができておるんだ。必要なもんは、剃刀《かみそり》以外すべてバスルームに揃っとるはずだ。あんたみたいな若い者は最近流行の安全剃刀を愛用してるんだろうから、それはドリアが貸してやれ」

ドリアは明朝早くバスルームに安全剃刀を用意しておくと約束し、自室へ引き取った。ベンディゴーは腹が減ったと食堂へ下りていき、ブレンドンと一緒に夜食をとったあと、眠りについた。

ブレンドンが老船乗りの部屋の隣に位置する小さな部屋の寝椅子に横になると、ベンディゴーが弟の身を案じて嘆くうめき声が洩れ聞こえてきた。ブレンドン自身はこの苦痛に満ちた状況には心痛むものの、あと少しでようやく事件が解決すると思うと、その喜びのほうが勝っていた。こうして結末を迎えられたことに満足しており、ロバート・レドメインについては、一定期間は勾留となるだろうが、医学的に精神異常との診断がおりれば、ふたたび自由の身となれるだろうと考えていた。

そのうち自分の恋へと思いは飛び、ジェニーについてはますます望み薄であるという事実と向きあった。彼女が置かれた状況のため、いまや事情は複雑なものになっていた。今後ジェニーが裕福となり、彼の稼ぎなどおよびもつかない資産家となる可能性についてなど、これまで一度も考えたことがなかった。明日はジェニーとふたりで話をする機会もあるだろうと思うと、待ち遠しかった。しかし、ふたりになる機会があったとして、いったいなにを話題にすればいいのか。とっくに嵐は過ぎ去り、あたりが明るくなるころになって、ブレンドンはようやく眠りにつくことができた。

翌朝、ベンディゴーはむっつりした顔をして、見るからにひとりにしておいてほしい様子だった。かなり神経過敏になっているようで、パイプと『白鯨』を手に塔の部屋にこもってしまった。それでもジェニーだけは出入りを許され、しばらくふたりで過ごしていた。ジェニーは朝のお茶を淹れているときに、ブレンドンが朝食へ下りてきたことに驚いたが、彼から昨夜の出来事を知らされたのだった。しばらくするとドリアも現れたが、いつもは早起きのベンディゴーだけは姿を見せなかったため、ジェニーは朝食を届けに行った。

昼食にはベンディゴーも姿を現した。食事が済むと、ドリアがブレンドンをダートマスの町までモーターボートで送った。ブレンドンは警察署を訪ね、まだ時間が必要だと説明した。また、近辺をしらみつぶしに捜索する予定だったが、その必要はなくなったことと、逃亡犯が見つかり、おそらくは二十四時間以内のうちに自首するであろうことを、ダマレル署長へ伝えた。スコットランド・ヤードにも電話をかけ、おなじ情報を伝えたあとで〈烏《からす》の巣〉へ戻った。この日も太陽は顔を出さず、終日静かに霧雨が降っていた。風はやみ、穏やかな夜を迎えられそうな気配だった。

ブレンドンがモーターボートから降りると、ドリアはまた船を発進させ、海岸線沿いにゆっくりと進んだ。そうする許可をブレンドンから得たのは、来《きた》るべき夜に備えて、いくつかの場所までの距離を確認するためだった。最初にロバート・レドメインと話をした海岸は二マイルほど離れていたが、ロバート・レドメインが隠れている場所はさらにその先、西に行ったあたりではないかとドリアは睨《にら》んでいた。

そのためドリアは一定の速度を保って進み、日が暮れる前、四十五分ほどで戻ってきた。だが、報告できることはないとのことだった。あるだろうと予想していた場所では洞窟が発見できなかったので、隠れ場所は案外近くにあるに違いないとの話だった。

とうとう日が暮れた——頭上の空は漆黒《しっこく》の闇だが、海は見晴らしもよく、穏やかだった。〈烏の巣〉の崖下では、凪《なぎ》といってもいいような控えめな波が静かにささやき、崖が途切れた場所にちらほら見える小さな浜辺ではもう少し大きな音を響かせていた。時計が十二時を打つと、荒天用の服に身を包んだベンディゴーは足音荒く長い石段を下りていき、満ちはじめた潮のなか、海へと姿を消した。ブレンドンとジェニーは旗竿の下に立ってそれを見送った。しばらくはふたりとも速度を上げて闇のなかへ消えるモーターボートの音に耳を澄ましていた。

先に口を開いたのはジェニーだった。

「ようやくこの耐えがたいどっちつかずの状態が終わるかと思うと、神さまに感謝いたしますわ。わたしにとっては、残酷な悪夢でしかありませんでしたもの、ブレンドンさん」

「あなたにはおおいに感服いたしました、ペンディーン夫人。その辛抱強さもすばらしいのひと言に尽きます」

「ああした気の毒な叔父がいたら、辛抱強くなる以外にどうしようもありませんでしょう？ロバート叔父は自分がしたことの報いはすでに受けました。わたしでもそれはわかります。この世には命を失うよりもつらいことがあるんですね、ブレンドンさん。ロバート叔父にお会いになって、目を見ればわかりますわ。ジュゼッペですら、最初に叔父に会ったあとは真面目くさった顔になっていました」

ジェニーがごく自然にイタリア人の姓ではなく、名のほうを口にしたことに、ブレンドンの心はなぜか痛みを感じた。だが彼はそれを口実に質問をぶつけてみた。

「ドリアの話をすべて信じてらっしゃるのですか？　この家での彼の立場はどうなっているのでしょう？　召使いですか、それとも対等でしょうか？」

ジェニーは微笑んだ。

「対等というよりも、どちらかといえば彼のほうが上でしょうね。もちろんドリアの話はすべて信じておりますわ。疑う理由がありませんし。本当に立派な紳士で、とても趣味がいいのはそれこそ持って生まれたものなんでしょうね。育ちと教育は違います。ほとんど教育を受けていないようですが、繊細な感受性の持ち主なんですの。それはお感じになりますでしょう？」

「彼に関心があるんですか？」

「ええ」ジェニーはあっさりと認めた。「実のところ、ドリアのおかげでここまで来られたともいえますの。どんなときでも不思議なほどわたしの気分に寄り添ってくれるので」

「めったにない機会をとらえたわけですね」ブレンドンはしぶしぶといった口調で応じた。「そうですね。でも、だれでもおなじことをできるわけじゃありません。ここへ来たとき、わたしの心のなかは滅茶苦茶でした――いってみれば半ば正気を失っていたんです。ベンディゴー叔父は優しくしてくれましたが、なにぶん想像力が乏しい方なので、『白鯨』の一節を読んで聞かせてくれるので精一杯でした。でもドリアは年齢も近いうえ、男性にしてはめずらしく、女性的な面も持ちあわせているんです」

「女性というものは、女性的な面を持つ男をいやがるものだと思っていました」

「誤解を生むようないい方でしたかしら。ドリアはすっと人の気持ちに寄り添うことができるうえ、ある種の直感のようなものを持ちあわせているのです。そうしたことは男性よりも女性のほうが得意としているように思いますので」

ブレンドンが黙ったままでいると、今度はジェニーが尋ねた。

「ドリアのことをあまりお好きではないようですわね。それでは言葉が強すぎるとしたら、彼にいいところを見いだしてらっしゃらないように思います。彼のどこにそんな反感を持たれるのでしょう。なぜかドリアもおなじなんですの。やはりブレンドンさんのことが苦手らしくて。わたしからすると、おふたりとも礼儀正しく、ご親切な男性ですのに。まさか国籍が違うからと偏見をお持ちのはずはありませんよね、ブレンドンさんのように世界を股にかけて活躍なさっている方が」

鋭い言葉を投げかけられて初めて、これまで無意識にしろ、さしたる理由もなくドリアへの嫌悪感を態度に出していたことを自覚させられた――少なくとも、堂々と口にできるような理由はなかった。だがそれでも、ブレンドンは率直に答えた。ジェニーはそれを聞いて驚いた表情を浮かべたものの、実はたいして意外ではなさそうだった。

「その理由はひとつしかありません、ペンディーンさん。シニョール・ドリアに嫉妬しているのですよ」

「嫉妬？　どうしてです、ブレンドンさん――ドリアのどこに嫉妬なさるんです？」

「おわかりにはならないでしょうが」ブレンドンはそう答えたものの、その実ジェニーはすでに充分すぎるほど察していたようだ。「ドリアがきちんとした紳士であれば、わたしが嫉妬する必要などないでしょう。これから申しあげることは、どんな男性であろうと当分はペンディーンさんに向かって口にできないことだと承知しています。それでもなお、ドリアをうらやんでしまうのはごく自然なことでしょう。ほかでもないペンディーンさんからどこに嫉妬するのかと尋ねられたので、正直にお答えします。運命は、あなたの両肩に重くのしかかる酷としかいいようのない重荷を、軽くしてさしあげる栄誉を彼にあたえました。事実あなたは、彼の寄り添う能力や直感に助けられたとお認めになっている。英国紳士にはそんな真似は不可能だったとお考えかもしれません――おそらく、そのとおりなのでしょう。しかし英国紳士の端くれとしては、その機会をあたえられなかったことを心の底から残念に思うのです」

「ブレンドンさんも充分ご親切に、優しくしてくださいましたわ。そのことに感謝していないなどとはお思いにならないでくださいね。ロバート叔父を見つけられなかったのは、あなたの落ち度ではありませんし。それに結局のところ、見つけることに成功したからといって、なにが変わっていたのでしょう。不運な叔父の逮捕が数ヶ月早まっただけのことですよね。いまはこんなことをしていても仕方がないとロバート叔父が気づき、ベンディゴー叔父を頼って、この国のみなさんの慈悲深さを信じる心境になってくれたらいいと願っています」

こうしてジェニーは巧みにドリアと自分から話題を逸《そ》らせたが、ブレンドンもそれには気づいていた。いまでは、彼女のイタリア人に対する好意がそのうち愛という実をつけることには、確信に近いものを感じていた。そして、そのことをジェニーのために案じているのだと自分にいいきかせていたものの、こうも残念な思いに襲われるのは、実際には個人的な失望という自分本位な理由ではないかという懸念を拭いきれないでいた。

やがて西の海上にきらりと紅と緑に光るものが見え、ほどなくしてレドメイン家のモーターボートが戻ってくる音が聞こえた。まだ半時間もたっていないが、ロバート・レドメインが兄の説得を受けいれ、とうとう上陸しようとしているのでとあってくれとブレンドンは願った。しかし、残念ながらそうではなかった。石段を上ってきたのはジュゼッペ・ドリアひとりだったのだ。そのうえ彼の説明も要領を得なかった。

「旦那さまたちにはぼくが邪魔だそうなので、帰ってきました。でも、なにも心配いりません。隠れていた洞窟はすぐ近くだったんですよ。ほんの二マイル行ったところでランプの明かりが見えたので、そこへ向かったら、狭い浜にあるちっぽけな洞窟の前にロバート・レドメインさ

んが立ってました、なんと『兄さん以外の人間が上陸しようとしたら、だれだろうと撃つから
な！』という歓迎の言葉を叫びながら。旦那さまはなにも怖くないぞと叫びかえし、ボートの舳《へ》先《さき》が砂につくなり飛び降りました。そして、すぐに帰るようにとぼくに命じました。おふたりは一緒に洞窟のなかへ入っていきました。ぼくは一時間後に迎えに行くことになっています」

ドリアは洞窟の場所を説明した。

「引き潮のときに顔を出す、狭い浜の上にあります。子安貝があるところですよ。旦那さまが貝細工を作りたいとおっしゃったときに、小さな貝殻を拾い集めるためにマドンナをお連れしたあの場所です」

「ペンディゴー叔父は貝殻で驚くほど様々な装飾品を作ってくださるんです」ペンディーン夫人が説明した。

ドリアは何本が煙草を吹かすとまた石段を下りていき、二十分もたたずにモーターボートはふたたび海へ出ていった。ペンディーン夫人はブレンドンにおやすみなさいと挨拶すると、自室へ引き取った。自分は叔父たちの帰宅を迎えないほうがいいと判断したようで、ブレンドンとしても異論はなかった。

第八章　洞窟での殺人

ひとりになったブレンドンは未来に思いを馳《は》せ、もの悲しさに襲われた。ただの運というものに大切な希望を奪われたと感じたからだ。これまで運は何度となく忠実なしもべとなってくれたが、いま、人生のもっとも重大な問題で彼に背を向けたのだ。いまさら勝者となることが確定したライバルと自分自身とを引きくらべようとは思わないし、したところでなんら益はないが、運命はドリアにうらやましいほどの機会を恵んだ一方で、ブレンドンにはどんな機会もあたえようとはしなかった。とはいえ、もっと目端が利く男であれば、自分で好機を創りだしていただろうと自分にいいきかせた。運に見放され、勝利を手にできなかったブレンドンの愛に、いったいどれだけの価値があるのだろうか。

ひとりだけ除《の》け者にされたような気分だった。だが、ライバルのドリアではなく、彼こそが将来にわたってジェニーを幸せにできると強弁し、無理やり振り向かせるべく尽力する口実すら、ブレンドンにはなかった。というのも、長い目で見れば、ドリアのような陽気でなんでもひとりでこなす男のほうが、一緒に暮らすジェニーの満足度は高いだろうことも見えていたからだ。またドリアならばすべての時間をジェニーに捧げることができるのに比べ、将来のブレンドンにとって結婚や家庭というものは生活のごく一部でしかないこともわかっていた。残りを占めるのは仕事だった。ジェニーの立場がどうなろうと、またそれにより独立して暮らせるだけの収入があるとしても、彼に名声をもたらしてくれたいまの仕事を離れるつもりはなかった。だが、それでも一点だけジェニーのために心配していることがあった。ドリアのような魅力的な男は、ラテン系民族の伝統にしたがって、いつかひとりの女性では満足できなくなるかもしれない、その点だけは何度うち消しても不安が湧き起こってくるのだった。

続いて現状のべつの側面に目を向け、最近ジェニーが口にした言葉を全部思いかえしてみた。すると、ブレンドンの目には、すべてがある結論を指ししめしていると映った。つまり、ある一定の期間がたったら、ジェニーはだれはばかることなくドリアを愛するようになるだろうと。とりもなおさず、いまはそうと自覚していなくても、すでにドリアのことを愛しはじめているのだ。それには驚かされた。ドリアが魅力溢《あふ》れる男であることは重々承知していたが、それでもすでにジェニーの心のなかで最初の夫への思いが薄れはじめているとは、にわかには信じることができなかった。プリンスタウンでジェニーが嘆いていた様子、夫はわたしにとってすべてなのだと断言した口調はいまでも鮮明に覚えている。深い哀しみに包まれていることが痛いほどに感じられた。年齢こそまだ若かったが、若者特有の気楽さといったものは見受けられなかった。とはいえ、最愛の夫を失って悲歎に暮れている姿しか知らないのもまた事実だった。夕方のムアですれ違ったとき、夕陽に照らされて歌を口ずさんでいた様子が思いだされた。夫を亡くすまでは、おそらく陽気で快活な性格だったのだろう。だが、若くても軽薄さを感じさせることは一度もなかったに違いない。人間の性質を熟知しているブレンドンにとっては、それは考えてみるまでもないことだった。またジェニーの面差《おもざ》しには愛らしさとともに芯の強さがうかがえた。一緒に過ごした時間はわずかだが、真面目な話題に関心を示していた。もっとも、それは細かな気遣いをするジェニーが周囲に配慮した結果かもしれない。考えてみればブレンドン自身、ジェニーの前では真面目な顔しか見せたことがなかった。ドリアと一緒のときには、つらいことを忘れ、笑顔になることもあったに違いない。ドリアが機会あるごとに口にする身の上話が、みずからの物思いを忘れさせてくれる場面も多々あったろうことは想像にかたくない。どのみちあの若さでは、いつまでもため息ばかりついているわけにもいかなかっただろう。

モーターボートの音に、物思いにふけっていたブレンドンははっと我に返った。気づけば先ほど出ていってから一時間ほどが経過している。猛スピードで戻ってくるエンジン音に耳を傾けながら、今度こそベンディゴーと弟が乗っているものと思い、夜が明けるまでは用意された部屋へこもっていようと動きだした。ロバート・レドメインがみずから進んでブレンドンに会い、今後のことを相談したいといいだすまで、姿を現さないというとり決めになっているのだ。ところが今回もまた〈烏《からす》の巣〉へ戻ってきたのはドリアひとりだった。そしてドリアの説明を聞いて、ブレンドンの計画も変更を余儀なくされた。というのは、ベンディゴー・レドメインになにか忌《い》まわしいことが起きたのではないかと、ドリアが心配してひどくとり乱していたのだ。

「約束の時間になったので、ボートを寄せました。上げ潮のおかげで、洞窟の入り口まで数ヤードのところまで近づくことができたんです。ところがランプはついているのに、おふたりとも姿が見えません。ぼくは二度大声で呼びかけましたが、なんの返事もありませんでした。まるで墓場のようにしんとしているので、まさかだれもいないのかとボートをぎりぎりまで岸に寄せたんです。そうしたら洞窟は空っぽでした。ひどくいやな予感がしたので、こうして急いで戻ってきたんですよ」

「陸に上がってはいないんだな？」

「上がってませんが、洞窟まで五ヤードもないところまで近づくことはできました。いまは上げ潮なので。だれもいない洞窟をランプの明かりが照らしていました。お願いですから、一緒に来てくれませんか。なにかよくないことが起こったんじゃないかという気がするんです」

どうも事情がつかめなかったが、ブレンドンは急いでリヴォルヴァーと懐中電灯をとってくると、ドリアと石段を下り、ボートで海へ出た。船は猛スピードで数分走ったあとで針路を変え、崖の下へと入りこんだ。やがて暗闇に包まれた断崖絶壁の海面近くに、ツチボタルのようにひとつぽつんと光っている明かりが見えた。ドリアは速度を落とし、ゆっくりと明かりに近づいていく。やがてボートのエンジンを切ると、ドリアはロバート・レドメインが隠れていた洞窟の前の狭い浜に船首をつけた。ランプは明るく燃えていたものの、その明かりでは洞窟が空っぽなことを見てとるのが精一杯で、高い天井部分や、洞窟を奥まで進むとあるというもうひとつの出口までは見えなかった。そちらは岩に粗く刻まれた石段を上ったところにあるそうだ。

「ここはずいぶんと前、旦那さまに連れてきていただいたことがあるんです」ドリアが説明した。「昔、密輸をしてた連中が使っていた洞窟らしくて、彼らが削った石段がいまも残っています」

ふたりはボートを降り、ドリアがモーターボートをつないだ。すぐにふたりは悲劇が起きた証拠をまのあたりにすることになる。洞窟の床は砂混じりのきれいな砂利《じゃり》だった。岩壁は層となった岩が内側に向かって湾曲していて、細かい筋がある表面はそこかしこが崩れている。岩棚にランプが置いてあり、その下の床に半円形の光を投げかけていた。前日ロバート・レドメインへ届けた食料や飲み物がひとまとめにしてあり、どうやら満足いくまで飲み食いした様子だった。しかし、洞窟内でなによりも目を惹くのは踏み荒らされた地面だった。重そうなブーツで乱暴に歩きまわったようで、何本も筋が残っている。また、なにか大きなものが倒れたような跡があり、しかもブレンドンはそこで血痕を発見した——黒っぽいしみがすでに乾いているように見えるのは、ほとんど砂混じりの砂利にしみこんでしまったせいだろう。

それは血の海というほどではなく、せいぜいが血のしみだった。ブレンドンが懐中電灯の光を向けると、洞窟の奥へ向かって血痕が不規則に点々と続いているのが見てとれた。人が倒れたように見える場所からは、砂利の上にひと条《すじ》の筋が奥まで続いており、これはふたりいる男の片方がもう片方を倒し、相手を洞窟の奥にある、煙突のような形をしたもうひとつの出口へ引きずってできた跡のようだ。点々と残る血痕となにか重たいものを引きずった跡は石段の下まで続き、そこで途絶えていた。

ブレンドンはそこで足を止め、石段の長さとその行きつく先を尋ねたが、ドリアは呆然とするばかりで、しばらく答えが返ってこなかった。悲劇が起きたことをにおわす状況に心の底から衝撃を受け、怯えあがっている様子だった。

「殺されたんだ——殺されたんですよ！」ドリアはおなじ言葉を繰り返していた。口をぽかんと開けたまま、薄暗い洞窟内を怯えた目できょろきょろと見まわしている。

「しっかりしろ、落ち着くんだ。できれば協力してもらえないか」ブレンドンは声をかけた。

「一瞬も無駄にすることはできない状況と思われる。周囲を見るかぎりでは、だれかがここから引きずりあげられたようだ。そんなことができると思うか？」

「すごく力が強い男ならできるかもしれません。でも、見るからに弱っていたので——難しいと思います」

「この先はどうなっているんだ？」

「低い石段がしばらく続いて、そのあとは長い斜面、最後は頭を低くしてくぐらないと通れない穴みたいになってます。出たところは崖の途中の広々とした岩棚です。そこからは一本道しかなくて、でこぼこの急な坂道をジグザグに登るんです。ちょうどイタリアによくあるヘアピン・カーヴみたいな道が崖のてっぺんまで続いてます。でも歩くのもやっとという道ですから——夜、歩くのは無理ですよ」

「どのみち行ってみるしかないな。そうすれば夜歩くのが不可能かどうかもわかる。ボートはしっかりつないできたか？」

「手を貸していただければ、洞窟のなかへ引きあげておきます。そうすれば、ボートのことを心配することなく、あとを追うことができます」

時間をとられることを忌々《いまいま》しく思いながらもブレンドンが手を貸すと、さして苦労もなく、高潮線よりも高い場所へボートを引きあげることができた。それが済むと、懐中電灯を持っているブレンドンが先に立って足もとを照らし、ふたりは石段を上っていった。そこここに血のしみがついている以外、石段にはなんの手がかりも残っていなかった。石段を上りきると地下道は左に折れ、かたい岩のトンネルの登り坂となった。天井から滲《にじ》みだした水のせいで滑りやすい泥の上に、なにか重いものを引きずったような跡がまっすぐ続いていた。さらに五十ヤードほど進むとトンネルは狭くなり、天井も低くなったが、依然重いものを引きずりながら登った痕跡ははっきり見てとれた。ときおり言葉を交わす以外は、ふたりとも無言で進んでいたが、たまにドリアの独り言がブレンドンの耳に届いた。「ああ、旦那さま《パドロン・ミオ》、旦那さま《パドロン・ミオ》――殺されてしまったんだ！」と繰り返していた。

　トンネルの最後の十ヤードは、膝をついて四つん這いで進むしかなかった。やがてはるか下に海を見下ろす、崖の高い場所にある突きだした岩棚に出た。まったくの暗闇で、静まりかえっている。ブレンドンが片手を挙げて合図し、しばらくふたりは一心に耳を澄ましたが、聞こえてくるのは眼下の海の控えめなささやきだけだった。あたりの静寂を破る物音は一向に聞こえてこない。足もとの岩棚はきれいな草地だが、冬のことで茶色がかっており、あちこちに海鳥の糞が落ちている。岩棚の表面を懐中電灯の光で舐めるように照らしていくと、ドリアが灰色の羽根を何本か拾いあげた。

「旦那さまのパイプに使う羽根です。パイプの掃除にはいつも羽根をお使いでした」

　頭上にはインクのような漆黒《しっこく》の崖が高くそびえ、その向こうに空が広がっている。真夜中の雲は崖との対比で白っぽく見えるほどだった。ここでもまた、ブレンドンは下のトンネルから非常に重たいものを引きずってきた痕跡を発見した。また傍《そば》の草地には、重労働のあとで生きている人間がひと息ついた跡も残っていた。そのすぐ脇の草の上にはぬるぬるした血の塊《かたまり》がいくつか落ちていたが、この暗闇ではそれ以外の手がかりを捜すのは不可能だった。ブレンドンはマイケル・ペンディーンが殺された事件のことを思いだしながら、これまで発見した手がかりの数々で仮説を組み立てつつあった。どうやらベンディゴー・レドメインは弟の手にかかって殺されたと考えてまず間違いなさそうだった。しかもロバート・レドメインは前回同様、被害者を麻袋に入れ、証拠隠滅をはかったようだ。というのも、下のトンネル内から、なにか重たいものを引きずった跡をずっと追ってきたわけだが、その重たいものは丸みを帯びており、長い距離をずるずる引きずられてもその形状は変わらなかったのだ。

二分間その場に立っていたブレンドンが口を開いた。

「ここからはどこへ出られる道があるんだ?」ドリアはおそるおそる岩棚の東側へにじり寄り、岩棚から登っていく岩だらけの小径《こみち》を指さした。そのでこぼこの小径はほとんど使われていないらしく、イバラや枯れ草で覆われていた。ふたりはこの小径を登りはじめた。ブレンドンはなにも触れないようにとドリアに注意した。明るくなってから入念な捜査が必要となる可能性もあるからと。小径はずっと登り坂で、右へ左へと急角度で折れてはいるものの、着実に歩を進めることができないほどの急斜面ではなかった。ふたりはようやく崖のてっぺんにたどり着いた。五十ヤードあまり荒れ地を歩くと、耕作地と断崖絶壁とを隔てる低い柵に突きあたった。しかし待ち受ける者は見当たらず、そこは一面びっしりと草が生えており、足跡が残っているはずもなかった。

「なにがあったんでしょう?」ドリアが尋ねた。「ブレンドンさんは頭が切れるうえ、こうした悪辣《あくらつ》な犯罪にも詳しいですよね? ぼくにとっては友人でもあった旦那さまは殺されてしまったんでしょうか——あの海の強者《つわもの》はもうこの世にいないんですか?」

「おそらくは」ブレンドンは惨《みじ》めな気分で答えた。「わたし自身は疑問の余地はないと考えている。なんとかして防ぐべきだったのに、このような事態となってしまった。救えたかもしれない命を失ってしまった。そもそも最初からあんなことを信じるべきではなかった。わたしとしたことが、いわれたとおりそのまま信じてしまうとは」

「ブレンドンさんのせいじゃありませんよ。だって、聞かされたことをいちいち疑ってはいられないでしょう」

「何人《なんぴと》だろうと信頼せず、すべてを疑ってかかるのがわたしの仕事なんだ。とはいえ、だれかを責めるつもりはないし、はなからわたしを騙すために仕組まれていたと主張するつもりもない。しかし、明らかに理にかなっている内容だったので、ほかの人と同様、そのまま受けいれてしまった。自分の手できちんと調べてみることもせずにな。ドリア、きみにはわかってもらえないかもしれないが、人は聞かされたままをすぐに信じるが、わたしはすぐに受けいれずに時間をかけて調べるようにしてきたんだ」

「ブレンドンさんは最善を尽くしてくれましたよ。それをいうなら、だれもが最善を尽くしました。まさか兄を殺しに来るなんて、だれが想像できますか?」

「正気を失った男は、なにをしでかしたところで不思議はない。正気をとりもどしたのだと考えてしまったのは、わたしのミスだ」

「でも、それが自然ですよね。そうじゃないなんて、だれが考えます？　精神に異常をきたした人間じゃなければマドンナのご主人を殺したりしないけど、その後頭が正常に戻ったからこそ包囲網をするりと逃げだすことができた。だからブレンドンさんも一時は頭がおかしくなっていたが、また正気に戻ったと考えたわけですよね。だけど、ふたたび頭がおかしくなってしまったんですよ」

ブレンドンはできるだけ早くダートマス署へ向かいたかった。そうすれば夜明けには捜索を開始できるからだ。ドリアは海路と陸路のどちらが早く到着できるかを考え、街道よりはモーターボートで港まで送るほうが早いとの結論に達した。

「ですが、まずはトンネルを戻らなくてはなりません。それ以外にボートの場所まで行くルートはないんです」

ブレンドンはうなずき、ふたりはジグザグの小径を下りはじめた。岩棚へ着くとそのままトンネル内へ入り、やがて現れた石段を下り、洞窟に戻ってきた。そして、まだ燃えていたランプの火を消し、ボートへ乗りこんだ。夜明けの気配が漂うなか、小型ボートは全速力で走りだした。舳先《へさき》で勢いよく泡をけたて、鉛色の穏やかな海に白い航跡を残して。

〈鳥の巣〉の旗竿の下にだれかが立っていた。ふたりともそれがジェニーだと気づいた。彼女がなにか合図をしたわけではなかったが、姿を目にしたことでドリアはひどくうろたえて、ボートを停止してブレンドンに訴えた。

「いまにも心臓が口から飛びだしそうです。もう生きた心地がしなくて。この頭がおかしくなった男は、自分の味方やなによりも大事なはずの友人を裏切っています。でも、この男にもある法則があるんですよね。今回もそのとおりだとすると——ぼくたちがいない隙に——わかりませんか？　いま〈鳥の巣〉には女がふたりしかいません。いつあの男がやって来て、ふたりを殺すか——そう思いませんか？」

「きみはそう思うのか？」

「神と悪魔の前じゃ、どんなことだって不可能じゃありません」ドリアは崖の上の家を見上げた。

「たしかにそうだな。急いで行ってやってくれないか。夫人の身に危険が迫っているかもしれん」

ドリアは得意そうな表情を浮かべた。

「ブレンドンさんでも、すべてが見通せるわけじゃないんですね」ドリアは大声を張りあげたが、ブレンドンは答えなかった。失態を犯した自責の念と責任の重圧を両肩に感じていたのだ。

それでもブレンドンはドリアに今後の行動を指示した。

「ペンディーン夫人と召使いに、家中の戸締まりをしっかりしてから、一緒に来てくださるようにとお伝えしてくれ。町までご一緒して、わたしを降ろしたあときみと一緒に帰ったほうが安全だろう。とにかく一刻の猶予も許されないと伝えてほしい」

ドリアは指示どおりに十分で戻ってきた。真っ青な顔をして呆然としているジェニーと、怯えきって、いまもまだ身ごろのボタンを留めようと震える指で悪戦苦闘している召使いを連れて。ふたりとも恐怖のあまり、かしましく話しつづけていたが、ブレンドンが静かにしてほしいと頼んだ。叔父上の身に最悪の事態が降りかかった懸念があるとジェニーに伝えると、恐ろしい知らせにふたりともぴたりと口を噤《つぐ》んだ。モーターボートは猛スピードで進み、夜明け前に港内へ入り、浮き桟橋へと到着した。

ドリアの仕事はこれで終わりなので、ふたりの女性を連れて帰るよう頼んだ。そしてさらなる知らせがあるまでは、家から出ないようにと全員に指示した。

「なにかあったら、警察署に電話してください。しかし、ロバート・レドメインがやって来て、なかへ入れてほしいといっても、絶対に入れてはいけません」

ブレンドンはさらにいくつか細かい指示をあたえたのち、そこで別れた。

半時間もしないうちにこのニュースは広がり、捜索隊が陸路を現地へ急行した。ブレンドンはダマレル署長とふたりの巡査と一緒に、ダートマス港長の高速汽船で海路、現地へ向かった。汽船には食料も積みこまれており、ブレンドンは昨夜の出来事を説明しながら食事をした。洞窟へは午前八時過ぎに到着し、すぐさま洞窟の地面や岩壁、天井の秩序立った捜査が始まった。〈烏の巣〉になにかあったときは旗を掲げるとドリアととり決めてあったが、旗竿はそのままなところを見ると、〈烏の巣〉に異状はなかったようだ。

洞窟とその先の上の岩棚へ抜けるトンネルの入念な捜査が始まった。朝の陽射しが洞窟の隅隅まで照らしだすなか、巡査たちは岩の割れ目ひとつ見逃すことなく、ふたりで協力して徹底的に調べた。だが朝の光のなかでも、暗闇でブレンドンがすでに発見していたこと以上の収穫はなかった。発見できたものは、砂地の踏み荒らされた足跡、食べ残しの食料、岩棚に置かれたランプ、黒っぽく変色した血痕、なにか丸いものを石段まで引きずったらしき浅い筋、以上のものだけだった。いまは引き潮だが、小さな浜辺の高潮線にはよくあるゴミが流れついているだけだ。ダマレル署長は汽船へ戻り、ダートマスへ引き返すよう船長に指示した。

「これから崖の上へ登り、車で帰ることにするから、ホーク・ビーク・ヒルのてっぺんへ警察の車で迎えにくるよう伝えてくれ。そうそう、サンドウィッチとバス・ビールを半ダースほど車に用意しておくようにというのもな。正午になるころには、そいつが必要だろう」

汽船は出発し、入念な捜査が再開された。今度は煙突のような形をした石段、その先の登り坂となっているトンネル、そして崖の途中に位置する岩棚だった。巡査たちはゆっくりと進みながら調べていったが、石の上に残っているいくつかの血痕と昨晩なにかを引きずった跡以外は、なにも発見できずに終わった。

「サムソン並みの怪力の持ち主らしいですな」ブレンドンはいった。「ぴくりとも動かない、百五十ポンド以上はあるだろう男を麻袋に入れて、ここを引きずりあげることを想像してみてください」

「わたしにはとても無理だな」ダマレル署長が応じた。「だが、やってのけたわけだ。夏のベリー岬の二の舞になりそうだな。これから猟犬よろしく崖のあちこちに鼻を突っこんで捜索して、そのうち海に向かって突きだした場所を見つけるんだろうな。で、近くの穴熊か兎の巣穴で麻袋を発見するって寸法だ――今回もそれでおしまいとなるんじゃないだろうか」

一行が岩棚で休憩をとったとき、ブレンドンは鮮明な足跡をいくつか発見した――いかにも重たげな、鋲《びょう》を打ちつけたブーツの足跡というのが彼の見立てだった。残っていたのはトンネルの出口のすぐ傍《そば》の軟らかい地面で、そのつま先の鉄板と三角形の鋲には見覚えがあった。

ブレンドンはダマレル署長を呼んだ。

「フォギンターのバンガローで採取した石膏の型と比較すれば、おなじブーツだと判明するはずです。もちろん、さして驚くことではありませんが、同一犯の犯行だということは証明されるでしょう」

「そして半年前とおなじ手を使い、どこかに消え失せるってわけか」ダマレル署長が予言した。

「ちょっと聞いてくれ、ブレンドンくん。これはひとりの犯行じゃないんじゃないか。この事件の陰にはたくさんのことが隠されているような気がする――前回の事件同様にな。動機が見つからないからと、正気を失っていると判断するのは簡単だ。いちばん受けいれやすい意見だからな。だが長い目で見ると、それが正しいのかどうかは疑問だ。犯人は兄を誘いだして殺した。それもすさまじい悪賢さを発揮して。適当な話で約束をとりつけておいて、すぐに気が変わったとまったく新しい計画を提案し、ベンディゴー老人を意のままにしたわけだ。そして――」

「しかし、なにかよからぬことをたくらんでいると、どうすればわかります？　対処しなければばならない事情があったわけです。ペンディーン夫人が実際に顔を合わせ、言葉も交わしました。それはドリアも同様です。いずれにしてもこの事件では、被害者である夫人の言葉に疑念をさしはさむ余地はありません。なにも隠しごとはせず、キリスト教徒として恥じることのない行動をとったわけですから。気の毒な叔父の姿に涙を禁じえず、彼の伝言をもうひとりの叔父に伝えただけです。ところが突然として、最後の最後でロバート・レドメインの心中に恐怖が芽生え――それも当然なのですが――自分の隠れ場所までひとりで来てほしいとベンディゴー・レドメインに要求したのです。そこには真実の響きがありました。わたし自身、そこにまったく疑念は感じませんでした」

「それについてはもういいんだ」とダマレル署長。「なにも事件が起こったあとで、わかったようなことをいうつもりはないが、先ほどいったとおり、簡単につかまえられそうなときに捜索を中止し、我々が静観していたのは間違いだったと思っている。きみが指揮を執っていたからしたがったが、犯人がなにをいいたかったにしろ、兄だけじゃなく我々警官も聞くべきだった――そのほうが望ましい。どのみち犯人は言葉巧みに誘いかけ、兄に法を破らせようとたくらんでいたはずだからな。しかし、結局はまた罪のない者の血が流され、凶悪な犯人は忌々しくも――精神に異常をきたしているかどうかはともかく――いまもまだ大手を振って歩きまわっている。そのうえ、ひとりではなさそうだときている。まあ、こんな風に無駄口叩いていても仕方ないな。なんとしても犯人を逮捕しなくては――できるのであれば」

ブレンドンは黙って拝聴した。内心苛立《いらだ》ちを感じなくもなかったが、ダマレル署長の意見はまさに的を射ていると感じたからだ。

岩棚を隅々まで調べたブレンドンは、なにか丸みを帯びたものを地面に置き、そのかたわらに腰を下ろした跡を発見し、一同に見せた。だが、その場所から海へ死体を投げすてることは不可能だった。そこは百フィートほどの切り立った崖で、その下は岩がごろごろしており、さらに先には傾斜した段々が海まで続いている。ここから死体を投げすてたとしたら、かならずどこかに見えるはずだった。ところが岩棚の縁から見下ろしても、姿を消した男も、彼が引きずっていた重たげなものも、どこにも見当たらないのだ。崖のてっぺんまで続くジグザグの小径には、重たいものを引きずった跡も、鋲を打ちつけた足跡も発見できなかった。ごく最近のものと思われる足跡はあったが、それは昨夜のブレンドンとドリアのものだった。その後も巡査たちは曲がるたびに慎重に調べながら登っていき、正午を過ぎたころに崖のてっぺんに到着した。海へ向かって突きだしているてっぺんは、まさに目が眩《くら》む高さだった。六百フィートの崖はところどころごつごつした突起や岩が突きだしており、ホーク・ビーク・ヒルのてっぺんからなにか抛《ほう》り投げたら、落ちている途中で何度か引っかかることは間違いなかった。

ダマレル署長は足を止め、肩で息をしながらてっぺんの草地に足を投げだした。

「きみの意見は？」ダマレル署長はブレンドンに声をかけた。ブレンドンは周囲の地面を入念に調べ、眼下の岩棚や崖の突起を見下ろしていた。

「ここへは来なかったようです——少なくとも死体を処分するためには来ていません。岩棚の下の岩がごろごろしているあたりを調べなければいけませんね。あそこへ下りるルートがあって、犯人はそれを知っていた可能性もあります。おそらくいったん死体を投げすて、それを追うように犯人も急いで下り、死体の上に岩を積みあげて隠したんでしょう。きっとあそこで見つかりますよ——そう確信する理由は、それ以外の場所である可能性はないからです。ここまで引きずってきたのなら、とっくに発見しているはずです。わたしの見るところ、仮にそうしたかったとしても、もうそれだけの体力が残っていなかったのでしょう。どれだけの力自慢だったとしても、岩棚まで運んできただけで精根尽きて、これ以上は不可能だと悟ったんです。ですから、死体は岩棚の下にある岩のどこかに隠されている以外、考えられません」

「そういうことなら、一刻を争うわけじゃないな。そろそろなにか腹に入れておいたほうがいいだろう」ダマレル署長はいちばん近い街道目指して歩きだした。すでに迎えの車は彼らを待っていたので、一行は昼食にした。車を運転してきた巡査によると、目新しいニュースはないそうだが、ブレンドンとしてはいまごろは警察署になんらかの情報が届いているだろうと期待していた。今度こそ、それほど長いあいだ捜査の対象を発見できずにいることはないはずだと確信していたのだ。

一行は車を鎖でつなぐと、運転してきた巡査も一緒に、岩棚の下の岩がごろごろしている場所を捜索するために小径を下りていった。

「まったく、死体の見つからない殺人事件くらい厄介なものはないな」ダマレル署長が大声で断じた。「そもそも強固な立脚点に立っているのかどうかもわからぬうえ、参考にできるのは状況証拠だけ、それで立証することは不可能な事実を手がかりに、一歩一歩進んでいくしかないんだからな。すべての一歩が間違っている可能性を秘めている――つまり、真実に近づいているると見せかけて、実は遠ざかってるということも考えられるわけだ。血痕が残っていたからといって、それがすなわち殺人を示しているとはかぎらない。しかし、このロバート・レドメインという御仁《ごじん》は、赤い痕跡を残すのがことのほかお気に入りのようだな」

ダマレル署長の話を拝聴するうちに岩棚へ到着し、一行はその下の岩がごろごろしている場所へと歩を進めた。そこまで下りていくのはそう難しいことではなかった。道と思えないこともないルートが十本以上あったのだ。しかし最近だれかがここへ来た形跡は、ブレンドンもほかの者も発見することはできなかった。

つぎは岩がごろごろしている場所を四つに分け、まず最初に表面部分に異状がないかを一ヤードごとに調べた。続いてその下を順序立てて徹底的に調査した。岩をどけ、むきだしとなった地面を一平方フィートごとに入念に調べあげたが、だれかがそこを歩いたり、手で触れたりした痕跡らしきものは一切発見できなかった。ブレンドンはまず最初に、麻袋とその中身が落ちたと思われる岩棚の下あたりを捜索したが、そのような形跡はまったく見受けられなかった。岩に苔《こけ》はついていなかったが、血痕もなければ、このひとけのないあたりにだれかが侵入した痕跡も発見できず、空しい結果に終わった。頭上の崖を包む薄暮が色濃くなってくるまで、一行は三時間、脇目も振らずに慣れた手つきで捜索に没頭した。しかし、それでもなんの成果もなかった。ブレンドンがあれほどの確信を持って語った仮説はみごとに行き詰まり、彼は潔《いさぎよ》く失態を認めた。

一行は揃ってまた崖のてっぺんまで登った。街道ではひとり、ふたり、今日は一日、警察の捜索に協力してくれた民間人に行きあったが、逃亡犯を見かけたり、なにか噂を耳にした者はいなかった。

〈鳥の巣〉の門はダートマス署へ戻る車が通る街道沿いにあったので、ブレンドンは門で車を駐めさせ、ひとりで深く狭い谷を下り、突然主を失った家を訪ねた。喪に服している様子で、静寂に包まれている。ペンディーン夫人に会いたい旨を伝えると、怯えた召使いはお会いになれるかわからないと応じた。

「お気の毒に、奥さまは大変つらい思いをなさっています」召使いは説明した。「わたしが不幸を誘いこんでしまった、お気の毒な旦那さまのかわりに、わたしを連れていってほしいと神さまに祈っておいでです。ドリアさんがお慰めしようとしたのですが、奥さまは相手になさらず、ひとりにしてほしいとおっしゃったそうで。それこそ朝から泣きどおしでいらして、お目が溶けてしまわれるんじゃないかと心配です」

「ペンディーンさんらしからぬご様子だな。どこにいらっしゃるんだ？　そしてドリアはどこに？」

「奥さまはご自分のお部屋にいらっしゃいます。ドリアさんは手紙を書いているんだと思います。大至急、新しい仕事を見つけないといけないといってましたから。ひと月もすればお払い箱になるに決まってるからと」

「ペンディーンさんにちょっとだけお目にかかれないか、うかがってみてくれないか」と頼むと、召使いは確認してくると姿を消した。だが、ブレンドンは落胆することになる。今日はお目にかかれないが、明朝いらしてくださったら、もう少し落ち着いた状態でお会いできると思うとの返事だったのだ。

そういわれてはどうしようもなく、ブレンドンはすぐに車に向かって歩きだした。すると、ドリアがあとを追ってきたが、〈烏の巣〉ではなにごともなかったと報告したかっただけのようだった。

「訪ねてみえたのは牧師さんだけです。なにもかも旦那さまがお出かけになったときのままにしてあります」

「明日、また来るよ」ブレンドンは約束した。そしてダマレル署長たちと合流し、車でダートマス警察署へ向かった。

署に到着した一行は驚き、おおいに落胆することになった。丸一日の捜査がなんの実も結ばなかったそうなのだ。ロバート・レドメインの行方は杳《よう》として知れず、ダマレル署長は前回のブレンドンのように、自殺説を口にした。だがブレンドンは、今回は考えを改めた。

「半年前と同様、死んでいるはずはありませんが、通常の捜索では到底勝負にならない変装手段か隠れ場所があるに違いありません。明日はブラッドハウンドの手を借りるしかないですね。もっとも、いまとなってはそれほどにおいが残っているとも思えませんので、あまり期待はできませんが」

「今回もまた、プリマスから手紙でも寄こすんじゃないか」ダマレル署長がいった。

疲れきったブレンドンは足取り重く警察署をあとにし、ホテルに向かった。裏をかかれた経験はなにも初めてではなく、これまではそれをとくに苦にしたことはなかった。いってみれば、たまに得点ゼロでアウトになることがあっても、つぎのイニングで三桁の得点をあげればいいと考えている名クリケット選手の心境に近かったのだ。だが、おなじ事件で二度失態を繰り返したとなると、さすがに気がかりだった。そのこと自体にも困惑していたが、それ以上に自分の心理状態が腑に落ちなかった。いつもならば謎に刺戟《しげき》を受け、難問に挑戦することに奮い立つのだが、なぜか一向にその気力が湧いてこないのだ。

自分の知性に裏切られたように感じていた。いつものように彼ならではの大胆さで難問の核心に斬りこむどころか、インスピレーションの蠟燭《ろうそく》が放つひと条の光すら見いだすことができないのだ。実際、インスピレーションそのものがまったく湧いてこなかった。自分を弱々しくて無能だと感じたのはこれまで一度だけ——インフルエンザで倒れたあと——やはり今回のように先手を打つことができなかったときだけだった。

ブレンドンはようやく眠りにつくことができた。その直前に脳裏に浮かんでいたのは、姿を消した老船乗りではなく、ジェニー・ペンディーン夫人その人だった。叔父の突然の死を嘆き悲しむのはごく自然なことであり、悲歎に暮れていると聞かされても驚きはしなかった。あの感受性の鋭い女性が、ごく最近にも個人的に過酷な苦難に見舞われたばかりだというのに、また突然悲劇に襲われたときては、精神的にまいってしまっても不思議はなかった。いま、だれが救いの手をさしのべるのか？　夫人はだれを頼りにすればいいのか？　彼女はこれからどこへ行くのだろうか？

ブレンドンは早くから行動を開始し、ダマレル署長と協力して一日の捜索計画を練りあげたので、午前九時には大人数からなる捜索隊が出発した。というのは、朝を迎えても、電報にしろ電話にしろ、なんの情報も寄せられていなかったのだ。ロバート・レドメインがいまもまだ大手を振って歩きまわっていることは間違いなかった。

そのあと、ブレンドンは〈鳥の巣〉を訪ねることにした。これはひとえにジェニーへの思いに駆られての行動だった。夫人がひそかにドリアをどう考え、どのように心を傾けているにしても、いまの状況ではさしものドリアもあまり力となることはできないだろうと考えてのことだった。ドリアは基本的にはものごとがうまくいっているときだけの友人だ。ジェニーにはしなくてはならないことが山積みになっているはずだが、ブレンドンの知るかぎりでは、力を貸してくれる者はいなかった。夫人に会ってみると、げっそり憔悴《しょうすい》してはいたが、なんとか落ち着いた様子だった。イタリア在住の叔父に電報を打ったという話で、敢えて冬の英国へ足を踏みいれてくれるかは疑問に思いながらも、できれば来てほしいと夫人は願っていた。

「もう、なにがなにやらという状態で」とジェニー。「プリンスタウンのときを思いだしましたわ。こんなことになる何日か前、ベンディゴー叔父がいっていました――もうロバート叔父は死んだものと覚悟を決めたようで――法的にロバートの死が認められるには一定の年月が必要なんだろうなと。だけどいまでは、ロバート叔父は死んでいないことがわかり、お気の毒にもベンディゴー叔父が亡くなってしまったわけですわね。でもやはり、法的にはベンディゴー叔父の死も認められないのでしょうね、遺体が発見されなければ。ロバート叔父の書類などを調べたところ、遺言書は作っていなかったようです。なのでロバート叔父の財産は、死亡が法的に認められれば、兄弟で分配することになります。でもこうなっては、すべてイタリアにいるアルバート叔父が相続することになるでしょう。それで気の毒なベンディゴー叔父のほうはおそらく遺言書を作っていたと思うんです。ものごとをきちんとするのがお好きだったので。そうはいっても、叔父がこの家や財産をどうするつもりだったのかは、まったく存じませんけど」

ジェニーは捜査の役に立つどころか、参考になりそうなことすらひと言も口にしなかった。とても神経質になっている様子で、この崖の上に建つ家にひとりで暮らすのを一刻も早く終わりにしたいのかもしれない。だが、とりあえずはアルバート・レドメインの判断を待つ意向のようだった。

「アルバート叔父はひどく驚いていると思うんです。なにしろ〝赤毛のレドメイン家〟の最後のひとりになってしまったんですもの。なんでもオーストラリアではそう呼ばれていたそうですわ」

「どうして〝赤毛の〟なんです?」

「みんな揃って赤毛だからです。祖父の子供たちは全員がそうで、いうまでもなく祖父も赤毛でした。祖母もやはりそうでした——その子供世代でただひとり残ったアルバート叔父も、もちろん赤毛です」

「ペンディーンさんは赤毛ではないのですね。なんと表現すればいいのか、美しい鳶色《とびいろ》とでもいいましょうか」

ジェニーはそんなお世辞に嬉しそうな顔を見せたりはしなかった。

「すぐに白髪交じりになりますわ」

第九章　ひと切れのウェディング・ケーキ

アルバート・レドメインは英国を訪れるのは義務だと考えたらしく、はるばるやって来た。ジェニーはダートマスで、長旅を終えた叔父を出迎えた。

アルバートはしわが目立つ小柄な男だった。そのわりに頭は大きく、なんでも見通しているような大きな目をしており、頭ははげていた。わずかに残った頭髪はレドメイン家の名に恥じぬ鮮やかな緋色だ。まるで光輪のように禿頭《とくとう》を彩《いろど》る髪には白いものが交じり、まばらながら長く伸ばした顎ひげも白髪交じりだった。穏やかで誠実そうな声で話し、いくらかイタリアらしい身ぶりを交えることもあった。イタリア製の仕立てのいいコートに身を包み、大きい柔らかそうな帽子を頭に載せているせいで、本の虫である本人はほとんど見えなかった。

「ああ、ピーター・ギャンズがここにいてくれたら！」勢いよく火が燃える暖炉のいちばん近くに陣取ったアルバートは、ジェニーが語る悲劇の詳細に耳を傾けながら、何度もそう繰り返してはため息をついた。

「警察はブラッドハウンドまで使って洞窟を捜索したんですの、アルバート叔父さま。ブレンドンさんみずから指揮をお執りになったんですが、なにも見つかりませんでした。犬たちは洞窟からにおいをたどって、長いトンネルを抜けてあっという間に外の岩棚へ出たそうです。でも、そこからは様子がおかしかったそうですの。追うべきにおいが消えてしまったらしく、上の崖のてっぺんにも、下の岩がごろごろしている浜にも、まるで興味を示さなかったとか。あたりをうろうろしながらうなるばかりで。そのうちトンネルに引き返して、そのまま洞窟へ戻ってしまったみたいです。ブレンドンさんのお話では、こうした事件の場合、ブラッドハウンドはあまりあてにならないそうですわ」

「それで終わりなのか？――それで――ロバートはどうした？」

「ロバート叔父がどうしているのか、まったくわかりませんの。人が思いつくことは、すべてやっていただきました。地元の優秀な方々も大勢協力してくださったんですよ。州の行政長官といった各部署のお偉い方々が、ブレンドンさんに力を貸してくださって。それなのにロバート叔父をちらりと見かけたという情報もなく、あの恐ろしい夜のあと、どうしているかは見当もつきませんの」

「それをいうなら、ベンディゴーだってそうなんだろう」アルバートが不満げな声を洩らした。「おまえの気の毒な亭主のときと、そっくりおなじことを繰り返しとるじゃないか――血だけが発見されて、それ以外はなにもわからんときている！」

ジェニーは憔悴《しょうすい》した顔をしており、疲れている様子だった。それでも長旅で体調をくずさないよう、なにくれとなく老人の身辺を気遣っていた。

アルバートはぐっすりと眠ったが、朝を迎えるとひどく憂鬱《ゆううつ》で、気分が塞《ふさ》いでいた。遠くの地で聞かされただけでも恐ろしい出来事だったが、こうして事件が起こった場所に来てみると、その重みが増したように感じたのだ。そこで時間をかけてブレンドンから話を聞き、改めてドリアにも聞きただした。しかし、そうして得た情報からなにか閃《ひらめ》くこともなく、二十四時間後には、この小柄な老人はだれの力にもなれそうにないことがはっきりした。アルバートは怯え、恐怖に呑みこまれてしまったように見えた。〈烏《からす》の巣〉やもの悲しい海のささやきへの嫌悪をあらわにし、一刻も早く自宅へ帰りたいことを隠そうとしなかった。とりわけ日が暮れたあとは神経過敏になった。

「ああ、ピーター・ギャンズがここにいてくれたら!」ブレンドンやジェニーがなにかを知らせるたび、まるでそれに対する意見かなにかのように、アルバートは何度も何度もおなじ言葉を繰り返した。しかしジェニーがそのピーター・ギャンズ氏に来てもらうことはできないのかと尋ねると、彼はアメリカ人で、いまは連絡のとれないところにいると答えた。

「ピーターは」アルバートは説明した。「この世でいちばん親しい友人なのだ——ああ、ひとりの例外を除いてだがな——そちらは生まれて初めてなによりも大切だと思うようになった友人だ——おなじコモ湖畔の、我が家の対岸にあるベッラージョという町で暮らしとる。ヴィルジーリオ・ポッジという男で、ヨーロッパでも名高い蔵書家であると同時に、当代屈指の頭脳の持ち主だ――類を見ない天才で、ここ二十五年はだれよりも親しくつきあってきた。だがピーター・ギャンズもまた驚くべき人物でな――職業は刑事なんだが――数多《あまた》の才能に恵まれた男で、人間性を理解し、見通すことにかけてはまさに天才といえるし、彼と知りあうだけで貴重な識見を手に入れたも同然なのだ。

わたし自身は彼のように天賦《てんぷ》の才には恵まれておらんので、人間の性格についてなにがしかの知識があるわけじゃない。もっとも書物についてなら人よりは詳しいと自負しているし、ニューヨークでピーターと知りあったのも、いってみれば書物についての人並みはずれた知識のおかげだった。あのときは世間の耳目《じもく》を集めていた事件についてちょっと助言をし、それが犯罪の立証につながった。ひと言で説明すれば、メディチ家のために製作されたある特殊な紙が、その犯罪の発覚のきっかけとなったんだ。だが結果として、わたしはその重大事件の解決よりもはるかにすばらしい成果を手にすることになった。稀《まれ》に見る人物であるピーターという知己を得たんだからな。半ダースの本を読んだところで到底知りえないことを、彼から教えてもらった。ピーターこそは、天使のかたわらに控えるマキャヴェリなのだ」

ピーター・ギャンズ氏の説明が長々と続いたため、一同はもどかしい思いを抱えていた。そのときドリアが個人的な用件のために話を遮《さえぎ》った。ドリアは退職を希望しており、法的にこの地を離れることは許されるのかどうかを、ブレンドンに相談したかったのだ。

「ぼく個人の問題なんですが、《どんな逆風でもだれかの得になる》ともいいますし、なんの問題もないようでしたら、ロンドンに行きたいと思っているんです」とドリアは切りだした。

しかし、この異様な事件の正式な審理が終わるまで、数日はこの地を離れられないと聞かされて終わった。ベンディゴー・レドメインが殺害されたと思われる事件についても、その弟ロバートの失踪についても、捜査は暗礁《あんしよう》に乗りあげており、なんらかの光明を投げかけることすらできずにいた。フォギンター採石場跡近くで起きた最初の事件を思いおこした人びとは、病的なまでの好奇心に悩ませられることとなった。しかし、ふたつの事件に共通する動機は発見できず、ロバート・レドメインの謎は深まるばかりだった。なにしろどちらの事件も、そもそも目的が存在しないとしか思えないうえ、事実関係も曖昧模糊《あいまいもこ》としているのだ。いずれの事件も死体が発見できないままでは、姿を消した男性に対する殺人罪を立証することは不可能だった。

アルバート・レドメインは、彼が義務と考える期間が終わると同時にデヴォンシャーを離れることに決まった。彼が捜査にはなんの役にも立たないことが明らかになったからだ。明日には出発という晩、アルバートは弟の蔵書ともいえないわずかな本に目を通したが、蒐集家として興味を惹かれるものはなかった。それでも、何度も読んだ形跡のある古びた『白鯨』は弟の形見として手もとに置くことにした。また、ベンディゴーの〈航海日誌〉——八冊から十冊近くあった日記帳も荷物へ入れるようジェニーに指示した。自宅へ戻ったら、暇を見つけて読んでみるつもりだった。そしてアルバートは英国滞在の最後の最後まで、ピーター・ギャンズの不在を嘆きつづけた。

「実は来年ピーターはヨーロッパへやって来る予定でね」とアルバート。「犯罪捜査という恐ろしげな分野の科学においては、並ぶ者のない第一人者であることは疑問の余地もない。ピーターがここにいてくれたなら、だれひとりとして探りだすこともできずにいる、極悪非道な行為の意味を解明してくれることは間違いないだろう。とはいえ」ジェニーに向かってこうつけ加えた。「ブレンドンさんを始めとする警察の方々の骨折りを評価してないわけじゃないがな。しかし、実際に捜査は暗礁に乗りあげているわけで、それはとりもなおさず、不思議な力を持つ邪悪な存在のほうが、警察のみなさんの知性が垂らした釣り糸の錘《おもり》よりも、はるかに深い場所を動きまわっているということなんじゃないだろうか」

レドメイン家の者は、彼にはもちろんのこと、ほかのだれの目にも見えない、なにか邪悪な存在の犠牲になったと確信して、アルバートは帰っていった。しかしジェニーには、帰国したらアメリカのピーター・ギャンズに手紙を書き、これまでわかっているすべての事実を報告すると約束した。

「ピーターが来てくれれば、この悲劇に新しい視点をもたらすことができる」とアルバート。「彼なら我々の目には見えないものを発見してくれるだろう。いってみれば彼の頭脳は知的なX線のようなものなんだ。普通の人間の思考などはるかにおよばないレベルで、事実を探り、真相を見通すことができる」

山々のふもと、コモ湖畔にあるこぢんまりとした自宅へ帰る前に、この博覧強記の老人は名残惜しそうにジェニーへ別れを告げ、できるだけ早く訪ねてくることを約束させた。

ジェニーとドリアの精神的な結びつきにはついぞ気づくことはなかったが、彼のことは魅力的な人物だと気に入った様子で、ともすれば憂鬱に陥りがちな状況では、イタリア人の趣味の良さと機転は貴重だと感じていた。アルバートは出発前にドリアに金を渡し、必要ならば推薦状も書くと約束した。ジェニーについては、彼女が望めば祖父の遺産を自由に使えるようにするといいつつ、将来的には自分のもとへ来るものと疑いもしていなかった。

やがてアルバートは旅立ち、なんとしても解決するという決意で始められたレドメイン事件の捜査は次第に勢いを失い、完全に行き詰まっていた。なにしろ手がかりらしきものはひとつとして発見できず、捜査の進展もまったく見られなかったのだ。ロバート・レドメインは地表から忽然《こつぜん》と消え失せてしまったかのようだ。それも兄ベンディゴーを道連れに。これでレドメイン家はアルバートとその姪ジェニーだけとなった――そうジェニーが悲しそうにブレンドンへ洩らしたのは、より成果が期待できる事件の捜査に従事するため、暇乞《いとまご》いに彼女を訪ねた日のことだった。

ブレンドンはできるだけ早く叔父を訪ねたほうがいいと熱心に勧め、なにか彼にできることがあるなら、喜んで力になると伝えた。それに対し、これまでの彼の気遣いにジェニーは心のこもった礼を述べた。

「根気強く、とてもよくしてくださったこと、なにがあっても絶対に忘れませんわ。本当に感謝しておりますの、ブレンドンさん。あなたのためだけでも、いつの日かあの恐ろしい出来事の真相が明らかになってほしいと思っています。他人《ひと》さまから恨まれたり、憎まれたりなんて考えられない善良な人たちが、家族の手で命を奪われるなんて――まさに悪夢ですわ。それでもいつかは神さまが真相に光をあててくれるはずです――わたしはそう信じていますの」

ブレンドンはこれまで以上に深く愛していることを自覚しながらジェニーに別れを告げたが、将来のなにかにつながりそうな希望や約束めいたものは一切なかった。それでも、また会う日が来ることについては揺るぎない確信があった。ジェニーは今後の身の振り方が決まったら知らせると約束したものの、イタリアへ来るようにとのアルバートの招待を受けるかどうかは迷っているそうだった。彼女の今後を決めるのはドリアなのだろうと考えながら、ブレンドンは辞去した。しばらくジェニーがコモ湖に滞在するとなったら、陽気で誇り高いイタリア人はすぐさまあとを追うだろうことも想像がついた。

とはいえ、さしあたってはドリアも自分のことで精一杯という様子だった。〈鳥の巣〉からブレンドンをモーターボートで送るのもこれが最後というとき、テムズ川近くでいい仕事が見つかったと説明した。

「また会えるといいですね。そのうちどこかで面白い冒険の話を耳にするかもしれませんよ、陽気《アレグロ》なドリア――明朗闊達なヒーローが大活躍する話をね」

ドリアと話をしているうち、頭の回転の速いドリアにからかわれているような気がしてきて、ブレンドンは苛立《いらだ》ちを感じた。ドリアは極力おとなしくしていようと努めていたはずが、ラテン系ならではの遊び心がひょいと顔を出して、この状況下だというのに、皮肉の効いた、ある意味で残酷な言葉を投げつけるのだった。

事件のことが話題にあがると、ドリアはさっぱり見当もつかないといいながら、それとなくではあるが、躊躇《ちゅうちょ》なくブレンドンの失敗をあげつらった。もっとも半年後には、はるかに信頼のおける人物の口からおなじことを聞かされることとなるのだが。

「この恐ろしい事件で、なによりも理解できなかったのが、ブレンドンさん、あなたのことです。有名な探偵さんだっていうのに、実際に事件が起きてみたら、おろおろするしかないぼくたち一般人とたいして変わらないんですからね。それがずっと長いあいだ不思議で仕方なかったんですが、いまごろになってようやくわかりましたよ」

「たしかにいいところをお見せできず、お恥ずかしいかぎりだ。なにか重大なこと——アーチの中央に鎮座する要石《かなめいし》を見逃してしまったんだろう。しかし、いまごろになってなにがわかったというんだ？　わたしのことをよく知ってみたら、とんでもない阿呆だとわかったってことか？」

「まさか、そんな。全然違います。ブレンドンさんは腕利きで頭の切れるお方ですよ。でも——イタリアにこういう諺《ことわざ》があります。《猫に手袋をしたら、鼠をとらなくなる》って。マドンナが未亡人になったとわかったときから、ブレンドンさんは手袋をされてしまったんですよ」

「どういう意味だ？」

「それはご自分がいちばんよくおわかりでしょう」

ふたりの会話はそこで途絶えた。ブレンドンは仏頂面《ぶっちょうづら》で沈黙し、ドリアは桟橋へボートを寄せるため、エンジンを減速した。

「またお目にかかるような予感がします」ふたりは別れの握手をした。おなじ予感がしたブレンドンは、ドリアの言葉に大きくうなずいた。

「そうなるかもしれないな」

それから数ヶ月、この未解決事件でささやかな役割を果たした人びとの消息を、ブレンドンが耳にする機会はなかった。ブレンドンは日々忙しく過ごし、難事件をみごと解決に導き、翳《かげ》りの見えた名声もある程度復活したように思えた。しかし、成功したところで彼の自尊心は回復せず、心で熱く燃えさかる恋の炎も小さくなる気配すら見せなかった。

一度ジェニーから、イタリアへ発つ前にロンドンでお会いできたらという手紙を受けとった。アルバート叔父の世話になると決めたと知り、いくらかほっとした。しかしそれ以降はなんの音沙汰もなく、〈烏の巣〉から届いたその手紙に返事をしたため、ペンディーン夫人へ送ったが、それに対する返事はなかった。数週間が過ぎたが、いまもデヴォンシャーにいるのか、それともロンドンへ来ているのか、あるいはとっくにイタリアへ旅立っているのか、ブレンドンには知りようもなかった。というのも、ジェニーからの手紙は二度と届かなかったのだ。

早春になると、アルバート・レドメイン気付で長い手紙を書きおくったが、これにもなんの反応もなかった。やがてそのあたりの事情が明らかになった。ジェニーはとっくにロンドンへ来ていたのだが、ある理由からそのことをブレンドンへ知らせずにいたのだった。ひと言でいえば、彼のことを思いだすこともなければ、必要ともしていなかったのだ。彼女の毎日はべつのことで占められていた。

三月下旬のある日、ブレンドンに小さな三角形の包みが届いた。海外からの荷物で、開けてみると、なかからひと切れのウェディング・ケーキが出てきた。手紙が添えてあった――一行だけの短い手紙だった。「過日のご親切に感謝いたします。ジュゼッペとジェニー・ドリア」礼状を出したくとも、肝心の住所が書いてなかった。だが包み紙の消印から荷物はイタリアで発送されたことがわかった――ドリアがありし日の一族の栄華と廃墟と化した城の話をしたときに、名が出てきた町ヴェンティミーリアだった。

突然だったとはいえ、とくに意外とも思わぬ出来事だった。だがそれでも、これですべてが終わりではないと、なぜか確信めいたものを感じた。事実、そのうちまたジェニーと親しく顔を合わせることになるのだが、このときすでにブレンドンは、かならず起こる未来としてそのことを予感していたのだ。とはいえ、そうした確信めいたものを感じたところで、こうして知らされた事実の衝撃が薄まるわけではなかった。この先いつまでもジェニーのためなら力を貸すことを厭《いと》わないと、無意識のうちに自分に誓ってはいたが、この愛は今日かぎり忘れ去るしかなくなった。希望という希望は断たれたわけで、今後、仕事で顔を合わせることになるとしても、それがどういった事情になるのかは見当もつかなかった。その夜は眠れぬまま、ドリアの妻となったジェニーと過ごした時間をひとつひとつ思いかえして、煩悶《はんもん》することになった。

ところが、そうしているうちにほかの記憶も呼び覚まされて、ブレンドンの意識はふと彼の想像を超える謎に向いた。わずか九ヶ月前には夫を亡くして嘆き悲しんでいたあの優しい女性が、嬉々として軽い気持ちで違う男との再婚に踏み切るということがありうるのだろうかと疑問に感じたのだ。彼の記憶のなかのジェニー・ペンディーンは、突然夫に先立たれて深く苦しんでいた。それがつい最近知りあったばかりの男と再婚し、いまではもうなんの不満もない幸せな花嫁になっているなどと、はたして納得できるだろうか。

実際にそうなったのだから、それはたしかにありうる出来事なのだろう。しかし、時期尚早といってもいいタイミングで結婚したからには、おそらくはそれ相応の理由があるに違いない。それが理解できれば、しっかりしたジェニーらしからぬ軽率な行動も許容できるだろう。ブレンドンの幻と消えた夢や、未来永劫《えいごう》に消えることのない喪失感もさることながら、ほかを顧みない愛がこのような奇跡を成し遂げ、外国人の配偶者とのどうなるかわからぬ未来のために、彼女が結婚していた過去までも消し去ったとあっては、がっくりと全身の力が抜ける思いだった。

なにか隠された事情があるはずだ。心から愛した女性の名誉のため、それを明らかにしたいという抑えきれない思いが湧き起こった。

第十章　グリアンテにて

イタリアに暁《あかつき》の光が訪れ、靄《もや》に沈む山がスイカズラ色に染まった。そのはるか下、小高い丘の中腹ではまだ世界はまどろみから覚めず、コモ湖は黄金とトルコ石もかくやという色に輝き、湖畔では花々がとりどりに咲き乱れていた。静寂そのものの時間が流れる。コモ湖畔に白や薔薇《ばら》色の貝殻のように点在する小さな町や集落もまだ夢のなかだった。やがてあちこちの鐘《しょう》楼《ろう》の柔らかな鐘の音が静寂を破った。鐘の音がそれぞれ呼応してハーモニーを奏《かな》で、しばらくは湖面でたゆたっていたが、そのうち空へ昇っていき、小鳥のさえずりと変わらない響きとなった。

ふたりの女性がグリアンテの急な坂道を登っていた。ひとりは褐色の肌をした年輩の女性で、黒い服を着て、額にオレンジ色の布を巻いていた――がっしりとした筋肉質の体つきで、肩に空の籐の大籠を載せている。もうひとりは薔薇色の絹のニットに身を包み、眩《まばゆ》い朝陽を浴びて、美しい景色にさらに美しさを添えていた。

ジェニーは蝶のように軽やかに坂道を登っていった。朝陽のなか、ますます可憐《かれん》さが際立つものの、額のあたりにかすかな疑念のような、警戒した憂《うれ》いめいたものが漂っている。印象的な瞳は、イタリア人女性と一緒に登っている急斜面の前方へ向けられていた。年長の連れに合わせるように歩調を緩め、しばらくするとふたりは道沿いにあるこぢんまりとした灰色の礼拝堂の前で足を止めた。

アルバート・レドメイン家の背後にある広くて背の高い飼育小屋では、六月を迎えて蚕《かいこ》たちのほとんどは繭《まゆ》を作りおえていた。これも例年のことだが、下の谷で収穫した桑の葉はほとんど残っていなかった。

そのため、老愛書家の家政婦アッスンタ・マルツェッリは、叔父を訪ねてきている姪と一緒に、まだ変態できないでいる蚕の餌をどうにかして入手できないものかと、こうして坂道を登ってきたのだった。

空が白みかけたころに出発し、干上がった水路を登っていくと、葡萄《ぶどう》が女王然と生い茂る場所へ出た。地面に落ちたオリーヴの花が、いい香りのする透《す》かし細工のように見える。膨らみはじめた何百万という小さな葡萄を眺めながら進むと、その先は矩形《くけい》や扇形の畑が続いた。収穫を待つばかりの黄色く色づいた麦畑と青々と茂った生長途中のとうもろこし畑が交互に現れる。イチジクやアーモンド、葉を収穫された桑の枝になる赤と白の実が畑の仕切り線となっていた。真紅のサクランボが鮮やかに彩《いろど》る生け垣があるかと思えば、明るいが狭い草地では羊や山羊が柔らかな草を食《は》んでいる。さらに登っていくと、眩いばかりの栗の林があった。陽を浴びてきらきら輝く房が軽やかに揺れる様は、暗く沈む山の松林と鮮やかな好対照をなしていた。

やがて道の両側に二本の高い糸杉が立つ場所に出たところで、ふと見るとほこらがあった。アッスンタとジェニーはそこでひと休みすると決めた。ジェニーは昼食を入れたバスケットを下ろし、アッスンタは桑の葉を入れるつもりの大籠を地面に置いた。

眼下の湖はいまでは翡翠《ひすい》色の液体が入ったカップほどの大きさで、ひと条《すじ》の光が湖畔の山陰へと走っていた。ふたりの目は湖面を進む船に注がれていた。

二艘の船はどちらもおもちゃの水雷艇のようだった——船尾の手すりにイタリア国旗をつけた赤と黒の筋が湖面を進んでいく。しかし二艘ともおもちゃどころではなく、アッスンタにとっては憎悪の対象だった。というのも、その忌《い》まわしい船が象徴しているのは当局と山中にひそむ密輸業者との絶え間なき闘いであり、十年前に法を破って死亡したアッスンタの夫を否応なく思いおこさせるからだ。カエサル・マルツェッリは幾度となく法を破り、税関の役人たちとの大激戦の末に命を落としたのだった。

　眩い朝陽が山のあいだから細く射しこみ、やがて湖を包みこんだ。湖をとりかこむ丘は赤く染まり、その下の湖面もきらきら光っている。はるか彼方の朝靄に煙る高原では、瑠璃色《るりいろ》の空の下、残雪が白くきらめいていた。

　ふたりがかたわらに腰を下ろした小さなほこらの屋根には鉄製の錆《さ》びた十字架が立っていて、古びた茶色の屋根瓦は日に焼けて色褪《いろあ》せていた。ほこらは海の星《マリス・ステラ》に捧げられたもので、なかへ入ってみると、祭壇の下に白く光る骨がたくさん置いてあった——はるか昔に伝染病で命を落とした男女の頭蓋骨、大腿骨、肋骨だった。

「黒死病で死せる者たち《モルティ・デッラ・ペステ》」ジェニーが祭壇の正面に書かれた言葉を読みあげた。過去を思いだしたせいで浮かない表情のアッスンタは、かぶりを振りながらうら若き女主人に声をかけた。

「たまにこの人たちをうらやましいと思うんですよ、シニョーラ。もう大変なときは終わってるわけですもんね。この頭だって、しょっちゅう痛みにうめいたり、涙を流したりしたんだろうけど、いまはもう痛みもなければ、泣くこともないんですからね」

　アッスンタはイタリア語で話しかけたので、ジェニーが理解できたのは一部だけだった。それでもアッスンタに倣《なら》って隣にひざまずき、海の星である聖母マリアに朝のお祈りを捧げ、それぞれのいまいちばんの願いをお聞き届けくださいと念じた。

やがてふたりは立ちあがった。アッスンタはお祈りのおかげか、先ほどよりも穏やかな表情を浮かべている。ふたりはさらに上へと登っていった。年長のアッスンタは、スイスとイタリアを行き来して自由貿易をしていただけの正直者の夫が、眼下の湖で政府の船に乗っている奴隷たちに殺されたことは、どれだけむごい言語道断な出来事であったかを言葉を尽くして説明した。ジェニーもうなずきながら耳を傾け、なんとか理解しようと努めた。イタリア語はかなり上達したが、早口なアッスンタのこのあたりの方言は、まだ理解するのが難しかったのだ。それでも亡くなった密輸業者の夫が話題なのはわかったので、同情をこめてうなずくのだった。

「犬よりもひどいですよ！」アッスンタは吐き捨てた。そこで坂が急斜面にさしかかり、さしものアッスンタも口を閉じるしかなかった。

このあとジェニー・ドリアを無理やり過去の悲劇へと引きずりもどす、その日いちばんの大事件が起きることになるのだが、それはまだ何時間も先の話だった。やがてふたりは小さな花が咲き乱れる狭い牧草地へ出た。よく見ると高山植物のなかに桑の木の茂みが交じっていたので、今日のところはここで収穫することに決めた。その前に持参した卵のサンドウィッチ、クルミ、乾燥イチジクで腹ごしらえをして、小さなフラスコの赤ワインもふたりで分けあった。デザートにサクランボをいくつかつまみ、ふたりは食事を終えた。アッスンタはすぐに桑の葉を摘《つ》み、大籠へ入れはじめた。一方のジェニーはしばらくぶらぶらして、煙草を吸った。結婚してから身についた習慣だった。

やがてジェニーも連れの手伝いを始め、ふたりで大籠いっぱいの桑の葉を集めた。作業を終えたジェニーは、この谷間に咲く鮮やかなオレンジ色の大きな百合を一、二本摘み、それをしおに家路へついた。一マイルほど下り、山の肩にさしかかったところで、ふたりは涼しげな日陰でひと休みした。眼下の北の方角の湖畔にふたりが目指す家はあった。ぽつぽつと集落があるメナッジョのあたりを見下ろしていたジェニーは、ピアネッツォ荘の赤い屋根と、裏手の蚕を飼っている茶色の背の高い小屋が見えると声をあげた。

対岸の岬へ目を移すと小さな町ベッラージョがあり、その向こうでは雲ひとつなく晴れわたった空の下、レッコ湖の水面がきらきら光っていた。そのとき、なんの前触れもなく、まるで宙に絵を描いたかのように、目の前の道に背の高い男が立っていた。帽子もかぶらずに赤毛はむきだしで、血走った凶暴そうな目がぎらぎらしている。やはり赤毛の立派な口ひげをたくわえ、ツイードの上着とニッカボッカ、赤いベストという出《い》で立《た》ちで、手に帽子を持っていた。

ロバート・レドメインだった。なにも知らないアッスンタがロバートをじろじろ見ていたら、いきなりジェニーの手がきつく彼女の腕をつかんだ。ジェニーは恐怖のあまり悲鳴をあげ、そのまま意識を失って地面に倒れた。アッスンタは慌ててジェニーの様子をうかがい、大声で励ましたり、なにも怯えることはないとなだめたりした。しかし、ジェニーが意識をとりもどしたのはしばらくたってからで、そのあともすっかり怯えきった様子だった。

「あなたも見た?」ジェニーは喘ぎながらアッスンタにすがりつき、叔父が立っていたあたりを恐怖に満ちた眼差《まなざ》しで見つめた。

「ええ、ええ――赤毛のおっきな男ですよね。でも、なにも変なことをしようとしたわけじゃありませんよ。それよか、奥さまが大声をあげなさったんで、あっちのほうが怖くなったみたいで。まるで赤毛の狐のように、すごい速さで森のなかへすっ飛んでいきました。イタリア人じゃありませんね。ドイツ人か、英国人じゃないですか。たぶんスイスから紅茶や葉巻、珈琲、塩なんかを持ちこもうとしてる密輸の連中でしょ。税関役人《ドガニエリ》にたんまり握らせときゃ、目をつぶってくれるだろうけど、それをしなかったら撃ち殺されちゃいますよ——あいつら、犬よりもひどいんだから！」

「いまの人のこと、しっかり覚えておいて！」ジェニーは震える声で頼んだ。「どんな風だったか、見たままを覚えておいてほしいの、アッスンタ。アルバート叔父に説明できるように。あれはアルバート叔父の弟——ロバート・レドメインなのよ」

アッスンタ・マルツェッリも事件についてはある程度聞いており、主人の弟が重罪を犯して行方を追われていることは知っていた。

アッスンタは顔の前で十字を切った。

「ああ、神のお慈悲を！　あれがその悪人なんですね。そういえば赤毛でした！　とにかく早く逃げましょう、シニョーラ」

「どちらの方向へ行ったの？」

「まっすぐこの下の森へ走っていきました」

「わたしに気づいたと思う、アッスンタ？　わたしだとわかったみたいだった？　叔父だと気づいたあとは、もうちゃんと見る余裕がなくて」

アッスンタはなにを訊かれているのか、一部しか理解できなかった。

「いいえ、どっちも見ちゃいません。後ろの湖をじっと見てましたけど、その顔ときたら！　地獄へ墜ちた顔っていうのはああいうのをいうんですね。そのとき奥さまが悲鳴をあげなさったけど、それでもこっちは見ないで、すぐ消えちゃいました。べつに怒っちゃいませんでしたよ」

「なぜここにいるのかしら。そもそもどうやってここまで来たんだと思う？　それに、これまでいったいどこにいたというの？」

「あたしにはさっぱり。旦那さまなら、なにかご存じかも」

「アルバート叔父のことが心配でたまらないわ、アッスンタ。できるだけ早く帰りましょう」

「旦那さまに危険が？」

「わからないけど。もしかしたら」

ジェニーは大籠を肩に載せるアッスンタに手を貸し、並んで歩きだした。しかしアッスンタがあまりにもゆっくり歩いているので、すぐに耐えられなくなった。

「恐ろしくてたまらないわ。いやな予感がするから、急いで帰ったほうがいいと思うの。ねえ、わたしだけどんどん先に歩いていってしまったら、怖いかしら、アッスンタ」

今回はなんとか意味が理解できたようで、まったく怖くはないと答えた。

「あたしは赤毛の人と揉めてるわけじゃありませんからね。なんであたしになんかしたりするんです？　もしかすると、あれは人間じゃなく、幽霊かもしれませんよ、シニョーラ」

「そうだといいけど」ジェニーはきっぱり否定した。「でも幽霊ではないわよ。森へ駆けこむ音を聞いたでしょう、アッスンタ。できるだけ早く帰るために、近道を走っていくことにするわ」

ふたりはそこで別れた。ジェニーは何度もつんのめって首の骨を折りそうになったが、恐怖に背中を押され、若さゆえの勢いで先を急いだ。アッスンタはジェニーが一、二度立ち止まり、あたりを見まわして耳を澄ますのを見ていたが、そのうち岩や垂れさがる茂みでその姿は見えなくなった。

ロバート・レドメインがまた人生にかかわってくるという予期せぬ事態を迎えたジェニーだったが、それ以降は姿も見かけなければ、物音も耳にしなかった。頭のなかにはアルバート叔父のことしかなく、一刻も早く叔父に会って、このことを伝えなければとしか考えられなかった。この出来事の意味を考え、自分の身の安全を確保する方法は叔父に任せるしかない。ところが帰宅してみると、叔父はベッラージョに出かけて留守だった。アッスンタの弟でもある召使いエルネストの説明によると、昼食のあと、親友の愛書家ヴィルジーリオ・ポッジを訪ねることにしたそうだった。

「郵便で本が届いたんです、シニョーラ。それをご覧になったとたん、旦那さまはボートを手配なさいました。向こう岸を訪ねなければとおっしゃって」エルネストは英語が堪能で、そのことが自慢でもあった。

ジェニーはもどかしい思いでずっと待ちつづけていたが、アルバートが帰宅したときには待ちかねて浮き桟橋まで迎えに出ていた。姪の姿に気づいたアルバートは微笑み、大きい柔らかそうな帽子をとった。

「さすが、我が親友ヴィルジーリオだ。それはまた垂涎《すいぜん》の書を手に入れたものだと、大喜びしてくれたぞ——紛《まご》うかたなきサー・トマス・ブラウンの——なんと『プセウドドキシア・エピデミカ』のイタリア語版だ。わたしにとっても、ヴィルジーリオにとっても、記念すべき日となった！　しかし——しかし」そこでジェニーの怯えた目と、腕に置かれた手に気づいた。

「どうした？　なにかあったのかね？　怯えているじゃないか。まさか、ジュゼッペについてなにか悪い知らせでも？」

「とりあえず早く家にお入りになって」ジェニーは答えた。「なかでご説明しますので。それはもう恐ろしい出来事がありましたの。どうしたらいいのか、わからなくて。でも、これだけははっきりしています。この件が解決するまでは、叔父さまをひとりきりにしてはいけないということです」

家に着くと、アルバートは大ぶりの帽子とコートを脱いだ。それから書斎に腰を落ち着けた——驚くべき部屋だった。高い天井までびっしりと本が並べられている。その五千冊におよぶ書籍の装幀が豪華とはいえ色調は暗いため、部屋全体が沈んだ印象だった。ジェニーがばったりロバート・レドメインに会ったことを報告すると、アルバートは五分ほど考えこみ、驚いたが、彼もまったく事情はわからないと応じた。とはいえ恐怖を感じている様子はなく、しわの多い小さな顔は翳《かげ》りもなく、大きな目をきらきらと輝かせている。それでも、この異常な出来事から素早く危険を感じとってはいるようだ。

「見間違いではないのかね？」アルバートが確認した。「それによって、すべてが変わってくる。姿を消している不幸な弟をこの地で、これほどわたしの近くで見かけたのがたしかならば、それは驚くべきことだ。ジェニー、いささかの疑いをさしはさむ余地なく、絶対にそうだといいきれるかね？　その哀れな男は、自分の想像力の産物でも、ロバートに似ているだけの別人でもないのはたしかなのか？」

「そうであってくれたならと、心の底から願っておりますわ、アルバート叔父さま。でも、絶対に見間違いではありません」

「最後に会ったときと寸分違《たが》わぬ格好だった——ゆったりしたツイードの上着に赤いベスト——というのが、どうも幻覚だったのではないかとの疑いを捨てきれんのだ。哀れなロバートがまだ生きているとしても、一年もたってヨーロッパの半分を移動しているというのに、どうしていまもおなじ格好のままなのだ？」

「たしかに普通に考えればありえないことですわ。でも、すぐそこに立っているのを、いまの叔父さまとおなじくらいはっきりと見ましたの。絶対にわたしの妄想ではありません。なにしろ、ロバート叔父のことを考えていたわけではなく、アッスンタとは蚕の話しかしていないのに、二十ヤードも離れていないところに突然現れたんですから」

「それで、おまえはどうしたんだね？」

「愚かなことをしてしまいました」ジェニーは正直にうちあけた。「アッスンタの話では、わたしは大声をあげたと思うと、倒れて意識を失ってしまったそうです。わたしが気づいたときには、叔父はもうどこにもいませんでした」

「そうなると、問題はアッスンタも弟を見たのかどうかだ」

「わたしも意識をとりもどしてすぐ、そのことを確認しました。見ていないでほしいと思いながら。だって、そうだったら叔父さまがおっしゃるとおり、わたしの幻覚だということになりますし。でもアッスンタもはっきり見たそうです――なにしろ赤毛の男はイタリア人ではなく、ドイツ人か英国人だと断言してましたから。物音も聞いたそうです。わたしが大声をあげたあと、ロバート叔父が森に逃げこむ音を」

「おまえのことがわかったのだろうか？」

「それはわかりません。でも、おそらくそうだろうと」

アルバートは炉の傍《そば》にある小さなテーブルに置いた箱から葉巻をとり、火をつけた。何度か深く吸うと、また話を続けた。

「これはかなり不穏な事態だな。できればこんなことになってほしくなかったが。なにも警戒する必要はないのかもしれんが、ベンディゴーが行方不明になっていることを考えれば、恐怖を感じるのも当然といえよう。どういう奇跡が起こったのか、ロバートは半年のあいだ、捜査の手をかいくぐり、自分の異常な精神状態も隠しおおせてきたようだ。つまり、わたしはいま、尋常ではない危険に直面しているということか。考えつくかぎりの用心をしなくてはならないな。ジェニー、おまえもだよ。ふたりともに危険が迫っているのかもしれない」

「そうかもしれません。でも、まずアルバート叔父さまが用心してくださらないと。とにかく一刻も早くなにか手を打たないといけませんわ、叔父さま——今日——いますぐにでも」

「そうだな。このようなつらい試練に耐えなければいけないのも、神のご意思なのか。しかし、天はみずから助くる者を助く、ともいうからな。それにしても、これまで、わたしの知るかぎりでは実際に危険にさらされた経験がないせいか、なんとも不愉快きわまりない感覚だな。まずは濃いお茶を飲み、それから対策を講じようじゃないか。正直な話、わたしはかなり動揺しているようだ」

その言葉とは裏腹に、アルバートは穏やかで冷静な表情を浮かべていたが、これまでの人生で一度も嘘偽りを口にしたことがない叔父なので、実際に不安を感じているだろうことはジェニーにも察せられた。

「今夜はこの家にいらっしゃらないほうがいいと思います。もう少し詳しい事情がわかるまで、またベッラージョへ渡られて、ポッジさんのお宅にお世話になられてはどうでしょう?」

「そうするべきか、検討してみよう。お茶の用意をお願いできるかね? 半時間ほどひとりで考えさせてほしい」

「でも——でも——アルバート叔父さま——いつ、この家に来るかもわからないんですのに!」

「その心配はないだろう。あの哀れな男は、いまでは暗くなると動きだす習慣のはずだ。お天道さまが見ているうちに、人の出入りの多いこの家に押し入ってくるとは思えん。さあ、わたしをひとりにしてくれんか。エルネストには見知らぬ人間は入れるなと伝えておいてくれ。だが、もう一度念を押しておくが、暗くなるまではなにもおそれる必要はないからな」

半時間後、ジェニーはアルバートのもとへお茶を届けた。

「アッスンタが戻りました。あのあとは一度も見かけなかったそうです――ロバート叔父のことは」

アルバートはしばらく無言でいた。紅茶を飲み、大きなマカロンを齧《かじ》る。そののち、今後の計画について説明した。

「どうやら神のご意思は我々とともにあるようだ、ジェニー。というのは、九月に訪ねてきてくれる予定だった才能溢《あふ》れる友人ピーター・ギャンズが、なんと、もう英国にいるそうなのだ。去年の冬に知らせた事件に不吉な動きがあったと知ったら、予定を変更して、いますぐ駆けつけてくれるのは間違いない。几帳面な質《たち》で、予定を変更するのはなによりきらうんだがな。しかし、状況がここまで変わったとなれば、都合がつき次第来てくれるだろう。そう断言できるのは、ひとえに彼の好意に甘えているだけなんだが」

「きっといらしてくださいますわ」

「手紙を二通書いてくれるか？　一通はスコットランド・ヤードの若き刑事、マーク・ブレンドンさん宛てだ。彼のことは高く評価しておってな。もう一通はおまえの亭主宛てだ。ブレンドンさんにはピーター・ギャンズと連絡をとり、諸事情の許すかぎり、できるだけ早くふたり一緒にこちらへいらしていただきたいと依頼してくれ。ジュゼッペにも、即刻こちらへ来て、おまえの傍《そば》にいてほしいと伝えてくれないか。おそれを知らない勇敢なジュゼッペなら、わたわたしたちを守ってくれるだろう」

ところがジェニーはそれを聞いても、浮かない表情だった。

「叔父さまとのんびりひと月過ごすつもりでしたのに」と唇を尖らせた。

「それはわたしとておなじだ。しかしこうなっては、のんびりどころではないだろう。わたしとしては、ジュゼッペが来てくれればいくらか安心できると思ったのだ。彼は力も強く、陽気なうえに、頭の回転も速い。勇敢でもあるしな。これまでの事情も承知しているし、なにより哀れなロバートに直接会っている。だからロバートが本当に近所にいて、いつ訪ねてくるかわからないのなら、だれか頼りになる人物にあいだをとりもってもらいたいと思ってな。そのうち弟が、おまえなり、ほかのだれかなりを通じて、ベンディゴーのときのように夜中にふたりきりで会いたいと要求してきたとしても、わたしはそんな冒険をするつもりはまったくない。武装した男たちがいる場所以外では、絶対に会うつもりはない」

ジェニーはドリアを残してこちらへ来てしばらくたつが、約束どおり叔父を訪ねているあいだは、とくに会いたいとも思っていない様子だった。

「三日前にジュゼッペから手紙が届きましたの。ヴェンティミーリアを発ち、トリノへ向かうと書いてありました。以前トリノで仕事をしていたことがあるので、友人がたくさんいるそうなんです。なにか考えていることがあるみたいですわ」

「今度会ったときには、真面目に話さなければならんと思っておったのだ。おまえがあの魅力的な伴侶《はんりょ》を得たことは、心の底から喜ばしいと考えておるのはわかっていることと思う。実に楽しい男だが、そろそろおまえの二万ポンドとおまえ自身の将来について、きちんと考えるときが来たのではないか、ジェニー。当然、わたしの遺産もすべておまえが手にすることになる。非運なベンディゴーの遺産の手続きが済めば、わたしの収入はおそらく二倍近くになるだろう。もっとも、死亡の認定にはかなり時間がかかるかもしれないがな。とにかく、そのうちおまえがレドメイン家の遺産をすべて相続することになるわけだから、ジュゼッペとそのことをじっくり話しあい、責任を自覚してもらいたいと思っておる」

ジェニーはため息をついた。

「彼にそんなことを理解させるなんて、だれにもできませんわ、叔父さま」

「そういうことをいうものではない。彼はおまえを深く愛しているだけでなく、知性やユーモアも持ちあわせていると思っておる。とはいえ、おまえの財産をいいように使わせるのはいかがなものか。そんなことはわたしが許さない。トリノへ手紙を出して、いまなにをしているにしろ、即刻こちらへ来てもらいたいとわたしがいっていると伝えてくれ。それほど長くとはならんだろうが、ピーター・ギャンズとブレンドンがいつやって来るかわかるまで、我々のことを守ってもらえるとありがたい」

ジェニーはあまり乗り気ではない様子ながら、助けてほしいと夫に手紙を書くと約束した。

「ジュゼッペは笑うだけで、こちらへ来ることは断るかもしれません。でも叔父さまがそれがいちばんいいとお考えならば、なにがあったのかを説明して、できるだけ早く来てくれるように頼んでみます。それはそれとして、今夜や明晩はどうしましょう?」

「今晩は湖の向こうのベッラージョへ行こう。ふたりでな。まさかロバートもそんなところにいるとは思わんだろう。ヴィルジーリオ・ポッジならば喜んで面倒を見てくれるだろうし、わたしに危険が迫っているとほのめかそうものなら、それは心配して大騒ぎするだろうな」

「そうでしょうね。ロバート叔父のことを警察に知らせて、人相なども伝えておいたほうが安心じゃありません?」

「それは難しいところだな。明日、考えるとしよう。イタリアの警察をあまり信頼する気にはなれん」

「今夜、だれかにこの家の見張りをお願いしたほうがよくありませんか? ロバート叔父が現れたらつかまえられるように」

しかし最終的に、アルバートはだれにも知らせないことにした。

「しばらく様子を見よう。明日の朝になれば、また状況は変わるだろう。突然、危険な弟が近くに現れたことを知っただけで、気分が塞《ふさ》いで仕方ないのだ。明日になるまでは、弟のことを考えたくない。手紙を書きおえたら、暗くなる前に当座のものだけを持って、湖の向こうへ行くとしよう」

「貴重な蔵書のことは心配じゃありませんの、アルバート叔父さま?」

「本のことは心配しておらん。人殺しが近くへやって来て、わたしの命を狙っているとしたら、それ以外を物色してまわる余裕はないだろう。哀れなロバートは正気だったころでも、本のことやその価値について、さっぱりわかっておらんかった。本を物色することもせんだろうよ

——したところで、どれに値打ちがあるのかもわからんはずだ」

「この家にいらしたことはありますの？　イタリアはご存じなのでしょうか？」

「わたしの知るかぎりでは、イタリアへ来たことは一度もないはずだ。ここを訪ねてきたことがないのは間違いない。それどころか、長年顔を見ておらんから、あの不幸な弟に会ってもわからんかもしれん」

ジェニーは手紙をしたため、それを投函すると、叔父と自分の当座の荷物を用意した。アルバートは、翌日帰宅するまでは見知らぬ人間を家へ入れてはならんとアッスンタとエルネストに厳命し、湖の向こうへ渡る用意をした。その前にまず最初にしたことは、書斎を厳重に戸締まりし、とくに価値の高い数冊を階上の自室にある鋼鉄製の金庫へ移すことだった。

船頭の漕ぐボートはあっという間にふたりをベッラージョの桟橋へと運んだ。やがてふたりはアルバートの友人宅へ到着し、驚きと喜び半々で迎えられた。

シニョール・ヴィルジーリオ・ポッジは恰幅のいい背の小さな男で、頭ははげており、広い額の下の目を輝かせていた。ふたりと握手しながら、こうして訪ねてきた理由を聞いて、目を丸くしている。彼は英語にも堪能で、実際に使う機会が訪れるのはいつでも大歓迎だった。

「しかし、にわかには信じられん話だな！」ポッジがいった。「まさかアルバートに敵がいたとは！　どんな人物が敵になるというのか——だれとでも友人になれる男だというのに。シニョーラ・ジェニー、大切な叔父さんの身に危険が迫っているとは、いったいどういったご事情なんですかな？」

「突然として脅威となったのは、わたしの行方不明の弟でね」アルバートが説明した。「きみには話したことがあっただろう、ヴィルジーリオ。ロバートが姿を現すと同時に、ベンディゴーが失踪した奇怪な事件のことは。それ以来なにも起きないので、ロバートの哀れな人生は終わりを迎え、とっくに死んでしまったのだろうと思っておったら、なんといきなり山道へ現れたというのだ。それも行方不明になったときのままの服装で。生きていることは疑問の余地もない。幽霊などではなく、影も映る正真正銘の人間なのだが、精神に異常をきたしているので、わたしの命を狙うかもしれんという話でな」

「それはまた、小説のような話だな」ポッジは嘆じた。「小説は小説でも、苦痛に満ちたぞっとする描写ばかりの伝奇小説のようだ。とはいえ、この家にいるかぎり、きみたちの安全は保証しよう。きみたちを守るためならば、我が身を犠牲とすることも厭《いと》わないよ」

「きみならそういってくれるものと信じていたよ、ヴィルジーリオ」アルバートは大きな声をあげた。「とはいえ、勇敢かつ寛大なきみにそう長いあいだ世話になるつもりはないんだ。いま英国にいるピーター・ギャンズに手紙を送ってあるんでね。いかなる神のお導きか、彼は英国に来ていて、二、三ヶ月のうちに訪ねてくる予定だったのだ。さらにジュゼッペ・ドリアにも即刻こちらへ来てほしいと伝えてある。とりあえずジュゼッペが来てくれれば、わたしも自分の家で安心して眠れるだろうが、それはいくらか先の話となるだろうな」

シニョール・ポッジはこうした状況にふさわしい食事を急いで用意するよういいつけ、やはりアルバートに心酔している彼の妻は部屋の用意をした。いちばんの親友をもてなすことができて、ポッジの心は純粋な喜びで満たされていた。たっぷりと食事が用意され、その際にはジェニーも女主人を手伝った。

ポッジはいちばんの親友の当面の身の安全と、幾久《いくひさ》しい健康を願って乾杯し、アルバートは丁寧な挨拶で応じた。一同はおいしい食事に舌鼓を打ち、そのあとはポッジの薔薇園に場所を移して六月の夕暮れを過ごした。日暮れどきのそよ風に乗って漂ってくる夾竹桃《きょうちくとう》と銀梅花《ぎんばいか》の香りを楽しみ、夕闇にぼんやり見えるオリーヴや薄暗がりに沈む糸杉のあたりを舞う蛍の小さな光を愛《め》で、カンピオーネやクローチェの山頂あたりで轟《とどろ》く夏の雷に耳を澄ました。

ジェニーは早くに失礼し、マリア・ポッジも一緒に自室に引き取ったが、アルバートとヴィルジーリオ・ポッジは深夜まで話が弾み、葉巻の吸い殻の山ができたころ、ようやく眠りについた。

翌朝九時に船でピアネッツォ荘へ戻ったアルバートとジェニーは、夜の静寂を乱す者は現れなかったと知らされて終わった。さらにその日もなにごともなく、暗くなる前にふたたびベッラージョへ舞い戻り、それから三日間はそのようにして過ごした。そこへトリノから、いますぐコモ湖へ向かうが、おそらくミラノ経由となるだろうというドリアの電報が届いた。そして、ドリアが実際にメナッジョに到着した朝、彼の妻ジェニーはマーク・ブレンドンからの短い手紙を受けとった。ピーター・ギャンズ氏と連絡がとれ、一週間以内にふたりでイタリアへ向かうと記してあった。

「ふたりともとなると、ここに泊まってもらうのは無理だろうな」とアルバート。「だがホテル・ヴィクトリアのシニョール・ブッロに頼めば、快適な部屋を用意してくれるはずだ。あのホテルはつねに満室か、それに近い状態だが、わたしの友人のためとあらば、なんとか都合してくれるだろう」

第十一章　ピーター・ギャンズ氏

ジェニー・ドリアから長い手紙を受けとって、マーク・ブレンドンの胸に複雑な思いが去来した。その手紙はスコットランド・ヤードへ届いたものだった。棚から手紙を抜きとったとたん、懐かしい筆跡を目にして胸が高鳴った。日々の仕事に忙殺されているブレンドンは、過去の事件を思いだすことなどめったになかったが、またもやロバート・レドメインが彼と毎年の休暇のあいだに立ちふさがることになったようだった。あのときは生涯最大の失望を味わったとはいえ、それも月日とともに薄れたと感じており、いまでは古傷の痛み以上のことを意識することなく、ジェニーのことを考えられると自分では信じていた。ジェニーの手紙が届いたのは、ブレンドンが休暇へ出発する予定の一週間前だった。いまはダートムアへ行く気になれず、スコットランドへ向かうつもりだった。行き慣れたダートムアに食指が動かなかったのは、途方に暮れるばかりだった捜査の失敗が原因ではない。まだ胸が痛むつらい想い出を敢えて掘りおこす気になれず、新しい土地へ行き、新鮮な感動を味わいたいと思ったからだった。

そこへ予想もしない手紙が届き、ブレンドンとしては依頼を受けるかどうか迷った。しかしもう一度読み返してみて、気持ちは決まった。というのも、ジェニーは叔父の代筆をしているだけではなく、彼女自身もそれを望んでいると感じられたからだった。ブレンドンの気遣いに対する感謝の言葉を改めて記し、今回もまたいらしてくださったら、希望を抱いて安心して過ごせるだろうから、彼女としてもそれを嬉しく思うと書いてあったのだ。また、実はとりわけ幸せに暮らしているわけでもないと、それとなくほのめかしてあった。そのことは長い手紙のなかに、ところどころそれとなくひそませてあっただけなので、ジェニーにとくに関心のない者であれば、見過ごしてしまったかもしれない。

ひとつ残念だったのは、アルバートの友人であるピーター・ギャンズ氏に連絡をとってほしいと依頼してきたことだった。ギャンズ氏がせめてブレンドンだけでも数日後に出発させてくれるといいがと思いながら高名なアメリカ人を探したところ、彼の居所は難なく突きとめることができた。何人も知人がいるスコットランド・ヤードをすでに訪ねてきたらしく、すぐにトラファルガー広場のグランド・ホテルに滞在しているとわかったのだ。ホテルを訪ねてブレンドンの名を告げると、メッセンジャーの少年に喫煙室へ案内された。

しかし、喫煙室をさっと見まわしたときは、すぐにはそれが偉大な男だとはわからなかった。その六月の朝、喫煙室は人影もまばらで、手紙を書いている若い兵士がひとりいるほかは、白髪でいくらか肥満ぎみの紳士が明かりを背に『タイムズ』紙を読んでいるだけだった。きれいにひげをあたった紳士の重たげな顔は、どことなくサイを思わせた。顔立ちはすべて大ぶりだった。腫《は》れあがったような鼻は紫色の静脈が浮いているのが見え、目はフクロウを連想させる鼈甲縁《べっこうぶち》の眼鏡の奥に隠れており、額は目を惹くほど広いものの、頭髪は健在だった。豊かな白髪はまっすぐ後ろになでつけてある。

ブレンドンがほかにも目を向けようとしたところ、メッセンジャーの少年はそこで足を止め、くるりと踵《きびす》を返して姿を消した。そのでっぷりとした男が立ちあがった。がっしりとした体格、広い肩、たくましい脚が目に飛びこんできた。

「会えて光栄だよ、ブレンドンくん」ギャンズは穏やかな声で挨拶した。そして握手をすると眼鏡をはずし、また腰を下ろした。

「この街を発つ前に会いたいと思っていたので、ちょうどよかった」大男がいった。「きみの噂はよく耳にしていたし、戦争中も何度となく感心させられたものだ。きみもわたしの名を耳にしたことがあるかもしれないな」

「この仕事をしている者なら、だれだってあなたのことをよく存じあげていますよ、ギャンズさん。とはいえ、英雄を賞賛して、あなたの時間を無駄にするためにまいったのではありません。わたしと会えて嬉しいとおっしゃってくださったことは誇りに思いますし、こうしてお目にかかれるのはこれ以上ない栄誉と感じています。しかし、今朝は火急の件でご相談いたしたく、こうしてうかがいました。今日イタリアから届いた手紙に、何度となくギャンズさんのお名前が出てくるのです」

「わたしの名が？　イタリアは秋に訪ねる予定だが」

「まずはこの手紙を読んでいただけませんか？　そのあとで、予定を変更してすぐにイタリアへ向かうことはできるのか、うかがいたいのです」

年長のピーター・ギャンズはブレンドンをまじまじと見つめた。やおらベストのポケットから金色の箱をとりだすと、蓋を開けてこつこつと叩き、ひとつまみの嗅ぎ煙草を鼻へ持っていった。彼の鼻がいくらか不自然な形をしているのは、この嗅ぎ煙草を嗜《たしな》む習慣のせいだろう。酒ではなく煙草が原因で、鼻がこれほど肥大し、てかてかと光っているのだ。

「いったん立てた予定を変更するのは大嫌いなんだが」ギャンズ氏が応じた。「世界のだれよりも秩序を愛していると自負しているんでね。しかしイタリアにたったひとりだけ、わたしの予定をひっくり返す力を持つ男がいる。なにごともなければ、九月に会うことになっているが」

ブレンドンはジェニーの手紙をとりだした。

「手紙を書いたのは、その男性の姪御さんです」そう説明しながら、手紙をギャンズへ渡した。

ギャンズはふたたび眼鏡をかけ、ゆっくりと手紙を読んだ。事実、ブレンドンはそれほど時間をかけて手紙を読むのを目にしたのは初めてだった。ギャンズだけがなんとか解読できる難解な暗号文を読んでいるかのようだった。読みおえると手紙をブレンドンへ返し、身ぶりで沈黙を求めた。ブレンドンは煙草に火をつけ、腰を下ろして目の端でギャンズを観察した。

ようやくギャンズが口を開いた。

「きみはどうする？　行けるのか？」

「はい。すでに上司には相談し、もう一度この事件を捜査する許可を得ました。ちょうど休暇をとる予定だったので、行き先をスコットランドからイタリアへ変更します。ご存じと思いますが、この事件は最初から担当していました」

「ああ、承知している――それどころか、すべて旧友アルバート・レドメインから聞いているよ。これ以上明確な説明はないという手紙をもらってね」

「ギャンズさんもいらっしゃれますか？」

「行くしかないだろうな。アルバートに頼まれては」

「一週間以内に出発できますか？」

「一週間だと？　今夜出発だ」

「今夜ですね、わかりました！　レドメイン氏の身に危険が迫っているとお考えなのでしょうか？」

「きみはそう思わないのか？」

「レドメイン氏はきちんと警戒し、必要充分な用心をなさっているご様子なので」

「ブレンドンくん、今夜ドーヴァーかフォークストンを出航する船の手配を頼む。明朝パリに着いて、特急列車《ラピッド》でミラノへ向かえば、翌日にはコモ湖へ到着できるはずだ。その行程が可能かどうか調べてもらいたい。それからこの女性に、一週間後に出発すると電報を打っておいてくれ。頼めるか？」

「あちらが予想しているよりも早く到着したいということですか？」

「そのとおり」

「つまり、アルバート・レドメイン氏に危険が迫っているとお考えなのですね」

「そう考えているどころじゃない。危険だとわかっている。しかし、この事件はまだ彼を標的にしたばかりだし、本人も充分警戒しているから、もうしばらくはなんとか大丈夫なよう願っているよ。我々が到着するまで持ちこたえてくれるとありがたい」

ギャンズはもうひとつまみ嗅ぎ煙草を鼻に持っていったのち、また『タイムズ』紙に手を伸ばした。

「二時にここのグリルで昼食を一緒にどうだ？」

「喜んで、ギャンズさん」

「よし、決まりだ。一週間後に出発するという電報はいますぐ頼む」

数時間後、ステーキとグリーンピースを前にしたブレンドンは、ヴィクトリアを今夜十一時に出る臨港列車に乗れば、明朝パリを六時半に出る特急列車《ラピッド》に乗り継げると報告した。

「翌日の昼過ぎにはバヴェーノへ着きますから、そのままミラノへ向かい、コモ湖まで引き返して、船でレドメイン氏がおられるメナッジョへ行く方法もありますし、バヴェーノで列車を降り、マッジョーレ湖を汽船で渡り、そのままルガーノへ、そこからさらにコモ湖へと移動する手もあります。そのルートですと、まっすぐメナッジョへ向かうイメージですね。時間はどちらでもたいして変わりません」

「それならそっちのルートにしよう。湖水地方も見物できるし」

軽い食事をともにするあいだ、ピーター・ギャンズはほとんど口をきかなかった。彼は舌平目のフライと白ワインを二杯腹におさめ、そのあとでグリーンピースを食べながら、グリーンピースと青麦のどちらが滋養があるかを比較して語ってきかせた。ブレンドンの旺盛な食欲に目を細め、赤身の肉やバートン・ビールの一パイント瓶をつきあうことができないことを嘆いた。

「うらやましいかぎりだな。わたしも若いころはそうだったよ。食べることに目がなくてね。牛肉とビールをおいしいと感じるかぎり、どんな荒っぽい仕事でもおそれる必要はないぞ。もっとも、最近のわたしは荒っぽい仕事など無理だがな——歳をとったうえ、こうも肥えてしまっては」

「そうかもしれませんが、充分すぎるほど立派な功績を残されたではありませんか。大悪党たちと渡りあったり、銃で撃たれたりといったことをあなたほど頻繁に経験なさった方は、アメリカ広しといえども、そうはいないでしょう」

「それはそうだな」

ギャンズは左手を挙げた。中指と小指がなかった。

「ビリー・ベンヨンが最後に撃った銃弾のせいだ。たいした男だったよ、ビリーは。あれほどの人物にふたたびお目にかかることはないだろうな」

「ボストンの殺人魔ですか？　あの天才と噂の！」

「ああ、まさに天才だった。たぐいまれなる頭脳の持ち主だったよ。あいつを電気椅子送りにしたときには、象を倒した狩人もかくやの心境だったね」

「たまには負け犬を哀れむこともあるというわけですか？」

「いつもではないがね。ときどき闘牛士を倒す雄牛や宣教師を喰らう原住民に共感する日もある」

その後ふたりは喫煙室に場所を移した。そこでブレンドンはめざましい教えを受け、自分でも驚いたことに、校長と面談したあとの中等学校四年生の気分を味わうことになる。

ギャンズは珈琲を注文したのち、嗅ぎ煙草を楽しみ、ブレンドンには話を遮《さえぎ》らずに最後まで聞くようにと伝えた。

「我々はこの事件を一緒に捜査するわけだから、きみには一点のくもりもない直感を大事にしてもらいたい。それがいまのきみに欠けているものだ。事件を解決できるかどうかはわからないが、解決できたとしたら、その手柄はきみのものだ。わたしではなくね。これからすぐにレドメイン事件に取り組むわけだが、きみがいやでなければ、まずはマーク・ブレンドンなる人物を一緒に研究してみないか？」

ブレンドンは声をあげて笑った。

「この事件に関するかぎり、それほど興味を惹かれる研究対象ではありませんよ、ギャンズさん」

「そうだな」ギャンズはにこやかに認めた。「事実と正反対だ。そしてきみ自身も失態が続いたことにおおいに戸惑っている。きみの上司にもひとりならず同様に訝《いぶか》しむ者がいた。では、その角度から一緒に状況を検証してみようじゃないか。事件そのものを考える前に」

ギャンズは珈琲をかき混ぜ、コニャックを少し垂らすと、ひと口飲んだ。それからおもむろに安楽椅子のなかで座りなおし、大きな手をズボンのポケットへ突っこむと、まばたきもせずにまっすぐブレンドンを見つめた。その淡い青色の目は小さくて奥に引っこんでいるが、眼光の鋭さはいまだ衰えていなかった。

「きみはスコットランド・ヤードの警部補だ」ギャンズは続けた。「そしてスコットランド・ヤードは世界の警察機構のなかでいまも最高水準を誇っている。ニューヨークの警察本部もかなり追いついてきているし、フランスとイタリアの諜報部には感嘆を禁じえないのひと言だ。だが事実は事実、スコットランド・ヤードが最高峰だ。そこできみは実績を積み、現在の地位を勝ちとったわけだ。それは容易なことではないし、きみの頑張りといくらかの幸運なしには実現しなかっただろう、ブレンドンくん。しかし、そこへ——今回のレドメイン事件だ。きみはたまたま最初から現地に居合わせ、事件直後の現場も捜索し、必要と思われる手がかりはすべて手にしていた。ところが、一週間前に警官になったばかりの新米でもしでかさないような失態を演じた。つまり、事件への取り組み方ときみの評判とに差がありすぎた。きみが集めた情報は最初からなんの価値もないものばかりだった。どうしてなのか？　間違いなく、ある推論が浮かび、それを手放すことができなかったからだ」

「そうではないはずです。わたしはどんな推論も思いつきませんでした」

「そうか？　それならば、失敗の原因はほかにあるのだろう。きみが事件の捜査をすっかり台無しにした点に、どうしても興味を惹かれるんだ。わたしは事件のあらゆる情報に通じているので、適当なでたらめを口にしているのではないということは覚えていてほしい。では、どうしてそこまで手ひどく失敗したのか、その過程や原因を考察してみようじゃないか。

さて、マーク、映画に置きかえて考えてみようか。そうすれば、おそらくなにか気づくこともあるだろう。映画フィルムはふたつのまったく異なる目的を実現することができる。実際にはその目的は十種類あるのかもしれないが、いまはふたつに絞って考えよう。ひとつは白いスクリーンに光を投射すること。もうひとつは連続した色彩や影をレンズで拡大して、それを光とともにスクリーンに投影すること。ご存じのとおり実に精巧な仕組みなのだが、観客はそんなことを考えたりはしない。その仕組みが生みだしたものは、頭のべつの部分に働きかけるからだ。観客はスクリーン、映写機、フィルムの存在や、それらが果たす役割もすべて忘れて、創りだされた幻影に見入ってしまう。

映画の約束ごとである明暗、トーンとハーフトーンを我々はそういうものだと受けいれる。なぜかというと、動く色彩や影が見覚えのあるものの形をとり、筋の通った物語を紡《つむ》ぎ、現実の世界そっくりのものを見せてくれるからだ。だが我々は無意識のうちに、それは絵画、小説、舞台同様に現実の模倣にすぎないことも承知している。科学と芸術を融合し、それをみごとに応用した結果、見かけだけの現実が創りだされ、それが物語を紡いでいるんだと。さて、レドメイン事件では、よく考えられた作為が組みあわさって、きみに物語を見せた。そしてきみは気づくとそのほら話にすっかり魅了され、仕組みのほうは完全に見過ごしてしまった。だが、その仕組みこそ最初に考えるべきだったんだ。奇術師たちはきみの注意を仕組みから逸《そ》らしておいて、まんまと自分たちの計画を実行に移したわけだ。そこでその仕組みに注目して、この事件の背後に隠れている悪党どもがどこできみを騙したのかを考えてみよう」

ブレンドンはさすがに感情を隠すのが難しかったが、ギャンズがまた煙草を嗅ぐあいだ、黙って待っていた。

「わたしがこの世界でささやかながら名を上げたのは」ギャンズは続けた。「よく耳にする演繹的思考のおかげではなく、総合的思考ができたからだと思っている。事実を繋ぎあわせて考えることは、つねに強力な武器となってくれた。それが土台となって成功を支えてくれたんだ。事実をうまく繋ぎあわせることができないときは、例外なく惨憺《さんたん》たる結果に終わった。だから、事件を成りたたせている事実だけで確固たる骨組みを造りあげるまでは、推論を考えたりして時間を無駄にすることはけっしてしなかった。きみは事実を追うべきだったんだ、マーク。だがきみはそれを怠った」

「事実なら百科事典を作れるほど精通していました」

「なるほど。そうだとしても、きみの百科事典はAではなく、Bから始まっていた。そのことはこれから説明しよう」

「わたしが知っていた事実は、まさに事実そのもので、それを否定することはできません」ブレンドンはいくらか不服そうに反論した。「動かしようのない、いわば鋳鉄《ちゅうてつ》の事実です。わたしは慎重かつ正確に観察する訓練を受けています。どれだけ総合的思考がすばらしくても、二と一からは三以外導きようがありませんよ、ギャンズさん」

「それどころか、二と一は二十一か十二だったのかもしれない。あるいは二分の一とかな。どうしてそうやって結論に飛びつくんだ？　たしかにきみは事実を集めていた。だがそれは、入手可能な事実すべてではなかった——つまり、すべて集めていると見えただけだったんだ。そうして壁ができあがる前に、屋根に着手した。それだけじゃない。きみのいう動かしようのない鋳鉄の事実のほとんどは、そもそも事実でもなんでもなかった」

「では、あれはなんだったんです？」

「苦心してこしらえた、手のこんだ作り話だよ、マーク」

この挑戦的なひと言でブレンドンは頬を真っ赤にしたが、ギャンズは年少者に向かって勝ち誇ることなどけっしてない、寛大で度量のある人物だった。そのためブレンドンのほうも、どれほど挑戦的な言葉であろうと、彼に対して怒りを感じることはなかった。怒りは自分自身に向かっていたのだ。もっともギャンズのほうもそのことは見越していた。ブレンドンの考えていることは手にとるようにわかったが、彼の職業とその地位から、目上の人間からの批判に苛《いら》立《だ》ったりはしないことも理解していたのだ。ギャンズは説明を続けた。

「わたしがきみよりもほんの一歩先を行っているとしたら、それは単にきみより少しだけ長く生きてきたというにすぎない。きみもそのうち、こうして後輩に説き聞かせるようになるだろうな。彼らはいまのきみのように、敬意をもって神妙に拝聴するだろう。きみがわたしの歳になるころには、いまのわたしのように絶対の信任を得ているはずだ。世間は若い者をそう簡単には信用しないが、きみならば信頼を勝ちえるだろう。そして我々の仕事においては、世間から全面的な信頼を得られる能力以上に役に立つものはない。かといって、その能力がないのに、あるかのように振る舞うこともできない。そんなふりをしたところで、すぐにそうと見抜かれてしまうからな。マーク、わたしはつねにそうすることにしているんだが、すべて本音で話している。きみは分別も野心も備えた若者だから、今回の事件に関してきみを馬鹿呼ばわりしたところで、間違った自尊心やうぬぼれのために憤《いきどお》ったりはしないとわかっているからね」

「それを立証してください、ギャンズさん。そうしてくださったら、自説をとりさげます。この事件に関しては、終始一貫して馬鹿だったことは自覚しています――ずいぶん前からそのことは自覚していました」ブレンドンは正直に心情を吐露した。

「ああ、立証しよう――簡単なことだ。なぜきみが馬鹿になり下がったか、その理由を見つけるほうは難儀するだろうけどな。きみが馬鹿になるはずがないんだ。きみの記録にも、外見にも、全般的な思考形態にも、そんな要素は見当たらない。わたしは、どんな異様な人間でもその目をのぞきこめば、たいていはなにを考えているかわかる。きみの目はきみという人物を正しく伝えてくるんだ。となれば、そのうちどこで正常な判断ができなくなったのか自分で気づき、教えてくれるだろう。きみが自覚していないならば、わたしが解説しないといけないかもしれない――隠された理由を発見できたらな。そろそろ検証してみよう。絶対になにか気づくことがあるはずだ」

いったん言葉を切り、金の箱からまた煙草をとりだして嗅いだのち、ギャンズはおもむろに先を続けた。

「ぶしつけを承知でいわせてもらえば、きみ以外の人間はさておき、きみは最初から誤った仮定をもとに行動していた。最初に間違うことはめずらしいことではない。わたしもおなじことをやっただろうし、探偵小説の登場人物でもないかぎり、間違えない人間などいない。だが、いつまでも間違えたままというのは――理性的で、生まれつき機知に富むきみが、誤った仮定の上にさらに誤った仮定を積み重ねた――どうしてそのような大失敗をやらかしたのかにとても興味を惹かれるんだ」

「しかし、事実から離れることはできません」

「ところが、これが実に簡単なことなんだ。きみはプリンスタウンを去る際、事実に別れを告げた。事実を知らないという点では、きみはわたしとなにも変わらない――つまり、そう見せかけた人物以外は、だれも知らないんだ。きみは自分で観察した結果とほかの警官や多数の一般人からの報告を事実だと決めつけたが、少し真剣に考えれば、そんなことはありえないとわかるはずだ。きみは自分の知性に一度も機会をあたえてやらなかったようだな。

わたしの言葉をよく聞いて、虚心坦懐《きょしんたんかい》に考えてくれないか。きみはいくつかの出来事が起きたといっている。だが、わたしにいわせれば、そんなことは起きていない。それは不可能だからという、きわめて妥当な理由でだ。もっともわたしにも真相はわからない。わたし自身、真相からはほど遠い場所にいるからだ。敢えていえば、わたしがたどり着くよりも早く、きみが突きとめるだろうと思っているがね。だが、きみが真実だと考えているいくつかのことはありえないと立証することならできる――きみが疑問の余地のない事実だとみなしていた出来事など起こってもいないとね。我々人間は感覚が数えるほどしかないうえ、そのどれもが容易に惑わされてしまうときている。実際、人間の感覚など忌々《いまいま》しいほどあてにならない、せいぜいがびっくり箱のようなものだから、わたしの感覚がたしかだと保証したとしても、そのことをたいして重要視はしない。だが《芸術が存在するのは、あまりにも多くの真実から人間を救うためだ》といった賢者がいたが、わたしなら《理性が存在するのは、あまりにも多くの感覚頼みの——しかも正しくないことも多い——証拠から人間を救うためだ》といいたいね。

では、ロバート・レドメインに関する証拠と、最初に彼が姿をくらましてからのみごとな行動は、どれだけ筋が通っているのか検証してみよう。あることが起きたとき、それを明らかにする方法はかぎられている——その数はきわめて少ないんだ。ロバート・レドメインはマイケル・ペンディーンを殺したのか、それとも殺さなかったのか。殺したとしたら、そのとき彼の精神は正常だったのか、それとも異常をきたしていたのか。ここまでの問題の立て方は間違っていないし、前提としていいだろう。もし正気だったとすれば、殺人を犯すだけの動機があったことになるが、きわめて慎重な捜査の結果、動機は存在しないと立証された。わたしはだれのものだろうと言葉というものを重要視しないので、夫と叔父はきわめて親しかったとのペンディーン夫人の言葉にもなんら重みは感じない。しかし、ロバート・レドメインがプリンスタウンのペンディーン家に一週間以上友好的に滞在し、夫妻をペイントンに誘った事実にはそれなりの重みがあるといえる。つまりロバート・レドメインはマイケル・ペンディーンが失踪する直前まで彼ときわめて親密な関係にあり、レドメインが義理の甥を殺す動機はどこにも見当たらないことはたしかだと考えてかまわないだろう。そして彼が正気だったと仮定すれば、そのような殺人を犯すはずはない。そうでないとするなら、そのとき彼は正気ではなく、そのような状態でペンディーンを殺したことになる。

だが、正気を失ってこうした罪を犯したあと、はたして犯人はどうすると思う？　罰を免れたまま、一年近くヨーロッパのあちこちを自由にさまよい歩くだろうか？　精神に異常をきたした者特有の狡猾《こうかつ》さなど諸々の要素を考慮するにしても、正気を失った者がこの男のように大手を振って歩きまわり、必死で彼を追い、逮捕せんとするスコットランド・ヤードを笑いものにするなんて、聞いたことがあるか？　死体とともに逃走し、それを首尾よく遺棄すると自分の下宿へ戻り、食事をとったのち、白昼堂々地上から忽然《こつぜん》と消え失せた。そして、その半年後に姿を現し、また新たに人びとを騙し、さらに犯罪を重ねる、これが理にかなっているといえるか？　このときもまた法と秩序を鼻で笑い、姿をくらました。そしてその半年後、赤いベストと赤毛の口ひげを見せびらかすように、イタリアで暮らすもうひとりの兄の家の近くに現れた。なんともはやだ、マーク。こういう信じがたいことをやってのける男は正気を失ってなどいない。だから最初の疑問に引きずりもどされる。

ついさっき口にした疑問だ。ロバート・レドメインはマイケル・ペンディーンを殺したのか、それとも殺さなかったのか。そこに、ロバート・レドメインはベンディゴー・レドメインも殺したのか、それとも殺さなかったのか、という疑問もつけ加えることができる。だが、いまは最初の命題だけに集中するとしよう。だから、きみが自分に突きつけるべき質問はこれだ、ロバート・レドメインはマイケル・ペンディーンを殺したのか？　ここできみのいうところの事実が少々ふらふらしはじめる。人が死んだかどうかを知るには、絶対確実なただひとつの方法に頼るしかない。つまりその人間の死体を発見し、生前を知る者たちにその死体は間違いなく本人だと証言してもらうしかないんだ」

「ええっ、そんな！　まさか、ギャンズさんが考えてらっしゃるのは――」

「わたしはなにも考えていないよ。きみに考えてほしいんだ。これはきみの事件だ――これまでのところは。だがきみには雲の後ろから太陽のように顔を出して、我々を驚かせてほしいんだよ。まずは、きみが思っていたような出来事が起きたはずはないと、理解するところから始めてほしい。つけ加えるなら、ペンディーンにしろ、ベンディゴー・レドメインにしろ、死んだと断定することはまず不可能だということも忘れずに。ふたりとも、我々同様ぴんぴんしているかもしれないんだからな。ゆっくり時間をかけて考えてくれ。みごとなまでの手際の良さを考えると、我々が相手にしているのは通り一遍の悪党ではない気がするが、それもまだはっきりとはわからない。わたしの見るところ、きみのほうが重要な点を数多く明らかにできるはずなんだ。その理由まではまだわたしにもわからないが、きみはひどいハンディキャップを背負わされているものの、わたしの言葉を真剣に受けとめ、一切の先入観なく自分の頭のなかをのぞきこめば、その理由が見えてくるかもしれない」

「そうはっきりと指摘してくださるのは実に公平無私なことでありがたいのですが、残念ながらまったく思いあたる節《ふし》がありません」ブレンドンは思案顔で答えた。「それどころか、あれほどハンディキャップのない状態で事件に挑める者はそうはいないと思うのです。そのうえ、なんとしてもいいところを見せたいという特別な理由までありました。必要な情報はすべて手もとにある、まさにこれ以上望めない状態で事件に対峙《たいじ》したわけですから。わかりません――ギャンズさんのお話は真実にはっきりすぎるほど光をあててくれました。すべてのことがあまりに自然だったので、その見かけの下にまったく違う事実が隠されているとは考えたこともありませんでした。いまはおそらくそうだったんだろうと思っています」

「わたしはそう睨《にら》んでいる。だれかがしるしのついたいかさまのカードを隠しもっていたんだ、マーク。そしてきみはそのカードを仔羊のようにおとなしく受けとってしまった。だれにだって、そういうことはある――どんな切れ者だってな。フランスの小説家エミール・ガボリオはどこかでこういっていたそうだ《もっともらしいことは最大級の疑念を抱《いだ》いてあたり、まさかと思われることはつねに信じることから始めるのがなによりも大切だ》とね。もちろんフランス人らしい誇張だが、そこに真理は含まれている。見るからに明快なことを目にすると、わたしはいつも落ち着かない気分になるんだ。自分に都合のいいようにものごとが進んでいたら、すぐさま疑ってかかったほうがいい。これは仕事でも人生でもおなじことだ」

半時間ほど話を続けるうち、ギャンズは目的を達した。つまり、ふたりを引きあわせることになった事件の発端へと、ブレンドンを立ちかえらせることができたのだ。ブレンドンを虚心《きょしん》坦懐《たんかい》にその地点に立ちかえらせることこそが彼の望みだった。

「今夜、列車で」とギャンズ。「きみの立場から見たこの事件を、ペンディーン夫人が捜査を依頼してきたところから説明してくれないか——あるいはそれ以前にこの事件の関係者となんらかの関わりがあったなら、そこから頼む。きみの目に見えたほら話をもう一度聞かせてほしい。それにこうしてわたしの話を聞いたあとなら、きみもすべての出来事を振り返ることで、以前は見えなかったことに気づくかもしれない」

「そうなる可能性が高いように思います」ブレンドンは認めた。そして生来の気の良さを発揮して、目の前の先達を言葉を惜しまずに賞賛した。

「ピーター・ギャンズさんは実に気前のいい方ですね。今日うかがったお話は、あなたにとっては初歩も初歩のことでしょうが、とても勉強になりました。こうしていると、自分がちっぽけに思えて仕方ありません——もっとも、ほかの方に対してだったらこれほど素直に認めはしませんが、わざわざこうして申しあげなくても、そんなことは先刻ご承知でしょう。あなたと意見が食い違うのはただひとつ、事件の結果についてです。この事件を解決することができたら、それはギャンズさんが乗りだしてくださったおかげですから、当然その手柄はあなたのものです」

それを聞いてギャンズは声をあげて笑い、紫色に変色した鼻に嗅ぎ煙草を近づけた。

「なにをいうのかと思えば！　わたしはもう過去の人間——いまや引退したも同然なんだ。いうなれば、そんな気楽な立場で、趣味として楽しんでいると考えてくれればいい。わたしは事件になんの関係もない。ただきみの活躍を見物に行くようなものさ」

「引退なさった刑事の趣味はたいてい仕事に関係あるようですね」ブレンドンの言葉に、ギャンズがうなずいた。

「文学と犯罪、うまい食事と酒、嗅ぎ煙草と遊戯詩《アクロスティック》――そんなもので暇をつぶしている。やれやれ、わたしの美徳も悪徳もすっかりさらけ出してしまったな」ギャンズは正直に認めた。「どれもわたしの人生で大切な位置を占めている。そうそう、いまは旅行もつけ加えておこうか。永遠に眠りにつく前に、もう一度ヨーロッパを見てまわりたいとかねがね思っていたんだ。そして親友アルバート・レドメインの家を訪ね、旧交を温め、もう一度子供のように穏やかな彼の見識に耳を傾けたいとな。

どれほどかけがえのない友情でも、ある影が差すことだけは否定できない、マーク。いつか終わりを迎えるのがわかっているということだ。今度あの本の虫に別れを告げたら、ふたたび顔を合わせることはおそらくないだろう。それでも、その日を迎えることをおそれてはいても、すばらしい友情を拒む者はいまい。親しくつきあい、おたがいを深く理解しあえる友との出会いは、人間が到達しうる体験のなかでも格別に貴重なものだといえよう。間違いなく愛はさらにすばらしい経験だよ。だが愛で結ばれた恋人たちの乗る薔薇《ばら》色の馬車の行く手には、得てして雷のような苦難が待ち受けているものだが、たとえどれほどの犠牲を払うことになろうと、その言葉に尽くせぬ贈り物を受けとった者は泣き言など口にしてはならぬときている。だからわたしとしては、落ち着いた友情がなによりも大切なんだ！」

ギャンズが親しみをこめて語るのに耳を傾けていると、彼の飾り気のない人間らしい面がアルバート・レドメインと気が合うのだろうと推察できた。ギャンズの哲学はブレンドンの耳にはきわめて穏当なものと感じられる。信じやすいとまではいかないまでも、このように人間の本質を希望に満ちた眼差《まなざ》しで眺める男が、仕事となるとたぐいまれなる才能に恵まれている不思議を思った。もっとも彼の名声を築いたのは、生来の穏やかな人間性ではなく、その人並みはずれた才能であることは疑いようもなかった。

第十二章　ギャンズ、舵をとる

ふたりの刑事は闇のなかに眠るケント州を通過し、ブローニュ＝シュル＝メールへ向かう定期船に乗った。道中、ブレンドンは彼の目で見た詳細すべてをギャンズへ説明した。それに先立って自分の記録を読みなおしたため、それぞれの事件について、おびただしい数の情報をきわめて明快に語ることができた。ギャンズは一度も口を挟むことはなく、話を締めくくったブレンドンには讃辞を惜しまなかった。

「映像は色鮮やかだが、わかりづらいところもある」ギャンズは先ほどとおなじたとえを使った。「実際のところ、この映画のラストシーンがどうなるにしろ、冒頭の前にプロローグのシーンをいくつかつけ加える必要があるだろうと感じはじめているんだ」

「最初に起こった出来事からお話ししましたが、ギャンズさん」

だがギャンズはかぶりを振った。

「闘いの半分は事件の発端がどこにあるかを突きとめることにある。事件の真の発端がわかれば、結末はほぼ約束されたようなものだといってもさしつかえないだろう。複雑に絡みあったレドメイン事件について、きみはそもそもの発端を突きとめていないんだ、マーク。それがわかっていたら、いまごろはこの迷宮を抜けるヒントを手にしていただろうに。こうして話を聞けば聞くほど、考えれば考えるほど、我々が探し求めている真相は過去を深く掘り返すことでしか発見できないとの確信が深まった。それはかなりの労力が必要とされるし、そのためにきみかわたしが英国へ戻らないといけないだろう――思いがけないなにかのおかげで苦労なく情報が入手できればべつだが。だがそういった幸運に期待しても、まず無駄だろうな」

「わたしに足りなかったのはなんだったのか、教えていただけませんか」だがギャンズは当面はそれを教えるつもりはないようだった。

「まだそのことを気に病む必要はないよ。それよりもきみ自身のことを知りたい。事件の話はしばらく棚上げしようじゃないか」

ふたりは夜明けまで話を続け、気づくと列車はパリへ到着していた。そしてその一、二時間後にはイタリアへ向けて出発した。

ギャンズは湖水地方を横断し、前触れなしにメナッジョを訪ねると決めていた。そして、また事件に意識を集中させると、ほとんど口をきかなくなった。手帳を開き、考えがまとまるとなにかを書きつけている。ブレンドンは新聞を読んでいたが、ギャンズにある頁を手渡した。

「アクロスティックのことを話してらしたので、興味が湧いて。ここにひとつあったので、一時間ほど挑戦してみました。おそらく簡単なものだと思うんですが、落とし穴があるような気がします。ご意見をお聞かせくださいませんか」

ギャンズは微笑み、手帳を下に置いた。

「このアクロスティックというのは、始終気になるものでね。そのうちアクロスティックの考え方をものにすれば、このパズルのコツが呑みこめてくる。やがて、作者がなにを考えているかぴんとくるようになると、だれもが似たようなことを考え、きみを騙そうとしているということが見えてくる。わたしにアクロスティックをやらせたら、すぐにやめておけばよかったと後悔することになるよ」

ブレンドンはパズルを指さした。

「これをやってみてください。わたしにはなにがなにやらさっぱりで。でもアクロスティックの考え方を我がものになさっているギャンズさんなら、おわかりになるんでしょうか」

ギャンズはパズルに目を走らせた。それはこう書いてあった。

When to the North you go,（北を訪れたら
The folk shall greet you so.　住民にそう挨拶される）

1　Upright and light and Source of Light　（正義であり、光であり、光明の源でもある）

2 And Source of Light, reversed, are plain.（光明の源をひっくり返したものがはっきり見える）
3 A term of scorn comes into sight（さげすみの言葉であり）
And Source of Light, reversed again.（光明の源をひっくり返したものがまた見えてくる）

ギャンズは一分ほど無言でパズルを眺めたあと、笑顔で新聞をブレンドンに返した。

「よくあるパターンだが、きれいにまとめてある。英国でよく見かけるタイプだ。アメリカのはもう少し見栄えがいいが、どれも最終的にはおなじパターンに行きつく。アクロスティックの天才的な作者はいないんだよ。チェスぐらいメジャーだったら、これはというパズルを作成する者が何人も現れていたかもしれないが」

「これはどうです——おわかりになりましたか？」

「初歩の初歩だよ、マーク」

ギャンズは手帳を開き、素早くなにかを書きつけると、その頁を破ってブレンドンに渡した。

ブレンドンは紙に目を走らせた。

G　O　D（神）
Omega　Alph　A（オメガ　アルファ　A）

「ノルウェーの作家クヌート・ハムスンの小説を読んでいればすぐにぴんとくるが、そうでなければ頭を悩ませるだろうな」解答をまじまじと見つめるブレンドンに、ギャンズが声をかけた。

「アクロスティックの理想の形はふたつある」ギャンズは生き生きとした表情で説明した。「ひとつは、それはそれは難しく、髪が白くなるまで悩まないとわからないようなカギを考えること。もうひとつは——罠をしかけるだけのことだが——おなじひとつのカギから、そうだな、三種類くらい完璧な正解が導きだせること。だがじっくり考えると、最初の解よりも二番目のもののほうがほんの少しだけ正しく、三番目のものはほかのふたつよりもさらに僅差で正しいことがわかる」

「そういうアクロスティックはどういう人が作るんですか?」

「作る者などおらんよ。人生は短いからな。だが、完璧なアクロスティック作成に一年間没頭していいということになったら、おおよその見当をつけるだけで一年はかかるものを絶対に作ってみせる。これは暗号とおなじなんだよ。暗号なら仕事で出くわすこともあるだろう。たいていの暗号は洗練されているというにはほど遠いが、その気になればちょっと手をかけるだけで、それは美しい暗号を作ることができるんじゃないかとかねがね思っている。探偵小説作家はときに面白いものを作ってみせるが、それでも頭の切れる男が登場して、全員の鼻を明かすというワンパターンしかない。悪党の書斎からある本を抜きだしてな。わたしが暗号を作成するなら、本は利用しない」

ギャンズはこの調子でずっと話しつづけていたが、突然口を噤《つぐ》むと、ふたたび手帳に目を落とした。

やがてギャンズは顔を上げた。

「わたしたちの目の前に立ちふさがる難問はこれだ。ロバート・レドメインあるいは彼の幽霊と接触する方法。幽霊には二種類ある。本物の幽霊――きみは信じはしないだろうが、わたしは、まあ、条件つきで信じているといったところか。もうひとつは作り物の幽霊。この偽物のほうは悪党たちだけではなく、我々刑事にとっても役に立つ」

「幽霊を信じてらっしゃるんですか！」

「そうはいってない。だが、わたしはなににについても偏見のない開かれた心で対するよう心がけている。信頼できる人物たちがおかしなことを口にするのを、何度となく耳にしてきたんでな」

「これが幽霊の仕業《しわざ》でしたら、もちろんそんなことは考えるだけ馬鹿げていますが、どうしてアルバート・レドメインさんの命が危険だと判断なさったんですか？」

「幽霊の仕業とはひと言もいっていないし、いうまでもなく幽霊の仕業とも考えていない。だが――」

ギャンズはそこで言葉を切り、話題を変えた。

「いま、先ほど聞いたきみの説明とアルバートが寄こした手紙の内容とを比較しているんだ」ギャンズは手帳をぽんぽんと叩いた。「旧友の手紙は、きみの話よりもはるか昔まで遡っている。当然、きみよりも昔の事情に通じているからな。その内容がすべてここにある。読みやすいよう、タイプさせたんだ。きみも読んでおくといい。子供のころのロバート・レドメインや彼の姪とその父ヘンリーの話だ。ドリア夫人の父親はかなり荒っぽく――ロバートが鞭《むち》とすると、蠍《さそり》だったらしい――いってみれば常軌を逸したところがある人物だったようだ。とはいえ、法執行機関とおおっぴらに衝突したことは一度《いっ》もなかった。きみはロバートの死んだ兄ヘンリーのことは考えたことすらないだろう。しかしあの家族全員を研究すると、それぞれの性格もつかめ、いくつもの矛盾に説明がつくのは驚くほどだよ」

「それはぜひとも拝見したいです」

「これは我々にとって貴重なんだ。なにしろ偏見なしに書かれているからな。その点に関しては、きみの明快きわまりない説明のはるかに上を行く。きみの話には、綿の生地に一本絹糸が交じっているような、妙な違和感があってね。きみは気づいていないんだろうが、わたしは最初からどうにもそこが引っかかって仕方なかった。まだ糸を巻きとったわけじゃないが、きみの失敗の原因はその絹糸にあるんじゃないかと思いはじめている」

「思いあたることはありません、ギャンズさん」

「そうだろうな――いまはまだ。だが隠喩を変えよう。目立つ場所に燻製鰊《レッド・ヘリング》が置かれており、きみはそれに飛びついた。そのため、当初は正しい方向へ向かっていたものが、そのうちレッド・ヘリングに惑わされて追うべきにおいを見失ってしまった」

「よくわかりません――なにがレッド・ヘリングだったのか」

ギャンズは微笑んだ。

「わたしはもうわかったような気がする。とはいえ、まったくの勘違いかもしれないがな。それについては二十四時間以内にはっきりするだろう。これが正解であってほしいものだが――きみのためにね。わたしが考えているとおりなら、きみの評判に傷をつけることなくこの事件を終えられるが、わたしが間違っていたら、この事件はきみの汚点となるだろう」

ブレンドンは答えなかった。彼の良心も、知性も、なんら思いあたる節《ふし》はなかったのだ。ギャンズは手帳を開き、ちょっとした出来事について、納得がいかなかった点をただした。

「二度目に〈烏《からす》の巣〉を訪ねた日、辞去したときのことを覚えているか？　ダートマスのホテルへ戻る途中、門の傍《そば》に立つロバート・レドメインに出くわしたんだったな。そして月明かりできみに気づいたロバートは慌てて森のなかへ姿を消した。どうしてだ？」

「わたしのことを知っていましたから」

「なぜ？」

「プリンスタウンでたまたま会って、しばらく立ち話をしたんです。フォギンター採石場跡へ釣りに行ったときのことですが」

「そういうことか。だが、その時点ではきみが何者かは知らないはずだ。半年前に日暮れどきのフォギンター採石場跡で会っただけのきみを覚えていたにしても、どうしてきみのことを追っ手だと思ったんだろう?」

ブレンドンはしばし考えこんだ。

「おっしゃるとおりですね。おそらく目撃されるのをおそれて、あの晩はだれに会おうと逃げだしたんじゃないでしょうか」

「わたしは疑問を表明しただけだ。もちろん、ロバートはだれもが自分を追っていることを知っていたと仮定すれば、納得できることだが。追われる身としては、近づいてくる人影に気づいたら当然逃げだすだろう」

「わたしのことは覚えていなかったのかもしれません」

「そうかもしれん。だが、彼の行動については様々な可能性が考えられる。きみのことを警告されていたのかもしれない」

「そんなことをする人物はいませんよ。そのときはまだ姪にも会っていませんから。当然言葉も交わしていませんし。それ以外に警告できる人物というと——まさかベンディゴー・レドメインが?」

ギャンズはその話題はそれで終わらせた。手帳を閉じ、あくびをひとつすると、煙草を嗅いでから、そろそろ食事にしようと提案した。長い一日は終わりに近づき、ふたりとも早めに就寝し、夜明けまでぐっすりと眠った。

翌日は昼前にバヴェーノから汽船に乗り、青い水をたたえたマッジョーレ湖を渡った。ブレンドンはイタリアの湖水地方を初めて目にして、あまりの美しさに言葉を失った。ギャンズも話をする気はなかったようだ。ふたりは並んで腰かけ、目の前につぎつぎ現れるパノラマに見入った。山並みや峡谷、大地と湖面を照らす太陽の恵み、人びとの営み、山あいにぽつぽつ見える家、湖面に浮かぶ小さな帆船。

ルイーノで汽船を降り、トレーザへ向かった。列車の旅は短時間だったが、線路沿いに目の細かい網を張った高い柵が立っていて、網にはたくさんの鈴がぶら下げてあった。二十年前にもこの地を訪れているギャンズが、あれはスイスとイタリアの国境に果てしなく現れる密輸業者を防ぐために立てられた柵だと説明した。

「《悪に手を染めるのは人間だけ》というが、本当にそのとおりだな」ギャンズの述懐に、ブレンドンの胸中を苦いものが走った。

「わたしたちの仕事はまさにそういった人間を相手にしているわけですからね」ブレンドンは応じた。「たまに自己嫌悪に陥り、食料品なり織物なりを扱う店をやるか、いっそ兵士や水夫にでもなればよかったと思うことがあります。人生をかけた仕事が同胞の邪悪さをあてにしているなんて、不面目もいいところですよね、ギャンズさん。我々の仕事が、弓や矢のように過去の遺物となる日が来るよう願っています」

ギャンズはそれを聞いて笑った。

「ゲーテはなんといっているか知ってるか。《人類が百万年続いたとしても、悩みの種は尽きないし、それを克服しなくてはならない重圧もまたなくならない》だ。またモンテーニュは――そうそう、モンテーニュは読んでおいたほうがいいぞ――人類の叡智《えいち》そのものだ。彼がいうには、《人間の知恵はおのれが定めた理想的な品行へ達することはなく、たとえ達したところで、さらにその上へ行けと命じてくる》要するに、人類が存続するかぎり、この世界が悪党にことかくことはないが、一方でそういう輩《やから》をつかまえて投獄するべく訓練を受けた者たちが不足することもない。人類が存在しつづけるかぎり、犯罪もまた様々に形を変えて存在する。そして犯罪者は知恵をつけていくから、我々もそれに対応しなくてはならない」

「わたしは人間というものにもう少し期待しています」ブレンドンが応じると、ギャンズは我が意を得たりとばかりにうなずいた。

「そのとおりだよ――若い者はそうでなくちゃいかん」

ふたりはくねくねと曲がりくねったルートでルガーノ湖を進み、夕暮れどきに北岸に着いた。そこからはまた列車に乗って一度高台に登り、下りていった先が目的地、コモ湖畔の町メナッジョだった。

「さて、荷物はここに預けて、このままピアネッツォ荘を訪ねてみようかと思っている。あいつを少々驚かせることになるがね。なに、すべてがとんとん拍子にうまくいって、一週間早く出発できることになったと説明すればいい。彼の身に危険が迫っていると考えていることは、けっして洩らさぬように」

ふたりを乗せた一頭立ての馬車は、二十分とかからずにアルバート・レドメインの慎ましい家に着いた。どうやら三人がちょうど夕食をとろうとしていたところらしく、アルバート・レドメイン、その姪、ジュゼッペ・ドリアが揃って出迎えた。アルバートはイタリア風にギャンズをハグし、頰に口づけした。ジェニーはブレンドンに挨拶し、ブレンドンはいまふたたび彼女の目のなかをのぞきこんだ。

ジェニーは新しい経験を積んで雰囲気が変わっており、ブレンドンはいやでもそれに気づかされた。顔を紅潮させてにっこりと微笑み、叔父のためにこれほど早くヨーロッパを横断して駆けつけてくれたことに、驚きながらも感謝を述べた。しかし、その頰を赤らめた生き生きとした表情にも新たなものがのぞいていた。ブレンドンの心臓はまわりに音が聞こえそうなほど高鳴り、ひょっとしたらこの女性の力になれるかもしれないとの期待が生まれた。というのも、ジェニーは微笑んでいるものの、その顔はそこはかとなく憂《うれ》いを帯びていたのだ。

ドリアは後ろに控え、妻が叔父の友人に挨拶するのを見ていたが、そのうち彼も前へ出てブレンドンとの再会を喜び、遠からず真相が明らかになり、各地をさまようロバート・レドメインの邪悪な事件にも終止符が打たれるものと信じていると語った。

アルバート・レドメインはギャンズの姿を目にして大喜びしていた。再会の嬉しさのあまり、そもそものギャンズの訪問の目的をすっかり失念しているようだ。

「かねてからずっと、きみとヴィルジーリオ・ポッジを引きあわせたいと思っていたのだよ、ピーター。きみとわたし、そしてヴィルジーリオが同席し、たがいの声を聞き、たがいの目を見る。それがとうとう実現するな。こうなると、山をうろうろしている哀れな幽霊は、はからずもすばらしい偉業を成し遂げたわけだ」

ジェニーとアッスンタが急いで客人の食事を用意し、全員揃って食卓をかこんだ。そこでブレンドンは、ふたりのためにホテル・ヴィクトリアに部屋をとってあると知らされた。

「お気遣い恐縮ですが」ブレンドンはジェニーへいった。「ギャンズさんはここでお世話になるおつもりだと思いますよ。今回の事件はギャンズさんが指揮を執ってくださいます。実際、あれだけ失態を重ねたわたしがまたしゃしゃり出る理由など、ひとつも見つかりませんし」

ジェニーは優しい表情をブレンドンへ向けた。

「ブレンドンさんがいらしてくださって、本当に感謝しておりますの」そうブレンドンの耳もとでささやいた。

「わたしのほうこそ、感謝しております」ブレンドンは答えた。

賑やかな夕食が終わった。いますぐコモ湖を渡ってシニョール・ポッジに会いに行こうとの誘いを、ギャンズはきっぱりと断った。

「イタリアの湖なら、今日は充分すぎるほど堪能したんだ、アルバート。それよりも事件の話をしたい。マークとわたしがすでに知っている事実以外の情報を、だいたいでいいから聞いておきたいんだ。ドリア夫人、手紙をくれたあと、なにかありましたか？」

「ジュゼッペ、説明してさしあげてくれ」アルバート・レドメインがいった。

「ほら、きみからもらった金の嗅ぎ煙草入れだよ。ひとつ、どうだい？」ギャンズが老いた本の虫に嗅ぎ煙草を勧めたが、ピアネッツォ荘の主《あるじ》はそれを断り、葉巻に火をつけた。

「わたしは粉よりも、煙にするよ、ピーター」

「妻が手紙をさしあげたあと、その男は二度目撃されてます」ドリアは説明を始めた。「ぼくが考えごとをするために山を歩いてたら、ばったり出くわしたのが一回。もう一度は――おといの夜のことです。この家へやって来たんです。さいわいアルバート叔父の部屋は湖を見渡せる側にあり、庭の塀も充分な高さがありますから、歯が立たなかったんでしょう。しかし召使いのエルネストの部屋は横手の道からすぐの場所にあります。

ロバート・レドメインは夜中の二時にやって来て、窓に小石を投げてエルネストを起こすと、兄に会わせてくれと要求しました。しかしエルネストはそうした場合はこう対処しろといわれていたとおりにしました。英語が堪能なので、不運な男に昼間出直してくるよう伝えたんです。そして、ここから一マイルほどの人里離れた谷のとある場所――小川にかかる小さな橋――で翌日の正午に兄を待つようにと指示しました。アルバート叔父は弟がふたたび現れた場合、どうするかあらかじめ考えていたので。

それを聞いて赤毛の男はそれ以上なにもいわずにおとなしく姿を消し、勇敢なるアルバート叔父はぼくだけをおともに、きちんと約束を守りました。約束の時間前に到着し、二時過ぎまで待っていたんですが、だれも現れず、たまたま通りかかる人すら、ひとりもいませんでした。

ロバート・レドメインはすぐ近くに隠れていそうな感じがしました。アルバート叔父がひとりだったら、すぐさま姿を現したはずです。でも、当然アルバート叔父はひとりで行くつもりなどありませんでしたし、ぼくたちにしても、なにがあろうとそんな危険を冒させるつもりはありませんでした」

そこまでギャンズはひたすらおとなしく拝聴していた。

「彼に会って、きみの印象はどうだった？」

「ロバート・レドメインにしたら、思ってもない事故のようなものだったと思うんです。ぼくは考えごとに夢中になって歩いてるうち、気づくと妻が最初に彼を見かけた近くに来ていました。それで角を曲がったら、道沿いの岩に腰かけていたんですよ。ぼくの足音に驚いて顔を上げました。ぼくのことがわかったようでしたね。ちょっと迷ってたようですが、茂みのなかへ逃げこんでしまいました。ぼくは必死で追いかけましたが、どんどん離されてしまって。山の上のほうの炭焼き小屋かどこかに匿《かくま》ってもらっているのかもしれません。動きは機敏で、元気そうでした」

「どんな格好をしていた？」

「〈鳥の巣〉で会ったときとまったくおなじです。旦那さまが行方不明になったあのときと」

「どこで服をあつらえているか、ぜひとも教えてもらわなくてはな」ギャンズが応じた。「これほどの酷使に耐えうる上着など、そうはないだろう」

それから、事件にはあまり関係がなさそうな質問をした。

「山のなかには大勢の密輸人たちがひそんでいるんだろうね」

「ええ、たくさんいます」ドリアは答えた。「彼らの気持ちはわかりますよ」

「税関の役人たちの取り締まりの裏をかいて、夜の闇に紛れて国境を越えているわけだろう？」

「長くここに滞在すれば、もっと詳しい事情がわかるんでしょうけど」ドリアはほがらかに答えた。「シニョール・ギャンズ、ぼくは彼らの味方です。だってあれほど勇敢な連中なんてそうはいませんからね。彼らの生活は危険に満ちていて、スリル満点で、めっぽう面白いんだろうと想像してしまいます。悪党なんかじゃなくて、英雄ですよ。ここのアッスンタの亡くなった夫は自由貿易業者でした。ですから、いまでも仲のいい友人がいると思いますよ」

「ピーター、そろそろなにを考えているのか、すべて説明してくれんか？」五個の小さなグラスに黄金色のリキュールを注ぎながら、アルバートが促した。「その哀れな弟のせいで、わたしに危険がおよぶかもしれないと思っているんだろう？」

「そのとおりだ、アルバート。しかしなにを考えているのかといわれても、いまのところは、なにひとつはっきりしていないんだよ。さしずめ、きみならば、なによりもまずはロバート・レドメインをつかまえることだ。なにかを決めるのはそのあとだ、といいそうだな。まあ、ひとつ面白いことを教えてやろう。おそらくロバート・レドメインをつかまえることはない」

「降参するってことですか？」驚いてドリアが尋ねた。

「これまできみがだれかをつかまえようとして、失敗したことはなかったはずだが、ピーター」とアルバート。

「つかまえることがないだろうというのには、ちゃんと理由がある」ギャンズは小さなヴェネツィアン・グラスに入った酒をひと口呑んだ。

「まさか、ロバート叔父は生きておらず、幽霊だと考えてらっしゃるとか？」ジェニーが目を丸くして尋ねた。

「ギャンズさんは以前にも幽霊説に言及されたことがあるんですが、幽霊とひと口にいっても様々な種類がありますから、ドリア夫人」とブレンドン。「それはわたしでも理解できました。血肉を持つ幽霊もいるんだと」

「あれが幽霊だったとしたら、驚くほどしっかりとした肉体を持つ幽霊でした」とドリア。

「そうだろうな」ギャンズが認めた。「それでも幽霊だというのがわたしの意見なんだ。さて、一般論として考えてみよう。その犯罪で利益を得る人物を捜せ、というのはかならずしも絶対的な真理というわけではないんだ。なにしろ、殺害された人物の実際の遺産相続人が、その殺人事件とはなんの関係もないことはめずらしくないからね。たとえばアルバートは、ベンディゴー・レドメイン氏が死亡したと法的に認められれば、彼の遺産を相続するわけだし、ドリア夫人もそのうち亡くなったご主人の遺産を相続する。だからといって、きみの奥さんが最初のご主人を殺害したというわけではない、シニョール・ドリア。同様に、ここにいるわたしの友人が弟を殺したというわけでもない。

そうはいっても、容疑者がその犯罪で利益を得るかどうかを調べるのは、捜査の常道といえる。今回の事件の場合、ロバート・レドメインはマイケル・ペンディーンを殺したことで、なんら利益を得てはいない――突然として湧き起こった激情を満足させたという以外は。それどころかペンディーンを殺したせいで、ロバート・レドメインは放浪生活を余儀なくされ、収入や資産を奪われたまま、目に入る人間すべてを追っ手とみなし、縛り首の恐怖に怯えながら、いまもさまよっている。そして奇跡としか表現しようのない手腕で法の追及を逃れながらも、みずからにかけられた容疑を晴らそうとしたことは一度もない。それどころか、わざわざ疑いを招くようなことばかりしているんだ。オートバイで被害者の遺体をベリー岬まで運んだのを始めとして、わざわざ正気を失っていると公表するようなことを、それこそ数えきれないほどやっている——だがひとつ、なにもかもを圧倒する事実をつい失念しがちだ。それは正気を失っていたら、とっくにつかまっているのは間違いないということだ。ところが彼はまだつかまっていない。

彼はペイントンで姿を消し、つぎは〈鳥の巣〉に現れたと思うと、もうひとりの命を奪った。またもや無意味としか思えない殺人で、しかも被害者は実の兄だというのに、今度も手がかりひとつ残さずに姿を消した。そろそろそうした不条理に着目して、見せかけだけの事実は脇におき、肝心要《かんじんかなめ》の疑問をみずからに突きつけるべきだろう。さて、その疑問とはなんだと思う、シニョール・ドリア？」

「ぼくにはずっと疑問に思ってることがあります。妻にも尋ねてみたんですが、いまだに答えがわからないままで。それはぼくが知らないことがたくさんあるからです。もっとも、それをいうなら、この広い世界でもそのことを充分知ってるといえる人はひとりもいません——ロバート・レドメイン以外には」

ギャンズはうなずき、嗅ぎ煙草を手にとりながら答えた。

「なるほど」

「だが、いったいなんなんだ？」とアルバート。「ジュゼッペがかねがね疑問に思い、ピーターまでが知りたいと思うのは？　こういうことに慣れてないわたしたちには、見当もつかんよ」

「その疑問とはこうだよ。ロバート・レドメインはマイケル・ペンディーンとベンディゴー・レドメインを殺したのだろうか。それだけじゃない、みずからに問いかけるべき、さらに重要な問題も浮かびあがってくる。はたしてそのふたりは死んでいるんだろうか」

それを聞いて、ジェニーは激しく身を震わせた。そして無意識のように手を伸ばし、隣に座っていたブレンドンの腕をつかんだ。ブレンドンがそちらへ顔を向けると、ジェニーは疑いと恐怖が入り混じった表情を浮かべ、ひたとその視線をドリアに据えていた。一方のドリアは、ギャンズの言葉にかなり驚いた表情を浮かべていた。

「まさか！　それじゃあ《コルポ・ディ・バッコ》――」ドリアが尋ねた。

「そうなると、捜査の範囲を大幅に広げる必要があるかもしれない」ギャンズは穏やかに答え、ジェニーに顔を向けた。

「再婚した方が混乱するようなことを口にして、申し訳ない。しかし、べつにそれが事実だと決めつけているわけではないんだ。ただ気楽におしゃべりしているだけだと考えてほしい。事実がどうなのかは、一同なによりも知りたいところだがな。それに、もしもロバート・レドメインがマイケル・ペンディーンを殺していないと判明したところで、すなわちペンディーン氏がご存命となるわけではない。だから仮説に怯える必要はないんだ。これまでも、様々な説にいちいち怯えず、なんとかやってきたんだろうし」

「そうなると、これまで以上に哀れな弟をつかまえることが必要になるな」とアルバート。

「そういえば面白いことを思いだした。気の毒なベンディゴーは、弟が近くまで来ていると知らされた当初は、てっきり幽霊だと思いこんでいたらしい。船乗りにはめずらしくないが、あいつはかなり迷信深いところがあったからな。ジェニーが実際に会って話をしたことで、ようやく生きている人間が自分に会いたがっていると理解したそうだ」

「ロバート・レドメインの幽霊ではなく、生きている本人だという事実は、あのときの出来事で証明されています、ギャンズさん」ブレンドンが言葉を添えた。「〈鳥の巣〉に現れたのがロバート・レドメイン本人であることは、叔父をよく知るドリア夫人が確認しています。あとはこのあたりに出没する男がロバート・レドメイン本人であることを、同程度の信憑性をもって確認する必要がありますが、今回も本人であることはまず間違いないでしょう。いまだに発見、逮捕もされずに逃げつづけていることは驚嘆に値しますが、実際にはそれほど驚くことではないのかもしれません。もっと不思議なことはこれまでたくさん起こっていますから。どのみち、それがロバート・レドメイン以外の人物である可能性はまずないでしょう」

「それで思いだした」とギャンズ。「ベンディゴー・レドメイン氏の日誌があるという話だったな。氏は几帳面に日誌をつけていたとか——手紙にはきみが保管していると書いてあったが、それを見せてもらえないか、アルバート？」

「ああ、持ち帰ってきたとも。この家にあるよ。日誌とベンディゴーにとっての聖書と呼んでいる『白鯨』は。日誌はまだ目を通していないんだが——出過ぎた真似のようで、どうも気が進まなくてな。いつかは読んでみようと思っている」

「両方が入っている包みなら書斎の引き出しですわね。わたしがとってまいります」ジェニーがそう申しでて、一同がいる湖を見下ろす部屋から出ていき、すぐに茶色の紙で包まれたものを抱えて戻ってきた。

「どうしてこれに興味があるんだ、ピーター?」アルバートが尋ねた。そしてギャンズの答えに納得した様子だったが、ブレンドンは不満が残った。

「あることを様々な角度から検証するのはつねに興味深いものだよ」というのがギャンズの答えだった。「弟さんがなにかを教えてくれるかもしれない」

しかし、ベンディゴーの日誌が貴重な資料となるかどうかは、謎のまま終わった。というのは、ジェニーが包みを開けると、そこになかったからだ。入っていたのは白紙の日記帳と有名な小説だけだった。

「しかし、この手で包んだのに」とアルバート。「日誌はこの白紙の日記帳とまったくおなじ表紙だったが、わたしが間違えたという可能性はないんだ。なにしろ包む前に、なかを一、二頁読んだのだからな」

「旦那さまが新しい日記帳を買ってらしたのは、最後にダートマスの町なかまで出かけたときです」とドリア。「そのことは覚えてます。ぼくがなにを書くおつもりですかとお尋ねすると、いま使っているものがもうすぐ終わるから、新しいものが必要なんだとおっしゃいました」

「アルバート、書きこまれた日記帳と新しい白紙のものとを間違えた可能性はないか?」

「もちろん、絶対にないとは断言できないが、どう考えてもその可能性は薄いように思う」

「となると、何者かによってすり替えられたことになる。本当にそうであるなら、実に興味深い」

「まさか、信じられません」ジェニーがはっきりといった。「そんなことをするような方はいませんでしたわ、ギャンズさん。お気の毒なベンディゴー叔父の日誌に、わたしたち以外のだれが興味を持つというのでしょう」

それを聞いて、ギャンズが考えこんだ。

「その答えがわかれば、この先の面倒が一気に省けるかもしれないな」とギャンズ。「しかし、答えは見つからないかもしれないし、叔父上が間違えたのかもしれない。そうはいってもアルバートは、こと本に関するかぎり、間違いとは無縁のお方だがね」

ギャンズは白紙の日記帳を手にとり、ぱらぱらとめくった。そのとき、ブレンドンがそろそろ辞去しようと提案した。

「これ以上レドメインさんに夜更かしさせてしまってはと思いまして、ギャンズさん」ブレンドンはそれとなくほのめかした。「荷物はとっくにホテルに届いているでしょうし、一マイルほど歩かなくてはいけないので、そろそろ失礼したほうがいいように思います。あなたは眠くなるということがないのでしょうか?」

そしてジェニーに顔を向けた。

「なにしろギャンズさんは英国を出てから一睡もしてないようなんですよ、ドリア夫人」

だがギャンズは笑わなかった。考えごとに夢中という体《てい》だ。それが突然口を開いたので、一同は揃って驚いた。

「アルバート、兄弟よりもしつこくつきまとう友人と思われるのは心外だが、手短にいおう。だれかホテルにやって、わたしの荷物をここへ届けさせてくれないか？　この事件が解決するまで、きみから目を離したくないんだ」

それを聞いて、アルバートはいたく喜んだ。

「さすがだな、ピーター——いかにもきみがいいそうなことだ！　わたしからも頼む。ひとりにしないでくれ。そうと決まれば、わたしの部屋の隣がいいだろう。本がたくさん並んでいる部屋だが、わたしの部屋から大きな寝椅子を運べばいい。三十分もあれば用意できるだろう。あれならベッドに負けず劣らず、ぐっすり眠れるはずだ」

アルバートは姪に顔を向けた。

「アッスンタとエルネストにピーターの部屋を用意させてくれ、ジェニー。そしてジュゼッペはブレンドンさんをホテル・ヴィクトリアまでお送りして、ピーターの荷物を持ち帰ってくれないか」

ジェニーはすぐに叔父の言葉を実行に移し、ブレンドンは明朝早くに戻ってくると約束し、別れの挨拶をした。

「明日の予定だが」ギャンズがいった。「マーク、きみが賛成してくれるなら、こんな感じで考えている。マークはシニョール・ドリアに案内してもらって、山のなかのロバート・レドメインにばったり会った場所を調べてきてほしい。そのあいだ、ドリア夫人さえ承諾してくれたら、夫人からちょっと話を聞きたいんだ。過去のことで確認したいことがあってね。つらいことを思いださせてしまうだろうが、夫人ならば勇気を出して、すべて教えてくれるに違いない」

ギャンズははっと驚き、湖の方向へ耳を澄ました。

「なんの音だろう？」ギャンズが尋ねた。「まるで遠くで大砲でも撃っているような」

それを聞いてドリアは笑い、こう答えた。

「山に夏の雷が落ちてるだけですよ、シニョール」

第十三章　突然、英国へ

刑事として成功するためには、事件の関係者に影響をおよぼすあらゆる問題の両面を観察する能力がなによりも必要とされる。そのうちの九割は一面だけの観察でこと足りるとはいえ、同胞が残り一割の両面を観察するのを怠ったために、罪のない人間が絞首台送りになる事態は何度となく起きている。両面を観察せず、いちばん安易な方針をとり、明々白々な結論を追い求めて、誤った前提の上にのみ成立する結果にたどり着いてしまったせいだ。

ピーター・ギャンズはそうした洞察力に秀《ひい》でていた。人相学を学んだ者なら、彼の大きな顔を見ただけでそれがわかった。ギャンズの口もとは微笑んでいても、その目は厳格だった——といっても皮肉めいたところやいやみな印象はなく、つねに厳しい色をたたえながらも、人情も感じさせた。なにごとも見逃さないが、寛容だった——人間というものの気高さも弱さも熟知していることを感じさせる目だった。ごく平均的な人物の知力を推しはかることもできれば、稀《まれ》に見るレベルの天才の知性も評価することができた。人の性格についてのたしかな判断と、人間の喜劇的な側面を見聞きした高い経験値を軸とするギャンズの非凡な能力のため、そのような目をしながらも、エジプト人のようなふっくらとした唇には微笑みらしきものを浮かべているのだった。

翌日ギャンズはアルバートとふたり、食堂の外にある湖へ突きだした小さなベランダにいた。ジェニーの用意ができるまでの三十分ほどのあいだ、語りあっていたのだ。

年長のアルバートが自分の単純明快な哲学を披露した。

「かなり以前から神の御心を見失い、そのかわりといってはなんだが、人間を信頼しようと努めてきたんだ、ピーター。だが、最近になって、創造主への信仰をもってしか人間を理解することはできないとはっきり見えてくるようになり、いまではそう信じている。より善いはつねに善の敵であり、最善は殉教者か英雄にのみ使われるべき貴重な言葉といえる」

「人間はふたつのことにだけは最善を尽くすものなんだ、アルバート」とギャンズ。「そう、愛と憎しみのためだ。このとてつもない誘因があるからこそ、どれだけ凡庸な人物でも、どれだけ偉大な人物でも、おのれの能力を限界まで発揮することができる」

「そのとおりだな。おそらくそれで、いまのヨーロッパの状況も説明できるだろう。戦争が終わり、最高の活動をおこなう能力が失われてしまった。熱気が消え去ったんだ。その結果ヨーロッパの議会で情熱溢《あふ》れる善意を見かけなくなり、いまや運命の舵をとる偉大な指導者は不在のまま、さまよい歩いている。感情と理性は反目しあい、唯一無二の道をともに歩むのではなく、それぞれべつな道を手探りしながら進もうとしている。もはや偉大な人物も存在しない。それでも当然指導者はいるが、それとて彼らが率いる大衆と比較すれば偉大だというだけの話だ。後世の歴史家は我々を矮小《わいしょう》の世代と呼び、かつて一度だけ運命の危機に正面から立ち向かう偉人が現れず、人類が重大な局面を迎えた時代があったと伝えるだろう。わたしの歴史に関する知識を掘りおこしてみても、現状は前例がないとしかいいようがない。これまではかならず、時代が必要な人物を生みだしてきた」

「たしかに、人類はさまよい歩いている」ギャンズは白いベストの埃《ほこり》を払った。「ある意味、世界中が戦争神経症を患《わずら》っているようなものだといえるだろう、アルバート。そしてわたしの専門の話をすれば、犯罪は精神と分かちがたく結びついている。知識階級の無関心は、大衆となると無法状態の形をとるし、経済法則の崩壊は憤激と絶望しかもたらさない。あらゆる分野で均衡が消滅するんだ。一例を挙げると、労働と余暇のバランスが破壊される。こうした不安定な状態が十年は続きそうだな。戦時中の苦難のさなかの熱狂に味を占めた人びとは、いまもなおそれを切望しており、とりわけ若年層の心のなかにひときわ目立つ危険な刻印を残している。この不安定な状態から、その心を満たす犯罪への距離は、ほんの一歩だよ。

我々は病気だ。だれもが病的なんだ。いま必要とされているのは、過去の奮闘において苦難に立ち向かい、打ち勝つことを可能にした規律の回復にほかならない。自分の神経を鍛錬しなければならないんだ、アルバート。そして世界の未来を担う若者のために、健全でバランスのとれた展望をとりもどすべく、努めなければ。人はけっして生まれつき無法者ではない。おしなべて理性が勝っているものの、文明は欲望と信念の上に成りたっているため、いまだ迷信や利己主義を抑える教育をするには至っていないんだな」

「こうした混沌も、ひとたび善なる意志の光が投げかけられれば、秩序の回復が始まるのを目にすることができるだろう」アルバートはきっぱりといった。「問題は善なる意志を促進する方法だな。それは宗教界にとってもなにより関心がある問題だろう。というのも、突きつめて考えると、あらゆる倫理観の基礎となるものはなんだと思う？　おのれを愛するがごとく汝《なんじ》の隣人を愛せよ、しかないだろう」

世界を正しい方向へ導くためにどうすべきかを話しあううち、話題は移り、やがて人類にとって有益な目標とはなにかという点に議論は至った。そこへジェニーが姿を現したので、ギャンズは彼女のあとについて、ピアネッツォ荘の裏手にある花の咲き乱れる庭園へ移動した。

「ジュゼッペとブレンドンさんは山へ向かわれました。お待たせしましたが、ようやくお話しできる時間がとれましたわ。ギャンズさん、わたしを傷つけるかもしれないというようなお気遣いはなさらないでくださいね。いまさらそんな心配は無用ですから。この一年、言葉にできぬ苦しみを味わい、自分でも正気を保っていられるのが不思議なくらいでした」

ギャンズはジェニーの美しい顔をまじまじと眺めた。たしかに悲しそうな風情《ふぜい》だった。しかし、その悲哀の陰に隠れているのは、過去でも未来でもなく、現在に対する懸念だと彼の目には映った。どうやらいまの生活は幸せではないようだった。

「蚕《かいこ》を見せてくれないか」ギャンズがいった。

ふたりはピアネッツォ荘の裏手の茂みから高い屋根が突きだしている小屋へ入っていった――鎧戸を閉めきったままなので、なかは薄暗かった。天井まで棚が造りつけてあり、幼虫が入った盆のあいだには天井に届くほどの長い枝が立てかけてある。この静寂に包まれたひんやりとしたほの暗いなかへ足を踏みいれたとたん、枝や壁や天井の至るところで無数の豆電球がぼうっと光っているように見えた。蚕が這いあがり、繭《まゆ》を作ることができる場所はどこも光っていた。小枝にたわわに実る果物のような楕円形の輝く繭が、薄暗いなか、ほのかな光を周囲に放っているのだった。アルバートの蚕たちの先祖は、もとをたどれば千三百年ほど前、異端だと追放になったネストリウス派の巡礼者が中国で盗みだし、竹の筒のなかにこっそり隠してコンスタンティノープルまで運んだという、歴史に残る蚕だった。

蚕たちはほぼ仕事を終えたようで、完成させた絹の容れ物のなかにおさまっていた。だが、二、三百匹ほどの白い芋虫たちは三インチほどの長さまでまるまると太りながら、まだ盆のなかでジェニーが採取してきた新鮮な桑の葉をむさぼり食っている。ようやく白いものに包まれはじめたものもあった。透明なきらめく糸でできた繭の原形を作りあげてから、そのなかでせっせと糸を吐いているようだ。まだがつがつと最後の晩餐《ばんさん》をむさぼり食っているのに、すでに体が黄色味を帯びているものもいくつか見受けられた。ジェニーは繭をつまみあげ、朝陽にかざした。

「蚕の繭ほど優美に巻かれたミイラにはお目にかかったことがないな」ギャンズがいった。ジエニーは楽しげに絹産業とその様々な利害対立について説明したが、まもなくギャンズの知識のほうがはるかに豊富なことが判明した。

それでもギャンズは真面目に耳を傾けていたが、徐々に本来の目的へと会話を誘導した。昨夜彼が口にした言葉で浮かびあがった、ジェニーの立場のある面に注意を向けたのだ。

「最初のご主人の失踪から九ヶ月ほどで再婚するのは、大胆すぎると考えたことはないのかな、ドリア夫人?」

「そう思ったことはありません。そうはいうものの、昨夜のギャンズさんのお話には身震いしました。それより、わたしのことはドリア夫人ではなく、ジェニーと呼んでくださいますか?」

「愛にとっては法律などつねにただの邪魔者でしかないんだろう。しかし英国の法律では、よほど例外的な証拠が提示されないかぎり、最後に姿を目撃されてから七年たたないと死亡と認定されない。七年と九ヶ月ではかなりの違いがあるとは思わないか、ジェニー?」

「いま、思いかえしてみますと、長い悪夢のなかにいたように思います。たったの九ヶ月でした? 百年にも感じられましたわ。だからといって、最初の夫のことを愛していなかったとはお思いにならないでくださいね。前の夫のことは深く愛していましたし、彼との想い出はいまも大切にしています。それでもどうしようもなく寂しいときに、いまの夫が魔法のように現れたのです。それになによりも、あのときなにが起こったのかは、忌《い》まわしい証拠の数々が疑う余地なく示していたとお思いになりません? マイケルの死は、あれこれ思い悩む余地のない事実として受けとめましたの。そんな、神さま! どうして再婚するのは間違いだと、どなたかがそれとなく教えてくださらなかったんでしょう?」

「その機会があった人はいたんだろうか?」

ジェニーは不幸としかいいようのない表情でギャンズを見た。

「おおせのとおりですわ。あのころはまわりが見えていませんでしたから。恐ろしい間違いをしてしまいました。ですけれど、わたしが罰を免れたとはお思いにならないでください」

ギャンズはその言葉の意味を察し、夫から話題を逸《そ》らした。

「つらい思いを我慢してもらえるなら、少しマイケル・ペンディーン氏のことを教えてくれないか」

しかし、ジェニーはそれが聞こえていない様子だった。自分のこと、そしていまの自分をとりまく状況を考えるので精一杯のようだ。

「ギャンズさんのことは信頼しておりますわ。思慮分別がおありになるうえ、人生についてもよくご存じで。わたしが結婚したのは人ではありませんでした。悪魔だったんです!」

ジェニーは両手をかたく握りしめた。静かな小屋の薄暗がりのなかで、彼女の歯がきらりと光った。

ギャンズは嗅ぎ煙草をやりながら、不運な女性がすさまじい勢いでみずからの過ちについて語るのに耳を傾けた。

「夫を憎んでいます。いまでは嫌悪感しか残っていませんの」ジェニーは大声をあげ、人当たりのいいジュゼッペ・ドリアについて、激しい言葉をいいつらねた。やがて息を切らせて言葉を切ったと思うと、静かに涙を流した。

ギャンズは慎重にその様子を観察していたものの、いまのところはさして同情をあらわにすることはなかった。彼の返答は、ジェニーを落ち着かせるどころか、さらに興奮させたようだ。

「冷静さを失わずに、忍耐強く対処するしかないだろう。イタリアはある点では自由な国だから、もう一緒にいたくないなら、無理をする必要もないのでは？」

「マイケルは生きているんでしょうか？　その可能性はありますか？　今年の夏の盛りの狂気が過ぎ去ってしまうと、またマイケルのことを夫だと感じるんです。お話ししたいことがたくさんあります。ずっとお会いしたかったんです――お願いがありまして――アルバート叔父だけじゃなく、わたしのことも助けてくださいませんか？　もちろん、叔父のほうが優先なのはわかっております」

「考えようによっては、アルバートを助けることが、きみを助けることにもなるかもしれないな。それよりもまず、質問にお答えしておこう。そうするのが筋が通っているときは、つねに質問に答えることにしているんでね。ジェニー、マイケル・ペンディーン氏が生きているとは思えない。ところで、そろそろ外へ出ないか？　ここはどうも息苦しくていけない。それでも、覚えていてほしい、マイケル・ペンディーン氏が生きてはいないともいってないことは。フォギンター採石場跡で何者かの手で流された血は、人間のものであることは間違いないんだ。そしてベンディゴー氏の自宅近くの崖下の洞窟に残されていたものも、間違いなく人間の血だった。しかし、いまのところ、それがだれの血で、だれの手によって流されたのか、なにひとつ断言できることはない。そして、それこそが、ここで解決するべき大きな課題だと思っている。わたしを助けてくれるつもりがあるのなら、ぜひともお願いしたい。これだけは約束できる。きみが助けてくれたなら、きみ自身のみならず、アルバートのことも助けることになると」

「叔父はそんなに危険ですの？」

「状況を考えてごらん。ふたりの弟さんの遺産はいずれアルバートが相続する。つまり、遠からずきみは莫大な財産を手にすることになる。アルバートはあまり丈夫な質《たち》じゃない。そう長生きはしないだろう。ということは、どうなる？　間違いなく、きみが――レドメイン家の最後のひとりであるきみが、すべてを相続するんだ。そして、きみが結婚しているとなると、新たな問題が発生する。ついさっき、なんといった？　ご主人は悪魔で、ひょんなことで彼の本心を見てしまってからは、彼のことを憎んでいるといったね。そのふたつの事実がなんの関連もないとは考えにくい。といっても、密接な関係があるのかもしれないし、ないのかもしれない、そこはまだわからないがね」

ジェニーはまっすぐにギャンズを見つめた。

「ジュゼッペ・ドリアのことは、わたしとのつながりでしか考えたことがないんです。ベンディゴー叔父や、アルバート叔父となにか関係があるとは、想像したこともありませんでしたわ。ベンディゴー叔父は、ドリアの求婚に応じる前に――彼が求婚する前に亡くなりました――本当に亡くなっているなら、ですけど。でも、わたしの再婚が失敗だったことは、アルバート叔父に話さないでくださいますか。こんな惨《みじ》めな気持ちで過ごしているなんて、知られたくない

「だれを信頼するのか、まずはそれを決めなければいけない。そうしなければ、気づいたらきみ自身が危険な状況に置かれかねない」

ジェニーはどう答えるか考えている様子だった。

「なにかお考えなんですね」

「もちろん。イタリア人のご主人との関係の話は、かなり示唆に富んでいたよ。しかし、よく考えてごらん。兎と一緒に逃げながら、同時に猟犬と一緒に兎を追うことはできないんだ。どれだけの数の悪党が、それを試みては失敗したことか。それをいうなら、数えきれないほどの善人もおなじことをやっているがね。これだけは教えてくれないか。ドリア本人はきみの気持ちが離れたことを知っているのか？」

ジェニーはかぶりを振った。

「気づかれないようにしていますわ。まだ知られるのは早いと思うので。あの人はかならず復讐するでしょうし、それがどういう形をとるかは見当もつきません。わたしが無事にどこかへ逃げおおせるまでは、心変わりをしたことを絶対に勘づかれないようにしませんと」

「それがきみの本心か。なるほど。となると、ふたつ質問がある。ドリアについて、彼から逃げだすのも当然だと認められるような事実をなにか知っているか？　そして知っているとしたら、それをわたしに教えてもらえるか？」

「あの人のことはたいして知りませんの。ああ見えて、実はかなり頭が切れる人なんです、陽気でのんきそうなふりをしていますけど。わたしに対しては誠実な夫だと信じていますし、第三者の目や耳があるところでは、思いやりのない態度をとることは絶対にありません。でも、思うんです。いまさっきギャンズさんがおっしゃったことを、あの人は重々承知しているんだと——レドメイン家の財産は、いつかはすべてわたしのものになることを」

「それなのに、きみに対してまるで悪魔のような態度をとるのか？　とても頭の切れる人物の振る舞いとは思えないが」

「うまくご説明できませんけど。もうすでにお話ししすぎたような気がします。夫の残酷さは本当にわかりにくいんです。イタリア人の夫というものは——」

「イタリア人の夫のことなら、よく承知している。きみが少しゆっくりと考える時間を持てたら、またこの件について話をしよう。夫を憎み、信頼できないと考えるのは、間違いなくなにか理由があるはずだ。そういう感情は抱いているふりをできるものじゃない。夫としては誠実だといっていたが、その理由は、もしかしたらわたしには——あるいは、だれにも——教えたくないことと関係があるんじゃないかと睨《にら》んでいる。さらにいえば、おそらく、なんとしても身柄を拘束したい謎めいた男ロバート・レドメインとも関係があるんじゃないか？　ドリアはあの男のことを、わたしやきみよりもよく知っているんだろう！　そしてきみはそのことに気づいた。違うか？　きみがドリアを憎むようになった理由は数えきれないほどあるのかもしれんな。よく考えてみてほしいんだが、なかにはわたしの耳に入れたら捜査の役に立つこともあるんじゃないか？」

ジェニーは心から興味を惹かれた様子でギャンズを見た。

「本当にすばらしい方ですのね、ギャンズさん」

「とんでもない——人生という名のジグソーパズルの場数を踏んでいるだけだ。いまのわたしの話、というよりほのめかしたことを特段重く受けとめないでくれ。まったくの見当違いかもしれないからな。いまは、きみのシニョール・ドリアは優しい夫ではないという言葉が引っかかっているだけなんだ。もっとよく彼のことを知れば、その意見に賛同しなくなるかもしれん。きみの判断が正しいとはかぎらないからね。ことによると前のご主人が例外といえる男性だったため、きみは夫というものの標準を知らないだけかもしれない。ことこの件に関しては、わたしはなにを聞こうが驚かないがね。なにしろ妻よりも他人のほうが夫の性格を理解していることなんて、めずらしくもなんともないんだ。ただ、これだけは記憶にとどめておいてくれ。愛と憎しみ、どちらもしばしば人の判断力を奪う。そして愛が憎しみに変わると、その変化はあまりに複雑なので、熟練した精神分析医の講釈が必要となるほどなんだ。だからきみの恐怖をきちんと理解するためには、きみ自身のことをよく知る必要がある。

今日のところは、このくらいにしておくか——当面わたしのことは、きみに助力を惜しまないと考えてくれればいい。しかしわたしは老いぼれだが、ブレンドンはまだ若い。若い者同士のほうがわかりあえることは多いだろう。彼はどんなときでも信頼できる友人だということは心にとめておいてくれ。わたしよりも、彼に対してのほうが語りやすいなら、それはそれでまったくかまわない」

ジェニーの唇がぴくりと動いたが、すぐに動きを止めた。なにかを話そうとしたものの、気が変わったのか、べつのことを口にするつもりだとギャンズは察した。ジェニーはギャンズの大きな手をとり、自分の両手で包みこんだ。

「心から感謝いたします！　お友達になってくださるなら、これ以上の喜びはありませんわ。ブレンドンさんもとてもよくしてくださいます――それはもう本当に。でもアルバート叔父を助けてくださるのは、ギャンズさんだという気がします」

ほどなくふたりは別れ、ジェニーは家へ戻ったが、刑事は夾竹桃《きょうちくとう》の茂みの下に座り心地のよさそうな椅子を見つけた。頭上の赤い花の芳香を楽しもうとしたものの、悪習のせいで嗅覚がほとんど失われていることがわかり、ギャンズは残念に思った。かわりに煙草を嗅ぎ、手帳を開くと、三十分ほど熱心に書きこんだ。そして、それを終えると立ちあがり、アルバートのところへ戻った。

アルバートはこれからの予定で頭がいっぱいの様子だった。

「今日こそヴィルジーリオ・ポッジときみを引きあわせることができる！」アルバートは大声をあげた。「ピーター、きみがヴィルジーリオと意気投合しなかったら、わたしはまさに失意のどん底へ突き落とされるだろうな」

「アルバート、いっておくが、すでにここ二年ほど、ポッジ氏に好意を抱いているよ。きみがそれほど大事に思う友人なら、わたしも気が合うに決まっている。つまり、我々の友情は実に高いレベルだということだな。世の中では、友人の友人ほど難儀な存在はないとなる場合も、めずらしくはないがね。我々の場合、これほどあらゆることへの意見が一致するのだから、きみがそれほど大切に思う友人とわたしが意気投合しないはずはないじゃないか。それで思いだしたが、姪御さんのことはどのくらい愛している？」

アルバートはすぐには反応しなかった。

「愛しているとも」ようやく答えた。「美しいものはすべて愛しているからね。身びいきじゃないが、正直なところ、あれほど美しい若い娘は見たことがない。これまで目にしたただれよりも、ボッティチェッリが描いたヴィーナスにそっくりだと思っている。わたしの知るかぎりでは、いちばんきれいな顔立ちだな。そういうわけで、姪の外見はとても気に入っているよ、ピーター。

ところがあれの内面となると、それほど自信をもって断言はできない。それも当然なんだ。なにしろ、いまだにそれほどよく知らないからな。あれが子供のころでも、数えるほどしか会ったことはないし、その後も顔を合わせることはほとんどなかった。あれのことをよく知れば、それこそ十二分に愛していると断言できるんだろうが。白状すれば、よく知ることなぞ不可能だろうと思っとる。これほど年齢が離れていては、なにもかも理解するなんぞ夢のまた夢だ。しかも、知ってのとおり、ここへはひとりで来たわけじゃないからな。あれの生活を決めとるのは夫だ。まだ新婚だし、それこそ熱愛中みたいだな」

「結婚生活があまり幸せではないと感じることはないか？」

「そんなこと、考えたこともない。ドリアは見てのとおり驚くほどハンサムなうえ、魅力的な男だ——どんな女性も夢中になるだろう。イタリア人と英国人の結婚はあまりうまくいかないことが多いはずだが——ジェニーの夫はよっぽど世慣れているに違いない。あの男はよい夫でいればなにもかもを手にすることができるし、反対によろしくない振る舞いにおよべばすべてを失うことになる。ジェニーはプライドの高い娘だ。そうなるだけの長所もたくさん持ちあわせておる。明らかに人とは違う娘だ。ドリアに厚かましい真似をされて黙っているわけはないし、わたしだって見過ごすつもりはないってことも承知しているはずだ。もう少し一緒に過ごす時間があればと思っているが、どうやらトリノで暮らすつもりらしい」

「先祖伝来の領地や称号などをふたたび手に入れるという野望は、もう諦めたんだろうか？　そのあたりの話はブレンドンから聞いているが」

「そのようだ。そのうえ、ピーターの国のだれかがドルチェアックアの城と称号を買ったみたいだぞ。ドリアはやけに楽しそうにその件を話していたがね。これで、彼が怠け者を決めこむんじゃないかとわたしは危惧しとる」

昼食の前に、マーク・ブレンドンと案内を務めたドリアが山から帰ってきた。ところが、ロバート・レドメインをちらりとも見かけなかったばかりか、ふたりともおたがいの相手は二度としたくないといった様子だった。

「あなたの分別と陽気さをシニョール・マークに分けあたえてください」ブレンドンとジェニーが彼の声の聞こえないところへ離れるなり、ドリアがギャンズに訴えた。「とにかく退屈で、そのうえぼくの話はまるきり聞いてないんですからね。あれじゃあ、気が合うはずがありませんよ。それにあの調子じゃ、どうせなにも発見できないに決まってます。あなたはどうです？　なにか名案でも？　《新しい箒《ほうき》はいい仕事をする》といいますからね」

「まずはきみが知っていることを教えてもらわないと。わたしの考えを教えるのはそのあとだな」ギャンズは愛想よく応じた。「では、例の赤いベストの男について、きみの考えを聞かせてくれないか？　きみとじっくり話をしたいと思っていたんだ」

「それはもう、喜んで、シニョール・ピーター。もう何度も会っていますからね——英国で三回——いや、四回だったか——そしてイタリアで一回。いつもまったくおなじです」

「おばけじゃないのか？」

「幽霊ですか？　まさか。生きていることは間違いありません。でも、どうやって生き延びてるのか、なんのために生きてるのかは——だれにもわかりっこありませんよね！」

「アルバートの身を心配してはいないのか？」

「もちろん、心配でしょうがないですよ。妻があの男を見かけたと知らせてきたときには、トリノから、とにかく用心して、危険だからどんな形でも会ってはいけないと電報を打ったんです。アルバート叔父はこの件を考えるたびに怖くなる様子なので、精一杯気を逸らすようにしてます。怯えて暮らすのはよくありませんからね。お願いです、シニョール・ピーター。できることなら、事件を解決してくださいませんか。ぼくとしては、狐などの野生動物のように、この赤毛の男を罠にかけてつかまえるのがいいと思うんですが」

「それは名案だ。ぜひともきみには協力してもらいたいね、ジュゼッペ。ここだけの話、これまでブレンドンは、ずっと見当違いのことばかりやってきたわけだからな。しかし、三人で力を合わせても事件を解決できなかったら、これはもう一同揃って男とはいえないだろう」

それを聞いて、ドリアは声をあげて笑った。

「《男はまず行動を起こす、女はおしゃべりするばかり》といいます。この事件については、もう充分すぎるほど話しあったと思うんです。でも、こうして名探偵がいらしてくださったんだから、いよいよ解決かとみな期待を膨らませていますよ」

昼食を終えるまで、ギャンズとブレンドンが言葉を交わす機会はなかった。そこで、ヴィルジーリオ・ポッジがお茶の時間に湖を渡ってくるまでには戻ると約束し、ふたりでコモ湖畔をぶらぶら散歩しながら、それぞれ手に入れた情報を報告しあった。しかし、この報告会はブレンドンにとってつらい試練となった。というのは、ある点に関して、かねてからのギャンズの疑問が明らかになったからだ。しかも、自分を追いこむような方向へと話題を持っていったのは、ほかでもないブレンドンだった。

「なにが腹立たしいって、あの野郎——ドリアですが、あいつの奥さんに対する態度ですよ。まさに《豚に真珠》です。もちろん、あの男にそれほど期待はしていませんでしたが、それでもあのふたりはまだ結婚して三ヶ月ですよ！」

「どういう態度だったというんだ？」

「彼女を見ていればすぐにわかります。当然、なにが原因かはわかりませんが、わたしの目にはその影響がはっきりすぎるほどよく見えました。あのとおり凛《りん》とした女性ですから、だれかに悩みを相談したりはしませんが、彼女の表情がなによりも雄弁に内面を物語っています」

ギャンズが無言でいると、ブレンドンは言葉を続けた。

「なんらかの光明は見えましたか？」

「いや、重要な問題についてはたいして進展してない。だが、ちょっとした問題は明らかになったぞ。きみが座礁《ざしょう》した岩が判明したんだ。つまり、ジェニー・ペンディーンが未亡人になったと知ったそのときから、きみが彼女に恋をしたせいなんだよ。そして、いまなおジェニー・ドリアに恋をしている。事件の主な関係者に恋心を抱《いだ》いていては、この事件に関するかぎり、捜査をおこなううえでハンディキャップを背負うことになる」

ブレンドンはギャンズを見据えたが、無言だった。

「人間の能力には限界というものがあるうえ、マーク、恋というのはかなり激しい感情だ。女性への恋に目を眩《くら》まされている男が、どんな任務だろうと、十二分におのれの実力を発揮できた例《ためし》はない。そもそも、できるはずもない。恋をすると嫉妬と無縁ではいられないうえ、恋敵《こいがたき》の存在など我慢ならないものだ。つまり、恋をしているきみは、とてもじゃないが最善の状態にはほど遠いといえる。しかもきみの場合、相手の女性が当の事件の関係者なんだから、なにをかいわんやだ」

「それは誤解です」ブレンドンはむきになって声を張りあげた。「実情はまったく違います。これだけはきちんと申しあげておきたいんですが、そのことは事件の捜査になんの影響もおよぼしていません。というのも、彼女は他者の悪辣《あくらつ》な行為で苦しめられたなんの罪もない被害者で、いうなれば事件とは無関係です。そのうえ、彼女のために捜査がはかどらないどころか、彼女の協力によって助けられました。試練のときだったにもかかわらず、事件の最初から気をしっかり持って、ご自分の深い哀しみに耐えながらも、すべてわかりやすく説明してくれたんです。たとえわたしが彼女にそうした感情を抱くようになったとしても、仕事に対する姿勢にはなんら影響はありません」

「しかし彼女に対する姿勢におよぼした影響はとても無視できるものではない。きみの言葉にはきちんと耳を傾けるし、きみの結論にも当然重きを置くつもりだが、きみが下した性格の評価だけは、だれについてだろうと、さらなる証拠がないかぎり鵜呑みにすることはできないな。これを個人的に受けとめないように。また、これだけは忘れないでくれ。わたしはなにも暇をもてあましてこの事件を引きうけたわけじゃないし、これまでのところ、容疑者から除外できるだけの根拠が見つかった者はだれひとりとしていないんだ」

「証拠がなくとも知りえることはありますし、それを信頼できる自分であることに誇りを持っています」ブレンドンは応じた。「では、これまでわたしが目にしてきたのは、言語を絶する困難な状況に苦しむドリア夫人ではなかったというのですか？　彼女は実に勇敢な女性です。彼女自身大きな哀しみに襲われたあとだというのに、不運な叔父たちのことを心配してばかりいました。ご自分の深い苦悩は表に出さず――」

「そして九ヶ月後にはべつの男と再婚したわけだ」

「彼女はまだ若いですし、夫がどんな男なのかは、ご覧になったとおりです。彼女の心を手に入れるためにどんな手段を用いたのかは、それこそ神のみぞ知る、です。わたしにわかるのは、彼女がとんでもない失敗をしたということだけです。そのことは知っているというより、感じとっているに近いですが、間違いないと思っています」

「そうか」ギャンズは静かに答えた。「もってまわったいい方をしても意味がないな。彼女のご主人が亡くなったあと、きみは機会を見つけて愛をうちあけ、結婚を申しこんだんじゃないかと考えているんだ。そしてドリア夫人は断った。しかし、それが終わりではなかった。その後も、ずっときみを意のままに操っているんだ。いまこの瞬間もね」

「まったくそんなことはありません、ギャンズさん。わたしのことを誤解なさってます——ドリア夫人のことも」

「それならばこの話はこれで終わりにするが、アルバートのためにこの事件を引きうけたんだから、これだけは伝えておく。きみが今後もジェニーに極秘事項をうちあけたり、彼女が望んでいるのは正義がなされ、事件が解決することだけだと考えるのをやめないようなら、マーク、きみと一緒に捜査にあたることはできない」

「彼女のことを誤解なさっていますが、そのことはおいておきましょう。いま問題なのは、わたしのことを誤解なさっていることです」ブレンドンは怒りに燃える目でひたとギャンズを見据えた。「ドリア夫人はもちろん、ほかのだれにであろうと、極秘事項をうちあけようなどと考えたことはありません。それをいうなら、うちあけるような極秘事項はなにひとつ知りませんがね。たしかにかつて夫人を愛しく思い、いまもその気持ちは消えていませんから、彼女がくだらない男のために困っている様子を目にすると、正直心配でたまりません。しかし、終始一貫して変わらないのは、わたしは刑事だということです。そして難儀なことばかりの仕事ではありますが、これまでいくらか評価していただいております」

「よし。なにがあろうと、その言葉を忘れるなよ。そして、わたしに対してかっとなるのはやめてくれ。そんなことをしても、なにひとついいことはないからな。いっておくが、べつにドリア夫人を中傷したいわけじゃないんだ。だが、彼女はほかならぬドリア夫人で、夫のドリアはきみにとっても、わたしにとっても、いまだよくわからない人物だ。だから、わたしが見かけに目を眩まされたり、行動を制限されたりするわけにはいかないことを理解してくれ。さて、結婚生活が不幸だとある女性がそれとなく言葉や態度でほのめかしたら、彼女を愛しく思うきみのような男は当然、自分が目にしたものを疑わず、彼女の悩みは本物だと信じこむ。それはある意味自然なことだ。だが、考えてみてくれ。ジェニー・ドリアとその夫が協力して、そうした印象をあたえようとしていたら？　彼らの目的は、我々にふたりは不仲だと思わせることかもしれない」

「まさか！　ドリア夫人のことをどんな女性だと思っているんですか」

「わたしがどう思っていようがどうでもいい。大事なのは、本当はどんな女性なのかだ。そして、これからそれを明らかにするつもりだ。というのは、おそらくきみが想像している以上に、はるかに多くのことがそれによって左右されるんだ」

「ほんのちょっと考えていただければ、間違いなく確信なさるはずです。夫人やドリアは——」

「待て、待ってくれ！　わたしはただ、実在するかわからん人間だろうと、現実の人間であろうと、だれかに捜査の邪魔を許すわけにはいかないといっているだけだ。熟考した結果、ドリアとロバート・レドメインが共謀することはありえないと確信できたら、そう認めよう。いまはまだ、そう確信するには至らないがね。非常に興味深い問題がいくつかある。ベンディゴー・レドメインの日誌が紛失したのはどうしてか、考えたことはあるか？」

「はい――その日誌のなにが、ロバート・レドメインにとって脅威となりうるのかはわかりませんでしたが」

ギャンズはその場では教えなかった。やがて口を開いたときには話題を変えた。

「土台となる事実をいくつか明らかにしなければならないが、ここでそれを調べることはできない。おそらく来週になるだろうが、予想外のなにかが起きて行けなくならないかぎり、英国へ戻るつもりでいる」

「わたしはご一緒できないんですか？」

「きみはここに残ってもらいたい。しかしその前に、我々が誤解の余地なく完璧に理解しあう必要があるがな」

「わたしのことを信頼してください」

「信頼してるとも」

「では、レドメインさんの身辺警護にあたればいいんですね」

「いや、それはわたしがする。アルバートの安全は最優先だ。まだ本人には話してないんだが、一緒に行ってもらおうと思っている」

ブレンドンはしばし考えこみ、あることに思いいたって頰を赤らめた。

「わたしに任せるのは不安が残るということですね」

「きみに問題があるわけじゃない。いいか、ただの推測にすぎないとはいえ、どう転んでもかなり危険なのは間違いないだろう。英国へ戻るのは、いくつか重要なことがいまだ曖昧《あいまい》なままだから、それを明らかにするためだ。そのためには英国へ戻る以外に手がないんでね。わたしの見立てによると、それは重大な問題なんだ。しかし、アルバートはそのあいだひとりにしておいて大丈夫というタイプじゃない。なにしろどちらから危険が襲ってくるのかすら、見当もつかないという男だからな。もっとも、きみもわかっていないのはおなじだから、安心して任せることもできない」

「ギャンズさんがほのめかしておられるように、ドリアが危険だとしたら、どうやってレドメインさんを守るおつもりですか？　ギャンズさんどころか、だれであろうと不可能なんじゃありませんか？　レドメインさんはドリアがお気に入りです。あの最低の男はレドメインさんがそういう気分のときを如才《じよさい》なく察し、楽しませる術《すべ》に長《た》けているんです。わたしのことまで喜ばそうとしたくらいですから。明日、ギャンズさんにもとりいろうとしますよ」

「ああ──底抜けに陽気で愛想のいい男で──きみのいうとおり如才ない。しかし、我々が目にしている姿が、それをいうなら妻が見ている姿も、それが真のドリアなのかどうかはまだわからないがな」

「おそらく違うと思います」

ギャンズは思案顔になったが、先を続けた。

「きみによく理解しておいてもらいたいことがある。わたしはひとりで行動し、すべて説明できるようになるまで口を噤《つぐ》んでいることに慣れている。だからついついおなじようなことをして、きみが気を悪くすることがあるかもしれない。だから、ここでいまの形勢を説明しておこうと思う。といっても、まだまだはっきりしないことばかりだがね——それは仕方ないだろう。いまぼんやりとわたしの目に見えているのは、こんな感じだ。ジュゼッペ・ドリアは我々よりもはるかに赤いベストの男について詳しい。そして旧友アルバートを殺そうとしているのがドリアである可能性は低いと思うが、何者かがその目的で近づいてきたら、ドリアが友を守ってくれるのかどうかはよくわからない。

アルバートが行方不明になれば、ドリア夫人がすべての遺産を受けとることを忘れてはいけない。ジェニーを金持ちにしたいからといって、どうしてアルバートを殺そうとする者がいるのか、それはまだわからない。だが、そこは大事な問題だ。わたしが英国へ行っているあいだ、可能なかぎりドリアから目を離さず、細かく観察してくれないか。といっても、夫人から教えてもらうのではなくな。それはもういうまでもないか。きみは自由に動きまわってあちこちをつついてまわり、赤いベストの男を驚かせてやれ。きみならうまくやってくれるだろう。だが反対に驚かされないように気をつけろよ。いっておきたいのは、目にするものの半分、耳にする話の四分の一は鵜呑みにしないことだ。事件を解決するためには、見かけの下に入りこむ必要がある」

「では、ドリアとロバート・レドメインは共謀している可能性があるとお考えなんですね？　そしておそらくジェニー・ドリアはその事実を知っていて、その秘密を知ってしまったことが、いま彼女がつらそうな理由なのではと？」

「夫人を引きこむ必要はないが、きみの質問そのものがその可能性を示しているだろう」

「ただ、わたしの知る夫人はそんな人ではありませんが。みずから犯罪に加担したりするとは考えられません。彼女の性格と矛盾するんです、ギャンズさん」

「きみは終始一貫して刑事じゃなかったか――ん？　いまの会話を聞かれたら、わたしが夫人を拷問しろと命じたと誤解されそうだ。相手が男だろうが女だろうが、わたし自身はしたことがないがね。あれはまさに汚れ仕事だし、我々のすばらしい仕事にはふさわしくない。とりあえず夫人のことはそのままおいておいて、夫のほうに集中しよう。ドリアからは、様々な興味深い事実を発見できるはずだ」

「ドリアがこの事件に登場したのは、〈烏《からす》の巣〉からだということをお忘れですね」

「そもそも知らないことを、どうすれば忘れることができるんだ？　どうして彼が登場したのは〈烏の巣〉からだと断言できるんだ？　フォギンターの事件にも関係していた可能性だって考えられる。ロバート・レドメインでも、それ以外の人間でもなく、マイケル・ペンディーンの喉をかっ切ったのはドリアかもしれない」

「それはありえませんよ。考えてみてください。マイケルの未亡人はドリアの妻じゃありませんか」

「だから、どうした？　なにも夫殺しの犯人だと知っていたとはいっていない」

「それだけじゃありません。事件当時、ドリアはベンディゴー・レドメインの召使いでした」

「どうしてきみはそこまで詳しく知っているんだ？」

ブレンドンはもどかしそうな表情を浮かべた。

「お願いしますよ、ギャンズさん。そんなこと、だれでも知っています」

「だれでも知っているだと？　とんでもない。殺人が起こった当日、彼がベンディゴー・レドメインの召使いだったと誓っていえるか？　それを立証するためには、驚くほど厳密な調査が必要となるはずだ。いまこの家にいる顔触れのなかで、いつから〈鳥の巣〉で働いていたのか、正確に知っているのはドリアだけだ。夫人は知っているのかもしれないし、知らないのかもしれない。とにかく、その日付について、ドリアの言葉をそのまま鵜呑みにするつもりはまったくないがな」

「だからベンディゴー・レドメイン氏の日誌が必要なんですか？」

「たしかにそれも理由のひとつではある。日誌はまだこの家のどこかにあるかもしれん。我々が留守にしているあいだ、なんとか捜してみてくれないか。運良く見つけだせたなら、破りとられていたり、消されていたり、書き換えられている頁がないか、それをとくに注意しておいてくれ」

「やはりレドメインさんの周囲に犯人がいると信じてらっしゃるんですね」

「彼らは犯人ではないと立証する必要が出てきたと考えている。おそらく我々が留守にしているあいだに、きみがしてくれるんじゃないかと期待しているぞ。仮説を組み立てようにも、その前に明らかにしておく必要があるものがたくさんあってな。正直いって、旧友アルバートがまだ生きていること自体、不思議でたまらないんだ。どうしてなにも起こらないのか、その理由がさっぱりわからない――殺されたとなれば、その理由を一ダースは余裕で思いつくが」

「ギャンズさんが先見の明を発揮して、意表を突いて早くこちらへ来たおかげじゃありませんか?」

「人がだれかを殺そうと決心したら、世界中の意志の力と機知を総動員したところで、とても防ぎきれるものじゃない――これから人を殺そうとしている者がだれかもわからず、自由に歩きまわっていてはな。もうひとつ、アルバートとここを発ったら、それ以降はふたりとも行方知れずになるつもりだ。つまり、戻ってくるまで、ここのだれとも一切連絡をとらない。至急連絡をとりたい場合は、スコットランド・ヤードに電報を打ってくれ。あちらにだけは連絡先を教えておくが、それ以外にはどこにも知らせない。そしてきみも、自分の安全にはくれぐれも留意してくれ。なにをいわれようと、それを鵜呑みにして不必要な危険など冒さぬように。おそらくきみの身にも危険は迫っているだろうし、なにか手がかりを発見したりすれば、間違いなくそうなる」

二日後、愛書家とギャンズは汽船でヴァレンナへ向かった。そこからは列車でミラノに出て、英国へと向かう予定だった。シニョール・ポッジとギャンズとをようやく引きあわせることができ、あの日アルバートはまさにご満悦だった。その喜びに水を差すのも忍びなく、ギャンズは英国行きを口にするのを明朝まで待った。そしてポッジと大変楽しい時間を過ごしたこと、そして戻ってきた暁《あかつき》にはさらに親交を深めたいと思っていることを伝えたあと、近々英国へ出発したいと切りだしたのだった。ある程度の不満を表明されることは覚悟していたが、アルバートは論理的なタイプだったので、文句ひとつ口にすることはなかった。

「この謎めいた事件の真相究明を頼んだのはわたしだ。そのためにきみがどういう行動をとろうと、わたしはなにも聞かんさ。きみならこの一連の恐ろしい事件を解決してくれるものと信じている。そのときが来ればすべて説明してくれるとわかっているしな。わたしにできるのは、きみの捜査を支持することだけだ。それが必要だというのなら、もちろん英国にだって行くとも。だが、具体的になにか助力を期待されても、それは無理というものだがな。そうした方面で積極的に活動するのは、生来大の苦手としているんでね。大事な計画や冒険をわたしにやらせようとしたところで、失敗するのが関の山だ」

「そんな心配は無用だとも」ギャンズが答えた。「なにか手伝ってもらおうとは考えていないよ。目立たぬようにしていてほしいが、あとは楽しく過ごしてくれれば充分だ。危険が追ってくるかどうかはわからないが、きみから目を離さず、危険が追ってきたときは体を張って阻止する覚悟だ。我々の連絡先はだれにも知らせない。ジェニーには、十日分の荷物を鞄に詰めるよう伝えてくれ。すべて予定どおりいけば、来週末には帰宅できるはずだ」

あっという間に出発する朝を迎えた。アルバートが最後に姪へ細かな指示をあたえるあいだ、ギャンズとブレンドンは桟橋を先に進んだ。これから旅の第一歩を踏みだすふたりのため、外輪船〈プリニー〉号がゴトンゴトンと音を立てて、ベッラージョから迎えに来た。ブレンドンがいまの状況を確認した。

「こういうことですよね。ギャンズさんはドリアがもうひとりの男と共謀しているのではないかとの疑いを深めておられるが、もうひとりの男が本当にロバート・レドメインなのかどうかは疑問に思われている。だから、ドリアを監視し、できることなら正体不明の共犯者の不意を突いて、その正体を暴くのがわたしの任務。そのあいだギャンズさんは英国へ戻られるが、事件の捜査については、様々なことが明らかになってさらに進展するまで、ご自分の胸に秘めておきたいとお考えである」

「状況はこれ以上なく簡潔だ。胸襟《きょうきん》を開いて、すべてそのまま受けとめること。わたしからの助言はそれだけだ」

「心します。ドリア夫人の悩みについて、ギャンズさんの解釈をうかがいましたが、わたしもすでに同意見に傾いております。夫人が我々よりも事情に通じており、ドリアのなんらかの秘密を知ったことが現在の苦悩の原因となっていることも、かなり見えてきました」

「それは立証することができるだろう。来週までは奥方と頻繁に顔を合わせることになる。そしてきみの考えが正しいと思うなら、無駄にしている時間はないぞ」

汽船にはヴィルジーリオ・ポッジが乗っていた。アルバートに別れの言葉を告げ、ヴァレンナまで送るために、湖を渡ってきたのだった。ブレンドン、ジェニーとその夫をあとに残し、三人が乗る船はやがて出発した。ヴァレンナへ到着すると、ポッジもふたりに別れを告げた。ポッジはアルバートとハグをしただけでは満足せず、ギャンズともしっかりと気持ちのこもった握手をした。

「我々三人は、全員揃ってたいした男だといえる」ポッジがいった。「偉大な男は偉大な男を知るものだ。できるだけ早く戻ってきてくれ、アルバート。すべてシニョール・ギャンズのいうとおりにするんだぞ。この暗雲が一日でも早くきみの生活から消え去るといいんだが。それまでふたりのためにずっと祈りを欠かさんぞ」

アルバートがギャンズのために通訳した。やがて列車が出発し、ポッジはつぎの船で帰宅したが、道中くしゃみが止まらなかった。ギャンズに勧められるまま、慣れない鼻がどうなるかも知らずに、嗅ぎ煙草をひとつまみ吸ったせいだった。

第十四章　リヴォルヴァーとつるはし

ジュゼッペ・ドリアを高く評価してはいなかったが、それでもバランス感覚に優れたブレンドンは公平な目で彼を観察した。恋においで彼が勝者となった事実は脇におくことにした。恋《こい》敵《がたき》に敗れたと自覚していたからこそ、その失望が先入観を生まないように注意した。しかしドリアはジェニーを幸せな妻にすることができずにいる。もっとも、この事態はまさに予想どおりで、将来このことが自分に有利に働く可能性はつねに頭にあった。そしてジェニーの態度も変化していた。ブレンドンの目は節穴《ふしあな》ではなく、当然そのことに気づいた。そしてジェニーの態度もれでもしばらくはそうした関心を抑えつけ、事件解決に一歩でも近づけるよう全力を注いだ。そンズが戻ってきたときに、なんとしても重要な情報を報告したかったのだ。

ブレンドンは自分の判断で行動していたが、ドリアと事件を結びつける証拠なり、ロバート・レドメインと共謀している根拠なりを発見できずにいた。というのも、ギャンズの示唆に富む分析を聞かされたにもかかわらず、ブレンドンはいまだに正体不明の男はアルバートの弟ロバート・レドメインとしか思えなかったのだ。そして現在でも、過去においても、ドリアとロバート・レドメインを結びつける正当な論拠を発見することはできなかった。それどころか、すべての事実が反対の方向を指していた。ベンディゴー・レドメインの失踪当時に起こった出来事を詳しく検証したが、ドリアが〈烏《からす》の巣〉で怪しげな動きをしていた記憶はまったくなかった。ドリアが二番目に起こった悲劇に関係していると疑う合理的な理由がないなら、最初の悲劇に関係している可能性はさらに小さくなると思えた。

ドリアがマイケル・ペンディーンの未亡人と結婚したのは事実だが、そのために前夫を殺したと仮定するのはあまりにも無理があるとしか思えなかった。さらに、人間の性格を研究しているブレンドンは、正直なところ、他人の命を奪うような邪悪な面をドリアに見いだせなかった。楽しいことに目がなくて、意見や野望がいささか浅薄な印象は免れないものの、犯罪と無縁なのは間違いなかった。密輸業者のことをしょっちゅう話題にしては、心情的には共感していると胸を張るものの、それはただの虚栄心にすぎず、彼自身が実際になにか大胆な行動をとっているわけではない。彼は快適な暮らしを気に入っており、法と秩序を破る者たちとつきあって、自分の自由を危険にさらすことはまずなさそうだった。

ブレンドンのこうした評価が見当違いではなかったことは、アルバート・レドメインとその友人ピーター・ギャンズが出発してしばらくたったある日、ドリア本人との会話ではっきりと立証された。その日ドリア夫妻は湖の北の町コリコに住む知人を訪ねる予定だった。そして汽船の出航にはまだ余裕がある正午過ぎ、ブレンドンとドリアはメナッジョよりも一マイルほど高地の丘をぶらぶら散歩した。ブレンドンがふたりきりで話がしたいと誘ったところ、ドリアが快諾したのだ。

「きみも知ってのとおり、今日も赤毛の男を捜索する予定だよ。招待してくれたので夕食はご一緒するつもりだが、それはそれとして、出発前に一時間ほど散歩でもしないか？　ちょっと話ができたらと」とブレンドンは誘った。

「喜んで。ちょうど散歩したい気分でしたよ」ドリアはそう応じ、三十分後に戻ってきた。蚕《かいこ》小屋の薄暗い入り口でジェニーと話をしていたブレンドンは、話を切りあげて散歩に出かけた。

「妻と話があるなら、今夜の夕食のあとでもできますよ」とドリア。「先約はぼくのほうですからね。果樹園の上の小径《こみち》の先にある小さなほこらまで行ってみませんか。聖母マリアに捧げられたほこらは星の数ほどありますが、そこはよくある風や海や星の聖母じゃないんです。ぼくは無為の聖母《マドンナ・デル・ファル・ニエンテ》と呼んでいますけどね――働きすぎて体も頭も疲れきった人びとのための聖母なんですよ」

ふたりはやがて高台に出た。ドリアは派手な金茶色のスーツに紅玉色のタイを合わせている。ブレンドンはツイードの服に身を包み、ポケットに昼食を入れていた。そこでドリアの様子が変わり、からかうような態度が影をひそめた。それどころか、しばらく黙りこんでしまったほどだった。

ブレンドンは会話を続けようと口を開いた。当然のことながら、ドリアが潔白かどうかに疑念が生じていることなどおくびにも出さなかった。

「きみはこの事件のことをどう思う？　きみの身近なところで様々なことが起きてから、すでに何ヶ月もたっている。きっと、きみの意見があるだろう？」

「まったく見当もつきませんよ」ドリアは応じた。「自分のことだけで精一杯です。この呪われているとしか思えない事件が、ずかずかとぼくの生活に入りこんできたのは、悲惨そのものですよ。やけに心配性で惨《みじ》めな男になってしまいました。ブレンドンさんならわかってくださると思うので、その理由をお話しします。この話題で妻の名を出しても、怒りはしないでしょう。イタリアの諺《ことわざ》に《水車と女はつねになにかを欲しがる》というのがあるんですが、水車が必要とするものなら見当がつくかもしれませんが、移り気な女のことなんてさっぱりわかりません。あれこれ見当違いの方向に気を揉みすぎて、頭がぼうっとしてるほどです。ぼくとしては、感じ悪く、ひどい態度をとるつもりなんて、まったくないんです。妻にかぎらず、女性に対してそんなことはできません。それでも、妻からひどい態度をとられてしまったら、どうすればいいんでしょうね」

気づくとほこらが目の前にあった――煉瓦と漆喰《しっくい》でできた、崩れかけたような小屋だった。前方の地面には旅人がひざまずいたり、腰かけたりできるように石が敷いてあり、視線を上げると壁のくぼみには、針金の格子に守られて、青いマントに金の王冠の聖母像が置いてある。小さな像の前の棚には、道ばたで摘《つ》んだと思《おぼ》しき花が供えてあった。

ふたりは腰を下ろし、ドリアはいつものトスカーナ産の葉巻をくゆらせはじめた。ますます憂鬱《ゆううつ》そうになっていく様子を目にして、ブレンドンは驚かされた。ジェニーから聞かされていたとおり、妻に対してもまさにこのような態度をとっているのだろう。

「Il《イル》 volto《ヴォールト》 sciolto《ショルト》 ed《エディ》 i pensieri《ペンシエーリ》 stretti《ストレッティ》」ドリアが陰鬱な表情で口にした。「彼女の表情は明るいかもしれないが、心のなかは真っ暗だ、という意味です。心のなかは驚くほど暗いようで、夫のぼくに口もきいてくれません」

「たぶん、ちょっと怖いと感じているんじゃないか？　なにかの秘密を隠しもっている男と一緒にいると、女性というものは無力感に苛《さいな》まれるようだよ」

「無力感？　とんでもありませんよ。妻は自制心に恵まれてるうえ、有能なしっかり者です。あのきれいな顔はただのカーテンですからね。あなたはまだその奥に足を踏みいれたことがありません。ブレンドンさんは妻を愛していましたが、妻はあなたを愛さなかった。ぼくを愛し、結婚しました。だから妻の性格を理解してるのは、あなたじゃなく、ぼくなんです。彼女は恐ろしいほどに頭が切れて、自分の気持ちをかなり大げさに表現します。妻は不幸で無力感に苛まれているとブレンドンさんが感じたならば、それはなんらかの目的があって、妻が敢えてそう感じさせたんです。不幸かもしれませんが、それは秘密があるからです。秘密はたいてい不幸と無縁じゃありませんからね。でも、無力というのは見当違いもいいところです。目は無力そうに訴えてるかもしれませんが、口を見ればわかります。歯のあいだに力強い意志を隠してるんですよ」

「なぜ秘密なんていいだしたんだ？」

「いいだしたのはブレンドンさんですよ。ぼくにはなんの秘密もありません。秘密を隠しもっているのは妻のジェニーです。これだけははっきりといえます。妻は赤毛の男について、すべて知っているんですよ！　底知れない女性なんです」

「つまり、奥さんはこの事件の真相を知っていながら、自分の叔父にもきみにも口を噤《つぐ》んでいるということか？」

「そのとおりです。アルバート叔父の身が危険だろうが、心配なんてしちゃいません。《雌鶏《めんどり》から生まれたものはなんでもつつく》――そんな諺を思いだしましたよ。妻の父親はひどいかんしゃく持ちでしたし、母方の家系には人を殺して絞首刑になった者がいたそうです。それは事実ですから、妻だって否定できません。ぼくは妻の叔父から聞かされたんですけどね。いまじゃ妻が怖くて仕方ありませんよ。なにしろがっかりさせたはずですからね。妻が思っていたような男じゃなくて、先祖の領地や称号をとりもどすことも諦めてしまったんで」

まるで怪物だといわんばかりのジェニー像を聞かされ、ブレンドンは当初こそ面喰らったものの、次第に腹が立ってきた。まだ結婚してわずか三ヶ月だというのに、新妻をここまでこき下ろし、本気でそうだと信じている男など、現実にいるものだろうか。

「ある意味すごい女性ですよ——ぼくにはもったいないくらいで」ドリアはあっけらかんといった。「メディチ家やボルジア家に生まれるべきだったんです。何世紀も前、警官も刑事もまだいない時代に。そんな怖い顔で睨《にら》みつけてるのは、ぼくが嘘をついてると思ってるんですね。嘘なんかじゃありませんよ。だって、ぼくにははっきりと見えてるんですから。昔のことを思いだすと、本性を隠していたベールがどんどんはがれていくんです。当時は恋に目が眩《くら》んで、なにもわかっていなかったんですが、いまになってようやく理解できたんですよ。あのロバート・レドメインのことだって——ぼくは〝悪魔のロバート〟と呼んでますが——幽霊だと思っていたときもありますが、幽霊なんかじゃありません。間違いなく生身の人間なんです。

彼が逮捕されて絞首刑にならなければ、いったいなにが起きるのか。あの男はアルバート叔父を殺し、ことによったらぼくのことも殺すかもしれません。そしてジェニーと逃亡するんですよ。ブレンドンさん、正直な話、ぼくのことを抛《ほう》っておいてくれるなら、早くそうなってくれたほうがいいと思ってるんです。恐ろしいことをいうと思いますか？　たしかに恐ろしい話ですよね。でもすべて本当なんですよ。恐ろしいことっていうのは、たいていそうだと相場が決まってます」

「きみの奥さんのことを知っているわたしが、いまの不自然きわまりない話を信じると本気で思っているのか？」

「ブレンドンさんが信じようと信じまいと、そんなことどうでもいいんです。怒りたければ、どうぞご自由に。このことじゃ、ぼくだってぼく自身に腹が立って仕方ないんですから。これまで経験したことのない残忍さが自分のなかに少しずつ生まれているのがわかります。狼と一緒に暮らしたら、すぐに遠吠えのやり方を学びますよね――だから、ぼくもこっそり吠えたてているんです。そのうちみんなの耳に聞こえるように吠えだすと思いますけどね。これでぼくのことをわかっていただけましたか。妻の秘密なんて知りませんし、それがどんな秘密だろうと、ぼくに影響がないのなら知りたくありません。仮に妻が数千ポンドくれて、彼女の人生から消えてくれといわれたら、喜んでそのとおりにしますよ。金のために妻と結婚したわけじゃありませんが、愛が消えてしまったら、トリノで新しい生活を始めるためにもいくらかの現金は必要ですからね。そうなれば、妻は晴れて自由の身です。その約束をとりつけてくれたら、お礼はたっぷりしますよ」

ブレンドンは耳を疑ったが、ドリアは大真面目のようだった。そのあともしばらく話しつづけていたものの、やがて時計に目をやると、そろそろ戻らないといけないといった。

「汽船がもうすぐ到着するんです。ここでお別れしましょう。こんな話がなにか参考になったならいいですが。ぼくとブレンドンさん、ふたりのためになるよう知恵を絞ってください。いま、妻がブレンドンさんのことをどう思っているかはわかりません。でも今度はあなたの番が来るのかもしれませんね。ぼくはそうだと信じています。嫉妬なんて、まったく感じませんよ。でも、気をつけてくださいね。あの赤毛の男――やつはあなたにとっても、ぼくにとっても、味方なんかじゃありません。今日もまたやつを追跡するんですよね。せいぜい頑張ってください。もしも遭遇しても、くれぐれも殺されないように用心してくださいよ。もっとも運命に逆らって生き延びることはできないのかもしれませんけどね。では、夕食の席でお会いしましょう」

ドリアはくるりと背中を向け、カンツォーネを歌いながら足早に姿を消した。一方のブレンドンは、にわかには信じがたい話を聞かされて、一時間ほど身じろぎもせずに、その場に座ったまま考えこんでいた。明らかに嘘偽りばかりのジャングルでは、道を切りひらいて進むことすらままならない。普通ならば、こき下ろすだけと見えたドリアの言葉の奥底にひそむ意図を探りだそうと試みたり、告白の相手としてブレンドンを選んだ目的を考えたりするだろうが、ブレンドンはジェニーへの非難は嘘で塗りかためた不当なものとすぐさま見抜きながらも、自分が信じたいものこそが真実だと躊躇《ちゅうちょ》せずに飛びついてしまった。おのれの情熱の赴くまま、殻のなかからひと粒の穀物をつまみだし、ドリアの妻が自由の身になるという一点に着目してしまった。それでいて、ジェニーの言葉に嘘が混じっている可能性には思いいたらなかったのだ。そうしてドリアが語った悪意あるジェニーの描写は相手にもせず、その目的はジェニーをおとしめて、ドリア自身が犯した一連の事件の罪をなすりつけることにあるのだろうと考えた。ここでドリアに対する態度は確定し、このときからピーター・ギャンズ同様、ドリアは正体不明の男の目的を承知しており、その実現に力を貸していると信じるようになった。しかし、そこでまた、ブレンドンはあることを選択した。ドリアとは比べものにならないほど穏やかな言葉ではあったが、ギャンズからも、たとえジェニーだろうと信用してはいけないと警告されていたのを、思いだしもしなかったのである。ブレンドンは自分自身とおなじくらいジェニーを信頼した。それはとりもなおさず、夫のドリアを疑うことを意味した。

これからどうしようかと考え、ロバート・レドメインがいちばん頻繁に目撃されている場所へ向かうことにした。何度となくそのあたりに出没していることから、英国へ向かう前にギャンズが、逃亡者はその少し上の炭焼き小屋のようなところに隠れているのではないかとの仮説を口にしていたのだ。ブレンドンはこの説について調べてみる必要があると感じた。できることならば、赤毛の男の隠れ家を発見してやりたいところだった。

とはいえ、たったひとりでそれができるとも考えていなかった。そこで今後は、本人に気づかれないようにドリアを監視し、だれに協力しているのかを突きとめることを目標とした。それならばまさに一石二鳥で、ギャンズが戻ってきたときの負担を軽くすることができる。

ブレンドンはどんどん山道を登り、ちょっとした高台で腰を下ろして休憩した。灌木《かんぼく》の茂みにスズランや白いハンニチバナの花が見える。ゆったりと座って煙草を吸い、はるか下に広がる輝く湖面を、虫のようにゆっくりと這うように進む汽船を見守った。近くの石の上では、茶色の狐が日なたぼっこをしている。ブレンドンは今夜ピアネッツォ荘での夕食時にジェニーへ贈ろうと、香り高いスズランを摘みはじめた。しかし、そのスズランがドリア夫人の手へ渡ることはなかった。

のんびりと休んだブレンドンは、立ちあがると同時に突然見られていたことに気づいた。驚いたことに、ずっと捜していた人物がまさに目の前に立っていたのだ。ロバート・レドメインは三十ヤードほど離れたところにある、胸の高さの灌木の茂みの後ろにいた。帽子もかぶらずに、茂みの向こうからブレンドンをじっと見ている。燃え立つような赤い髪とそれよりもいくぶん茶色がかった口ひげが陽射しに照らされていた。見紛《みまが》いようのない距離だった。とうとう昼日中につかまえる機会が訪れたと、ブレンドンは内心小躍りしたい気分で摘んだ花を抛り投げ、ロバート・レドメインに向かってまっすぐに走りだした。

しかしロバート・レドメインのほうはそれ以上近づくつもりはないようだった。くるりと背中を向けると、山頂の手前の崖下にある、岩と灌木しかない荒れ地へ向かって走っていく。まるでよく見知った秘密の脱出口でもあるかのように、信じがたい速さでまっすぐその崖へと向かっていた。それでもブレンドンは少しずつ距離を詰めていった。全速力で逃げる相手を必死で追いかけながらも、追いついたら当然取っ組み合いになるに違いないから、そこで組みふせるだけの余力も残しておかなければと考えていた。なんとしても逮捕にこぎつけたかったのだ。

しかしそう思惑どおりにはいかなかった。いまだ二十ヤードほど距離をつけられているというのに、石だらけの場所になって減速を余儀なくされたとき、ロバート・レドメインがいきなり足を止め、リヴォルヴァーを手に振り返ったのだ。銃身に陽射しがあたってきらりと光ったと思うと、銃声が鳴りひびいた。赤毛の男が発砲し、ブレンドンは両手を抛りだすようにうつむけにどうと倒れた。痙攣《けいれん》のように手足を震わせたと思うと、ぴくりとも動かなくなった。大男は全毛の男を発見し、あとを追い、この結果を迎えるまで、わずか五分の出来事だった。赤速力で走ったせいで息を切らしながら、撃った相手がこときれているのを確認するためにそろそろと近づいた。ブレンドンは倒れた場所で高山植物に顔を埋《うず》めている。両腕を投げだし、両手はかたく握りしめ、体はぴくりとも動かず、口から血を流していた。

勝者は万が一にもこの場所を忘れないよう、ポケットからナイフをとりだし、倒れた男からさほど離れていない若木の幹に目印をつけた。赤毛の男はそのまま姿を消し、倒れた男を静けさが包みこんだ。いまだに身じろぎひとつしない。先ほどの銃声で昼寝から起きたまたべつの狐が、岩の後ろから黒い鼻先を突きだし、くんくんとあたりのにおいを嗅いだ。しかし狐は見たとおりを信用せず、頭をもたげて倒れた男をじっと見ていたが、疑わしいといいたげにひと声吠えると、さっと走り去った。はるか上空でも鷲が倒れた男に気づいたが、すうっと空高く舞いあがり、山頂のほうへと姿を消した。そこはめったに人が通らない場所だが、百ヤードほど離れたところに獣道があり、炭焼き職人たちがラバを引いて渓谷へ向かうことはめずらしくなかった。

しかし、太陽が西へ傾きだしたいま、通る人はなく、崖の冷たげな影がその下に広がる小さな荒れ地に忍び寄っていた。長い時間がたち、夜がひたひたとその窪地を満たしたころ、すぐ近くで妙な音が聞こえた。なにか金属製の武器で地面を打っているような、ドシンドシンという音が繰り返し聞こえたのだ。ビャクシンの茂みの上に灰色の頭のようなものをのぞかせている岩のあたりから、その音は聞こえてくるようだった。やがて昇ってきた月が、その岩の平坦な上部を白く照らした。ちらちらと揺れる角灯の明かりに、細長い穴の上でなにやら忙しげに動くふたつの人影が浮かびあがった。ふたりはぼそぼそと小声で話をしながら、交替で穴を掘っている。やがて片方の黒い人影が開けたほうへやって来てまわりを見まわし、角灯の光で木の幹につけた目印を確認すると、かたわらに横たわっている茶色のどっしりとした塊《かたまり》に近寄った。

山の上は深い静寂に包まれていた。山頂近くでは、炭焼き職人の燃やす火が赤い目のように光っている。その下は、東側のごつごつした尾根まで続くなだらかな斜面だけが見えていた。というのも、湖は山の起伏の陰に隠れていたからだ。この標高では蛍が舞う姿は見られなかったが、音楽は聞こえていた。どっしりとした塊から十ヤードと離れていない場所にある大きな銀梅花《ぎんばいか》の木から、ナイチンゲールの澄んだ歌声が流れてきていた。

黒い人影は目当ての塊に目を向け、そろそろと近寄った。ここまで誘いこんで始末した男を埋め、死体があった場所に残る痕跡をきれいさっぱり消し去るのが目的だった。人影がかがみこみ、動かない男の上着に両手をかけ、ぐいと力を入れたところ、なんとも奇々怪々なことが起きた。つかんだはずの死体がばらばらになってしまったのだ。死体の頭は転がり落ち、胴体からは手足がもげ、男は奇妙な胴体を持ちあげたままひっくり返った。重いものを持ちあげるために力をこめたのに、覚悟していた重量がなかったため、力が空回りしてドシンと尻もちをついてしまったのだ。彼が手にしていたのは草を詰めた上着だった。

男は待ち伏せされているのかとすかさず立ちあがったが、驚きのあまり声をあげていた。「くそっ！《コルポ・ディ・バッコ》」叫び声は恐怖に似た響きを帯びて崖に反響し、もうひとりの人影の耳にも届いた。男はすぐさま報復が襲いかかるものと身構えたがなにも起こらず、撤収しようとする男を邪魔する銃声も響かなかった。男は予想される銃弾から身をかわすべく、鹿のように素早く跳びまわり、岩の陰に隠れた。悪党の動きはどちらも素早かった。すぐにふたりの足音が響いてきたが、たちまちその音は夜に呑みこまれ、また山を静寂が包んだ。

それから十分間はなにも起こらなかった。やがてばらばらになった偽の死体が横たわっていた場所から十五ヤードも離れていないところで、人影が立ちあがった。月の明かりに照らされ、雪のように白く見える。マーク・ブレンドンは自分でしかけた罠に近づいた。上着から草を払い落とし、木の葉を丸くかためたものから帽子をとり、最後にニッカボッカに詰めたものを捨て、身につけた。その態度は冷静で落ち着きはらっていた。期待していた以上のことがわかった。驚いてあげた声のおかげで、穴を掘っていたふたりの片割れの正体が疑問の余地なく判明したのだ。死体を運ぼうとした男はジュゼッペ・ドリアだった。ブレンドンを撃ち殺そうとした男がもうひとりなのもまず間違いないだろう。

「くそっ《コルボ・ディ・バッコ》なんだろうが、ブレンドンの死体《コルボ・ディ・ブレンドン》ではなかったのさ。おあいにく」ブレンドンは独り言をつぶやき、高台を北へと向かった。行く手を阻むようなもつれたやぶを横切り、一マイルほど下のラバの通り道へ出た。明るいうちに探しておいた道だった。これをたどっていけば、栗林を抜けてメナッジョに出られる。

うつむけにばったりと倒れ、二度と起きあがることはないと思われたあの瞬間からの、ブレンドンの行動を手短に説明しておこう。

赤毛の男が立ち止まり、まっすぐにブレンドンを狙って発砲したあのとき、弾はブレンドンの耳から一インチと離れていないところをかすめていった。その瞬間、以前にも似たような経験をしたことがぱっと脳裏に浮かび、瞬時にその後の行動を決めたのだ。

前回は、悪名高い犯人が十五ヤードほどというごく近距離から発砲し、その弾は逸《そ》れた。しかしブレンドンは命中したふりをして倒れ、死んだように動かなかった。作戦は成功し、悪党は宿敵を倒したと大喜びして、死んだことを確認しようとそろそろと近づいてきた。そしてかがみこんだところを、ブレンドンが撃ち殺したのだ。今回は相手がまだ弾の入ったリヴォルヴァーを手にしていたため、危険を冒すこともできず、ただ倒れたままでいた。赤毛の男を至近距離に誘いこみ、できることなら、もう一度発砲される前に銃を奪いとるのが狙いだった。

しかし、ブレンドンは落胆することになる。というのも、正体不明の男はブレンドンがばったりと倒れ、口から血を流しているのを見ただけで、目的は達成したと思いこんだようだったのだ。ブレンドンはしばらく死んだふりを続けていたが、撃った男が姿を消すと、もう充分だろうと立ちあがった。怪我といえるのは、顔を打ったのと、ひどく舌をかんだのと、あとは向こうずねをすりむいたくらいだった。

ブレンドンはこの状況とそれ以外の様々な要素を考えあわせ、彼を殺したと信じている連中はそれほど時間をおかずに、犯罪の証拠隠滅のために戻ってくるに違いないと予測した。そのあと、目印をつけた木に気づき、ますます自分の推察は正しいと確信した。ロバート・レドメインの被害者たちはだれひとり発見されていないのだから、今回だけ例外になるとも考えにくい。とはいえ、明るいうちは邪魔が入る可能性があるので、戻ってくるのは暗くなってからだと思われた。そこで追跡を始めた場所まで戻り、そこに置いたままだった昼食の包みと赤ワインを入れたフラスコを見つけた。

食事をとったあと、パイプを吹かしながら計画を練った。そしてまた崖下の荒れ地に戻った。つい先刻、迫真の演技で死んだふりをした場所だ。逮捕をするつもりはなく、自分を模した人《ひと》形《がた》を作ることにした。上着とニッカボッカに詰め物をして死体そっくりのものを作り、暗闇のなか彼の死体のところへ戻ってきた者の目を欺《あざむ》くことにしたのだ。そしてブレンドン自身は、これからなにが起こるかすべてじっくりと観察できる近さにうってつけの場所を見つけ、そこに身を隠した。おそらくロバート・レドメインは戻ってくるだろうし、もしかしたら共犯者も一緒かもしれない。彼としては共犯者の正体を突きとめ、ジェニーがほのめかしていた夫の隠された邪悪さのほうが正しいのか、あるいはジェニーは正体不明の男と通じていると口にしたドリアのほうが真《まこと》なのか、それだけははっきりさせたいと願っていた。ふたりともが真実を語っている可能性はないのだ。

ドリアの声を耳にした瞬間、ブレンドンは言葉にならないほどの満足を覚えた。そして彼の狼狽《ろうばい》ぶりと、そのあとリヴォルヴァーで狙い撃ちされるとの不安から、シギのような足取りで安全な場所まで逃げだした醜態を目にして、冷酷な喜びを感じた。

この作戦の収穫はあまりに大きかった。最初は翌朝ドリアを逮捕してやるつもりだったが、すぐに考えなおした。それよりもいい案を思いついたのだ。まず最初に頭に浮かんだ願望――

ジェニーの夫を監獄に抛りこんでやること――よりも、職業柄ふさわしい案があった。もっとも例によってドリアがすばしこく立ちまわり、ブレンドンとふたりになることを避けてくるかもしれないという懸念はあった。というわけで、その晩は痛む向こうずねと頰をさすりながら横になり、ドリアの視点になって状況がどう見えるのか、時間をかけて考えた。その結果、ブレンドンが手に入れたのはつかの間の慰めだった。

ドリアとロバート・レドメインが共通の利益のため、共謀してアルバートを亡き者にしようとしていることは間違いない。高齢の愛書家がいなくなれば、レドメイン家はロバートと姪のふたりしか残っておらず、失踪した兄たちの遺産をふたりで分けあうことになる。もっともロバートは法の保護を受けられない立場なので、おおっぴらにその利益を享受することはできないが、いずれロバート、ベンディゴー、アルバートの三人が法的に死亡したと認められれば、ジェニーが三人の遺産をすべて相続することになり、それを秘密裏にジェニー、ドリア、ロバートで分けあうことはできる。その観点に立つと、ギャンズの洞察力たるやみごととしかいいようがなく、アルバート・レドメインがまだ生きていることが驚きだという言葉も納得がいく。しかしギャンズはある肝心な点を見誤っていた。ロバート・レドメインがいまもまだ生きていることを疑うのは、もはや意味をなさなかった。

ブレンドンのこの仮説は、結局とんだ見当違いだと判明するのだが、疲れ果てた頭脳はこれが真実だと刻印を押してしまい、ブレンドンは早速、今後ドリアと共犯者を待ち受けている問題にドリアがどう対処するかについての考察にとりかかった。ロバート・レドメインが射殺した死体と信じていたものに近づくところを見られたかどうか、あるいは自分の正体が知られてしまったかどうか、ドリアはどちらとも判断つかないはずだ。どのみちあの真っ暗闇では、穴を掘ってそこへ死体を埋めようとしたのがドリアだったと、確信を持って断言できる者はいないだろう。白状すればブレンドンにしても、驚いてあげた声だけがドリアだと考えた根拠だった。逮捕となれば、ジェニーの夫が確固たるアリバイを主張してくる可能性も高い。それゆえ、ドリアはおそらくこの出来事についてはなにも知らないという立場をとるだろうと判断した。そしてほどなく、その予想は正しかったと証明されるのだ。

第十五章　幽　霊

翌朝、熱い風呂で傷を撫でながら、ブレンドンは今後の行動予定を決めた。昨日彼の身に起こったことを、ジェニーとドリアにそのまま話すことにしたのだ。もっとも最後の部分だけは隠すしかないが。

朝食のあと、パイプに火をつけると、足を引きずりながらピアネッツォ荘へ向かった。実は足を引きずらなくても歩けるのだが、いまはうまく動かないことを強調したかったのだ。しかし、出迎えたのはアッスンタひとりだった。とはいえブレンドンは庭に足を踏みいれたとき、蚕小屋《かいこ》の近くにドリアとジェニーが一緒にいることに気づいていた。ドリアに会いたい旨を伝えると、ブレンドンを居間に案内し、アッスンタは姿を消した。それとほぼ同時にジェニーが現れ、喜びに顔を輝かせて挨拶するなりたしなめた。

「わたしたち、夕食を一時間お待ちしてたんですよ。ジュゼッペがもうこれ以上待てないといいだすまで。でも、わたしはなんだかいやな予感がして、ひと晩中胸騒ぎがしていたんです。こうしてお元気なブレンドンさんにお会いできてほっとしました。なにか大変なことが起こったのかと、心配しておりましたので」

「実は大変なことが起きたんですよ。驚くべき事態になりまして。ご主人はご在宅ですか？　できればおふたりに聞いていただきたいんです。もしかすると、ドリアもほかの人同様、危険かもしれないので」

ジェニーはじれったそうな顔でかぶりを振った。

「わたしを信じてくださいませんの？　それはそうですよね。仕方ないことなんでしょうけど。でもドリアが危険だなんて！　彼に聞かせたいということは、わたしには聞かせたくないということですよね、マーク」

ジェニーにマークと呼ばれるのは初めてだったので、彼の胸は高鳴った。思わずジェニーを信頼してすべてうちあけてしまいたい衝動に駆られたが、それはほんの一瞬で消え去った。

「そうではなく、おふたりに聞いていただきたいんです。これまでくださったヒントはどれも重要な事項だと考えています――わたしのためだけじゃなく、あなたのためにも。あなたの問題については、まだまだ解決とはいかなそうですが。ジェニー、わたしにとってあなたの幸せはこの世でいちばん大切なことです――そのことはとうにご存じですよね。いつかかならずそのことを証明してみせますから、わたしのことを信用してください。しかし、それはそれとして、いますぐ取り組まなくてはいけない問題もありまして。まずはそれを終わらせて、そののち自由にやりたいことに着手するつもりです」

「もちろん信じていますわ――あなただけを。こうしてうろたえたり、惨《みじ》めな気持ちになったりしたとき、すがりつけるしっかりとした岩のような存在はあなたしかいないんです。わたしのことを見捨てないでくださいね。わたしの願いはそれだけです」

「まさか、見捨てるだなんて！　わたしの持てる力のすべてをあなたのために捧げる所存です。いまやあなたがそう望んでくださってるとわかったので、心から、誇りを持ってそうします。馬鹿のひとつ覚えのようですが、わたしを信頼してください。では、ご主人を呼んでくださいますか？　昨日、わたしの身になにが起こったか、おふたりに聞いていただきたいんです」

ジェニーはまだためらっている様子で、ブレンドンをじっと見つめた。

「本当にそうしていいんですの？　ドリアになにかを話したりしたら、ギャンズさんがどう思われるか」

「話を聞いていただければ、理解してくださるはずです」

またもやブレンドンはすべてうちあけて、真実にたどり着いたところを見せたい衝動に駆られたが、ふたつのことを思いだしてなんとか口を噤《つぐ》んだ。ひとつにはピーター・ギャンズのことを思いだしたからであり、もうひとつは事情を知れば知るほど、ジェニーの身が危険にさらされるとの懸念からだった。とくに後者の理由から、この会話を終わらせることにした。

「ご主人を呼んでいただけますか？　ご主人に我々がなにか秘密の相談をしていると思われるのだけは避けなければいけません。そんなことを想像させないことが大切なんです」

「なにかわたしに秘密になさっていることがあるんですのね――わたしの秘密はご存じですのに」いわれたとおりに立ちあがりながら、ジェニーはつぶやいた。

「なにか秘密にしていることがあるとしたら、それはあなたのため――あなたの身の安全のためです」

ジェニーは部屋を出ていき、しばらくすると夫を連れて戻ってきた。ドリアは興味津々という体《てい》だったが、いつもの陽気な仮面の下に少なからぬ不安を隠していることにブレンドンは気づいた。

「なにか変わったことでもあったんですか、シニョール・マーク？　話を聞く前から、それはわかりますよ。烏《からす》も顔負けの仏頂面《ぶっちょうづら》をしてるし、玄関に向かっているとき、歩きにくそうでしたからね。蚕小屋のところで見てたんですよ。それで、なにがあったんです？」

「命からがら逃げ帰ってきたんだよ。そのうえ、馬鹿らしい失敗までしでかしてね。ドリア、これからする話を真剣に聞いてほしい。というのは、いまやもう、だれが危険でだれが危険じゃないのか、わからなくなってしまったんだ。実は、昨日銃で撃たれて、危うく命を落とすところだったんだが、あの場にいたのがきみだったら、狙われたのはきみだったかもしれない」

「銃で撃たれた？　まさか赤毛の男にじゃありませんよね？　おおかた密輸の連中でしょう。

たまたま出くわしてしまって、でもイタリア語がわからないから――」

「いや、わたしを撃ったのはロバート・レドメインなんだ。弾があたらなかったのは奇跡だな」

ジェニーが恐怖のあまり、悲鳴をあげた。「よかった」と声にならない声でつぶやく。

それからブレンドンはなにがあったのかを詳しく説明したのち、自分の計画を明かした。彼は真実しか話さなかった――途中までは。そこからは実際には起こらなかった出来事を口にしたのだった。

「なんとか人形《ひとがた》らしきものをこしらえて、日暮れ前にそのすぐ近くに隠れたんだ。もちろん、成り行きを見張るために。ロバート・レドメインはわたしを殺したと思いこんでるという確信があったので、暗くなったら死体を隠しに来るに違いないと考えたんだ。ところが、そのあとまさかという事態になってしまった。なんと気を失いかけたんだ――あまりにふらふらするので、このままではまずいと思った。考えてみれば朝からなにも口にしていなかったし、持ってきた昼食とフラスコは半マイル以上離れたところに置いてきてしまった。もちろんロバート・レドメインの追跡を始めたあの場所まで戻れば、まだわたしが置いたままあるはずだ。いまのうちに食べるものをとりにいくか、このまま待ちつづけるかの選択を迫られた。だが、どんどん冷えてくるし、刻一刻と自分が弱っていくのを感じた。

わたしは鉄人というわけではないし、かなり大変な一日だった。全身アザだらけのうえ、足を引きずらないと歩けないし、もう限界だったんだ。いま食事をとりにいけば、月が昇る前に戻ってこられるだろうと心を決めた。ところが予想に反して、さっと行って戻ってくるというわけにはいかなかった。追跡を始めた場所にたどり着くだけで長時間かかったうえ、そこに着いてからもサンドウィッチとキャンティを入れたフラスコが見つからず、探しまわる羽目になった。それにしても、あれほどしみじみうまかった食事は生まれてこのかた経験がないね。すぐに全身に力が湧いてくるのを感じ、半時間ほどでまた高台に向かった。

それからが大変だったんだ。ワインがまわったせいだと思うかもしれないな。まあ、実際にそうだった可能性はあるが。とにかく完全に道に迷ってしまって、そのうち自分がどこにいるかもわからなくなった。次第に希望を失い、もう戻るのは無理かと思いはじめたとき、木々のあいだからグリアンテ山頂下の断崖が白く浮かびあがって見えたんだ。おかげでいまの場所がわかった。それからはあたりを警戒しながら、ゆっくりと足音を立てないように進んだ。

しかし、いかんせん遅すぎた。ようやく戻って人形《ひとがた》をひと目見たとたん、貴重な機会を逃してしまったと悟った。だれかが触ったのは明らかだった。胴体はこっち、丸めた木の葉にわたしの帽子をかぶせた頭はそっちと、離れたところに転がっていたんだ。狐かなにかの野生動物だったら、そんな風に動かすわけはないだろう。

あたりは物音ひとつ聞こえなかった。今度はわたしが待ち伏せされているかもしれないと不安だったため、一時間様子をうかがってから近づいたんだ。しかし、人っ子ひとりいる気配はなかった。ロバート・レドメインがやって来て、わたしがいなくなっていることに気づき、また姿を消したのは間違いない。もっとも、そのときわたしが考えていたのは、ロバート・レドメインが腹を立ててわたしの服を持ち帰っていたら、いったいどうすればよかったんだろうということだったがな！　なにしろそうなったら、白いシャツ以外は申し訳程度の下着だけの格好で、ホテルまでとぼとぼ帰るしかなかったんだから。さいわい服はちゃんと残っていたので、上着、ニッカボッカ、靴下、帽子を身につけて、帰ろうとした。

そのとき、ふっと土のにおいがした——土を掘り返したときのようなにおいがした気がするが、実際にはなんだったのか、わたしにはわからない。すぐに山道を下りはじめ、そのうち北へ向かう道に行きあたり、栗林を抜け、午前一時にホテルに帰りついた。これでわたしの話は終わりだ。これから、その場所に行ってみるつもりなんだ。地元の警察に応援を頼んでもいいんだが。わたしたちに協力するよう、指示されているだろうからね——ドリア、きみが忙しくて一緒に行くのは難しいなら、仕方ないからそうしようかと思っている。できれば警察の手を煩《わずら》わせたくないとはいえ、あそこには二度とひとりで行く気になれなくてね」

ジェニーは夫に顔を向け、返事をするのを待った。しかしドリアはこれからなにが起きるかよりも、すでにブレンドンの身に起きた出来事のほうに興味がある様子で、質問攻めにした。ブレンドンはどの質問にもただ本当のことを答えるだけだった。やがてドリアはもちろん大事件が起こった現場へ同行すると宣言した。

「今度は武器を持っていきましょう」ドリアが提案した。

しかし、ジェニーがそれに反対した。

「ブレンドンさんはまだ、今日またあんなところまで登るほど回復なさっていません」ときっぱりいう。「足を引きずってらっしゃるし、昨日のショックはまだ癒えていないはずです。そんなにすぐ無理なさるのは、おやめになったほうがいいんじゃありませんか」

ドリアは無言で、ブレンドンに顔を向けた。

「もう一度登ることで、足のこわばりがとれるかもしれない」ブレンドンはふたりを安心させるようにいった。

「そのとおりですよ。ゆっくり歩けばいいんです」

「どうしても行かれるとおっしゃるなら、わたしもご一緒します」ジェニーが静かに告げると、ふたりの男は反対した。しかし、ジェニーはとりあわなかった。

「みんなの昼食を持っていきますね」再度ふたりは反対したが、その準備をするといってジェニーは部屋を出ていった。エルネストに今日やることの指示をしなければと、ドリアも姿を消した。そして戻ってきたのはジェニーのほうが早かった。ブレンドンは考えなおすようにと改めて頼みこんだが、ジェニーはじれたような表情を浮かべるだけだった。

「マーク、あなたのように有名な方が、どうしてそんなに鈍感なんでしょう。わたしが関係してくると、二と二を足すとどうなるかもおわかりにならないのですか？　これまではどんな事件でもそうなさっていたでしょうに。夫と一緒にいても、わたしは安全です。わたしを殺したりしたら、彼が手にするお金はゼロになりますから——いまはまだ。でも、あなたは違います。いまだって、ひとりで山に登るようなことは慎んでいただきたいんです。夫は猫のように悪賢いんですから。なにか口実を考えだして姿を消し、共犯者と会うに決まっています。彼らは今度こそ失敗しないでしょう——女の身で、男ふたりを相手にどうお助けすればいいのでしょう」

「助けなんて必要ありません。武器を持っていきますから」

結局三人で山に向かったが、ジェニーの心配は杞憂《きゆう》と終わった。ドリアは軽はずみな行動をとることもなければ、疑わしい様子を見せることもなかった。ブレンドンの傍《そば》を離れず、急な斜面では腕を貸し、昨日の出来事についていくつもの仮説を披露した。ブレンドンの話が頭を離れないようで、正体不明の男の銃弾がブレンドンにあたらなかったことには驚いたと、幾度となく繰り返した。

「知恵よりも運に恵まれたほうがいいんですね。それにしても、ブレンドンさんの頭の回転の速さにはおそれいりましたよ。あなたの発想はけちのつけようがない——弾が逸《そ》れたとわかった瞬間、さっと倒れて自分は死んだと見せかけるとは」

ブレンドンはなにも答えなかった。その後もほとんど口を開くことなく、敵を手玉にとった現場に向かって歩きつづけた。しかし、ドリアは懲りずにまた話しかけた。

「主人ひとりの目は、召使い六人の目よりもよく見えているといいます。ピーター・ギャンズさんが今回のことをどう解釈なさるかは、そう待たずに教えてもらえるでしょう。でも、いまぼくは赤毛の男のことを考えてるんです、今朝はなにを考えていると思います？　自分の失敗にそれは腹を立てて、いまでは怯えてるんじゃないでしょうか。だって、ぼくたちに知られたってことがわかってるんですから。あいかわらず人を殺そうとしてるってことを。なにひとつ悔い改めてはいないんですよ」

やがて一同はブレンドンが罠をしかけた現場に到着し、あたりを徹底的に調べた。浅い穴を発見したのはジェニーだった。彼女に呼ばれてふたりが駆けよると、ジェニーは真っ青な顔をしてぶるぶる震えていた。

「一歩間違っていたら、いまごろここに埋められていたかもしれないなんて！」とブレンドンへいった。

だがブレンドンの頭のなかは、穴の横に積まれた土のことで占められていた。そこここにはっきりと足跡が残っていたが、ドリアは足跡の鋲《びょう》の形から、山で暮らす人びとがよく履いているブーツに違いないと断じた。それ以外、とくに調査の収穫といえるものはなかった。ドリアはあれこれ思いついた説を並べたてていたが、ブレンドンは考えるのに忙しかったため、遮《さえぎ》ることなく自由にしゃべらせておいた。というのも、ブレンドンとしては、ロバート・レドメインが今後姿を現すことはないかもしれないと感じていたからだ。おそらく昨日の失敗のため、しばらくのあいだは活動しないだろうと予想したのだった。

ギャンズがメナッジョへ戻ってくるまで、これ以上捜査を進めないことにするとブレンドンは決めた。それよりもドリア夫妻とできるだけ一緒に過ごし、どちらに対しても友好的な態度を保つことに専念することにしたのだ。三人の関係がどことなく緊張感をはらんでいることは、いやでも感じられた。そしてとくに用事がなくとも頻繁にピアネッツォ荘を訪ねた結果、アルバート・レドメインとピーター・ギャンズが帰国する前に、ブレンドンの考えはほとんどかたまっていた。なによりも確信していたのは、ドリアが正体不明の男と共謀して、おのれの利益のために妻の叔父の殺害をくわだてていることだった。またジェニーは、夫が信頼できないどころか、すでに邪悪な存在となっていることには気づいているものの、どのような非道なことをたくらんでいるのか、その全体像まではつかんでいないこともやはり確信していた。

実際にドリアとロバート・レドメインが共謀してアルバートを亡き者にしようとしていると気づいていれば、ジェニーはそうブレンドンに教えてくれるはずと信じていた。だから、はっきりしたことはわかっていないものの、なにか怪しいと感じているのだろうと推測したのだ。ジェニー自身がもっとも懸念を口にするのはブレンドンの身の安全で、ピーター・ギャンズが戻ってくるまでは安全を第一に考え、なにもしないでほしいと懇願されたのも一度ではなかった。夫ドリアとの仲は冷える一方のようで、涙ぐんだり、不安そうな様子を隠せないでいた。ある晩はまたロバート・レドメインを見かけた気がすると口にしたものの、その説明は終始曖《あい》昧《まい》なままだった。だがブレンドンは自分を信頼してすべてうちあけてほしいと無理《むりじ》強いしたりはしなかった。一方のドリアは嫉妬めいたものを見せることもなく、しょっちゅうブレンドンとジェニーが長時間ふたりきりになるように仕向け、ブレンドンに対しては実に親しみのこもった態度を示した。そして一度ならず、みな結婚というものに過度の期待を寄せすぎていると心中を吐露した。

「結婚生活をほめたたえるのもいいでしょう、シニョール・マーク。でも――独身でいることを勧めますよ。心の平安は最高の幸せを約束してくれるうえ、なによりも得がたい貴重なものですからね」

数日が過ぎたころ、あらかじめ予告することもなく、アルバート・レドメインとピーター・

ギャンズが突然帰宅した。昼過ぎにメナッジョに着いたという話だった。

アルバートはこれ以上なく上機嫌で、我が家へ帰ってきたことを喜んでいた。彼はギャンズの捜査活動についてはまったく知らず、とくに関心もない様子だった。英国ではロンドンに滞在し、蔵書家仲間と旧交を温め、たくさんの貴重な品々を鑑賞し、手にとる機会に恵まれたそうだ。そして、まだそれを楽しめる体力気力が自分に残っていたことに驚くとともに、満足も覚えていた。

「まだこれほど元気だとは自分でも驚いたよ、ジェニー」アルバートは姪に話しかけた。「心身ともにかつてないほど活動的に過ごしたといってもいい。加齢という坂をはるばる下ってきて、最後の忘却の川にたどり着くのも近いと考えていたが、まだまだいらぬ心配だったようだ」

その後たっぷりと食事をとると、列車での長旅から帰宅したばかりだというのに、ボートで湖の向こうのベッラージョへ渡るといいはった。

「ポッジに土産があるんだ。それに彼の声を聞き、握手をしないことには、とても眠れそうになくてな」

エルネストが船頭のもとへ走り、待つほどもなく、アルバートの私室から湖へ下りられる石段にボートが現れ、アルバートを乗せて出発した。たまたまドリアを訪ねてきたブレンドンはギャンズとアルバートが帰国したと知って驚き、ギャンズとふたりきりで話ができないかと期待した。しかしギャンズは疲れきっていたため、アッスンタ自慢のオムレツと白ワイン三杯を腹におさめたあとは、体が命じるとおり自室で横になると宣言した。

その場にはドリアもいて話を聞いていたが、ギャンズはブレンドンにこう声をかけた。

「満足に寝ていなくてね。今回の遠征でなんらかの収穫があったかどうかは、しばらく様子見だな。正直いうと、あまり自信はない。明日話をしよう、マーク。ドリアも〈鳥の巣〉で起きた出来事をひとつ、ふたつ思いだせそうなら、協力を頼みたい。しかし少し眠らないことには、とても使いものにならん」

やがてギャンズは手帳を手に自室へ引き取った。ブレンドンは明朝、朝食後に訪ねてくると約束し、ぶらぶらと蚕小屋へ向かった。小屋をのぞくと、最後に残った蚕たちも金色に輝く繭《まゆ》のなかにおさまっていた。ブレンドンはギャンズのうんざりしたような口調にも、やる気をくじくそっけない言葉にも、失望したりはしなかった。というのも、ギャンズは話しているあいだ、ドリアに気づかれないように目配せして、不安になるなとブレンドンに伝えてきたからだ。新たに判明した事実を——そういうものがあるのならだが、それをドリアに教えるつもりなどないことは明らかだった。ギャンズはまだグリアンテでの出来事をまったく知らないことも考えあわせると、ブレンドンとしてはいやがうえにも興味をかきたてられた。忙しいに違いないギャンズを煩わせたくないので、手紙で報告することも控えていたのだった。

翌日、体調不良を訴えたのはアルバートだった。昨日の反動なのか、ひと晩ぐっすりと眠っても足りなかったらしく、これから二十四時間はベッドから出ないと宣言した。そして自分のかわりにみなにあれこれ用事を頼んだ。ドリアにはミラノの古本屋を訪ねるよういいつけ、ジェニーにはヴァレンナの知人までお遣い物を届けさせた。

ブレンドンは夫婦どちらともを数時間追いはらうための方便だと察したが、ドリアがそのことに気づいたかどうかは判断つかなかった。ジェニーはそんなことは思いもしなかった様子で、いそいそとヴァレンナへ向かった。というのもその地の知人というのがジェニーも旧知の未亡人で、彼女との友情はジェニーにとっても貴重なものだったからだ。

ブレンドンがピアネッツォ荘に到着すると、ちょうどふたりがそれぞれの用向きで出かけるところだったので、一緒に桟橋まで歩いていき、それぞれべつの汽船に乗りこむふたりをギャンズとともに見送った。

しかしこの計画でもギャンズは不満そうな様子で、不可解なことをつぶやいた。

「ドリアの乗った汽船がコモの街へ直行するのなら、心配する必要もないんだがな。方々《ほうぼう》に寄るとなると、どこかで飛び降り、一時間ほどで戻ってくることも可能だ。我々はアルバートの傍《そば》へ戻るとしよう」

「レドメインさんはお寝《やす》みでしょうから、邪魔が入るおそれもなく、じっくり話ができますね」ブレンドンは応じた。

ふたりは庭の木陰にある椅子に腰を落ち着けた。そこならピアネッツォ荘の玄関を見張ることができる。ギャンズは手帳をとりだし、嗅ぎ煙草を大きくつまんで一服すると、目の前の小さなテーブルにその金の箱を置き、ブレンドンに顔を向けた。

「じゃあ、まずきみの報告を聞こうか。わたしが知りたいことは三つある。まずは赤毛の男と遭遇したかどうか。そしてドリアとその妻について、いまはどう考えているか。ベンディゴーの日誌を見つけたかどうかは、訊くまでもないだろうな。発見できなかったことはまず間違いないと思っている」

「ええ、日誌は発見できませんでした。ジェニーに探してくれと伝えたところ、手伝ってくれと頼まれて、一緒に探しまわったんですが。そしてそれ以外のお尋ねの件ですが、ロバート・レドメインには遭遇しました。ですから、もうその名で呼んで問題ないと思います。またジュゼッペ・ドリアといま彼の妻となっている不幸な女性に関しては、明確きわまりない結論にたどり着きました」

ギャンズの大きな顔を苦笑らしきものがよぎった。

ギャンズはうなずき、ブレンドンは報告を始めた。まず最初は山での思いがけない出来事からだ。細かなことを省くことなく、順を追って説明した。散歩しながらのドリアとの会話について、彼はジェニーと一緒にコリコへ向かったこと、山へ残ったブレンドンは予想もしない事態に見舞われたが、危ういところで命拾いしたこと、銃で撃たれ、こちらに近寄ってくるのを期待してそのまま倒れたときの様子、敵はどのようにしてそのまま姿を消したか、そのあと、人形《ひとがた》をこしらえて見張っていたら、ドリアが死体を埋めるために現れたときの様子。

ドリアとロバート・レドメインが人形《ひとがた》だと知って落胆し、退散したときの様子、その後、穴を掘った片割れがドリアだと気づいていないと思わせるため、この一部始終をドリアに話すと決めたこと、翌日に説明したときの様子、ドリア夫妻と現場へ戻り、空っぽの穴の傍《そば》で土地の者がよく履いているブーツの足跡を発見したこと。さらにその四日後、ジェニーが彼女の叔父と思われる人物を見かけ、もう暗かったのであまり自信がないといっていたものの、彼女自身は見間違いではないと信じている様子だったこと、その人物はピアネッツォ荘から二百ヤードほど離れた、山頂から下りてくる道に立っており、ジェニーが近寄ろうとすると、くるりと背中を向けて走り去ったこともつけ加えた。

ギャンズは深い関心を持ってこうした報告に耳を傾け、ブレンドンが話を終えたときには見るからに満足そうだった。

「ふたつの点でこれ以上なく喜ばしい。まずは、きみがまだこの世にとどまっていることだ。その銃弾が耳もとをかすめただけで終わり、優秀な頭脳が詰まった額に命中しなくて本当によかった。そしてきみの報告も聞くことができて、実に嬉しい。というのは、あとで聞かせるある仮説と充分合致するだけじゃなく、それを補強してくれるからだ。きみがしかけたちょっとした罠は、さすが切れ者だけのことはあるな。わたしだったらいくぶん違った形にしたとは思うが、それでもとっさによく巧妙な手を思いついたものだ。またその後にドリアに秘密をうちあけたのも、捜査の定石といえる。そうしたことを聞いたいまとなっては、ドリアについて意見を聞く必要はないな。となると、残るは彼の美しい奥方について、きみの意見を聞かせてくれないか」

「いまも勇敢でとてもすばらしい女性だという意見は変わりません。彼女は忌々《いまいま》しい結婚の犠牲者であり、残念ながら事態は好転するどころか、悪化する可能性が高いです。とにかくまっすぐな人ですが、当然、夫が悪党であることには気づいているようです。

いうまでもありませんが、彼女に真実をそれとなくほのめかすこともしていません。ある意味で夫に誠実で、とても慎重な質《たち》なので、自分から悩みや漠とした疑惑を洩らしたりすることはありませんが、自分は幸せだとにおわせたり、ドリアがいい夫や善人であるというふりもしません。そしてわたしがそうしたことに気づいていることを、彼女もわかっています。ギャンズさんがお帰りになるのをそれこそ心待ちにしていたのですから、これからも秘密を明かさずにいるのは、はたして賢明なのかどうか疑問です。いま判明していることを知らせたら、彼女自身の問題にも解決の糸口を見いだすでしょうし、それだけではなく捜査にもなんらかの光明を投げかけてくれるかもしれません。とにかく信頼できる立派な女性であることは、疑問の余地もありません」

「なるほど――それならそれでいい。きみの報告は聞かせてもらった。今度はわたしの話を聞いてほしい。我々は驚嘆に値する見世物を目にしているんだ、マーク。この事件にはほかでは見ることができないみごとな特徴がいくつもある――わたしの経験に照らしても、これに匹敵する事件があるかどうか。とはいえ、歴史は繰り返すの言葉どおり、今回の恐るべき正体不明の男より大物の悪党も、おそらくは存在したとは思うがね――もっとも、間違いなくそう大勢ではないだろうが」

「ロバート・レドメインのことですか?」

ギャンズは始めたばかりの説明を中断し、嗅ぎ煙草を一服しながら目を閉じていたが、やがて口を開いた。

「どうしてきみはまるでオウムのように〝ロバート・レドメイン〟の名を繰り返すんだ？　これまでわたしがその件について口にしたことすべてと、どこにでもある様々な偽物について、ちょっと考えてみたらどうだ？　人がこしらえたものであれば、どんなものでも偽物を作製できるし、神が創りたもうたものでもいくつかは作ることができる。絵画、切手、署名、指紋、どれも偽物を作製できる。そして人間の知性は、絵画や切手や指紋を見慣れているせいで、偽物を目にしたとき、いとも簡単に見かけに騙されてしまうし、それと見抜くだけの専門的知識を有する者はほとんどいない。そう、いま我々は人間の偽物を創りあげたやつらを相手にしているんだよ。つまり赤毛の男は偽物なんだ。

先週、きみだっておなじことをしたわけだろう？　自分の偽物をこしらえ、きみが死んでいると見えるように地面に転がしておいたんじゃなかったか？　本物のロバート・レドメインがすでに死体になっているのかについて、まだ断言はできないが、わたしとしてはそれを立証する用意ならば万端整えてある。しかし、これだけははっきりしている。きみを撃ったが、その弾を命中させられず、そのまま逃げたのはロバート・レドメインではない」

ブレンドンは異議を唱えた。

「わたしは彼に会うのが初めてではないことをお忘れですね、ギャンズさん。殺人事件が起こる前、フォギンター採石場跡の淵《ふち》で顔を合わせ、言葉も交わしているんです」

「それがどうした？　それ以降言葉を交わしたことは一度もないだろう。さらにいうなら、実はそれ以降顔を合わせたことすらないんだ。きみが会ったのは偽物だ。ダートマスのホテルへの帰路、月明かりのなかで顔を合わせたのは偽物だ。近所の農家から食料を盗み、洞窟をねぐらにし、ベンディゴー・レドメインの喉をかっ切ったのも偽物だ。きみを撃とうとして失敗したのも偽物だ」

ギャンズはまた煙草を嗅ぎ、続けた。

彼の調査はこの事件の実に予想だにしない真相にたどり着いていたが、その重大な点をいまここで明かすことはできない。ブレンドンがいま意表外の推理を聞いたショックで文字どおりふらふらしていることを記せば充分だろう。それを口にしたのが有名な名探偵でなければ、ブレンドンとしても即座に疑ってかかったのは間違いない。

「いいか」二時間近くぶっ続けで話していたギャンズが締めくくった。「なにもわたしの説が正解だというつもりはない。ただ荒唐無稽《こうとうむけい》に聞こえるだろうが、これまでの経験という経験が異論を唱えようとも、この説ならすべての事実に適合し、論理的にも破綻しないといっているだけだ。そういうことが起きた可能性は否定できないだろう。この説が間違っているというのなら、いったいなにが起こったのか、そしていま現在もなにが起きているのか、ぜひとも教えてもらいたいものだ。これが真相だとしたら、まさにすさまじい事件だが、プロとしての視点で見ると美しい事件といえる——癌も、戦争も、地震も、人間の営みに絡めて考えなければ美しいのとおなじことだな」

ブレンドンは言葉も出てこない様子で、いくつもの強烈な思いに翻弄《ほんろう》されているらしき表情を浮かべていた。

「とても信じられません」ブレンドンがようやく口を開いた。どれだけ驚愕し、動揺しているか、声に現れていた。「それはそれとして、ご指示のとおりに行動します。わたしの力でもできますし、それが義務だと思います」

「うん、それでこそきみだ。では、そろそろ食事にするとしようか。それで、すべて腑に落ちたか？　なによりタイミングが肝要なんだ」

ブレンドンはびっしりと書いてある手帳にさっと目を通し、うなずきながらそれを閉じた。ギャンズがいきなり笑いだした。ブレンドンの手帳を見て、あることを思いだしたからだった。

「すっかり忘れていたが、昨日の夕方面白いことがあったんだ。枕もとに手帳を置いたまままどろんでいたら、寝ているあいだに部屋へ来た者がいたんだよ。ぐっすり眠っていたんだが、わたしはどれほど深く眠っていても、窓ガラスの蠅が立てる音ですら目を覚ます質でね。ドアに顔を向けて寝ていたら、かすかな音が聞こえたので、目が覚めて片方だけ目を開けた。ドアが開くと、顔をのぞかせたのはシニョール・ドリアだった。日除けを下ろしてあったが、それでも充分明るかったので、つねに持ち歩いている手帳がベッドから二、三フィートのテーブルに置いてあることに、すぐ気づいた様子だった。彼は蜘蛛のように物音を立てずに忍び寄ってきて、あと一フィートというところまで来た。そこでわたしはあくびをして、身じろぎしてやったんだ。蚊のようにあっという間に姿を消したよ。三十分ほどあと、ふたたびやって来た音がした。しかしもうわたしはベッドから出ていたので、ドアの外からその気配を感じとって消えたけどな。なんとしてもこの手帳を手に入れたかったようだ——どれだけ必死だったかは、想像つくだろう」

　ギャンズは二日間の休養が必要だと宣言した。そして二日目の夕方、ふたりで散歩へ行かないかとドリアを誘った。

「いくつかきみに伝えたいことがあってね。散歩のことはだれにも知らせる必要はないし、一緒に出かけるのもよそう。わたしが気に入っているルートは知っているだろう？　角を曲がったところで待ち合わせよう——そうだな、午後七時に」

　ドリアは嬉しそうに誘いに乗った。

「それなら無為の聖母《マドンナ・デル・ファル・ニエンテ》のほこらへ行きましょう」時間になってギャンズが待ち合わせ場所へ赴くと、ドリアがいた。ふたりは並んで山道を登り、やがてギャンズはドリアに協力を仰いだ。

「これは他言無用で願いたいんだが、どうもこのままじゃ事件の捜査が行き詰まりそうな気がするんだよ。ブレンドンはたいした男で、これまで一緒に仕事をした刑事のだれにもひけはとらない。ちょいちょい頭が切れるところも見せてくれる——山で死んだふりをしたとかな。だが罠をかけたままではいいが、逮捕はできなかった。わたしだったら、そんなへまはしない。きみだってしないだろう。はっきりいってしまえば、なにか麻薬のようなものが仕事の邪魔をしているように感じるんだ。彼のことをどう見ているか、いわばなんの利害関係もない傍観者で、そのうえ鋭いきみの意見を聞かせてもらえないか。彼の性格を観察する機会はあっただろうから、思ったままを聞かせてほしいんだ。だらだらとこの事件の捜査をするのは、もううんざりしていてね――騙されているのもな」

「ブレンドンは妻に恋しています」ドリアはひとごとのように答えた。「仕事の邪魔をしているものはそれだと思います。それにいっておきますが、ぼくはこの事件について妻のことを信頼してません。いまだって赤毛の男のことはだれよりもよく知っていると思ってます。妻にたぶらかされているかぎり、ブレンドンはお役に立てないでしょうね」

ギャンズはまったくの初耳というふりをした。

「ははあ、なるほど、そういうことか！　それにしては、きみはずいぶんと冷静じゃないか」

「もう妻を愛していないからですよ。イソップ童話の飼い葉桶のなかの犬みたいに、意味もなく意地悪したりはしません。ぼくは静かに落ち着いて暮らせればいいんです。陰謀やら悪だくみやらには興味ありません。ごく普通の男ですから、シニョール・ピーター。謎めいた事件なんてうんざりです。それなのに、さらに面倒な事態に巻きこまれそうだと、びくびくしながら暮らしているんですからね。いま、自分がどういう状況にいるのかすら、まったくわからないなんて。妻と正体不明の悪党はなにかを狙ってるんです。この事件を解決したいなら、妻に注目したほうがいいですよ――ぼくじゃなく。心配している一撃がいつ襲ってくるか、わかりませんからね」

「ジェニーを尾行しろということか？」

「それをお勧めしますね。そのうち、なにか口実を考えだして、ひとりで山に登るはずです。

好きにやらせて、ブレンドンと一緒に妻のあとをつけるんです。あとは単純ですよ。赤毛のレドメインをつかまえるだけです。それができないなら、警察と税関役人《ドガニエリ》にそう伝えればいいんです。密輸の連中を取り締まる部隊なら山に常駐していますから、いつでも協力してくれますよ。人間の形をした凶暴な狐の人相を伝えて、やつの尻尾にたんまり懸賞金を弾むといえば、それこそあっという間につかまえてくれます」

ギャンズはうなずき、その場から動かなかった。

「そこまでする必要もないというわけじゃないが、できれば自分たちの手でつかまえたいね。どのみち二週間後にはここを離れなくちゃならんのだ。それ以上イタリアに滞在するのは無理な事情があってね。こんな危険な事件の渦中に旧友を置き去りにするなど、忸怩《じくじ》たる思いなんだが。わたしが傍《そば》についていれば安全だろうが、わたしが背を向けたとたんなにが起こるのか、考えただけで恐ろしい」

「なにかできることはありませんか？」

ギャンズはかぶりを振った。

「きみに協力を頼むのは無理だろう。というのも、さっき奥さんが犯人側についているといっていたが、段々とそれが正しいような気がしてきたんだ。自分の妻を追いつめる仕事を夫に任せるわけにはいかないからな」

「でも、それを——」

ふたりはゆっくりと歩いていた。ギャンズは会話の主導を握りながら、たくさんの計画を抱えて多忙なふりを続けた。そしてジェニーがひとりで山へ登るときには、こっそりギャンズとブレンドンがあとをつけると約束した。

そのとき、実に不思議なことが起きた。夕暮れに筋を描くように最初の蛍が飛び、道ばたにある朽ちたようなほこらが見えてきたとき、突然その前に背の高い男が現れたのだ。一瞬前はだれもいなかった場所に忽然と現れた男は、紫色の黄昏《たそがれ》のなか、やけに大きく見えた。まだ暗いというほどではなく、男のきわめて特徴的な姿は、ふたりに向かって挑みかかってくるようだった。そこに立っているのはロバート・レドメインだった。赤毛の大きな頭と立派な口ひげは、薄闇のなかでひどく目立っていた。身じろぎひとつせず、両手を脇に下ろしたまま、こちらをじっと見つめている。ツイードの上着の縞模様まで見えるようで、その下には、例によってきらりと光るボタンのついたベストを着ていた。

ドリアはかなり驚いたようで、その場で凍りついた。しばらくは驚きを隠すことも忘れた様子で、突然現れた男に恐怖とショックが入り混じった一瞥《いちべつ》を投げかけた。その長身の男を知っていることは明らかだ。しかし目の前の道を塞《ふさ》いでいる人物を困惑しながら睨《にら》みつけるその顔からは、親近感や共感といったものが感じられなかった。いま目にしているものを消してしまいたいかのように、片手で目をごしごしこすっている。そののち、もう一度目を向けた――すると道に人影はなかった。ギャンズはその様子をじっと見ていた。

「どうかしたか?」ギャンズが尋ねた。

「まさか!　見ましたよね――この道のすぐそこに――ロバート・レドメインが!」

しかしギャンズはまじまじとドリアの顔をのぞきこんだり、前方を見たりするだけだった。

「わたしにはなにも見えなかった」ギャンズの答えを聞いたとたん、稲妻に打たれたようにドリアの態度が一変した。不安げな様子は消え去り、大声で笑いだした。

「やれやれ――いったいどうしちゃったんでしょうね、ぼくは！　ほこらの影でしたよ！」

「おそらく赤毛の男に神経をすり減らすあまり、幻影を見たのだろう。無理もない。それで、なにが見えたんだね？」

「いや――違いますよ、シニョール。神経をやられてはいませんし、なにも見ていません。ただの影だったんです」

ギャンズは即座に話題を変えたので、いまの出来事はたいして重要視していない様子だった。しかしドリアの雰囲気はがらりと変化した。ほがらかさは影をひそめ、やけに警戒しているようなのだ。

「そろそろ戻るとするか」半時間ほどあと、ギャンズがいった。「頭の切れるきみのおかげで、ひとつ、ふたつ閃《ひらめ》いたことがあるよ。ふたりでマークに教えてやらないといけないな。きみもそんな気にはなれないんだろうが、もう少し夫らしく振る舞ったほうがいいのかもしれないぞ。それはそれとして、奥さんが山に登るといいだしたら、こっそりわたしに教えてくれないか」

ギャンズは足を止め、目はドリアにとめたまま、嗅ぎ煙草を一服した。

「もしかすると、明日行動を起こすことになるかもしれん」ギャンズはいった。

落ち着きはとりもどしていたものの、やけに寡黙になっていたドリアはそれを聞いて微笑んだ。夕闇のなか、白い歯がきらりと光る。

「明日のことなんて、だれにわかります？　明日、なにが起こるかはっきりわかる人がいたら、それこそ世界だって思いのままでしょうね」

「それでもわたしは明日に希望をかけるよ」

「刑事さんはいつだって希望を忘れちゃいけません」とドリア。「頼るものは希望しかないこともよくあるんでしょうけど」

ふたりは賑やかに軽口を叩きあいながら、一緒に山道を下りていった。

第十六章　レドメイン家の最後のひとり

ドリアが古いほこら近くで不思議な体験をした日の晩、いまもホテル・ヴィクトリアに滞在しているブレンドンは、アルバート・レドメインと友人のヴィルジーリオ・ポッジをホテルでの夕食に招待していた。これはギャンズの発案によるもので、ドリアがこうした集まりに疑惑を抱《いだ》く可能性も危惧されたが、もはやさして大きな影響はないと判断したのだった。

その晩、アルバートをピアネッツォ荘から遠ざけておくよう画策した目的はふたつあった。ひとつにはギャンズが邪魔が入らない環境でブレンドンと会いたかったからだった。そしてなによりも重要なこととして、今後は愛書家に害をなすことをたくらむ敵の力がおよぶ場所に、一瞬たりとも旧友を置いてはおけないと判断したからだった。そのためブレンドンとふたりきりで話ができ、アルバートもずっと近くで見守っていられるよう、ギャンズはホテルでの夕食会を提案し、アルバートが帰宅次第ブレンドンに招待状を出すように指示した。

ポッジとアルバートはなにひとつ疑問に思わず、白いシャツにかなり年代物のタキシードという正装で現れた。夕食会のために特別料理が用意されており、四人はホテルの個室で食事を楽しんだ。食後は隣の喫煙室へ場所を移し、やがてポッジとアルバートは例によっていちばん興味のある話題に熱中しはじめたため、ギャンズは数ヤード離れたところにブレンドンとともに腰を落ち着け、ドリアが幻影を目にした件を話題にした。

「それにしてもおみごとだった」とギャンズ。「生まれながらの俳優なんだな。現れたかと思うと、ふっと姿を消した様子は、とても生身の人間とは思えなかった。わたしの期待以上にうまくやってくれたよ。まあ、ドリアもあっぱれだったがね。いまごろはさぞかし頭を悩ませているだろうよ。目の前に現れたときは、本物のロバート・レドメインだと思ったのか、鳩尾《みぞおち》にきついのを一発喰らったように目を白黒させていた——この目で見たから、それは間違いない。あのときばかりは、狼狽《ろうばい》してうっかり口を滑らせたな。まあ、無理もないが。

あの男もすさまじいジレンマに陥ったものだな。後ろ暗いところがないなら、きみに飛びかかっていっただろうが、あいにくそうではないときている。今日、自分のロバート・レドメイン——いうまでもなく偽物——のお出ましはないことは、当然承知してる。そこへわたしがなにも見てないといったものだから、即座に態勢を立て直し、自分もなにも見ていないと調子を合わせたんだ。そしてつぎの瞬間、自分の失言に気づいた！　だが、すでに手遅れだ。いまだから白状するが、そのあとはポケットにしのばせたピストルをずっと握ったままだったがね！ドリアとしてはなんとしても反撃したかったはずだ――当然いまもそうだろう――今夜だって無駄にはしないはずだ。いま重要なのは、我々があの男に一矢《いっし》報いてやったことと、それをあいつもわかっているということだ」

「ピアネッツォ荘に戻ったら、行方をくらませているかもしれませんね」

「それはないだろう。我々が邪魔をしなければ、この事件を最後までやり抜くつもりのはずだ。だからこそ、もういっときも無駄にはしないだろう。これまでは、いってみれば戯《たわむ》れをしかけ、悦に入っていただけだ――我々、そしてその向こうにいるアルバート相手にな――猫が鼠をいたぶるようなもんだ。だがお遊びの時間は終わりだ。今夜からはなりふりかまわず向かってくるに違いない。いままでぐずぐずしていた自分に猛烈に腹を立てているだろうからな。若いのにたいした男だが、それでもマーク、ただの人間だ――超人じゃない」

「正確にはどういう感じだったんですか？　自分が見たものを、どう考えているんでしょう？」

「はっきりしたことはわからないが、こんなところじゃないかと思っている。わたしは第三の眼と呼んでいるんだが――わたしの脳の一種の受信機とでもいうか、人の考えを吸いとり、頭の外へと引っぱりだすもの――それでじっくりと観察した。目にした瞬間は文字どおり途方に暮れていた。恐怖を感じ、もしかしたら幽霊だと本気で信じたかもしれない。『ロバート・レドメインが！』と叫び、すぐにわたしも見たかと尋ねた。彼の顔をのぞきこみ、なにも見ていないと答えると、態度を一変させ、今度はほこらの影を見間違えただけだと笑い飛ばした。しかし、ちょっと考えれば影じゃないとわかったんだろうな。それからは口数が減って、なにか考えこんでいる様子だった。わたしはといえば、とりとめのないおしゃべりを続けたよ。散歩の最初からずっとそうだったがね。そうそう、ドリアに秘密をうちあけたふりを装《よそお》うと、まさに予想したとおりのことを話しはじめたよ——きみが妻に恋をしているとか、自分はもう妻に興味はないとか、赤毛の男についてなら妻がなにもかも知っているとか、そういったことだ。

では、頭のなかではどんなことを考えていたか？　このふたつのどちらかの結論に達したと考えてまず間違いない。幻覚に襲われ、つねに頭のなかにあった人物を見たように思ったが、なにも見ていないというわたしを信じた、あるいは幻影とは思わず、わたしの言葉も信じなかった、そのどちらかだ。前者と解釈していたら、この件については二度と口にしないだろうし、わたしに関してもなにも心配しなかったろう。しかし改めて考えなおしてそうは解釈しなかったし、わたしの言葉も信じてはいない。自分が幽霊を見るようなタイプじゃないことは、だれよりも本人がいちばんよくわかっているし、きみが二日ほどミラノへ出かけて留守だったことも思いだし、ぴんときただろうよ。ドリアをぎょっとさせるためにわたしときみがひと芝居打ったんだとね。そして彼が最終的にはなにも見なかったと明言したこと、それこそわたしが期待していた反応だということにも気づいた。

いま現在のドリアの状況はそんなところだろう。そのため、今後あの男は急ピッチで進めようとするだろうから、我々はそれに先んじなければならん。ドリアと共犯者はアルバート・レドメインを亡き者にしようと目論んでいる――自分たちが疑われることのないような方法でな。やつらを野放しにしていたら、英国で成功したのとおなじ手を実行に移すはずだ。アルバートが行方不明になる――行方を追う我々が彼の血を発見するかどうかはわからないが、遺体は見つからない。おそらく彼らがアルバートのために用意する墓《もくろ》はコモ湖だろう」

「それでは、ドリアと正面から対決なさるおつもりですか？」

「そうだ。我々同様、いまこの瞬間にも計画を練っているに違いない。我々が奇跡を起こせるかどうかは、どれだけやつらよりも先んじることができるかにかかっている。それはわかっているよな？　こちらもふたり、あちらもふたり、ここでなんらかの手を講じなければ、間違いなくあちらに王手をかけられてしまうだろう。とはいえ、こちらには大きな強みがある。アルバートがあちらではなく、こちらの指図どおりに動いてくれることだ。アルバートが無事でいるかぎり、こちらの打つ手はいくらでもあるといえる。達人ドリアもそれは承知しているが、それ以前に自分の身が安全とはいえないことにも気づいているはずだ。だからおそらく、これから二十四時間のうちに一か八かの賭けに出るのはまず間違いあるまい」

「なによりもいま現在のレドメインさんの身の安全を優先するわけですよね？」

「そうだ。我々は二羽の鷹のようにアルバートを見張らないといけない。わたしにとって、この事件でいちばん興味深いのは、犯罪の達人と呼んでさしつかえない男も、ごく個人的な資質に足をすくわれた点だ。その資質というのは虚栄心――圧倒されるほど、どこまでも大きいが、やけに子供じみてもいる虚栄心だ。そのため目的を遂げるのを遅らせてまで、最初はきみを、ついではわたしをいたぶるというただの楽しみを優先させた。いってみれば自分自身で正体を暴いてしまったんだ。我々の功績などあってないようなものだよ、マーク。自慢の知性が仇《あだ》となったんだ。もしも、最後までみごとにやり抜くことができたら、わたしはあの悪たれを許してやるつもりだ」

「すべてギャンズさんの功績です——あなたの仮説が正しいならば、わたしなど最初から最後までなんの役にも立っていません」ブレンドンは陰気な声で応じた。「とはいえ、ギャンズさんの仮説が間違っている可能性もあります。人間が一度確信したことはそう簡単にひっくり返すことはできません。恋はつねに盲目とはかぎりませんし、いまもまだ、自分の評判を地に落とすことになっても、それよりも価値があるものを手に入れることができるかもしれないという気がするんです——すべてが終わったときに」

ギャンズは励ますようにブレンドンの腕をぽんぽんと叩いた。

「頼むから、そんなことを願うのはやめてくれ。そんな希望は忘れるよう努めるんだ。まもなくそんなものは根拠のない幻想——この世に一度たりとも存在したことのないものの上に成りたっていた希望だったと立証される。しかし、きみの評判はまったくべつの問題だ。明日のいまごろ、せっかくの立派な経歴だというのに、風とともに消えようがかまわないという心境になっていないよう祈っているよ」

「明日ですか？」

「そうだ。明日の晩、やつに手錠をかける」

それからギャンズは今後の作戦を説明した。

「我々がこれほど早く行動を起こすとは予想もしていないはずだ。だからそれを実行に移し、あとは相手がどう出るかだな。きみにも手伝ってもらい、できればこうしたいと思っている。今夜から明日の午前中にかけて、わたしはアルバートの傍《そば》を離れないが、そのあとはきみに任せたい。というのも、昼食後は湖を南下して、コモの街にある地元警察を訪ねる約束なんだ。令状を用意してもらっているんでな。で、暗くなってから税関役人《ドガニエリ》の黒い小さなボートでピアネッツォ荘へ戻る。明かりはつけずに、真っ暗ななか上陸するつもりだ。

きみの任務はアルバートから目を離さず、それ以外にも目を配っておくことだ。ドリアはおそらくわたしのコモへ行く口実は嘘だと見抜くだろう。そうなるとこの機会に乗じて行動を起こす見込みが高い。毒を盛られるかもしれない。アルバートをヴィルジーリオ・ポッジのもとへやりたくないのは、あちらのほうが襲うのは簡単だからだ」

「レドメインさんはそこまで危険な状況だとご存じなんですか？」

「ああ、その点ははっきりと伝えておいた。今夜ここからわたしが持ちかえるもの以外、一切口にはしないと約束させた。明日は体調が優れないため、自室から出ない予定だ。今夜、きみと一緒に羽目をはずしてしまったということにしよう。今夜はわたしが一緒にいる——寝ずの番を務める。明日の朝食は口をつけずに下げてもらうつもりだ——わたしの分もな。あとでふたりでこっそり安全なものを食べるさ。

午後からはきみの出番だ。ドリアがどういう手に出るかは予測がつかないが、どんなことだろうと実行する機会をあたえないように気をつけてほしい。アルバートに会いたいといいだしたら、きみの権限でわたしが戻るまでそれは許可できないといってやれ。すべての責任はわたしに押しつければいい。危険だと判断したら、銃を使うのも躊躇《ちゅうちょ》するな」

「万事休すだと観念したら、当然逃亡をはかるでしょうね。すでにそうしている可能性もありますが」

「それはないな。わたしにここまで知られているとやつが推測するとは考えられない。わたしを見くびっているから、そんなことは夢にも思っていないはずだ。あの男はなにがあろうと観念したりはしないだろう。それどころか、はったりをかましてくるはずだ——もはや手遅れとなるまで。しかし、ドリアを逃がしたところでべつにかまわない。唯一おそれているのは、アルバートを失うことだよ」

「わたしのことを信頼してください」

「そのつもりだ。それに、アルバートが知らないうちに我々に力を貸してくれるような、ちょっと思いもよらない計画を練っておきたい。そうはいっても、あのアルバートに自然に振る舞う以上のことを期待できるはずもないがね。そういうことができる器用な男じゃないからな。だが、なんとしても守り抜かなければならない王なんだ。その王が予想外の動きをしたら、得るものは大きいかもしれん。ありとあらゆる可能性を想定しておく必要があるな。たとえば、毒を盛られて、それが失敗に終わった場合は——」

「それが成功したと思わせるのはどうでしょう？　朝食の一時間後に、レドメインさんがきわめて危険な状態になったふりをするんです」

「それは考えた。しかし、実際に毒を盛られたかどうか、判断するのが難しいんだ。成分を分析している時間はない」

「猫に食べさせてみるのは？」

ギャンズは考えこんだ。

「敵を欺《あざむ》くのは、ぴたりとうまくいく場合も多いとはいえ、罠をかけるはずの警察が墓穴《ぼけつ》を掘ってしまう例も散々見聞きしたんでね。ひとつ難しいのは、必要以上にアルバートを警戒させたくないということなんだ。いまのところ、彼の身に危険が迫っているとわたしが考えていることしか知らない。まさか家族がそれに関係しているとは夢にも思っていない。朝食には手をつけるなと指示すれば、それもわかってしまうが。そうか、敵の裏をかくことができるかもしれん。アルバートにパンと牛乳だけ欲しいといわせればいいんだ——だれが運んでくるかも確認できる。そして、猫の〈グリロ〉にそれを毒味させる」ギャンズはブレンドンに顔を向けた。

「そうすれば確信できるだろう」

しかしブレンドンはかぶりを振った。

「状況次第でなんとも。毒が盛られていたとしても、これまでだってなんの罪もないのに、殺人犯にうまうまと利用された正直者は男女を問わず大勢います」

「たしかにそうだな。しかしこうしてまずありそうもないことを議論していても時間の無駄だ。わたし自身は毒を盛られることはないと見ている。毒というのはいちばん無難な方法だが、いちばん無難な方法というのは得てして事後の危険がいちばん大きい方法でもある。うん、毒はないな——ほんの少しでも機会があれば、もっと抜け目ない方法をとるだろう。なによりも危険なのは、ドリアとアルバートをほんの一瞬でもふたりきりにすることだ。どんな犠牲を払おうと、その状況だけは避けなければならない。なにがあろうと、どちらか一方から目を離してはいかん。わたしが戻る前に逃亡したように見えても、それに引っかかって追いかけたりはしないように。わたしが出かけたら、きみを悩ませるような策略をしかけてくるかもしれん——つまりわたしが急いで手を講じるだろうと予測していた場合だな。しかし、反対にこちらの目的についてとくに猜疑《さいぎ》心《しん》を刺《し》戟《げき》することなく出かけることができれば、やつがなんらかの攻撃に出る前に不意を突くことも可能だ。ひと言でいえば、それこそが狙いだ」

一時間後、ふたりの刑事は船に乗るポッジを見送り、アルバートと三人で歩いてピアネッツォ荘へ向かった。ギャンズはこっそり食料を隠しもっており、道中、旧友アルバートにいよいよ事件の正念場を迎えると説明した。

「これから二十四時間のうちに、様々な謎や策略をすべて一気に明らかにしたいと思っているんだ、アルバート。そのためには、そのあいだはどんなに細かいこともすべて指示どおりにしてもらう必要がある。きみにのしかからんとするこの忌《い》まわしい事件から解放されるため、協力してくれないか。きみのことは信頼している。だからきみも、わたしとここにいるマークを明日の晩まで信頼してほしい。事件が解決すれば、すぐにまた静かな生活に戻ることができるはずだ」

事件解決が近いと知らされ、アルバートはギャンズに感謝と満足の言葉を伝えた。「これまでガラスの向こうはぼんやりとしか見えなかった」とアルバート。「いや、実際にはガラスの向こうはまったく見えない状態だった。いまもまさに五里霧中だが、このいつなにが起こるかわからないと怯えて暮らす日々が終わるかもしれないと聞いて、本当に嬉しく思う。わたしがなんとか正気を保っていられたのは、ピーター、きみに全幅の信頼をおいていたからだよ」

ピアネッツォ荘に着くとジェニーが叔父を迎え、ブレンドンはひとりホテルへ戻った。ジェニーはちょっと寄っていってほしいと熱心にブレンドンを誘ったが、もう遅い時刻だったため、ギャンズが一同寝《やす》んだほうがいいときっぱり断った。

「明日は早めに来てくれないか、マーク」とギャンズ。「アルバートからコモには必見の古い絵画があると教えてもらってね。とにかく刺戟的ですばらしいという話だ。アルバートに異存がなければ、明日はみんなで湖を南下して、コモまで遊びに行かないか?」

ブレンドンが暇乞《いとまご》いする前、彼とジェニーがほんのいっときふたりきりになると、ジェニーはささやいた。

「夕方、ドリアになにかあったようなんです。ギャンズさんと一緒の散歩から帰ってきてから、ほとんど口もきかないで」

「家にいるんですか?」

「ええ、ずいぶん前にベッドに入りました」

「彼と一緒にいないほうがいい。できるかぎり彼を避けてください。とはいえ、疑念を起こさせないように気をつけて。いまの苦難に満ちた生活は、思ってらっしゃるよりも早く終わるかもしれません」

それ以上は言葉を重ねることなく、ブレンドンはホテルへ戻った。しかし翌朝は早くにピアネッツォ荘を訪ねた。最初に顔を合わせたのはジェニーで、すぐにギャンズも現れた。

「叔父さまのお加減はいかがです?」姪の問いに、老愛書家は不快感が抜けないそうだと旧友ギャンズは答えた。

「昨夜はホテルへ出かけて夜更かししたうえ、白ワインをちょっと呑みすぎたんだろう」とギャンズ。「とくに心配することはない。まあ、軽い二日酔いだな。しばらくおとなしくしておいたほうがいいだろう。あとでビスケットと迎え酒でも届けてやるといい」

そしてギャンズはあとでコモまで出かけるつもりだといい、ドリアとブレンドンを誘った。しかし、ブレンドンは自分の役割を心得ていたので遠慮した。ドリアも今日は遠出できないと断った。

「トリノへ戻る準備をしないといけないんです。シニョール・ピーターが赤毛の男を追っているあいだも、世界はまわっていますからね。ぼくには仕事があるし、これ以上ここに長居する必要はないでしょう」

その場にいるだれに対してもよそよそしい態度で、いつものユーモアも消え失せていた。しかしその理由までは、ブレンドンもあとになるまでわからなかった。

昼食を終えると、ギャンズは出かけていった——真っ白なベストに、それに似合うお洒落をして。ドリアも二、三時間で戻るといって出かけ、ブレンドンはアルバートの寝室を訪ねた。少しおしゃべりするつもりだったが、やがてジェニーがスープを運んできた。アルバートがいかにも眠そうで、話をする気分ではないようだと気づくと、ブレンドンに顔を向けて聞こえるか聞こえないかの声でいった。やけに落ち着かない様子で、頭のなかは不安でいっぱいのようだ。

「できればあとでお話ししたいことがあります——いえ、どうしても聞いていただかないと。わたしの身にとてつもない危険が迫っていて、相談できる方はあなたしかいないんです」とささやいた。恐怖と哀願が入り混じった瞳でブレンドンを見つめ、彼の袖に手を置いた。ブレンドンはその上に自分の手を重ね、そっと握った。いまのジェニーの言葉ですべてのことは消し飛んでいた。ついに彼女自身の意思でブレンドンを選んでくれたのだ。

「わたしを信頼してください」ジェニーにだけ聞こえる声でささやいた。「わたしにとって、あなたの安全と幸せ以上に大切なものなど、この世に存在しません」

「ドリアはあとでもう一度出かける予定です。彼がいなくなれば——たぶん暗くなってからなら——ゆっくりとお話しすることができます」そう答えると、急いで部屋を出ていった。

ジェニーが姿を消したとたん、アルバートはむくりと起きあがった。そして着替えをすると、窓の傍《そば》の寝椅子に横になった。

「こうして具合が悪いと嘘をつくのはなんともいやなものだな。今日の体調はすこぶるいいというのに。おそらく昨夜の夕食が実に楽しかったおかげだろう。ピーター以外の者にいわれたのなら、けっしてこんな風に仮病を使ったりはしないが。こういうのは、どうにもわたしの性分と相容れないのだ。しかし、今日、事件の疑惑も秘密もすべてが明らかになると聞かされては、じっと耐えるほかあるまい。ブレンドンさん、ピーターは恐ろしいことを考えているようだ。しかし、彼が善良な者を疑うところを初めて見たよ。なんと、今日この家で出されるものに口をつけるなというんだ！　つまりはこの家のなかに犯人がいるといっているのと変わらないじゃないか。暗澹《あんたん》たる思いだよ」

「念のためでしょう」

「だれかを疑うというだけで、わたしにとっては言葉にできないほど耐えがたいんだ。人を疑うということ自体、縁がないんだよ。疑いらしきものが浮かんだ瞬間、その原因となったものを抛《ほう》りだすことにしている。それが書物であれば、どれほど貴重なものであろうと、それを最後に処分してしまう。疑うとか怪しむとか、そんなことで頭を悩ませたくないんだ。この家にはアッスンタ、エルネスト、あとは姪夫婦しかいない。この尊敬に値する立派な人びとのだれかを疑うなど、そんな恐ろしいことはとてもできそうにないな」

「ほんの数時間の辛抱ですよ。わたしが思うに、すぐにただひとり以外は疑いが晴れるはずです。それは間違いありません」

「ピーターの頭のなかで荒れ狂う嵐の中心にいるのはジュゼッペのようだ。なにもかも、わたしの理解を超えているよ。彼はつねに礼儀正しく、配慮も行き届いておる。ユーモアのセンスもあるし、人間の本質は、当人があらまほしいと思いえがく姿とは裏腹に、残念ながら欠点ばかりということも理解しておる。文学をきちんと楽しむ感性もあるし、たしかな目で作家を選んで読書している。たいしたヨーロッパ人で、ヴィルジーリオをべつにしたら、わたしの知り合いのなかで唯一ニーチェを理解しとる。こうしたところはすべてあいつの長所だ。もっともジェニーは不満ばかりのようだが。夫に失望したというそぶりを隠そうともしない。一人前の男に必要な資質ならばわかるが、正直に白状すると、いい夫の資質となると皆目見当もつかんな。申し分のない善良な男が悪い夫となる場合もあるだろう。それぞれの女性が自分なりの結婚観を持っているだろうからな。もっとも女性が夫になにを望み、なにが不要と思うのか、まったくわからんが」

「ドリアのことがお好きなんですか？」

「きらう理由がないからな。不運な弟は――潜在意識が見せている幻影ではなく、きみたち全員が考えているとおりだとしたら――まもなくとらえられ、投獄されるだろうが、それは我々のためであると同時に、本人のためでもあると信じている。さて、葉巻を吸いながら、ボエティウスの『哲学の慰め』でも読むとするか――ボエティウスはラテン語で著作を残した最後のひとりとされているんだ。ジュゼッペには会わないつもりだよ。そう約束したからな。具合が悪くて臥《ふ》せっていると知っていても、会うことを拒否されれば気分を害するだろうな。頭が切れるだけじゃなく、気持ちの優しい男だから」

アルバートは立ちあがり、お気に入りの作家の著作を並べた小さな本棚の前に立った。その後はボエティウスに没頭し、ブレンドンは窓の外へ目をやり、湖の様々な生き物や湖面に映る眩《まばゆ》いばかりの夏の空を眺めた。輝く湖の向こうには、小高い山の手前にベッラージョの塔や糸杉がかたまってあるのが見える。ときおり白い汽船が行き来するたび、その外輪の音が聞こえてきた。

二、三時間するとドリアが帰宅し、しばらく家にいた。アルバート叔父の体調はいくらか好転したが、まだ部屋でのんびりしていたほうがいいようだとジェニーが説明した。ドリアはまた上機嫌に戻っていた。ワインを呑み、果物を食べ、たまたま食堂に出てきたブレンドンに話しかけた。

「ブレンドンさんとギャンズさんがこの赤毛の男の影を追うのに疲れたら、ぜひトリノまで遊びに来てくださいよ。それにブレンドンさんなら、ぼくの提案ももっともだとジェニーを説得できるんじゃないですかね。金はなんのためにあると思います？　妻は二万ポンド持っているんで、これ以上なく有望な投資を勧めているんですけどね。ぼくや友人がトリノでなにをやってるか、ぜひとも見に来てくださいよ。ブレンドンさんが感心してくれたら、妻もぼくの先見の明を見直すでしょうからね」

「まったく新しい車を開発するんだって？」

「そうです――よくある車とは、大洋航路定期船とノアの方舟くらい違うんですよ。それは大勢の人が期待しているんです。それなのに、ぼくたちは開発に着手するほんの数千ポンドがなくて困っていて。小さな犬が野兎を発見し、大きな犬がとらえるということでしょうか」

ジェニーは無言だった。するとドリアは妻に顔を向け、彼の着替えを鞄に詰めるよう指示した。

「こんなところにいつまでもいる気にはなれませんよ」ジェニーが食堂を出ていくと、ドリアがいった。「こんなのは、人間の生活じゃありませんよね。おそらくジェニーはこの家にとどまるでしょう。おっしゃるとおり、妻はぼくに飽き飽きしています。ぼくほど運のない男もいませんよね。だってそんな愛想づかしされるようなことは、なにひとつしていないのに。とはいえ、妻の心が新しい恋人《イナモラート》でいっぱいなら、こうして騒いでも無駄ですけど。嫉妬なんていうものは馬鹿がやることです。ぼくは仕事を頑張るしかありません。そうしないと、ごろつきになっちゃいますから」

ドリアが食堂から姿を消すと、ブレンドンはアルバートの部屋へ戻った。すると老人はひとりで不安と恐怖を募らせていた。

「どうにも落ち着かなくてな、ブレンドンさん。心のなかに雲がかかったようだ――愛する者たちに想像を絶する大惨事が襲いかかりそうな、不吉な予感がする。ピーターはいつ戻る？」

「日が暮れたらそのうち帰ってくるでしょう、レドメインさん。たぶん九時ごろには。あと少しの辛抱です」

「こんな気分になったのは生まれて初めてだよ。いやな予感がわたしの心を黒く塗りつぶすようだ――いったいどういう結末を迎えることになるのか。ジェニーもおなじ気持ちらしい。なにかが間違っているのではないかとも思う。ジェニーもやけにそんな気がして、胸騒ぎがするそうだ。そしてわたしの片割れもいまごろ不安に苛《さいな》まれているんじゃないかと、ジェニーは心配しておった。実はヴィルジーリオとわたしは双子と変わらなくてな。不思議なほどたがいの心が理解できるんだ。いまこの瞬間も彼がわたしのことを思って不安を覚えているのを感じるんだよ。エルネストをあちらにやって、彼が大丈夫かを確認させ、わたしのことも心配いらないと託《ことづ》けようかと思っているほどだ」

アルバートはそんな調子で心境を語っていたが、やがてバルコニーへ出て、湖の向こうのベッラージョの町の方向を眺めた。そしてシニョール・ポッジのことはしばし考えるのをやめたのか、昨夜ギャンズがこっそり持ち帰った食料を少し口にした。

「ピーターがこの家のなかに裏切り者がいると疑っているのは、考えるだけで身を切られるようにつらい」またアルバートが口を開いた。「興味深い人生を送ってきたが、人に害をなすようなことはしたことがない。そんな人間の命が毒をもって奪い去られるのを、全能なる神が顧みないなどありえないだろう？　ピーターがこんな恐ろしい仕事からは引退すると決め、あのすばらしい頭脳を純粋なる思考に捧げてくれるなら、こんなに喜ばしいことはないな」

「スープはどうしました、レドメインさん？」

「わたしの美しい猫グリロがきれいにたいらげたよ。食事を終えたら、いつものように喉をゴロゴロ鳴らして食後の祈りを済ませ、気持ちよさそうに居眠りを始めた」

ブレンドンは青みを帯びた大きなペルシャ猫に目を向けた。すやすやと眠っている。そっと触れると目を覚ましてあくびをした。そのあと前肢を伸ばし、静かに喉を鳴らしたかと思うと、また丸くなった。

「なにも異状はないようですね」

「当然だろう。ジェニーの話では、ジュゼッペは明日トリノへ帰るが、あれはしばらく残るそうだ。あの夫婦はしばらく別居したほうがいいのかもしれん」

ふたりで煙草を吸いながら話をするうち、アルバートは過去の記憶が蘇《よみがえ》ったらしく、楽しそうに想い出を語りだした。想い出話をしているあいだはいまの不安を忘れていられるようで、オーストラリアにいた子供の時分のことや、その後書店員として活躍したことを、それは懐かしそうに語った。

そのうちジェニーが現れた。三人は食堂へ場所を移し、お茶を供された。

「まもなく出かけます」ジェニーがブレンドンにささやいた。ブレンドンはドリアのことをいっているのだと理解した。アルバートはなにも口に入れようとはしなかった。

「昨日、暴飲暴食してしまったからな。今日一日は疲れきった胃腸を休ませてやらんと」

アルバートはもっぱらドリアのことばかり話題にした。トリノの書店への伝言をたくさん頼むつもりのようだった。三人はしばらく食堂に腰を落ち着け、やがて影が長く延びる時刻になると老人は自室へ戻った。しばらくするとドリアが現れ、また冗談めかして車に投資をするようジェニーを説得してほしいとブレンドンに訴えると、例のトスカーナ産の葉巻に火をつけ、帽子を手に出かけていった。

「ようやく出かけました！」ジェニーはほっとしたように顔を輝かせた。「二時間は帰ってこないでしょうから、そのあいだはゆっくりお話ができますわね」

「とはいえ、ここはいかがなものか」ブレンドンは応じた。「庭に行きましょう。あそこならば、帰ってきたのも見えますから」

ふたりは黄昏《たそがれ》に包まれた庭へ出て、常磐樫《ときわがし》の下にある大理石のベンチに腰を落ち着けた。そこならば門に近いので、だれかが訪ねてきたら、いやでも気づくはずだった。

そのうちエルネストが現れ、渦巻き模様の門の上の門灯をつけた。またふたりきりになると、ジェニーはこれまでの遠慮や慎みといったもの一切をかなぐり捨てた。

「ようやく話を聞いていただけるのですね」というなり、とどまるところを知らない懇願、哀願がジェニーの口からすさまじい勢いで溢《あふ》れでた。ブレンドンは心のよりどころをすべて流され、ジェニーの訴えの奔流に溺れ、あるときは当惑したかと思うと、つぎの瞬間には歓喜に満たされるといった具合に翻弄《ほんろう》された。

「お願いします、わたしを助けてください。あなたしかいないんです。わたしなどあなたの愛に値する女ではありませんから、わたしのことを気にかけるのをおやめになっても、いいえ、いまではなんの関心もないとお思いでも、それは当然です。でも、わたしは自分のことを大切にしてやりたいのです。だって、わたしはあの忌まわしい男のなんの罪もない犠牲者なのだと、いまになってようやくはっきりとわかったからです。そもそも、ドリアと一緒に生きていこうと結婚を決めたのも、自然な愛情からではありませんでした。あの男の力――一種の磁石のような働きをする力のためです。ここイタリアでは邪視と呼ばれる力です。わたしは口にもしたくない残酷な虐待を受けてきましたが、そんなひどい扱いを受ける謂《いわ》れはありません。あのときは催眠術か、なにか悪魔が操る魔法のようなもので、彼の偽りの姿を見せられ、それが真実だと思いこまされて、結婚に踏み切ってしまったのです。

〈烏《からす》の巣〉で叔父が亡くなったときから、実はずっとドリアに操られていたんです。あのころはそのことに気づいていませんでしたけど。相手がどんな男性でも、操り人形に身を落とすとわかっていたら、みずから命を絶っていたはずです。けれども、あのときはそれが愛だと勘違いして、結婚しました。そして、騙されていたことが徐々に明らかになってきても、そのうちわたしの目に真実がはっきり見えることなど、ドリアは気にもしませんでした。とにかく、これからも正気を保つためには、ドリアと離婚するしかないんです」

ジェニーは一時間にわたって、どんな苦労に耐えてきたかを詳しく語りつづけた。ブレンドンはこれ以上なく真剣に耳を傾けた。ジェニーは何度も繰り返しブレンドンの肩に触れ、手を握った。ブレンドンが彼女を救うためなら自分の知力と精力のすべてを捧げるつもりだと誓うと、感謝のしるしに手に口づけまでした。ジェニーの息が彼の頬をかすめ、気づくとブレンドンはすすり泣く彼女に腕をまわしていた。

「救ってくださったら、あなたと一緒に生きていきます。これからは本当のことが見えなくなったり、騙されたりはしませんわ。ドリアは夜になると罠にかけたと認め、わたしのことを嗤《わら》うんです。お金目当てに結婚しただけだと。でも、全財産を渡すことに同意すれば、ありがたいことに自由の身になれます」

ブレンドンはにわかには信じられない思いで、歓喜に震えながら耳を傾けていた。とうとう彼のことを愛してくれたのだ。ブレンドンのもとへ来て、年若い日々を台無しにした二度の悲劇を忘れたいと願ってくれている。

いま、ジェニーはブレンドンの腕のなかにいた。ブレンドンは慰め、励まし、幸せと喜びに満ちた平穏な未来が待っているといいきかせた。静かに一時間が過ぎた。ふたりの頭上を蛍が舞い飛び、どこからか甘やかな香りが漂ってきた。家の明かりがまたたき、ふたりを包む静寂を破るように、湖を行く汽船のプロペラ音がかすかに聞こえてくる。ドリアはまだ帰ってこない。教会の時計がときを打つ音に、ジェニーが立ちあがった。すでにブレンドンの足もとにひざまずき、彼を救世主と呼んでいた。ブレンドンは未来が大きく変わりそうな甘い予感に胸を躍らせながら、早くも未来の妻を自由の身にするために必要なことをあれこれ考えていたが、そこで現実に引き戻された。

ジェニーはアッスンタを探しに行き、ブレンドンは汽船の音を聞きながら、ギャンズが戻ってきたのだろうと考え、家のなかへ急いだ。家のなかは静まりかえっていた。大きな声でアルバートの名を呼ぶと同時に、汽船の音もやんだ。応じる声は聞こえてこない。書斎、続いて隣の寝室をのぞいたが、だれもいないので、慌てて湖を見渡せるベランダへ出た。しかし、そこにも愛書家の姿はなかった。ピアネッツォ荘から百ヤードほど離れた場所に、長く黒い船が明かりをひとつもつけずに停泊中だった。その水上警察の船から手漕ぎボートが下ろされ、ブレンドンの足もとにある石段を目指して進んでいた。

そのときジェニーが戻ってきた。

「アルバート叔父はどちらかしら」

「わからないんだ。先ほどから呼ばわっているんだが、返事がなくて」

「マーク！」ジェニーは不安そうに大声をあげた。「まさか――」家のなかに駆けこみ、声を張りあげた。アッスンタが応じる声が聞こえ、その直後、ジェニーの悲鳴が響きわたった。

だが、ブレンドンは近づいてくるボートを迎えるため、すでに石段を下りていた。胸中にはまだ様々な思いがぐるぐると渦巻いていた。ボートがぐらつかないように押さえていると、頭上に立ったジェニーが早口にまくしたてた。

「叔父は家のなかにいません！　ギャンズさんがお帰りなら、すぐいらしていただけませんか。叔父は湖の向こうへ出かけて、夫はまだ戻りません」

四人の男をしたがえたギャンズが素早く上陸すると、ブレンドンはすぐさま報告を始めた。もっとも詳細は把握していなかったので、そこはジェニーがおぎなった。ふたりが庭にいて、玄関と門を見張っているあいだに、背後の湖からボートでアルバートにベッラージョから伝言が届いたのだった。アルバートにいま自分の身に迫っている危険やギャンズとの約束も忘れさせるほどの知らせとなると、ひとつしか考えられない。アルバートはそれを聞くなり、急いで出かけていったという話だった。

アッスンタの説明によると、ベッラージョからやって来たボートが石段の下に停まり、乗っていたイタリア人がアッスンタを呼ぶと、ヴィルジーリオ・ポッジが危篤で、一刻も早く友人に会いたがっているという衝撃の知らせを告げたそうだ。

「ヴィルジーリオ・ポッジは危篤で、いつなにがあってもおかしくない状態です」使いのイタリア人はいった。「息のあるうちにシニョール・レドメインに会いたいと、それだけを祈っています」

アッスンタはその伝言を主人に伝えることを躊躇しなかった。それどころか、このことが主人にとってどれほど重大な意味を持つか理解していたので、すぐさま知らせた。恐ろしい知らせを聞いたアルバートは激しい衝撃を受けてはいたが、それでも五分後にはボートに乗りこみ、友人の暮らす岬へと向かった。

アッスンタによると、アルバートが出かけたのはだいたい一時間ほど前だった。

「もしかすると、本当なのかもしれません」ジェニーがいった。しかしブレンドンはなにが起きたのか痛いほど理解していた。

ギャンズの命で隊が編成され、即座に指示が出された。ギャンズはちらりとブレンドンを一瞥《いちべつ》したが、ブレンドンはその眼差《まなざ》しを生涯忘れないだろう。それに気づいたのはブレンドンひとりだけだった。ギャンズの指示が飛んだ。

「このボートを漕いで汽船へ戻れ、ブレンドン。そしてなるたけ早く湖の向こうのヴィルジーリオ・ポッジ宅へ向かってもらえ。もしアルバートがそこにいれば、彼はそのままそこにいてもらい、戻ってこい。しかし、もしいなければ、いまごろは湖底に沈んでいるだろう。行け！」

ブレンドンは急いでボートに乗りこんだ。ギャンズと一緒に来た警官が手帳になにごとか書きつけ、それを破って渡した。ブレンドンがそれを手に黒い汽船にたどり着くと、汽船は暗闇のなか全速力でベッラージョを目指してひた走った。

そこまで確認すると、ギャンズは残った一同に顔を向け、ジェニーも含めて家のなかへついてくるよう命じた。室内には夕食が用意されていたが、だれもいなかった。

「なにが起こったのかを説明しよう」とギャンズ。「ドリアは唯一アルバート・レドメインをこの家の外へ連れ出すことが可能な口実を用い、彼の妻はおそらく持てる力のすべてを使ってわたしのかわりに残していった刑事の注意を引きつけて、援護をしたんだろう。どういう手段を用いたかは、容易に想像できる」

ジェニーが怒りに燃える目でギャンズを睨《にら》みつけた。顔も薔薇《ばら》色に染まっている。

「ギャンズさんなんて、なにもご存じないくせに！　どうしてそんな残酷で思いやりのかけらもないことをおっしゃるんです！　こんなに苦しんでおりますのに、まだ足りないとでも？」

「わたしが間違っていたら、真っ先にそうと認めて謝罪しよう。しかし、間違ってなどいない。なにが起きたのかを考えると、きみの夫は夕食に戻ってくるつもりだろう。待つのは十分ほどだ。アッスンタは台所に戻ってかまわないよ。エルネストは庭に隠れていて、ドリアが鉄の門を通りすぎたら、すぐに施錠してくれ」

私服を着た大柄な男三人に、いまの指示を通訳した四人目の男が署長だった。エルネストは庭に出ていき、刑事たちもそれぞれの持ち場に分かれた。ギャンズはジェニーに座るよう手で示し、自分もその近くの椅子に腰かけた。ジェニーは一度部屋を離れようとしたが、ギャンズはそれを許さなかった。

「後ろ暗いところがないなら、なにも心配はいらない」ギャンズはそう声をかけたが、ジェニーはそれが聞こえなかったかのように、黙っていた。いまでは顔面蒼白で、周囲をかこむ見知らぬ顔を見まわしている。部屋に沈黙が流れた。五分としないうちに鉄の門を開くカチリという音が聞こえ、庭を歩いてくる足音が続いた。ドリアはカンツォーネを歌っている。まっすぐこの部屋へ入ってきて、そこに集まっている面々の顔を見まわすと、妻に目を向けた。

「いったいなんの騒ぎだ?」ドリアは驚いて声をあげた。

「ゲームは終わった。きみの負けだ。そうはいっても、悪党ながらみごとのひと言だった! きみのうぬぼれがすべてを台無しにしてしまったがな!」ギャンズがさっと署長に顔を向けると、署長は令状を示しながら、英語でこういった。

「マイケル・ペンディーン、ロバート・レドメインおよびベンディゴー・レドメイン殺害の罪で逮捕する」

「アルバート・レドメイン殺害もつけ加えてくれ」ギャンズが怒りの混じる声でいいながら、驚くほどの敏捷《びんしょう》さを見せて横に飛びのいた。犯人がテーブルにあった重たい塩入れをつかみ、ギャンズへ向かって投げつけたのだ。ガラスの塩入れはギャンズの後ろにあった古いイタリア製の鏡にぶつかった。その音に驚いて一同の目がそちらを向いた瞬間、ドリアは脱兎《だっと》のごとくドアへ駆けだした。まるで雷のように素早く向きを変え、だれひとり止める間もなく戸口にたどり着いた。しかし室内にひとりそれを見ている者がいて、リヴォルヴァーを構えた。その若い刑事——のちに名を馳《は》せることになる——は一度もドリアから目を離さなかったのだった。刑事は発砲した。刑事の動きは素早かったが、その上をいくすばしこさを見せた者がひとりいた。刑事の様子を観察していて、つぎの行動を察知したのだ。ドリアことマイケル・ペンディーンに向けて放たれた銃弾に倒れたのは彼の妻ジェニーだった。戸口へ走りより、夫の前に立ちふさがったのだ。

ジェニーは音も立てずに倒れた。逃亡をはかった夫はすぐさま断念して引き返し、妻に駆けよると、ひざまずいて妻を胸に抱いた。

いまでは周囲に害をおよぼす懸念はなかった。瀕死の妻を抱きしめ、口づけすると妻の血で彼の唇が紅に染まった。もはや抵抗する気配はなかった。妻が息を引き取ったことに気づくと、長椅子に運んでそっと横たえた。そして振り向いて両手を差しだし、手錠をかけられるに任せた。

その直後、マーク・ブレンドンが家のなかに駆けこんできた。

「ヴィルジーリオ・ポッジは使者など出していませんでした。アルバート・レドメインはベッラージョに行っていません」

第十七章　ピーター・ギャンズの手法

ふたりは豪華列車でミラノからカレーへ向かった。ギャンズは左腕に黒い喪章をつけ、かたわらのブレンドンは哀しみに沈んでいた。彼はめっきり老けこんで見えた。顔はげっそりとやつれ、声までがしわがれている。

ギャンズはどうにかしてブレンドンの気を引き立てようとしたが、当のブレンドンはおとなしく耳を傾けてはいるものの、心ここにあらずの風情《ふぜい》で、つねにある墓のことが頭にあった。

「フランスとイタリアの警察は我が国アメリカと似ているようだな」とギャンズ。「きみたち英国の警察ほど秘密主義ではないようだ。なにしろスコットランド・ヤードときたら、とにかくなにもかもを秘密にしたがる。それでいて、自分たちの組織はどの国の警察よりも優秀だと主張するんだからな。もっとも、数字はそれを裏づけているがね。一九一七年にニューヨークで起きた殺人事件は二百三十六件なのに対し、有罪判決を勝ちとったのはわずか六十七件だ。一九一九年にシカゴで起きた殺人事件はなんと三百三十六件で、有罪判決は四十四件だ。やれやれ、にわかには信じがたい——そう思わんか？　パリでは毎年ロンドンの四倍の数の凶悪犯罪が起きているが、いうまでもなく人口ははるかに少ない。だが、それぞれの検挙率はどうかというと、フランス警察の検挙率は英国の半分だ。これはきみたちが採用しているカード索引この調子でギャンズが話しつづけていると、ブレンドンがふと我に返ったようだった。

「気の毒なアルバート・レドメインさんのことを教えてください」

「きみが知っていることにつけ加えることはほとんどないよ。なにしろマイケル・ペンディーンが黙秘権を行使しているからな。そうはいっても身柄を引き渡されるまでのことだろうが。いまはなにが起こったのか、正確なところは推測するしかないものの、詳細に至るまでほぼ疑問の余地はないといえるだろう。いうまでもなくきみがピアネッツォ荘で見送ったのはマイケルだ。そして妻はなんとかきみを誘いこんで、自分の話を聞かせた。その嘘が実にまことしやかなので、きみは彼女を夫から救いだす最善の手はなにかということしか考えられなくなってしまった。

ジェニーは実に巧妙に、将来に期待を持たせるような話をつぎつぎとすることで、きみに任務を忘れさせた。ああ、アルバート、鈍感だったわたしを許してくれ。いつかきみが事件を振り返ってみたら、だれよりも手痛い喪失感を抱いているのは、きみじゃなくわたしだとわかるだろう。マイケル・ペンディーンはピアネッツォ荘から充分離れると、ボートを手に入れ、変装した——つけひげは本人が持ち歩いていた。そしてボートを漕いで、ピアネッツォ荘の石段の下につけると、ドリアだとは気づかないアッスンタに、ベッラージョから来た使いの者だが、ヴィルジーリオ・ポッジが危篤だと告げた。

それ以上に重みのある誘いの言葉はない。アルバートはそれ以外の懸念をすべて忘れ、五分後にはベッラージョへ向けて出発した。暗闇のなか、ボートはすぐに湖のなかほどに到着した。アルバートは死を迎え、そこが墓所となった。撲殺したと見て、まず間違いないだろう——おそらくロバート・レドメインとベンディゴー・レドメインも同様だね。そして、あらかじめ用意してあった重い石を錘《おもり》として、コモ湖のはるか底に沈めたんだ。そうして、空のボートで戻ってきた。変装道具はポケットのなかだ。そうそう、彼にはアリバイもあるんだ。ピアネッツォ荘へ帰る前、宿屋《アルベルゴ》で小一時間ほど呑んでいたらしい」

「ありがとうございます」ブレンドンは消えいりそうな声で答えた。「そのとおりだったに違いありません。ギャンズさんに最後のお願いがあります。なにが起こったのか、いくつかどうしてもわからないことがありまして。ギャンズさんが英国へ戻られてからの出来事を、詳しく解説していただけると嬉しいのですが。事件の現場も再訪してみたいと考えています。ギャンズさんは裁判に出廷なさらないでしょうが、わたしは当然証言しなければなりません。もっとも、ありがたいことに、わたしが法廷に立つのはそれが最後になるでしょうね」

ブレンドンはすでにある決意を口にしていた。警察官を辞め、残りの人生はべつの職業に就くと決めたのだ。

「決心はかたいのかもしれないが」ギャンズは金の嗅ぎ煙草入れをとりだした。「できれば考えなおしてもらえると嬉しいんだがな。今回の苦い経験から多くを学んだことは、今後、仕事のみならず、人生においても役立ってくれるに違いない。悪い女に利用されたままじゃいかん——これだけは覚えておいてくれ。きみは幸運なんだぞ。きまぐれな創造主が創りたまいし稀《き》代《だい》の女極悪人にめぐり逢い、間近で観察できたんだからな。彼女はまさに天使のような風貌ながら、悪魔の心の持ち主だった。ときがたてば、いずれ今回のことも、まだ成長途中にあるきみの刑事としてのキャリアのなかで、ほんのいっときの空白だったとわかる日が来るはずだ。やりがいのある大切な仕事がきみのことを待っているんだ。ことのほか適性を持つきみが刑事を辞めるなど、どう考えても神の摂理に背《そむ》く行為じゃないか」

ギャンズはそこでひと息つき、そのあとは長い沈黙が続いた。列車がシンプロン・トンネルの暗闇を切り裂いて進むなか、ギャンズはどのようにしてレドメイン事件の謎を解いたのか、記憶をたどりながら順を追って話しだした。

「以前にもいったように、きみは事件の発端を見誤っていた。すべてはその点に帰結している。きみは間違いなく特殊な立場にいた。犯人は自分の計画に酔っていたうえ、尋常ならざるうぬぼれのため、ことさらにきみを事件に巻きこんだ。もっとも、最終的にはそのうぬぼれが原因で破滅に至ったわけだが。ある意味、犯人は面白がっていた——美学といったほうがきみは受けいれやすいかもしれないな。敢えて有名な刑事を事件に巻きこみ、からかって楽しんでいたんだ。いうなれば、マイケル・ペンディーンにとって、きみは血の杯《さかずき》に添える薬味《ゼスト》だった——塩や風味づけの柑橘類の皮のようなものだな。あの男がすべきことに専念していたら、千人の刑事の知恵を集めたところで、彼の犯罪を看破することはできなかっただろう。だがあの男は獲物を追う虎もかたなしといっていいほど、ふざけるのが好きだった。そもそもの計画にあとから無数の細かな趣向をつけ加えることに喜びを感じていた。芸術家のくせに、装飾過多を好み、退廃的すぎるきらいがあった。そしてそれこそが、世紀の犯罪となっていたかもしれない計画が失敗に終わった原因だった。復讐の女神ネメシスが多くの天才的犯罪者たちに罰を下すことができたのは、誤りを免れないという人間の弱点ゆえだろう。

当初からすべてが、被害者とされる人物よりも殺人犯とされる人物のほうに注目を集めるように仕組んであった。なにが起こったのか、疑問をさしはさむ余地はないと見せかけてあった。マイケルは死んだと思われていたが、実際にはそれが立証されたわけじゃない。ロバート・レドメインについての情報は豊富にある一方で、警察の徹底した捜査にもかかわらず、被害者とされる者の情報は一向に出てこない。たしかに、きみは妻からマイケルの話を聞いていた。プリンスタウンで——彼女に呼びだされ、事件を捜査してほしいと頼まれたのは、間違いなく夫の指示だろう——ジェニーが披露した話がどこをとってもほぼ事実だったのも、実に巧妙だった。

しかしアルバートの姪に会って直接話をしたあと、わたしはきみから聞いた内容をじっくりと思いかえし、即座にこう確信した。ジェニーの最初の夫についての情報をあたうかぎり集める必要があると。とはいえ、その時点で真相に至る道が見えたわけではない。それどころか、五里霧中という状態だった。単にマイケル・ペンディーンについてもっと情報を集めたいと考えただけなんだ。妻ひとりから一方的に経歴を聞かされるだけでは、真偽のほどが定かではないからな。妻が用意した話以上の情報を入手することが絶対に必要だと感じた。ジェニーにも質問をぶつけてみたんだが、どうやら夫のことをそう詳しく知っているわけではなさそうだった――あるいは意図的にごまかしていたかのどちらかだ。彼女の三人の叔父にしても、マイケルに会ったことがあるのはロバートだけだった。ベンディゴーも旧友アルバートも顔を合わせたことはない。当初こそそうした事実はとくに重要とも思えなかったが、捜査が進むにつれ、重大性を増していった。

まず最初にペンザンスへ行き、数日かけてペンディーン一家について考えうるかぎりの情報を集めた。マイケル・ペンディーン本人について洗いざらい調べあげるため、まずは彼の家系にあたってみたところ、非常に興味深い事実に行きあたった。マイケルの父ジョゼフ・ペンディーンはサーディンの貿易会社を経営していたため、頻繁にイタリアを訪れていたこともあって、イタリア人女性と結婚した。夫婦はペンザンスで一緒に暮らし、一男一女を授《さず》かったが、娘は幼いころに亡くなった。妻はその地でかなりのスキャンダルを巻き起こしたようだ。ラテン系の激しい気質と陽気な性格は、夫とその家族が属する敬虔《けいけん》な信者ばかりの厳格な地域社会にはなじめなかったのだろう。

妻はしょっちゅうイタリアに里帰りしており、ジョゼフ・ペンディーンは見るからに結婚を後悔していたらしい。わたしが会った何人かは、離婚しても不思議はなかったとの意見だったが、彼は息子のために離婚はしなかった。マイケルは母親を慕っていて、イタリアへの里帰りにもついていったそうだ。マイケルは十七歳か十八歳のころ、イタリアで頭に怪我をしたようだが、どの程度の怪我だったのかは調べてもわからなかった。マイケルは口数少なく観察力の鋭い少年で、父親に反抗したことは一度もないそうだ。

そのうち母親がイタリアで死んだ。父親はナポリで葬儀を済ませ、すぐにマイケルを連れて英国へとんぼ返りした。やがてマイケル少年は将来は歯科医になりたいという希望を口にするようになり、ある歯科医のもとへ見習いに入った。そのうち将来有望だと期待されるようになり、試験も合格して、ペンザンスで開業することになった。ところがしばらくすると歯科医という職業に興味を失ったらしく、父親のサーディン貿易を手伝うようになった。その後は仕事柄、頻繁にイタリアを訪ねるようになり、ひと月滞在することもめずらしくなかった。

マイケルがどういう人物だったのか、知る者はほとんど見つけられなかったうえ、写真も残っていないようだった。しかし親戚の老人の話では、マイケルは物静かで気難しい少年だったそうだ。マイケルがおそらく三歳かそこらのときに、両親と一緒に撮った古い写真を見せてもらった。父親はとくに個性は感じられなかったが、母親は目の覚めるような美形だった。そして拡大鏡で母親の顔をしっかりと見た瞬間、初めてよく知っている人物に似ていることに気づいたんだ。

突如として閃《ひらめ》いた直感が、嘘か真《まこと》かはともかく事件に光明を投げかけるかに思えた場合、その直感を厳重かつ否定的な分析にかけ、判明している事実すべてと矛盾しないかを検証することを自分に課している。だから、こうしてマイケル・ペンディーンの母親の写真のなかに、ジュゼッペ・ドリアのひと目を惹く風貌の面影を見たとき、わたしは知りえた事実をすべて整理し、この偶然生まれた推論を論破しようとした。ところが、いまや急速に頭のなかで形成されつつある仮説に対する、決定的な反論を思いつかなかったとき、驚きながらもどれほど目を離

も見つからないんだからな。

そのとき、ジョゼフ・ペンディーンの妻がジュゼッペ・ドリアの母親であるなど不可能だと決定づける事実はひとつも知らなかった。とはいえ、まだわたしの知らない事実がたくさんあり、なかにはそんな仮説は考えるだけ時間の無駄だと立証するものもあるかもしれない。そうした事実を入手する方法はないかと思案しているうち、自然とジュゼッペ・ドリアのことを考えていた。この仕事では、揺るぎない地点へ到達するためには、ときにはためらいがちに一歩一歩登ることもあることをきみに示したいので、これは伝えておこう。この時点では、ドリアとマイケル・ペンディーンが同一人物だとは想像すらしていなかった。それが頭に浮かんだのはもっとあとになってからだ。この時点では、ペンザンスの平穏なメソジスト派地域社会に波乱を引き起こしたペンディーン夫人ならば、イタリアにもうひとり息子がいても不思議はないと考えた程度だった。そしてマイケルとイタリア人の異父兄弟は知り合いで、ふたりで共謀してレドメイン兄弟を襲っているのかもしれないと想像したんだ。一族の遺産をすべてマイケルの妻が相続できるようにな。

これ以上ペンザンスで調べられることはないと確信すると、おつぎはダートマスへ向かった。ジュゼッペ・ドリアがモーターボート操縦士としてベンディゴー・レドメインに雇われた正確な日付をなんとしても知りたかったからだ。アルバートの弟ベンディゴーには友人がいなかったのか、捜しても見つからなかったが、さいわい主治医は捜しあてることができた。もっとも主治医から日付を教えてもらうことはかなわなかったが、べつの人物を紹介してくれた——海岸沿いを何マイルか南に行ったところにある町トアクロスの宿の主人ノア・ブレイズ氏だ。彼ならばその重要な日付を知っている可能性があった。

ノア・ブレイズ氏は非常に頭の切れる、有能な御仁《ごじん》だった。ベンディゴー・レドメインと親しくつきあっていたようで、ブレイズ氏と老船乗りがトアクロス・ホテルに一週間滞在した折、氏のモーターボートで釣りに出かけたことが、〈烏《からす》の巣〉にモーターボートを導入しようと決心したそもそものきっかけだったそうだ。そしてベンディゴーは実際にモーターボートを購入したが、最初の操縦士はまったく使いものにならなかった。そこでまた募集広告を打ったところ、たくさんの応募があった。ベンディゴーはイタリア人と一緒に航海していたために、イタリア人に好感を抱いており、それがジュゼッペ・ドリア採用の決め手になった。またドリアの推薦状は非の打ちどころがないものだったそうだ。ドリアが〈烏の巣〉へやって来た二日後、ベンディゴーはブレイズ氏に会うため、モーターボートでトアクロスへ向かった。

ちょうどプリンスタウンで殺人事件が起きた直後だったことから、ベンディゴーはもちろん事件のことで頭がいっぱいだったし、ブレイズ氏も悲劇的な事件に興味津々だったため、新しい操縦士を観察している余裕はほとんどなかった。しかし、ここで重要なのは、ドリアがやって来たのは殺人事件の翌日だったことだ——つまり、弟ロバートがフォギンター採石場跡近くで事件を起こしたらしいとベンディゴーが聞かされたまさにその日、新しい操縦士ジュゼッペ・ドリアが〈烏の巣〉に現れ、仕事を始めていたんだ。

そのなによりも重大な事実をもとに、わたしは事件を再構築した。その後どんな段階を経てゴールにたどり着いたのか、詳細を説明する必要はないだろう。マイケル・ペンディーンが殺されたと思われていた日の夜、目撃されたのはロバート・レドメインだった。ペイントンの下宿へ戻るまでの足取りは確認されており、だれもが寝静まっているうちに下宿をあとにしたのを最後に、まるで地上から消え失せてしまったかのように消息が途絶えた。しかし、そのおなじ日に——おそらく正午には——ジュゼッペ・ドリアが〈鳥の巣〉に姿を現していた——だれも知らない、これまでだれも会ったことのないイタリア人だ。

これで、マイケルの異父兄弟うんぬんという仮説はすべて消えた。同時に、ダートムアで殺されたのはマイケルではなく、妻の叔父であるロバート・レドメインだと判明した。そして、ロバートはいまもダートムアに眠っているんだよ、マーク」

ギャンズは嗅ぎ煙草を一服して、話を続けた。

「さて、こんな途方もない仮説を抱え、改めて知りえたすべての事実を整理してみた。すると、がぜん興味深い様相を呈してきたんだ。絶えずこの仮説を揺るがすような一撃が現れるだろうとの心構えでいた。一歩進むたび、たしかな事実が判明し、この仮説を跳ねとばすに違いないと予想していた。ところがそんなことは起こらなかった。もちろん、詳細について疑問は残っている——そういったパズルの小さなピースはたくさんあるが、いまとなってはそれを知っているのはただひとり、生き残ったマイケル・ペンディーンだけだ——しかしダートマスを発ち、ロンドンで待つアルバートのもとへ向かうころには、主な点については、現実にある絵のようにはっきりと見えていた。重要なことはすべて、揺るぎない確信があった。絵は一部霞《かすみ》がかかったように見えるものの、絵の主題については疑問の余地はなかった。にわかには信じがたい、道理に反していると思われる細部までが、マイケル・ペンディーンの気質を考慮に入れたとたん、違和感なく絵の構図のなかにおさまるんだ。

ここらでマイケル・ペンディーンの演技力は賞賛に値すると言葉にしておいてもいいだろう。そもそもジュゼッペ・ドリアなる人物を創りあげるという着想がみごととしかいいようがないうえ、演技にも知恵を絞ってある。そういう男として実際に生活し、来る日も来る日も、ジュゼッペ・ドリアの考えや態度を人目にさらしていたんだ。かなり気難しくて無口だという本来の彼からはかけ離れた性格なんだがな。マイケルと妻にはともに、天が喜劇役者の才を授けたが、同時に地獄が犯罪者の才能を授けていた。

話を戻そう。この事件には大きな特徴がある。前景、中景、遠景のすべてがあって初めて、論理的に破綻なく、道理にもかなっている全体像を構成することができる――画家の性格を考慮すれば、そうなるんだ。大胆な予想かもしれないが、あの男は死ぬ前にすべて告白するんじゃないだろうかと思っている。彼の常軌を逸したうぬぼれを考えれば、それ以外の道は考えられない。彼が書き残したものは誠意など感じられないだろうし、あの男のことだから、終始注目を集めることのみ腐心するに決まっている。だが、絞首刑になる前に、完璧な事件記録を書くと思っておいて間違いはない。機会さえあれば、いくぶん目新しい方法で自殺するかもしれん。当然、自殺のことは頭にあるだろうからな。

さて、その仮説につぎからつぎへと事実をぶつけていったんだが、驚いたことに仮説はあらゆる攻撃に耐え抜いたことを説明しようか。そうなっては、わたしとしてもその仮説を受けいれ、それを前提として行動するしかなかった。

まず最初に、マイケル・ペンディーンは生きていて、死んだのはロバート・レドメインだと仮定した。となると、おつぎは、マイケルがフォギンターでロバートを殺害し、彼の服、赤毛のつけひげとかつらを身につけ、ロバートのオートバイでベリー岬へ向かったと仮定できる。死体が入っていたと思われる麻袋が発見されたが、それ以降はなにも起きていない。マイケルの目的は死体の隠し場所を示唆し、捜査をある方向へ誘導することだったが、海を信用したりはしなかった。ロバートの死体が発見され、彼のゲームが台無しになるような危険を冒すつもりはなかった。そう、被害者はフォギンターの外へは運びだされてはいなかったんだ。この死体がどこにあるのかという問題は、おそらくマイケルがそのうち教えてくれるだろう。

そうして誤ったイメージが作られていく一方で、マイケルは〈烏の巣〉で仕事を始めた。そして、なにが起こったか？　第一の手がかり――ロバートから兄に宛てたかのように見せかけた手紙だ。これを送りつけたのはだれか？　ベンディゴー叔父の家へ向かう途中でプリマスへ立ち寄ったジェニー・ペンディーンだ。こうして彼女とマイケルはまた合流した――そして、つぎの事件の準備を始めた。わたしにいわせれば、あのふたりは俳優になるべきだったんだ。そうすればレドメイン家の財産すべてを合わせたよりも、はるかにたくさんの金を稼ぐようになっただろう。だが、ふたりには犯罪者の血が流れていた。あの夫婦はいってみればふたり一緒で初めて対《つい》になるハサミの刃のようなもので、身も心もしっくりと通じあえたんだろう。悪もふたりにとっては善なるものだった。おたがいに無法の精神の持ち主だと気づいたとき、力を合わせてなにかすべきだと感じたに違いない。とんでもない悪女だったんだ、マーク。そうではあるが、彼女は人を愛することも知っていた。人を愛することにかけては、悪女も善良な女となんら変わりはない——それどころか、よりいっそう激しく愛する場合だってめずらしくはないんだ。

　さて、ふたりは〈烏の巣〉に腰を落ち着けた。ふたりででっちあげたマイケル・ペンディーン殺人事件をめぐる大騒ぎも、そのうち沈静化する。ジェニーは未亡人のふりをしながら、実は好きなだけ夫の腕に抱かれていたんだろう。そして気の毒なベンディゴー・レドメインを葬り去る計画を練った。ベンディゴーはマイケルに会ったことがなかったから、ドリアになりすますことが可能だったんだな。そして、ひとつ重要なことがある——これを明らかにできるのは、マイケルただひとりだが——それはどういう順番で殺していく計画だったのかだ。その点がいささか気になっている。というのも、ロバート・レドメインがプリンスタウンに偶然現れ、姪夫婦と仲直りする前から、マイケルはベンディゴーのもとでモーターボート操縦士として働く約束になっていなければおかしいからだ。あのときすでに、偽名かつ創りあげた人格で〈烏の巣〉へ赴くことは決まっていたはずだ。だから、最初はまず老船乗りを亡き者にする計画だったが、はからずもロバート・レドメインがダートムアに現れたため、計画を変更したんじゃないかと思っている。わたしの見込み違いじゃなければ、思いがけなくロバートと再会したことが最初の犯行のきっかけとなった。この推定に関しては、いずれマイケルが光明を投げかけてくれ、当時どんなことを考えていたのかも教えてくれるだろう。

　つぎは〈鳥の巣〉での準備段階について検証してみよう。次兄ベンディゴーを死に至らしめる計画だ。どのような計画だったのか、確実なところはわからないが、きみが二回目にダートマスを訪れたとき――覚えているだろう、不意打ちしたときだ――あれで計画は早まった。きみの訪問がいわばスタートの合図となったんだ。あの嵐になりそうな月夜、マイケルはきみよりも早く〈鳥の巣〉を出て、ロバート・レドメインに扮してきみの前に姿を見せた。そしてそれだけでは足りないとばかりに、ロバート・レドメイン登場の効果を最大限上げるべく、演技を続けた。ロバート・レドメインとしては、ストリート農場に忍びこみ、その姿を農場のブルック氏に目撃させた。〝ドリア〟としては、翌朝宿泊先のホテルにきみを訪ねて、マイケル・ペンディーンを殺した犯人がふたたび現れたと告げた。

　このひとり二役はさぞかし楽しかったに違いない。妻の協力があれば、きみを思うままにおちょくるなど、たやすかっただろう。このときすでに、ドリアがジェニーに好意を抱いていることに嫉妬して、彼になびいてしまうのではないかと心配するきみの姿に、内心いいしれぬ喜びを感じていたはずだ。一方のジェニーは――ああ、彼女のきみに対する態度をもう一度思いだしてみるのも、いい経験かもしれん。まったくたいした女優だよ。しかし、マイケルへの愛ゆえだったのか、あるいは気の毒な叔父たちに対する憎しみに駆られてだったのか、それともただ創造性が豊かな自分の才能を発揮することに純粋な喜びを感じていたのか、そこのところはだれにもわからない。そのすべてが入り混じっていたのかもしれないな。

さて、おつぎは偽物による目隠し鬼を検証してみよう。一歩一歩丁寧にな。ベンディゴーは弟と思われていた人物には一度も会っていない。きみだって、あれ以降一度も遭遇しなかった。きみとベンディゴーが森のなかを捜索したが、空振りに終わった。ところがモーターボートで海岸線を探しにいったジェニーとドリアは、ロバート・レドメインを見つけたという知らせを持ち帰る。ジェニーは目に涙まで浮かべていた。ロバート・レドメイン――つまり夫を殺した犯人と対面したという話だった！　彼女とモーターボートを操縦するためについていったドリアはロバートに話しかけた。ロバートは見るも無惨《むざん》な様子で、とにかく兄に会いたいと訴えていたという話だった。みごとに臨場感たっぷりの絵を描いてみせたものだ。そしてロバートはベンディゴーひとりとしか会わないといいはった――また秘密の隠れ場所に食料とランプが必要だと要求した。そしてこれまではフランスに潜伏していたが――これはきみに向けたメッセージだよ、マーク――これ以上緊張を強《し》いられる生活には耐えられないと説明した。

これで準備段階は終わり、ベンディゴーは真夜中過ぎに弟とふたりきりで会うことを決めた。しかし老船乗りにも迷いがあり――だれがそれを責められるだろう――きみとこっそり相談した結果、ロバート・レドメインが現れると約束した時間に、きみは塔の部屋に隠れていることになった。そして弟に手紙を書き、またジェニーとドリアがボートで、食料やランプと一緒にその手紙を届けに行った。ふたりが出かけているあいだに、きみは来《きた》るべき兄弟の対面に備えて、塔の部屋へ隠れた。そしてふたりがボートで戻ってくると、ベンディゴーは姪に、きみはホテルへ戻り、翌朝早くにまた来ると告げた。その後なにが起きたかは、鮮明に覚えているだろう。夜もふけ、約束の時間になると、階段を上ってくる足音が聞こえ、ベンディゴーは弟に対面する覚悟を決めた。ところが、現れたのはロバート・レドメインではなかった。ジュゼッペ・ドリアだった。ドリアはその前にも上がってきて、ジェニーについて長々とベンディゴーに話していった。ジェニーへの想いなどをとうとうとまくしたてた。隠れているきみはそんな作り話や、ベンディゴーがドリアをなだめて、半年は行動を起こすことを我慢するよういいきかせるのを聞かされた。

実はそのあとの出来事については、しばらく頭を悩ませた。とはいえ、いまはどういうことだったのか、理解したと思っている。それに、もしマイケルが最期の告白を残すなら、その点も明らかにしてくれるだろう。おそらくは、最初に塔の部屋に上がってきたとき、きみが隠れていることを察したんじゃないかと考えている。マイケルはたとえるならば、剃刀《かみそり》のような観察力の持ち主だった。おそらくはジェニーの話を終えて部屋を出る前に、きみのことに――隠れていることに気づいたんだろう。

そういうわけで、マイケルは計画の大幅修正を強いられた。その晩、ベンディゴーの息の根を止めるつもりだったのかは不明だが、おそらくそう考えて間違いないだろう。すべて綿密に計画されていた。その晩ロバートと会うことになったことは、きみも含む数人が知っていた。マイケルの妻は、死体を運びだすのを手伝うため、階下に待機していたんだろう。ふたりの計画は、間違いなく最後までこと細かく決めてあったはずだ。だから、もしもきみがあの晩ホテルへ戻り、すべてがマイケルの思惑どおりに進んでいたら、おそらく翌朝きみはベンディゴーが姿を消したと聞かされていただろう。塔の部屋には争った形跡があり、床にはご丁寧に血痕が残されているが、それ以外の手がかりはない、といったところだろうな。

きみが隠れていることにマイケルが気づいたと考えないかぎり、きみの目の前で犯行がおこなわれなかった理由が説明つかないんだ。あの晩の夜中の一時、ベンディゴーがひとりだと確信していたら、マイケルはベンディゴーの頭を殴りつけ、かねてからの計画どおりにことを進めていたはずだ。ところが、そうはならなかった。ふたたびロバートに会ったことをやけに興奮した様子で語り、ロバートは気が変わり、暗くなってから兄が秘密の隠れ場所へ訪ねてこないかぎり会うつもりはないそうだと伝えた。

それを聞いたベンディゴーは、きみに戸棚から出てくるよう声をかけた。いまはそう呼んでおくが、ドリアはひどく驚き、怒りに震えているふりをした。

そのあと、またもや逃亡しているロバートの真に迫った様子を聞かされ、最終的にベンディゴーは隠れ場所を訪ねることを決心する。弟が隠れているのは蜂の巣のように海岸線に並んでいる洞窟のひとつだが、目印になるよう、ランプをつけておくという話だった。そして翌日の晩、ベンディゴーは出かけていき、死を迎えることとなった。おそらく上陸したとたんに殺され、その死体は海に投げ入れられたのだろう。この事件でも、死体が発見されることはなかった。マイケルは〈烏の巣〉で待つ妻ときみのもとへ戻り、いま兄弟水入らずで話していると報告し、隠れ場所の位置も説明した。しばらくすると、ふたりを迎えに行くとボートで出かけたが、実際には偽装工作としてトンネルから上の岩棚までところどころに血を滴《したた》らせ、翌朝の警察の捜査へ向けて罠を用意した。

その後のなんの成果もなかった捜査については、いまさら説明の必要はないだろう。あらゆることがマイケルの計画どおりに進んでいた。あの吸血鬼のような犯罪者夫婦が、あのあとおこなわれた大捜索をどれほど楽しんで眺めていたか、容易に想像つくだろう。

こうして赤毛のレドメイン家のふたりが姿を消し、残るはただひとりとなった。そして真実の愛は順調に育まれ、ドリアはまたおなじ妻と結婚した。少なくともアルバートときみを納得させるため、結婚したと嬉しそうに発表した。あのふたりは夫婦としてイタリアへ赴き、やりもしない結婚式の報告をしたのはいうまでもない。そしてしばらく時間をおいてから、わたしの不運な友人へ目を向けた。

あの子供のような、親切心の塊《かたまり》ともいえる男と一緒に過ごせば、あのふたりの心もいくらかは人間の真実の光の影響を受けてもいいとは思わないか？　あれほど気立てがよく、広い心の持ち主と親しくつきあえば、あのふたりの魂にも同情らしきものが生まれてもよさそうだとは思わないか？　しかし、そんな人情味のあるふたりじゃなかった。ふたりは叔父アルバートを殺すためにイタリアへやって来た。そして疑うことを知らない犠牲者は殺人者たちを笑顔で迎えたんだ。血のつながった姪よりもドリアのほうがお気に入りだったのは、なかなか興味深い。アルバートがわたしにうちあけたことがある、ジェニーのことはよくわからないと。彼には、最初の夫をあれほど簡単に忘れ去ったように見えたことが、どうにも理解できなかったようだ。優しいアルバートはそうした冷淡さを異様に感じたんだろうし、それ以前の姪の行動も思いだしたことは間違いない。親族全員の反対を押し切ってマイケルと結婚したことは、彼女の父親の強情さや自分勝手で激しい気性をいやでも思いおこさせただろう。

邪悪なたくらみのために現れたふたりは、温かく迎えられた。それがどういう結果となったか――情のかけらもない蛮行だ！　しかし彼らの冷酷きわまりない計画の弱点も露呈した！　ドリアはふたたびロバート・レドメインを墓から蘇《よみがえ》らせ、またしてもきみに挑戦状を突きつけたんだ！　アルバートを葬り去るだけならば、もっと簡単で安全な方法が数えきれないほどあったというのに。アルバートがみずから望んで暮らしていた場所といい、人を疑うことを知らないお人好しな性格といい、命を狙う者にとってそれ以上にたやすい獲物はないはずだ。しかしマイケルのうぬぼれは、これまで成功してきたために肥大していた。彼は芸術家だ。おのれの作品をどの点から見ても非の打ちどころがない姿で完成させたかった。犯罪史上の頂点をなす最高傑作との評価を得て、なおかつその地位を不動のものとしなければならない。彼の自尊心は安易な道を選ぶのをよしとはしなかった。当初の計画どおり、すべておなじパターンを踏襲して終わらなければいけなかった。敢えて危険を招き、困難を創りだしたのも、すべては最後にさらなる高みへ到達することを目指したからだった。

そういうわけで、またもやこれみよがしに偽物が登場した。しかし、ジェニーがコモ湖畔のグリアンテでロバート・レドメインに遭遇したと、叔父のアルバートに報告するだけでは充分とはいえない。無関係の目撃者が必要だった。だからアッスンタ・マルツェッリも赤毛で赤い口ひげ、赤いベストの大男を見たんだ。それだけじゃない。いきなりその大男に出くわしたせいで、女主人がとてつもないショックを受けたことも証言してもらえる。覚えているか、ジェニーの夫はまだトリノにいるとアルバートは信じていたことを。こうして、見覚えのあるゲームが始まり、やがてドリア本人がやって来る。ふたりは標的をもてあそんでおり、そのために細部の趣向を凝らした。不運な獲物に危険を感じさせ、きみに助けを求めさせる。きみならば以前と同様に扱えばいいと考えたのだろう。

アルバートがわたしを呼びよせても、ふたりはことを急いだりはしなかった。ピーター・ギャンズっていうのは何者だ？　アメリカの有名な刑事だと？　それは好都合じゃないか。ふたりの馬車で踏みつぶす犠牲者が増えただけのこと。そのうえ、国際的に成功をおさめられるときてる。アルバート・レドメインは世紀の犯罪にふさわしい観客に見守られて殺されなければいけなかった。アメリカ、イタリア、英国の警察が協力してロバート・レドメインを追いかけ、アルバートを保護しようとするなか、ロバート・レドメインは追及を逃れ、アルバートは我々の目の前で命を落とす」ギャンズはブレンドンに顔を向けた。「そう、やつらはやりおおせた――きみのおかげだ」

「そして、その報いを受けました――ギャンズさんのおかげです」

「我々は機械じゃない、ただの人間だ。愛がきみの頭脳に無理やり入りこめば、どうしようもなく動揺することもあるだろう。当然、マイケルは目ざとくそれに気づき、自分のために利用した。最初に彼の指示でジェニーがきみに捜査を依頼したときから、そこまで計算していたのかもしれないが。ジェニーを目にした男どもがどういう反応を示すか、マイケルはわかっていた。プリンスタウンでは間違いなくきみのことも調べただろうから、独身だということを知っていた可能性が高い。いずれときが過ぎ、痛みを覚えずに事件を思いだせるようになったら、そのころには視野も広がっているだろう。自分を客観視できたら、犯した失態に比べて科した罰が重すぎることを認め、自分を許すこともできると思うよ」

次第に黄昏《たそがれ》が色濃くなるなか、列車は轟音《ごうおん》を立ててライン渓谷を走り抜けていった。目を上げると、山頂が闇に溶けている。給仕が客室をのぞきこんだ。

「お客さま、夕食のご用意ができております。よろしければ、お食事なさっているあいだに、ベッドの用意をいたしますが」

ふたりは立ちあがり、連れだって食堂車へ向かった。

「喉が渇いたな。きみに一杯くらいおごってもらっても罰はあたらないか」

「一杯どころじゃありませんよ。ギャンズさんの功績ときたら、わたしにしろ、ほかのだれかにしろ、何杯ご馳走してもらっても罰はあたりません」

「そんなことはいうのも、考えるのもやめてほしい。わたしがしたことなど、きちんと実力を発揮できる状況ならば、間違いなくきみが成し遂げていた。そして、このことはどんなときも忘れないでほしい。きみを責めるつもりはない。旧友アルバートを懐かしく思いだしているときだろうと、だ。責任はわたしにある。最後に致命的な失策をしでかしたのはわたしだからだ——そう、わたしだ。きみじゃない。きみを信頼して任せたのは愚かだった。釈明の余地もない。あの状況ではほんの片時だろうときみのことは信頼できないと、わたしがわかっていなければいけなかった。人間の能力の限界だな。きみもミスをした。わたしもミスをした。マイケル・ペンディーンもミスをした。そういうことだ。どれだけ大勢の知恵を寄せあって慎重に練りあげた計画でも、失敗で終わることが多いというだろう、マーク。悪党が非道な行為で下手を打つ。有徳の人が立派な経歴に傷をつける。深い洞察力を備えた頭脳が突然として枯渇する──それが善であれ、悪であれ、おなじことだ。そうしたことが起こるのは、聖人と罪人、どちらも等しく完璧ではないからなんだろう」

第十八章　告　白

秋の巡回裁判開廷期になると、マイケル・ペンディーンはエクスターの法廷でロバート、ベンディゴー、アルバートのレドメイン兄弟を殺害した罪で死刑判決を下された。裁判では弁明することもなく、もどかしい思いで州の拘置所の赤い壁にかこまれた独房へ戻るときだけをじりじりと待っていた。そして独房へ戻ると、ギャンズが予想したとおり、残り少ない日々を手記の執筆に没頭して過ごしていた。

その異例の手記は、この犯罪者の特徴をあますところなく伝えていた。ある種の刺戟《しげき》には満ちていたが、真の個性や偉大な作品にふさわしい品格に欠けていた。まさに手記に記されている犯罪や、その犯罪を実行した人間にそっくりだったのだ。マイケル・ペンディーンの告白は、人間らしい感覚の欠如、不適切なユーモアのセンス、派手で大掛かりなものへの偏愛をさらけ出しており、犯罪史なり、文学史なりに残るすばらしい作品たりえない理由もそこにあった。同様手記は、マイケルは同胞の手にかかって死ぬことは絶対にないとの宣言で結ばれていた。同様の主張はそれまでも数回繰り返していたため、死刑を逃れるために自殺しないよう、想定しうるかぎりの予防策が講じられた――その件については、ふさわしいタイミングで記すこととする。

以下がマイケルの手記である。一言一句彼が記したとおりだ。

＊

「弁明」

《耳を傾けるがいい、判事たちよ！　ここにもうひとつの狂気が存在する。それは行為の前からだ。ああ、汝《なんじ》たちはこの魂の奥底までは達していない！　赤い服の判事がこういった。「この犯罪者はなぜ殺人を犯したのか？　金品を奪うのが目的だったのに」しかし、これはいっておく。彼の魂が血を渇望したのだ、金品ではなく。そして彼は短剣がもたらす喜びに飢えていた！》

そして、また――

《こうした人間はなんなのか？　たがいに絡まりながら闘う獰猛《どうもう》な蛇たち――蛇はそれぞれ勝手に動きだし、この世界で餌食《えじき》を追い求める》

ニーチェはそう記したが、兎程度の知能しか有しない我々の世代は彼の芸術や叡智《えいち》になんの重みも置いていない。しかし、わたしはニーチェの著作に我が血肉となるものを発見した。そして天才の驚異的なほど輝ける思考の影響を受け、若いわたしの意見を明確にすることができた。

これを記しているわたしはまだ三十歳に手が届かないことを、心にとめておいていただきたい。

なんの経験もない若者だったころ、わたしはときおり自問していた。このわたしの肉体には、なにか人間以外の生物の魂がするりと入りこんでいるのではないかと。というのも、これまでわたしとおなじどころか、似たような思考回路の持ち主にすら出会ったことがないからだ。これまで心のやましさという病に苦しんでいない人間には一度しかお目にかかったことがない――ほかでもないわたしの母だ。父やその友人はその病に苦しんでいた。惨《みじ》めな罪人を堂々と自称し、人間として立派な振る舞いはそれ以外考えられないという態度だった。求めるべきは安全であり、危険など避けるべき以外にないとされていた。コーンウォール者は野良犬も顔負けの臆病者なのだ！

しかし、その後歴史をひもといたおかげで、まったく違う思考を持ち、まったく違う行動をとった偉人たちが大勢存在すると学んだ。やがて、歴史の劇場から投げかけられた光のおかげで、自分が何者かを悟ったのだ。

一般的に使用されているが、実に曖昧《あいまい》な言葉、犯罪だとされている事象については、実行する者の価値観によってすべてが変わってくる。何度となく我々が目にしてきたのは、自分のリスクを考察する前に、つまりみずからの不完全な頭脳と心のなかに不眠不休で自分を監視する刑事たちがひそんでいることを考慮せずに、凶行におよんでしまった犯罪者の姿だ。その程度の者は早晩みずからの心にひそむ刑事たちに発見され、糾弾されることになる。

良心を持つ者、自責の念を感じることができる者、怒りを制御できずに人を殺した者——そうした者たちはどれほどみごとに犯罪をおこなおうとも、たちまちのうちに先天的なり後天的なりの弱さから、無数の躓《つまず》きが気になりだし、そのために最終的には混乱をきたして終わる。たとえば自責の念は、さすがに告白はしないにしても、つねに発覚の第一歩といえる。また自責の念とまではいかない些細な不安だろうと、やはり心を乱すことにつながり、その結果として身を危険にさらしがちである。さらにいえば、絞首刑になるような連中は、その報いを受けて当然といえよう。しかしわたしのように、成功したところで揺るがない動機に加え、どのような感情に襲われようと影響されない確固たる決意と先を見通す力がある者は、身の安全が確保されてしかるべきなのだ。成功した者は、比類なき満足感を享受することができる。それは精神的支柱であり、滋養であり、報酬でもあるのだ。

殺人のような言語を絶する経験はどのような影響をおよぼすのか？　殺人があたえてくれる

神秘、危険、達成感に比べ、科学、哲学、宗教はいったいなにを提供してくれたというのか？　殺人に比べれば、すべて子供のおもちゃにすぎない。いずれにせよ、来世では我々の知識は通用せず、真理として受けいれているものは混乱に陥り、現世での叡智は見る影もなく落ちぶれて幼児のおしゃべりとなるのだから、わたしは物理学や形而上学に背を向け、行動を起こすことにした——たまたま幼いころに血の味を知ったために、喜びにうち震えて。

わたしは十五歳のときに人を殺した。そしてきわめて明確な動機があって殺した場合、予想をうわまわる興奮を覚えることを学んだ。道ばたの泉でなにげなく喉を潤《うるお》したところ、それが不老不死の霊薬だと気づいたようなものだった。もっとも、その事件のことはだれも知らない。父の会社の魚の加工場で現場監督をしていたジョブ・トレヴォースの死んだ理由は、いまも不明のままなのだ。トレヴォースはペンザンスにほど近い高地にあるポールという村に住んでおり、仕事場へは高い崖沿いの沿岸警備隊用道路を歩いて通っていた。ある日、魚の加工場内にこっそり忍びこんだら、トレヴォースがわたしの母は性悪で父の恥さらしだと連れに話しているのが聞こえた。

その瞬間、わたしのなかでトレヴォースの死が決定した。そして最適の機会を狙って幾度となく失敗を繰り返したのち、数週間後に海霧のなかをひとり帰宅するトレヴォースを見かけた。崖沿いの道は、我々以外は人っ子ひとり見当たらない。トレヴォースは小柄な男だったが、わたしは体格もよく、力も強い少年だった。五十歩ほどトレヴォースのあとをつけたあと、少し後ろに下がってから首めがけて飛びかかり、一瞬のちにはトレヴォースを崖下へ抛《ほう》り投げていた。トレヴォースはひとつ叫び声をあげて、六百ヤード下へと落ちていった。わたしは牧草地を全力で走って海岸から遠ざかり、暗くなってから家へ戻った。その後、わたしだけでなく、だれひとり、この出来事との関連を噂された者はおらず、ジョブ・トレヴォースの死は不幸な事故とされた——トレヴォースが酒を過ごしがちだったこともあり、人びとはすんなりと納得した。

この経験でわたしが得たのは自責の念ではなく、大人の男になったという実感だった。自分が成し遂げたことに喜びを感じたのだ。しかし、その秘密はだれにも明かしたことはなく、ただ妻ひとりにだけは真実を知らせた。ときが過ぎ、わたしはごく普通の生活を送りながら、自分自身について学び、人間の本質についても理解を深めていった。どのような情熱だろうと溺れることなく、厳しいまでの自制心を養っていくうち、おのれを知り、おのれを制する者だけが、力を手にすることができるとわかった。禁断の果実を求めはしないが、敢えて避けることもせず、規律正しい生活を送っていた。歯科医という職業を選んだのは、そのほうが父の知人よりも興味深い人びとと出会えるのではないかと期待してのことだった。そしてつねに自分に対しては心を開いていたが、他人に対しては心を閉ざしていた。

そのころ、わたしの主な楽しみといえば、ときおり母と一緒にイタリアを訪ねることだった。すでにかの国こそがふるさとだと感じており、コーンウォールにも冷淡な住民にも心底から嫌気が差していた。やがてこれ以上ない最適のタイミングで、ひとりの少女がそれまで眠っていたわたしの本能を目覚めさせた。わたしはおなじような精神を持つ女性にめぐり逢うという、稀《まれ》に見る幸運に恵まれたのだった。ジェニー・レドメインに出会うまで、わたしのようなものの見方をし、なにをするにもついてまわる制約をおなじように軽視する女性が存在するとは思ってもいなかった。母だけは例外として、それまで女性に興味を惹かれたことは一度もなかったし、母のように広い心を持ち、寛容で、ユーモアのセンスに溢《あふ》れ、世間一般のしきたりに無頓着な女性にも会ったことがなかった。

ひょんなことから頭の弱いロバート・レドメインと友人となり、学校の長期休暇を彼のもとで過ごしている姪と知りあうこととなった。弱冠十七歳の女学生が、わたしの胸を震えさせたギリシア人を思わせる愛らしい外見のなかに、異教徒を思わせる純真で気高い精神を宿しているのを知った。初めて会ったときから、正確にはジェニーが混浴に否定的なロバート・レドメインの意見を笑い飛ばしたときから、わたしはとりつかれたも同然だった。だからジェニーもわたしのことを、彼女の魂が無意識のうちに求めていた足りない部分を埋める貴重な存在であり、ふたり揃って完全体をなすと考えていると気づいたときは、どれだけの勝利の喜びに酔いしれたか、測定することはかなわないとはいえ、想像がつくだろう。

ジェニーは自分の魂のことをほとんど理解していなかったが、それからは彼女の魂が発する汚れなき白い強烈な光は、ひそやかにわたしのためだけに輝いた。初めて理解しあった瞬間から、わたしたちは相手しか目に入らないくらい深く愛しあった。たがいの心に新たな発見があるたび、いや増す賛美の念と愛情がふたりをさらにかたく結びつけた。わたしたちはおそらく無《む》知《ち》蒙昧《もうまい》の町ペンザンスに初めて現れた完璧といっていい男と女であり、だれよりも斬新で、美しく、大胆不敵で、目立っていた。人びとはときおりローマ神話のファウヌスとニンフを見るような羨望の眼差《まなざ》しをわたしたちに向けたが、その精神までがたぐいまれなる肉体にふさわしいものだとは想像もしなかったろう。火は火を呼び、ジェニーが学校を卒業する前に、わたしたちは永遠の愛を誓った。

ジェニーはわたしのどこに惹かれたのか。それはみごとに整った男らしい顔立ちと、善と悪をそれぞれの位置に置くだけではなく、天賦《てんぷ》の本能により善悪を超越した高みまで舞いあがることができる知性だった。わたしがジェニーのなかに見いだしたものは、旺盛な好奇心、放埒《ほうらつ》さ、ありふれた偏見や母親から伝わる教えなどには潔《いさぎよ》いほど関心がない心持ちだった。この地上にも天国にも毒されていない、貴重な宝石を発見したような気分だった。ジェニーの知性は純粋で、どのような迷信の悪影響も受けていなかった。経験というものに健康的な渇望を見せ、わたしの人生に対する姿勢とわたし自身に憧れていた。わたしたちは胸を躍らせてたがいの心のなかを旅しては、新しいなにかを発見した。たまには普通の人びとを試してみることもあったが、すぐにわたしたちふたりはたぐいまれな役者の才能に恵まれていることを発見して終わった。

事実、ジェニーは舞台に立つことを夢見ていたこともあった。しかし、死んだ父親ならばその夢を邪魔することもなかっただろうが、いま、彼女の将来を左右できる立場にいるのは三人の愚かな叔父であり、彼らにはそうした夢を応援してやる器量がなかった。世界は輝かしい未来が待ち受けていたはずのひとりの女優を失ったのだ。

ジェニーはわたしに隠しごとをしなかったため、ほどなくして彼女がいずれ遺産を受けとる予定だと知った。ひとつだけいっておきたいが、叔父たちの命を縮めたのはレドメイン家の財産ではない。わたしとジェニーは見境なく人の命を奪ったわけではないのだ。たしかにわたしが少年のころ人を殺した話をジェニーは夢中になって聞いていて、わたしのそうした特性に憧《どう》憬《けい》の念を深めていたものの、そのころは、ジェニーの叔父たちとの反目やその後に起きる出来事などは、わたしたち自身も予想すらしたことはなかった。

わたしと知りあったころ、ジェニーの祖父はまだ存命だったので、彼の莫大な財産の行く末がどうなるかなど、頭に浮かぶことはほとんどなかった。当時、わたしたちはおたがいに夢中だったので、財産の重みを考えることもなかったし、ふたりとも品格を大事に思う質《たち》だったので、さもしい金の計算などで時間を無駄にするつもりもなかったのだ。

しかし一年ほどたつと、ジェニーはわたしと結婚し、わたしの双子星として一緒に暮らす気持ちをかためた。わたしとしても、それを心から熱望していた。状況にもなんの問題もなかった。彼女の祖父が死に、ほどなくジェニーは充分な遺産を相続する予定だったたし、わたしはすでに〈ペンディーン&トレキャロウ〉社から収入を得ていた。

やがて戦争が始まり、そのためにレドメイン家の兄弟に死刑宣告が下されることとなった。しかし、それとて、その原因となったのはただ彼らの視野の狭さと愚かさなのだ。事件の詳細は広く知られているのだろうが、三人の愚かな愛国者たちに祖国を裏切った臆病者呼ばわりされてわたしが耐えねばならなかった、言葉にできぬほどつらい心情はだれひとり知らない。わたしは三人と議論はしなかった。ジェニーが腹に据えかねるとばかりに、すぐさまわたし以上に激怒してくれただけで充分だった。眠っていた嵐を目覚めさせたのは彼らなのだ。これで稲妻がいつ襲いかかるかは、時間の問題となった。

　国家間の争いが起こったからといって、このわたしは腐肉となっていい存在なのか？　三流のふぬけた大衆どもが無知ゆえに目を眩《くら》まされ、老獪《ろうかい》な政治家の口車に乗って流されるままに英国とドイツが戦争を始めたからといって、わたしの輝かしい人生を犠牲にしなくてはいけないのか？　非国教徒の政府のために、羊のようにおとなしく殺されなければいけないのか？愚かしい祖国が古馴染みの連中を信頼すると決めたからといって、わたしは唯々諾々《いいだくだく》とドイツ兵にめった切りにされなくてはいけないのか？　そんなはずはあるまい！

　わたしは以前から、戦争は不可避だと考えていた。帝国に警告することを目的とした小さな集まりで登壇し、大衆に呼びかけたこともある。もっとも、この集まりは、ものが見えていないことにかけてはモグラやコウモリ同然の支配階級にその骨折りを鼻で笑われただけだったが。しかし外交の失敗を救うためにはこれしかないと死に赴くのも、英国政府と呼ばれている近視眼な偽善者連中のために言語に絶する辛酸を舐め、最終的には死を迎えるのも――絶対にごめんだ！

　多くの知性ある男がそうしたように、わたしも心臓の薬を利用して兵役を逃れた。そして傷ひとつ負わずに英国にとどまって、無名兵士の墓で眠るかわりにＯＢＥ勲章を授与された。赤子の手をひねるようなものだった。

ジェニーは結婚する前から、わたしの名誉を踏みにじった叔父たちは全員死する運命だと承知していた。しかし、戦争が終わるまでは待つことにした。というのも、ドイツ軍がロバート・レドメインを殺してくれるかもしれず、かなり年輩のベンディゴーまで掃海艇に乗りこむ予定だったので、祖国のために戦死する可能性があったからだ。その間わたしたちもプリンスタウンの水苔《みずごけ》集積所に勤労志願して、だれにも後ろ指を指されないよう、祖国へ貢献した記録を残しておくことにした。

すでに将来の計画が日々の生活に影響をおよぼしていた。わたしは顎ひげを伸ばし、伊達《だて》眼鏡をかけ、虚弱体質であるふりをした。戦争が終われば三人の殺害を実行に移すつもりだったが、事後も社会が犯罪とわたしを結びつけることが不可能な形で成し遂げようと目論《もくろ》んでいたからだ。わたしたちは長い時間をかけて、計画を練りあげた。妻となったジェニーは、当然のことながらわたしの決意に協力してくれていた。彼女は叔父たちを憎んでいた。あれは血縁者しかできない憎み方だった。そのうえ、彼女にも不満の種はあった。本来であれば手にできるはずの二万ポンドの遺産が、慎重なアルバート・レドメインのせいで保留となっていたからだ。ジェニーはわたしよりも、金に強く関心を抱《いだ》いていた。もっとも彼女によると、十万ポンドを優にうわまわる祖父の財産は叔父たちと彼女に遺されたが、叔父たちは全員が独身なので、そのときを迎えればすべて彼女が相続することになるという話だった。

そのため、戦時中はせっせと奉仕活動に従事し、やがては消される運命の叔父たちの信頼と好意を得られるよう努めた。そしてプリンスタウンでは、勤勉かつ素朴な生活を送った。それもすべて、つらい労働をわたしたちに押しつける集積所の仲間たちを満足させるべく、計算してのことだった。集積所で熱心に活動し、ダートムアにすっかり惚れこんだふりをしたのも、やはり周囲を欺《あざむ》くためだった。遠大な計画の一例を挙げるなら、戦争が終わってもあの荒れ地へ戻ってきて、実際にバンガローを建てはじめたこともそうだ。いうまでもないが、あそこで暮らすつもりなどこれっぽっちもなかった。だがそうして種を蒔いておいたおかげで、わたしたちは深く愛しあう地味な夫婦という印象を周囲の多くの人びとに残すことができた——型どおりで、視野が狭く、お人好し、それだからこそ多くの者にとって魅力的な夫婦だと。

そろそろ告白を始めるが、まず最初に、状況の変化のために計画の細部を部分的に修正することになったが、結果としてそのおかげで当初よりもさらに計画が洗練されたことは認めよう。知性ある評論家が偏見のない目でこの計画を考察すれば、このわたしの順応性を知ることで、ますますわたしの偉大さを感じるだろう。というのは、生涯のどんなタイミングで出くわそうと、百人のうち九十九人はそのまま成り行きに任せてしまうようなまったくの偶然の出来事を、わたしはそこからインスピレーションを得ただけでなく、さらに絶好の機会到来ととらえたからだ。わたしは偶然を飼いならし、口にくつわをかませ、激しやすい首に手綱《たづな》をつけた。偶然のため当初の計画は大幅な変更を強《し》いられたものの、わたしの天賦の才に影響をおよぼすほどの力はなかった。やがて偶然は千夜一夜物語の指輪の精となり、偶然がかなうはずもない揺るぎない目的に仕えるようになったのだ。

戦争が終わり、三人の叔父は全員生き残った。そして計画では、顔を合わせたことのないべンディゴーとアルバートをまず始末し、最後に昔馴染みのロバートを殺すことになっていた。ところが重大なタイミングで、ロバートが仔羊さながら殺してくれとばかりに現れたため、いまとなっては文明社会に知れわたっている、あの比類なき着想が閃《ひらめ》いたのだ。

いよいよわたしを侮辱し、悪《あ》し様《ざま》にののしった叔父たちを始末するときが来たと考えていたら、ベンディゴーがボート操縦士募集の広告を出したので、わたしは敢えてそれに挑戦した。妻は連れずにひとりでサウサンプトンへ行き、その地から、英国事情に詳しく、英国での職を求めているイタリア人の船舶機関士として応募したのだ。幼いころからよく海で遊んでいたので、モーターボートのことならなんでもござれだった。とはいえ、採用になるとも思えなかったので、一応応募はしたものの、これで最初の標的に接触するのは無理だろうと考えていた。そのため、このときは準備として外国の紹介状を偽造したくらいだった。ところが、あにはからんや採用となった。イタリア人の船乗り仲間が大勢いたので好印象だったところへ、わたしの手紙と架空の軍隊記録が目を惹いたようだった。そういうわけで、六月下旬からベンディゴーのところで働くことが決まり、わたしはその心躍る知らせとともにプリンスタウンへ戻った。

当初の計画をわざわざここで語る必要もないが、想像力のある読者ならば、ベンディゴーはほどなくわたしが最善と考えた方法で始末されるに違いないと予想することだろう。ところがわたしが〈烏の巣〉へ向かう日まで二週間を切ったというタイミングでロバートが現れたため、すべてが変わったのだった。不思議な話だが、ロバートが現れる前の日、妻はベンディゴーの家へ行くのをやめるようわたしを説き伏せ、わたしもその気になりつつあった。ロバートがぺイントンに滞在していることを妻が知ったからだった。わたしとロバートがばったり出くわす――つまりロバートが兄を訪ね、わたしと顔を合わせる可能性を考えると、とてもそんな危険は冒せないというのだ。そういうわけで、〝ジュゼッペ・ドリア〟になりすますことは断念しようと思っていたところ、ロバートがプリンスタウンへ現れ、和解したのだった。ところが、そのときジェニーが――さすが、最愛の妻ジェニーだ――眩《まばゆ》いばかりの好機がちらりと顔を出したのを見逃さなかった――このときの功績はすべてジェニーに帰する。かくして、なにひとつおろそかにせず、計画の細かい問題もすべて検討しなおした。あらゆる要因を考慮に入れ、あらゆる危険に対策を講じた。

ロバート・レドメインがいつでも兄ベンディゴーを訪問できるとなると、〝ドリア〟になりすますのは間違いなく危険だ。どれほど鈍い男でも――ロバートは騒々しいだけのうすのろで、騙すのは容易な男とはいえ――イタリア人〝ドリア〟になりすましているわたしに気づく可能性が高い。しかも、旧交を温めたあととなれば、なおさらだ。しかし、ロバートの口を塞《ふさ》いでしまえば、つまりロバートを始末してしまえば、〝ジュゼッペ・ドリア〟として老船乗りの前に現れてもなんの危険もない！

そう決断すると、ベンディゴーのもとへ赴く前にロバートを始末するため、必要な手段が見えてきた。そしてロバート・レドメインが死ぬ一週間前には、旅にも似た長丁場の計画のあらゆる局面が練りあげられていた。

さて、計画の最初の一歩はなんだったかわかるか？　それは顎ひげを剃《そ》りおとしてくれというジェニーの懇願で始まった！　妻は何度も何度も頼みこみ、しまいにはロバートにまで訴え、彼も妻の意見に賛成した。だが、わたしはロバートが最期を迎える日までは抵抗を続けた。あの日の朝、顎ひげを剃りおとしたわたしの顔を見て、彼らはやんやと褒めそやした。それ以外にもいくつか細かな準備も進めてあった。あるときは、妻が叔父のオートバイに乗せてもらい、プリマスを訪ねた。妻は買い物をしたいからと叔父と別行動をとり、〈バーネルズ〉なる舞台衣裳屋で女性用の赤毛のかつらを購入した。そして帰宅すると、それを男性用に作り替えた。わたしはというと、大きな口ひげをこしらえた。大家のゲリー夫人がいない隙に、剝製《はくせい》の狐のなかからロバートの赤褐色の口ひげに似た色合いの尻尾を選び、そこから失敬した毛を使ったのだ。必要とするものはそれですべてだった。それ以外の変装道具は、フォギンター採石場跡までロバート本人が身につけて行ってくれるはずだった。

もっとも、採石場跡に持参するものはそれだけではなかった。その後の行動はずっと先まで決まっていたからだ。お茶のあと、バンガローで作業しようとロバートのオートバイで出かけたとき、ジュゼッペ・ドリアに扮するための衣裳――ありふれた青のサージの三つ揃い、コート、そしてヨット乗り用の帽子――を詰めた鞄を提げていた。その鞄にはある道具もしのばせてあった――レドメイン家の三人を殺した凶器だ。それは肉屋が用いる斧にそっくりで、先端が尖らせてあり、ずっしりと重かった。サウサンプトンの鍛冶屋に作らせたもので、いまではコモ湖の湖底で眠っている。それまで何度か採石場跡へ行った際に、その鞄にウイスキーの瓶とグラスを入れていったので、ロバートはわたしが鞄を提げていても不審には思わなかったようだ。

わたしたちはオートバイでフォギンター採石場跡へ向かった。到着したときは、まだ眩い陽の光に包まれていた。あらかじめ採石場跡を下見して、ロバート・レドメインの墓は決めてあった。彼はいまも眠っている——あの日の夕方までわたしが着ていた服ひと揃いと一緒に、崖の縁から底まで扇形に広がる氷堆石のなかに。右手の底、花崗岩《かこうがん》の岩棚から途切れなく水が滴《したた》り落ちている場所の地下二フィートに、いまも間違いなく横たわっているだろう。流れ落ちる水が斜面を少しずつ削りとり、日々降り積もるその砂が彼の上の花崗岩の砂利《じゃり》の層を厚くする。滴り落ちる水がまたたく間にわたしの作業の痕跡を洗い流したはずなので、こうして場所を説明したところで、ロバート・レドメインの死体を発見するのは難しいかもしれない。

バンガローに到着すると、ロバートはまず採石場跡の淵《ふち》で泳ぎたいといいだした。といっても、そもそもその習慣を彼に教えたのはわたしだった。わたしたちは服を脱ぎ、十分ほど泳いだ。この行為がどれほど重要な意味を持つかは、お気づきのことだろう。ロバートの服は汚れたり破けたりすることなく、わたしの前に用意されていたのだ。淵からあがると、わたしたちはそのままバンガローに駆けこんだ。そこで裸のロバートへ襲いかかり、頼もしいかぎりの凶器を振りおろしたのだ。彼はこちらに背中を向けていて、斧の刃はまるでバターを切っているかのように頭蓋骨にめりこみ、貫通した。わたしはことされたロバートの喉をかっ切り、裸のまま靴だけ履いて、鋤《すき》を手に氷堆石のある場所へ急いだ。

流れ落ちる水の下の緩い砂利に二フィートほどの大きさの墓穴を掘り、深さはこれで充分だと判断した。そしてロバートの死体とわたしの着ていた服をバンガローから運んできて、そこへ埋めると、上に砂利をかけ、あとは未来永劫《みらいえいごう》滴りつづける水が浸透するに任せた。翌朝にフォギンター採石場跡を捜索されたとしても、ずば抜けた眼力の持ち主でなければ、その場所になんらかの異変を見いだすことはないと思われた。とはいえ捜索は歓迎しかねる事態なので、そうならないようにそのあと手は打っておいた。ギャンズのような男ならなにか手がかりを発見したかもしれないが、ブレンドンのような男の目を欺くのは簡単だった。

　こうしてわたしは殺人の致命的な証拠である死体の処理を終え、あとは偽りの現実が見えるように細工するだけだった。このわたしが創りだした偽りの現実は、計画を実行するうえでつねに巧妙に真実を覆いかくしてくれた。わたしはロバートの服を身につけた。わたしたちの体格は似ていたので、よく見ればそこかしこが少し大きかったが、違和感を感じさせない程度には体に合っていた。続いてかつらとつけひげをつけ、かつらの上にロバートの帽子をかぶった――帽子はぶかぶかだったが、とくに支障はなかった。おつぎは麻袋を手に入れ、それに血をつけて、なかにわたしの手提げ鞄やシダの塊《かたまり》、ゴミくずを詰めこんだ。そしてその麻袋――疑惑を植えつけるための扱いづらいものをオートバイの後ろにくくりつけた。

　これでフォギンター採石場跡にはわたしやロバートがいた痕跡は残っていない。黄昏《たそがれ》がとっくに闇にとってかわられたころ、わたしはトゥー・ブリッジズ、ポストブリッジ、アシュバートン、そしてブリクサムと痕跡を残しながら通りぬけた。一度だけ問題が生じた――ブリクサム沿岸警備隊の監視所近くで、道を塞ぐようにして柵が設けられていたのだ。しかしオートバイを担いでそれを通りぬけ、そのあとはベリー岬の崖までオートバイを押して登っていった。運命の女神は細かなところでわたしの味方をしてくれた。なにしろそんな時間だったにもかかわらず、通りぬけた道の要所要所で目撃されただけではなく、医者を呼びに行くために灯台から下りてきた灯台守の子供ともすれ違ったのだ。目撃者を期待するのが間違っているような場所だというのに、まさに思いもかけない幸運だった。こうしてわたしは計画どおりの道を通り、その長い道のりの必要な場所できちんと目撃された。

ベリー岬で麻袋を空にし、中身の行方は風に任せ、わたしの手提げ鞄をオートバイにくくりつけると、血痕の残った麻袋を兎の巣穴に突っこんだ。そこならば、まず間違いなく発見されるだろうとの目算だった。そしてペイントンのロバート・レドメインの下宿に向かった。あらかじめその晩帰宅する旨、大家に電報は打ってあった。下宿の場所やそれ以外の細々《こまごま》としたことはロバートから聞きだしてあり、オートバイをいつも停める場所も知っていた。夜中の三時ごろ、裏庭の物置にオートバイを停め、ロバートの鍵で家のなかへ入りこむと、たっぷり用意されていた食事をたいらげた。その家で暮らしているのは未亡人とその召使いだけで、ふたりともぐっすり眠っているようだった。

ロバートの部屋がどこなのか知らなかったので、敢えて探しはしなかった。かわりにサージのスーツと茶色の靴に着替え、帽子をかぶってドリアに扮し、ロバートのツイードの上着、派手なベスト、ブーツ、靴下は、かつらやつけひげ、凶器と一緒にわたしの鞄にしまった。四時を過ぎたころ、わたしは出発した——日焼けして、ひげをきれいにあたったヨット乗りとして。

永遠に人びとの記憶に残る〝ジュゼッペ・ドリア〟の誕生だった。

あたりは明るくなりはじめていたが、ペイントンの町はまだ眠りについており、海水浴場まで半マイルのところに来るまで、警官にはひとりも出くわさなかった。トーキーの美しい夜明けに目を奪われながら、歩いてニュートン・アボットへ向かい、六時になる前にたどり着いた。そして駅で朝食をとってダートマス行きの列車に乗り、正午になる前には〈鳥の巣〉に到着して、ベンディゴー・レドメインに挨拶した。ベンディゴーはジェニーが話していたとおりの人物で、彼と親しくなり、高い評価を得るのは造作もないことに思えた。

しかし、このときベンディゴーはわたしにかかずらっている余裕などなかった。ダートムアで起きた謎めいた事件について、すでに姪が知らせてきたからだ。

いうまでもなく、このときわたしの心を占めていたのは妻への愛で、ジェニーから最初の連絡を受けとるのを心待ちにしていた。ほんの短いあいだでも、離れているのは耐えがたい苦痛だった。わたしたちの魂はふたりでひとつだったし、結婚してから離れて暮らすのは、わたしが応募のためにサウサンプトンへ行ったときだけだったからだ。

スコットランド・ヤードの刑事を巻きこむという妙案を思いついたのはジェニーだった。あのころ、マーク・ブレンドンなる刑事がプリンスタウンで休暇を過ごしていることはよく知られていて、ジェニーも人から教えられたそうだった。妻はブレンドンを正確に品定めし、女性ならではの勘で、彼が積極的にかかわれば、偽りの現実にどれほどの真実味がつけ加えられるかを感じとったようだった。自分の才に自信がある妻は、ブレンドンに頼んで熱心に捜査にあたらせ、事件を複雑なものにすることに成功した。これの効果は上々だった。哀れなブレンドンは、そのうちみずから進んでカモとなるようになった。そして無能な彼が手抜かりを重ねたおかげで、その後起こった事件に無数の喜ばしい特徴が加えられた。未亡人ジェニーに対して芽生えたブレンドンの恋心が、そもそも凡庸な彼の能力をさらに役立たずにしたのだ。こうして彼は時間がたつにつれ、このうえなく利用価値のある男となっていった。しかし幸運の女神は愚か者を好むようで、まさにその愚鈍さのおかげで最後には命拾いすることになる。グリアンテ山で彼を始末しようとしたときは、てっきり首尾よくやり遂げたと思いこんだ。まさか愚鈍なブレンドンがとっさの機転を利かせるとは思いもしなかったのだ。彼はその自覚なくその後のわたしの破滅の道筋をつけたのである。

ベンディゴー・レドメインが受けとった、ロバートがプリマスで出したと思われていた手紙は、ジェニーが〈烏の巣〉へ向かう途中で投函した。その一週間前にロバートのひどい悪筆をじっくりと研究したのち、ふたりで書きあげたものだった。あの目くらましは効果があるだろうと考えていたが、実際、期待どおりの結果となった。あの手紙のおかげで捜査は港に集中し、ロバートはフランスかスペインへ逃亡したものとの仮説へとつながった。

こうして第一幕は終わった。マイケル・ペンディーン殺人事件は、決定的な証拠こそないものの、立証可能な事実として受けいれられ、逃亡したロバート・レドメインは当局にとっては不可解な謎として残された。実際、マイケル・ペンディーンは死んだも同然だった。というのも、わたしが考えた計画では二度と姿を現す予定はなかったのだ。彼がまた姿を現すのは明らかに不可能だったし、わたしはすでに自分で創りだした〝ドリア〟として、刺戟を楽しみながら新しい人生を送りはじめていた――ひとりで脚本家と俳優を務めながら。わたしの頭のなかでドリアは心配ない状態まで育っていたわけではなかったが、ほかの偉大な俳優のようにその役を徐々に膨らませた結果、気づいたらなりかわる新たな人物となって考え、行動していた。マイケル・ペンディーンはもはや幻影と変わらなかった。

意志の力で記憶に残るわたしの過去は消し去った。わたしは新たな過去を創りだし、そのうちそれが真実だと信じるようになった。妻とまた一緒に過ごせるようになったとき、わたしはふたたびジェニーと恋に落ちた。外見も中身もみごとにジュゼッペ・ドリアになりきっていたため、〈鳥の巣〉に来たジェニーが機会を見つけてようやくわたしをハグし、キスをしてきたときは、その慣れ親しんだ感覚に驚いたくらいだった！

おなじような才能に恵まれたジェニーも、コーンウォール生まれの夫がこうして堂々たる理想形へと変貌したことを、すぐに受けいれた。彼女の目にも、わたしは新しい人間と映ったそうだ。たぐいまれなる才を備えた女性のみが持ちうるすばらしい想像力で、妻はわたしのことをマイケル・ペンディーンとはまったく違う――より豊かで、より稀に見る人物なのだとたちまち理解した。そしてこの想像力のおかげで、〈鳥の巣〉で初めて出会い、その後急速に親密になっていく過程をいかにも真実のように見せかけることができ、ベンディゴー・レドメインを騙し、ブレンドンを欺くことができた。

こうして周囲を欺くことで得ていた無比の喜びといったら、とても言葉で表現できそうもない。わたしたちは半年の時間をおき、ベンディゴー・レドメインを始末するつもりだった。すでに細かなところまで計画を練り、兄ベンディゴー殺害のため、どのようにしてロバートを舞台に蘇《よみがえ》らせるのがいちばん効果的かを思案していたところ、またもや懲りもせずマーク・ブレンドンがひょっこりと現れたのだ。うぶな恋心をわかりやすくその目に浮かべたブレンドンには、見るからに今回も協力願えそうだった。そこで百戦錬磨の船乗りが近々この世から姿を消す際、彼にもささやかながら尽力してもらうことにした。というのも、そのころにはブレンドンのことをよく理解していたため、こうした状況に望ましい現実味を広く流布するのに、彼の存在がどれだけ利用価値があるかは承知していたのだ。

ただちに行動を起こす必要があった――そのため、最後まできちんと計画を立てずに、第一歩を踏みだすことになった。だがロケーション、暗い夜が長く続く時季だったこと、そしてそれ以外の状況、そうしたすべてが早急に起こした行動を補い、効果を高めてくれた。わたしは急いでロバート・レドメインを蘇らせた。もっと洗練された形を考える余裕があれば、前回とおなじ服を着せたりはしなかったが、そのぞんざいなやり方でもそれなりの効果はあったらしく、ブレンドンはまんまと騙された。嵐になりそうな晩、いきなり目の前に出現されては、立ち止まって論理的に考えたり、そうしたことが起こる見込みを推しはかることはできなかったのだろう。風の吹きすさぶなか、月明かりに照らされたロバート・レドメインの赤毛と大きな口ひげ、真鍮《しんちゅう》のボタンのベストを目撃したのだ。予想だにしないものを目にして激しい感情と疑念が湧き起こり、細かな疑問などどこかへ吹き飛んでしまったのだろう。

おそらく彼はジェニーのことを考えていたはずだ。おおかた、このたったひとり残された愛らしい女性と親しくなるためにどうすればいいのかと頭を悩ませ、おおいなる焦燥感に駆られていたのだろう。わたしがジェニーに関心がある様子なのも見逃しはしなかったろうから、彼の胸中は愛情と嫉妬がない交ぜになっていたはずだ。そんな考えごとに夢中になっているところへ、突然殺人犯ロバート・レドメインが現れたのだ。最初にブレンドンの頭に浮かんだことは、〈鳥の巣〉の住人たちにとって愉快なものではなかったのは間違いない。彼が翌朝どう動くつもりだったのかは不明だが、わたしたちはこちらの都合で彼の行動を決めた。最初は黒々とした林近くでブレンドンの目の前に現れることで、ロマンティックな喜劇の第二幕の開幕を知らせ、そのあたりでしばらく時間をつぶしたあと、ストリート農場まで登っていき、深夜目を覚ました住人に食料を漁《あさ》っている姿を目撃させると、急いで退散した。

その数時間後、今度はドリアとしてミルクをもらいに行き、深夜の侵入者のことを聞かされると、〈鳥の巣〉へ戻って、ベンディゴーにはすぐに弟だと――ジェニーにとっては叔父のことだ――気づくように、男の風体《ふうてい》を説明した。危険なロバート・レドメインがまた舞い戻ってきたのだ！

それに続く出来事についてはよく知られているだろうから、わざわざ回想する必要はないだろう。しかし、これだけは記しておきたい。それ以降ロバートはジェニーかドリアの前にしか現れなかったことを。つまり、二度と現れなかったのだ。変装道具は脱ぎすてた――何ヶ月もたってから、グリアンテ山のひとけのない場所にまたもや姿を現すまでは。ジェニーとわたしから、まるで目の前にいるかのような臨場感たっぷりの説明を聞かされて、ベンディゴーとブレンドンはどちらもロバートの存在を深く印象づけられていたが、実際にはすでに消えていたのだ。偽物ロバート・レドメインはふたたび眠りについた――フォギンター採石場跡で深い深い眠りについている本物のように。

実のところ、たまたま当初の計画は変更を余儀なくされたものの、このときもまた偶然はわたしたちに味方し、そもそも意図していたよりもはるかによい結果をもたらした。

不世出の天才ジェニーのことを思うたび、涙がこみあげてくる。〈鳥の巣〉では細かなところまで、妻が驚くばかりの才を発揮した――精妙かつ優雅な手法、仔猫のような繊細さ、猫を思わせる敏捷《びんしょう》さに正確さ。妻の手にかかればベンディゴーもブレンドンも子供と変わらなかった。ああ、比類なき不死鳥のごとき女性よ！　妻とわたしはそれぞれの肉体に、おなじ心を宿していた！　妻は父親から――わたしは母親から――宿敵を葬るという目的の前に立ちふさがる障害はすべて焼きつくす、太古の時代から連綿と伝わる炎を受け継いだのだ！

話を戻そう。偶然、当初の計画の重大な部分が大幅な変更を強いられたのは前述したとおりだ。そもそもの計画では、ロバート・レドメインがベンディゴーに会いに来る予定の晩、塔の部屋で老船乗りを殺し、ジェニーの助けを借りて夜のうちに死体を移動するつもりだった。しかし、餌食《えじき》となるベンディゴーみずから、おのれの最期を先に延ばしたのだ。ベンディゴーが殺されるはずだった晩、早い時間に塔の部屋でジェニーの話をしていると、ベンディゴーの視線が落ち着きなくあたりをさまよい、おどおどと気まずそうな様子をしていたので、姿は見えないがこの部屋にだれか隠れているとぴんときたのだった。

塔の部屋に人が隠れられるような場所はひとつしかなく、そこにひそんでいそうな人物もひとりしか思いあたらなかった。わたしはそのことに気づいたそぶりは見せなかったし、ブレンドンも姿を現したわけではなかった。だが彼が隠れていると気づいてすぐ、戸棚の小さな通気口のひとつでなにかがきらりと光ったのを見つけ、やはり刑事はそこにひそんでいると確信した。そのため作戦の実行は延期を余儀なくされたが、かえってそれがよい結果を生んだ。実際、あの晩ロバートのかわりにわたしが塔の部屋へ上がっていき、ベンディゴーを家で殺していたら、かなり無様な観を呈することになったろう。それに対し、翌日の夜は、はるかにすばらしい成果を挙げることができた。

老船乗りを洞窟まで送りとどけたときの話をしようか。あの日昼間にブレンドンをダートマス署まで送った帰り、すでに洞窟の下見を済ませ、なかにランプをともしておいた。そしてベンディゴーが先に立って上陸し、わたしは彼の足が浜を踏むと同時に斧を振りおろした。ベンディゴーは瞬時にこときれ、五分後には彼の血が砂を赤く染めた。続いてわたしは砂利に墓穴を掘った。三十分もすれば潮が満ち、海水の下となる場所だ。二十分とかからずに、ベンディゴー・レドメインは砂と砂利の下三フィートほどのところで眠りにつき、わたしは〈鳥の巣〉へと舞い戻った。ブレンドンには、いま兄弟水入らずで話をしていて、あとで迎えに行く手筈になっていると報告した。そしてブレンドンには、煙草を一本か二本吸ったあとで、小さな船着き場へ下りていき、ボートに積んであった鋤をボートハウスへ片づけ、かわりに麻袋を積みこむと、ふたたびモーターボートで出発した。

洞窟に着いたときには、老船乗りが眠る場所はとっくに波の下だった。わたしは上陸し、麻袋の半分ほどに小石や砂を詰め、そこここに慎重に血をまき散らしながら石段とトンネルを登った。これから何日も続くだろう警察の捜査を攪乱《かくらん》するため、痕跡を残したのだ。岩棚へ到着すると、麻袋の中身を崖の下に撒き、ロバート・レドメインの靴ではっきりとした足跡をひとつ、ふたつ残した。もちろん、忘れずにロバートの靴を履いていったのだ。フォギンターでもいくつか足跡が発見され、記録に残っているはずなので、マーク・ブレンドンならば、かならず気づくだろうと思ってのことだった。

そうした工作を済ませると、足早にトンネルを下りていき、ボートハウスへ舞い戻った。そして麻袋を片づけ、靴を履き替えると、大急ぎでブレンドンへ一部始終を報告に行った。それからふたりで洞窟へとって返し、あたりを捜索したもののなんの成果もなく終わった。その後もベンディゴーの失踪にしろロバートがふたたび姿を現したことにしろ、なんの手がかりもないまま、ただ手をこまぬいているだけだったことはだれしも記憶に新しいはずなので、なにもことさらに語る必要はないだろう。しかし、翌日小さな浜で途方に暮れているだろう警官たちを想像し、彼らの足もと一ヤード足らず下にベンディゴー・レドメインが眠っていることを思い浮かべると、ひときわ愉快な気分だったことはここに記しておきたい。

ごく短期間とはいえ、またもやすばらしい妻としばらく別居を強いられることになったが、ようやく妻にイタリアを紹介できるのは楽しみだった。その地でわたしたちの最後の仕事が待っていた。もっとも、今回は仕事にとりかかる前に充分時間をおいたほうがいいと判断し、ひとり残った叔父の前に姿を現したのは数ヶ月たってからのことだった。それまでのあいだは二度目のハネムーンを堪能し、アルバート・レドメインとうつけ者ブレンドンにふたりが結婚したことを報告した。ちなみに後者にはジェニーの発案で、その現実をしっかりと認識してもらうため、ひと切れのウェディング・ケーキを送った。スコットランド・ヤードの刑事のプライドは、まだ必要としていたのだ。

そして、舞台はイタリアへと移る。若いころにナポリで不幸な事故に見舞われたものの、そのことはわたしと母しか知らない秘密だった。そのため、母の祖国には恨みめいたものを感じなくもないが、それでも南の国への愛はいっときたりとも薄れたことはなかった。そしてわたしとジェニーはかねてから、無事仕事を終わらせた暁《あかつき》には、かの地でふたり一緒に仲良く品位ある暮らしを送ると決めていた。

第十九章　ピーター・ギャンズへ贈られた形見

わたしを侮辱したため、レドメイン兄弟は抹殺されることになったわけだが、それでも、その処刑執行にあたって後悔に似た思いがよぎったことがあるとしたら、それはアルバート・レドメインとコモ湖畔でひとつの季節を一緒に暮らしたあとのことだ。そもそもコモ湖自体、やけに優しい感情をかきたてるうえ、周囲の環境がまた穏やかで、幼いころの平和で好意に満ちた日々を思いおこさせるのだ。そのせいでついうっかり、子供のように天真爛漫な愛書家の命を奪うことを嘆く思いがわたしの心に芽生えそうになった。ところがジェニーはそうした感傷を迷いも見せずに笑い飛ばした。

「思いやりや優しさはわたしのためにとっておいて。そんな感傷、到底理解できないわ」

その気になりさえすれば、なんの痕跡も残さずにアルバートを殺す機会は数えきれないほどあった――その事実を思うと、悔やんでも悔やみきれないことをここで詳しく述べておきたい。だが実行が遅れたのは、アルバートの蔵書の市場価値を調べる必要があったからだった――さもなければ、アルバートの死後、間違いなくヴィルジーリオ・ポッジにいいようにやられていただろう。なにしろ、なかにはボルジア家の中世史など、状況が許せばお宝として手もとに置きたい本もあったのだ。

これまで困難かつ危険な任務でみごと成功をおさめてきたわたしたちだったが、それなのに子供でも容易に成し遂げられるだろう今回の仕事で醜態をさらした。この不覚の原因はひとえにわたしにあり、ジェニーに責はない。妥協とは無縁の妻の意見に耳を傾けていたら、探していたアルバートの遺言書をジェニーが発見したときに行動を起こしていただろうに。ジェニーは遺言書を見つけだすことに成功し、そのうえその内容はまったく文句のないものだったのだから、すぐにつぎの仕事にとりかかるのがわたしの務めだった。明日の雌鶏《めんどり》よりも今日の卵なのは自明の理だというのに。それを邪魔立てしたのは、芸術家の独りよがりなプライドだ。わたしの慢心が、おのれの力を過信したことが、当然迎えるべきクライマックスを台無しにしたのだ。実際、わたしたちはふたりとも芸術家だったが、はるかに才能があったのは妻のほうだった！　厳しく、ひたむきで、必要のない技巧に走ることなどはなから軽蔑していたジェニー！　彼女の精神と肉体にはギリシア芸術最盛期こそがふさわしく、あの時代に理想とされた、厳格なまでに魂を超越した簡素にして非の打ちどころのない美を体現していた。妻がわたしの説得に成功していれば、いまごろはふたりで成し遂げたことの成果を享受していただろう。

しかし、成功にはたどり着けなかったものの、敗北が明らかになった瞬間、ジェニーはわたしを死の淵《ふち》から救うという美しい行為に走った。そのおかげでわたしはいまもこうして生きながらえている。あの至上のとき、わたしにとって妻のいない人生などなんの意味もないことを忘れ、ジェニーはみずからを犠牲にして最期まで忠実な愛を示した。妻がこの世を見限ったとき、わたしもあとを追いたいと心から願い、その覚悟を決めた。わたしたちふたりはすでに相応の報いを受けたのだから、来世においては未来永劫《みらいえいごう》ともに過ごすのだとかたく信じている。それも、天国で。偉大なる造物主がお望みになるのは対極にある場所だとしても。もっとも、そうしたことを勝手に決めてかかれる者などいるだろうか？　《ものごとによいも悪いもない。考え方次第だ》という言葉のとおりだ。そのうえ全知全能の神はどのような人間の行為を喜ばしいとお感じになるのか、いまのところは神のみぞ知るである。神は虎が草を食《は》むようにも、鷲が蜂蜜を舐めるようにも、お創りにはならなかった。

つねに理性的に判断し、鋭い洞察力の持ち主だった妻は、アメリカの友人ピーター・ギャンズに心を開きはしなかった。でっぷりとした体格のギャンズをひと目見た瞬間、ブレンドンとはまったく違う思考回路の持ち主だと気づいたのだ。わたしたちの希望どおりに行動する哀れなブレンドンのアメリカ版などではなかった。初っ端《しょっぱな》からわたしたちの機先を制するかのように、予定よりも早くコモ湖畔に登場したことで、ジェニーは今後の予測をする際には彼が最重要要素となると確信した。わたしもギャンズの強烈な存在感に影響されて、気分が高揚していた。とうとうわたしの創造力と才覚にふさわしい敵が現れたからだ。

ギャンズが疑い深い人間であることは明らかだった——間違いなく忌《い》むべき職業が原因でそうなったのだろう。〝ピーター〟よりも〝トマス〟の名のほうがあの男にはふさわしい。十二使徒の〝疑心のトマス〟も顔負けの、なにひとつとして容易には認めないという実に苛々《いらいら》させられる習性がある男なのだ。そのうえ本人が〈第三の眼〉と呼ぶ——いわば心眼——は、通常の者であれば気づきもしないだろう多くの重要な事項を見逃さなかった。あの男ならば、さぞかし一流の犯罪者となったことだろう。

芸術家としての思いあがり、それさえなければ旧友アルバートの命を守るためではなく、殺した犯人を突きとめるためにギャンズにおいでを請うことができただろうに——この勘違いとしかいいようのない馬鹿げた優越感と慢心がすべてをぶち壊したのだ。ギャンズが現れる前にアルバートがコモ湖底で眠りについていたら、ギャンズ二十人分の知恵を集めたところで、アルバートを発見することは不可能だっただろう。一方で、わたしが命を奪うと決めたなら、生身の人間にアルバートを救うことはできなかったろうが、彼の死後の計画はわたしの失態のために水泡に帰してしまった。またしてもギャンズに機先を制され、そのために見るも無惨《むざん》な現実に直面したときには、もう手の打ちようがなかった。ギャンズはとっくにわたしの正体に気づいていたのだ。その結果、論理的な結論に達したのだ。ロバート・レドメインがマイケル・ペンディーンを殺したのではなく、その反対のほうが筋が通るようだと。ひとたびそこに目を向けたなら、それぞれの事件を再構築し、それによりまた新たな光を投げかけることができる。そうはいっても、ドリアが死んだとされていたコーンウォール人マイケル・ペンディーンだと見破るとは、その閃《ひらめ》きはまさに驚異的だといえるだろう。

ギャンズは刑事としては偉大な男だ。ナイフとフォークでみずから墓穴を掘っているかのごとく意地汚く、紳士らしく煙草を嗜《たしな》むのではなく、嗅ぎ煙草を吸うという悪癖にはうんざりさせられたとはいえ、それでも心からの賞賛の言葉を贈りたい。彼のちょっとしたはかりごと――夕暮れのなかに〝ロバート・レドメイン〟の偽物を出現させたのは、わたしが考案した劇薬を当の本人に向かって使うようなもので、ただただ感服のひと言しかない。突然のことだったうえ、あまりに予想外の展開だったので、あのときは満足のいく反応を示すことができなかった。それにしても、幽霊を見たとつい口にしたのも危険だったが、そのあとなにも見なかったふりをしたのが致命的だった。当然、如才《じょさい》なさでは人後に落ちないあの男のことだから、自分もなにも見なかったとすっとぼけ、実は自分の心が創りだした幻影を目にしただけだと思わせようとした。あの瞬間に闘いの火蓋は切られ、わたしは深刻な劣勢に立たされることになった。

わたしがうっかり口を滑らせたことで、ギャンズはどれだけのことを読みとったのか、その被害の程度はいまだにわからない。どのみち、時間はさして残されていなかった。少なくともギャンズはわたしと例の正体不明の男――彼の留守中、ロバート・レドメインの服を着て、ブレンドンの墓を掘るのを手伝ってくれたのも、グリアンテでブレンドンに発砲した男――と結びつけたのは間違いないと思われたからだ。ブレンドンに弾が当たっていなかったと知って一緒に落胆してくれたのも、いうまでもなくジェニーだった。まさかたまたま舌をかんだだけのことで命拾いするとは。口から血を流しているのを目にしなければ、もう一発お見舞いしてやったのは間違いない。

アルバートを始末した晩、ギャンズがわたしを逮捕するために動いているとは予想だにしていなかった。そもそも、どういう根拠でわたしを逮捕できると考えたのだろうか。それどころか、アルバートを殺し、最後の任務を終えたあとは、敏腕刑事のギャンズならば、すみやかにわたしがこの犯罪に関係しているはずがないと立証しないと気が済まないだろうし、そうなると自分の仮説すべてが疑わしいと感じるだろうと考えていた。ギャンズがすでに真相にたどり着いていると知っていたなら、即刻姿を消して、一年か二年ほどたってほとぼりも冷めたころ、まったく新しい人物として現れることを考えたかもしれない。その場合は、〝ジュゼッペ・ドリア〟は自殺したと見せかけ、そつなく説得力ある証拠をあれこれ残しておいたはずだ。

しかし、まさかギャンズの頭脳がこれほどずば抜けているとは想像することもなく、いっとき不在にした機会を逃さず、単純な方法でアルバートを葬り去ることにしたのだ。障害となるのはマーク・ブレンドンひとりだが、ジェニーがこうした重要な場面のためにとっておいた秘密兵器ともいえる蠱惑的《こわくてき》な魅力で、ブレンドンの頭にジェニーに抱かれて過ごす夢のような未来への期待や幻想をかきたて、彼の乏しい知性を骨抜きにするのはわけもないことだった。また、このことも記しておかねばなるまい。まさに願ってもない人物が妻にのぼせ上がっていたおかげで、何度となく状況をわたしたちに有利に導くことができ、ピーター・ギャンズの尽力にも水を差す事態になっていたにもかかわらず、あの肝心要《かんじんかなめ》の晩にブレンドンを信頼してわたしの手からアルバートを守る役目を任せるとは、ギャンズは助手の能力の限界をまったく理解できていなかったということだろう。そう、ギャンズも人間だったのだ。むしろ、人間的すぎるほどだった。

ジェニーがひたすら耳を傾ける相手におのれの窮状を訴えているあいだに、わたしは家をあとにした。ブレンドンも出かけるわたしを見ていた。ベッラージョへ渡るボートを手に入れるのに要した時間はおよそ十分。持ち主には無断でボートへ乗りこみ、重い石を一ダースほど積みこむと、ピアネッツォ荘目指して漕ぎだした。変装は黒い顎ひげをつけただけで、石段を上った。上着はボートに残し、シャツ姿でアルバートの前に現れたのだ。

わたしは震える声でアッスンタへ、ヴィルジーリオ・ポッジが瀕死の状態にあり、あと一時間もつかわからないと伝えた。当然、アッスンタはわたしだと気づかなかった。それで充分だった。ボートへ戻って待っていると、三分とたたずにアルバートが現れ、自己記録を更新するほどの速さで送ってくれれば、たっぷりとチップを弾むと申しでた。岸から百五十ヤードほど離れたところで、もっとスピードを出すために舳先《へさき》へ移動してほしいとアルバートに伝えた。そしてすれ違いざまに、手斧を振りおろしたのだ。アルバートは苦しむこともなく、五分かそこらすると、手足に重い石をくくりつけられ、コモ湖の底へと沈んでいった。任務を終えた手斧もそのあとを追った。もっとおおらかな時代なら、あの斧は家宝となっていただろう。こうしたすべてはピアネッツォ荘から二百ヤードと離れていない、暗闇のなかでおこなわれたのだった。

そのあとは急いで浜へ向かい、だれにも見られないようにボートをもとの場所へ戻すと、つけひげをポケットへ突っこみ、ぶらぶらとなじみの宿屋へ向かった。ここまで、庭に腰かけていたブレンドンに見送られて家を出てからわずか二十四分しかかかっていなかった。そして、立ち寄ったその宿屋《アルベルゴ》でかなりの時間をつぶした。充分なアリバイを作るためだ。後刻そのことが問題となったとしても、わたしが現れた時間をはっきり立証することはできなかったはずだ。そして、破滅のときを迎えた。わたしはなにひとつ疑うことなく、家に向かった――そして堕天使ルシファーのように堕ち、すべてを失った。ことをきれたジェニーを腕に抱き、妻のいない人生など終わったも同然だと悟った。

妻にふさわしい堂々とした旅立ちだった。あのすばらしい女性が愛した男の最後の日々が、見劣りするつまらないものであるわけにはいかない。絞首台で死を迎えた人間は枚挙に暇《いとま》がないが、わたしはそうした屈辱に甘んじるつもりはない。その点ギャンズはわたしのことをよく理解していた。警察にわたしがかつて歯科医であったことを教え、口腔《こうくう》内を注意深く調べるよう警告したに違いない。わたしの鬼才ぶりをいくらかなりと理解しているのは彼ひとりだけだが、それとてもすべてではない。わたしたちを裁けるのは、わたしたちに匹敵する能力に恵まれた者だけだ。わたしのような人間は、地球の大気圏へ突入した孤独な彗星《すいせい》よろしく、孤独のまま消え去るのみ。その大きさに人びとは恐れおののく――そして姿を消したとき、大衆は神に感謝するのだ。たしかに、わたしはこれ以上なく恵まれていた。自分など比較にならないすばらしい存在とともに旅をできたのだから。双子星のように、わたしたちはふたりの光を溶けあわせて放っていた。わたしたちはともに輝き、ともに消え去る。これからはそれぞれの名前で呼ばれることはけっしてないのだ。

わたしの形見をピーター・ギャンズへ届けるのをお忘れなく。そしてマーク・ブレンドンを遺言執行者および残余財産受取人に指名する。ブレンドンに対して含むところはまったくない。事態を収拾するべく、わたしたちのために最善を尽くしてくれた。「死刑を宣告され、昼夜の別なく監視されている男が、どうやって自分の命を絶つことができるのか――みずから死出の旅へ赴くことなどできるのか?」と疑問に思う向きもあるだろう。その答えはこの手記が世界中で読まれるようになる前に明らかになるはずだ。

これ以上記しておきたいことはないように思う。

《Al《アル》 finir《フィニール》 del《デル》 gioco《ジョーコ》, si《シ》 vede《ヴエーデ》 chi《キ》 ha《ア》 guadagnato《グアダニャート》》

《ゲームが終われば、勝者がわかる》という言葉がある。しかし、かならずしもそうだとはかぎらない。引き分けで終わるゲームもあり、名誉はどちらが手にしたのかはわからない。わたしとピーター・ギャンズのゲームは引き分けに終わった。彼は勝利を手にしたふりはしないだろうし、それに値する者が最大級の讃辞を受けるのに異を唱えたりはしないだろう。たとえ我我の力は同等だったとしても、妻は我々を凌駕《りょうが》する力を備えていたことを彼も承知している。

さらば

ジュゼッペ・ドリア

ピーター・ギャンズがボストン郊外にあるこぢんまりとした自宅でこの手記とその続きを読んだ十日後、朝食のテーブルに英国から届いた小さな小包が置いてあった。知らぬ者のないギャンズの嗅ぎ煙草入れのコレクションにまたひとつ加わるのだろうと思われた。ロンドンを発つ前にいくつか注文してきたので、新たな逸品が届いたに違いないと思ったのだ。ところが、その予想ははずれた。驚きに見開いた目に映っていたのは、どのような逸品だろうととてもかなうはずもないものだった。マーク・ブレンドンの長い手紙も添えられている。その内容は、新聞記事で読んでギャンズがすでに知っていることもあったが、ギャンズのためだけに記されていた事実もあった。

一九二一年十月二十日　スコットランド・ヤード

親愛なるピーター・ギャンズさま

マイケル・ペンディーンの告白とギャンズさんへ宛てたメッセージのことは聞きおよんでおられるでしょうが、あなた個人に触れている文をすべて読まれたわけではないと思いまして、彼からの贈り物に同封しようとこの手紙をしたためている次第です。ギャンズさんだろうと、ほかのだれであろうと、今後これほど驚嘆する品を贈られることはないと断言してもさしつかえないでしょう。彼は獄中で遺言書を作成し、法に則って彼の遺産はすべてわたしが相続することになりました。それを二等分し、英国とあなたの国の警察関係の孤児院にすべて寄付したとお伝えしても、驚かれることはないだろうと存じます。

お伝えしたいことはいくつかあります。処刑の日が近づいてくるにつれ、異例の厳戒態勢が敷かれましたが、本人はとくに自制心を失う様子もなく、問題も起こさなければ、脅しめいたことを口にすることもありませんでした。手記を書きおえると、それをタイプライターで清書したいと申してましたが、許可はおりなかったそうです。そこで、彼は自筆原稿は手もとに所持し、処刑が終わるまではそれを無理やり読んだりしないと当局に約束させました。正確には、その約束をとりつけてから執筆にとりかかったそうですが。粛々と規則正しい生活を送り、食欲が衰えることもなく、看守の監視下で運動に励み、煙草を相当数吸っていたそうです。

これも、ご報告しないといけません。ロバート・レドメインの死体は手記に書かれていた場所で発見されましたが、ベンディゴー・レドメインの墓となった浜の砂利《じゃり》は潮が持ち去ってしまい、捜索してもなにも発見できませんでした。

処刑の二日前の晩、マイケルはいつものように床につき、寝具を顔の上まで引きあげ、数時間眠っているように見えたそうです。両側に看守がひとりずつ座り、明かりもついていました。突然、ひとつため息をつくと、右側にいる看守に手を差しだしました。

「これをピーター・ギャンズに渡してほしい――わたしの形見だ。それとマーク・ブレンドンを間違いなく相続人に」そういい、なにか小さなものを看守の手に握らせました。それと同時に体を激しく痙攣《けいれん》させ、ひとつうめき声を洩らしたかと思うと、がばと跳ね起きました。そしてそのまま前方に倒れ、意識を失ったそうです。看守のひとりが介抱し、もうひとりが拘置所の医師を呼びに走りました。しかし、マイケルはすでに絶命していたそうです――死因はシアン化カリウムの中毒でした。

ギャンズさんならば、彼の秘密を解明すると思われるふたつの事実を覚えておられるでしょう。ひとつは、少年時代にイタリアで事故に遭ったこと。もうひとつはギャンズさんも当初から興味を持たれていたものの、最後まで理由がわからないとおっしゃっていた、彼の表情が妙に人間味を感じさせないこと。ようやくそのふたつに説明がつきます。普通のものであれば、ただちに我々がその秘密に気づいたことは間違いありません。しかし今回の場合は瞳が黒に近く、瞳孔と虹彩が似たような色合いだったため、彼の眼差《まなざ》しがどこか人工的な謎を解明することができませんでした。いうまでもなく、マイケルは人間の知識や入念な身体検査のおよばぬ、体内の秘密の隠し場所に毒を隠しもっていたのです。彼の説明によると、事故のことを知っていたのは母親ひとりだけだそうです。マイケルはその事故で片目を失いました。そしてガラス製の義眼を入れていましたが、その奥にいざというときのために毒入りカプセルを隠しておいたのです。死後、口腔内からかみ砕いた毒のカプセルが発見されました。

あの悪党の手記が出版されたことで、わたしへどのような影響があったかはご想像のとおりです。わたしは警察を辞め、違う仕事に就きました。あのようなつらい経験は、いくらかでも時間が忘れさせてくれるのを待つしかないのでしょう。来年には仕事でアメリカを訪問する予定です。その折には、ギャンズさんのご都合次第ではありますが、もう一度お目にかかることができたら嬉しく存じます――わたしには空しく苦々しいばかりの想い出話をするためではなく、これからの話をできればと望んでおります。また引退なさったギャンズさんが悠々自適の生活を送られているご様子も、ぜひともこの目でしかと拝見したく思っております。

またお目にかかれるよう祈って。

あなたを崇拝し、信義に厚い友マーク・ブレンドン

ピーター・ギャンズは小包を開けた。

なかに入っていたのは、本物そっくりに作られた美しいガラス製の義眼だった。全体的に黒っぽいために一見したところは義眼だとわからないし、その輝きや色合いは完璧だとはいえ、やはり本物ではないために、ギャンズはつねにマイケル・ペンディーンの表情に違和感を感じ

ていたのだった。邪悪さを感じさせたわけではないが、ギャンズの長い経験を振り返っても、ああした表情は目にしたことがなかった。

ギャンズはその小さなものをひっくり返してまじまじと観察した。何度となく、彼の訝《いぶか》しげな視線を受けとめたのはこれだったのだ。

「めったにお目にかかれない悪党だったな」ギャンズはつぶやいた。「とはいえ、彼の言い分は正しい。奥方はわたしたちふたりなど、比べものにもならない存在だった。マイケル・ペンディーンが自分のうぬぼれを捨て、奥方の意見にしたがっていたら、ふたりともいまだにぴんぴんしていて、この世の春を謳歌《おうか》していただろうに」

ギャンズが金の嗅ぎ煙草入れからひとつまみとると、黒っぽい茶色の義眼は生きているかのようにきらりと光り、彼を見上げたように思えた。

訳者あとがき

二〇一五年の『だれがコマドリを殺したのか？』に引きつづき、イーデン・フィルポッツの『赤毛のレドメイン家』の新訳をお届けします。

詳しくは杉江松恋さんの解説をお読みいただければと思いますが、フィルポッツはダートムアを舞台とした田園小説も多数発表した作家で、ミステリにお詳しい方でしたら、若き日のアガサ・クリスティに創作活動の助言をした作家として記憶なさっているかもしれません。本書が刊行されたのは一九二二年で、第一次世界大戦が終わって数年しか経っておらず、社会にその影響がまだ色濃く残っているのが物語の随所に感じられます。また本書はかの江戸川乱歩が絶賛したことでも知られ、乱歩は本書の翻案小説『緑衣の鬼』も発表しています。読み比べてみるのも一興かもしれませんね。

フィルポッツは悪を鮮やかに描きだすことで定評があり、翻訳していて本書も例外ではないと思いましたが、いかがでしょうか。訳者はとても現代的な犯人だと感じました。また物語の舞台がダートムア、ダートマス、最後はイタリアのコモ湖畔と移り変わり、それぞれ特徴ある風景の美しい描写も印象に残ります。フィルポッツはダートムアをこよなく愛し、そこを舞台とした小説を多数著しながらも、イタリアには特別な思い入れがあったように感じます。ダートムアと対極にあるような陽光溢れる明るい土地柄に惹かれるものがあったのでしょうか。

最後になりましたが、本文中に登場する遊戯詩《アクロスティック》については、宮脇孝雄先生に貴重なご見解をご教示いただきました。この場を借りて深く御礼申しあげます。また友人の熊井ひろ美さんにもとてもお世話になりました。どうもありがとうございました。東京創元社編集部の桑野崇氏と校正の方々にも有益な助言を多数いただきました。感謝いたします。

解説

杉江松恋

『赤毛のレドメイン家』はシグナルの小説だ。

何のシグナルかといえば作者から読者へ送られる合図である。ほら、こうですよ、こういう書き方をしたんだけど、わからないかなあ。

一九二二年に本作を上梓したとき（アメリカのマクミラン社。イギリスでの刊行は一九二三年のハッチンソン社）、一八六二年生まれの作者、イーデン・フィルポッツは日本で言うところの還暦に達する前後であった。

イーデン・フィルポッツ、インドはマウント・アブー生まれで、ハリントン・ヘクストの別名もある大作家である。かのアガサ・クリスティが少女時代にフィルポッツの隣人であったことは有名で、十六歳のときに『砂漠の雪』という習作を見せて助言をもらっている。『アガサ・クリスティー自伝』（一九七七年。邦訳、クリスティー文庫）に彼女の見たフィルポッツの描写があるが「異様な顔つきの人で、ふつうの人間の顔というよりはギリシャ神話のパンの神の顔に近かった――まことにおもしろい顔で、長細い目が端のほうでつり上がっていた」とかなり失礼である。

そのフィルポッツ小父さんが、澄ました表情で合図を送っているところを想像してもらいたい。私はこの小説を読むたびになんとも微笑ましい気持ちになってしまうのだ。内容は凄惨で、ちっとも微笑ましいところなんかないスリラーなのだけど。

実を言えば『赤毛のレドメイン家』は、厄介な作品なのであり、魅力を語ろうとするとうっかりネタばらしになりかねない。そんな無粋な真似はしないのだけど、何も予備知識なしに小説を楽しみたいという方は、本書のフロントページにある江戸川乱歩の評だけを読んでいただきたい。それで心を動かされたら、本文を先にどうぞ。

まず、これだけは書いていいかな、という要素を挙げておく。あらすじというよりは列挙に近いがお許し願いたい。

『赤毛のレドメイン家』は、夏季休暇を過ごしにダートムア地方を訪れていたマーク・ブレンドンが、地元のマイケル・ペンディーンという人物が義理の叔父にあたるロバート・レドメインという元軍人に殺された、という噂を聞くことから始まる物語である。題名にある赤毛というのはこのロバートら兄弟の頭髪やひげを指しており、作中でその描写が繰り返される。

事件の噂を聞く前に、ブレンドンは荒野《ムア》を散策しているときに若い女性を見かけ、その美しさに魂を摑《つか》まれていた。有体《ありてい》に言えば一目惚れである。作者は冒頭で、彼が生涯の伴侶と巡り合いたいと考えていることを紹介しているので、読者は、ははあん、これは恋愛が軸になる物語だな、と気づく仕掛けになっている。その女性・ジェニーが、マイケル・ペンディーンの妻であったところから、ブレンドンは事件に熱を入れることになる。

視点人物のマーク・ブレンドンはスコットランド・ヤードの刑事で、彼が当面は捜査の主役を務めることになる。だが本作の探偵役はダブルキャストになっており、中盤でアメリカの引退したも同然の刑事、ピーター・ギャンズという人物が登場する。自身の年齢に近いギャンズのほうにフィルポッツが愛着を抱いていることは明らかであり、彼の登場をもって事件はがらりと様相を変える。

繰り返される赤毛の男の目撃情報、美しいジェニー、二人の探偵。知っておくべき情報は、以上である。長い物語だが、ギャンズ登場以前、それ以降に話は分かれていて、前半は犯人と探偵の追跡劇、後半はそれに心理闘争が加わる演出がされており、退屈することはない。

観光小説の要素もあって、前半ではジェニー登場で強く印象づけられるダートムアの情景が楽しめる。荒野《ムア》だけではなく、ロバートの兄ベンディゴーが〈烏《からす》の巣〉なる居を構えた海岸地帯の情景も印象的だ。本国ではフィルポッツの代表作はミステリではなく、ダートムアを舞台とした一連の田園小説と見做されているが、その本領発揮というところである。後半ではレドメイン一族の兄弟の二番目・アルバートが住むイタリアのコモ湖畔が主舞台となる。このチェンジ・オブ・ペースの呼吸も見事で、ダートムアの陰からコモ湖への陽へと小説の色彩が切り替わる。にもかかわらず犯人は野放しのまま動き回っているので、陽光の下で事件の凄惨さが改めて強調される。

する。

さて、シグナルの話である。

読者に盛んにシグナルを送ってくるのは、第九章で初めて言及され、第十一章で読者の前に姿を現すピーター・ギャンズである。「どことなくサイを思わせ」る「重たげな顔」のこの人物は出てくるや否や、それまで探偵役を務めていたブレンドンに欠けているものは「一点のくもりもない直感」であり、まず彼自身を観察するところから推理をやり直そうと提案する。つまり前任者に駄目出しをするわけだが、その後になぜブレンドンが犯人を追い詰められなかったのかを、映画に喩《たと》えて説明する。本書で最も重要な箇所はここだ。長いので抜粋してご紹介する。

［……］（映画は）ご存じのとおり実に精巧な仕組みなのだが、観客はそんなことを考えたりはしない。その仕組みが生みだしたものは、頭のべつの部分に働きかけるからだ。観客はスクリーン、映写機、フィルムの存在や、それらが果たす役割もすべて忘れて、創りだされた幻影に見入ってしまう。

［……］なぜかというと、動く色彩や影が見覚えのあるものの形をとり、筋の通った物語を紡《つむ》ぎ、現実の世界そっくりのものを見せてくれるからだ。［……］さて、レドメイン事件では、よく考えられた作為が組みあわさって、きみに物語を見せた。そしてきみは気づくとそのほら話にすっかり魅了され、仕組みのほうは完全に見過ごしてしまった。だが、その仕組みこそ最初に考えるべきだったんだ。［……］

小説であるから作者は、『赤毛のレドメイン家』を一つの機能を持った「仕組み」として書いている。読者を欺《あざむ》くという機能である。その「仕組み」の存在をフィルポッツは十一章において正面切って読者に突きつけてみせたのである。この小説にはミスリードがありますよ、ちゃんと見抜けましたか、と。ギャンズはブレンドンが「最初から誤った仮定をもとに行動していた」と断定する。つまり、視点人物としてのブレンドンは「信用ならざる語り手」だった、と明かしたわけである。

『赤毛のレドメイン家』の美点はまさにここにある。いわゆる「読者への挑戦」は、小説のもう少し後に置かれることが多いが、この十一章におけるギャンズの語りは、少し様相が違うものの、探偵小説の部品としては同じ役割を持っている。ここまでの語りがミスリードされていることは伝えたのだから、真相はどうなのか考えてみるといい、と作者は言っているのだ。小説はまだ中盤なので物語は続く。だいたい、探偵たちはまだコモ湖にも行ってない。そこから後も、ギャンズはシグナルを送りながら視点人物であるブレンドンの横を歩き続ける。まだですか、そろそろ気づきましたか、と読者に語りかけてくるわけだ。

これは一般的なミステリの手がかりとはありようが異なる。ゆえにシグナルと表現したわけだが、ギャンズに導かれながら歩くと『赤毛のレドメイン家』という物語は実に魅力的なのである。非常に図式的に書くと、ミステリの探偵ははじめ、多くの証拠の中から役に立つ手がかりを探し出すだけの役割しか担っていなかった。そこから発展し、呈示された手がかりの中に混じった偽物を除去する作業が発生することになる。一九一三年に発表されたE・C・ベントリー『トレント最後の事件』（創元推理文庫）は、探偵が完璧な人物ではないために、この真贋《しんがん》の見分けに失敗するという趣向の物語である。

同作を書いたことによってベントリーは「現代探偵小説の父」とも称されるようになるのだが、フィルポッツは『赤毛のレドメイン家』で先人の功績に新しいものを付け加えたことになる。探偵小説が「書かれたもの」という人工物であるという要素を、映画と現実の比喩を用いて読者に気づかせようとしたのだ。本作から三年後にロナルド・A・ノックスが『陸橋殺人事件』（一九二五年。邦訳、創元推理文庫）を上梓する。探偵小説のパロディを狙ったとされることも多い同作だが、偽の手がかりによっていかにミスリードが行われるかということを別のやり方で示したものと見ることができる。フィルポッツ／ノックスによって探偵小説の趣向は多様性を増し、フェアプレイのありようも一段と深化したのだ。

残念ながらフィルポッツは現在、本国やアメリカのミステリ読者からは忘れられた存在となっているようである。一九六〇年に亡くなったときには二百五十を超える著作があったとされるが、その内容は多岐にわたり、先述したダートムア・ノヴェルのようなジャンル外のものが代表作と見做されたことも顧みられなくなった理由の一つだろう。作家については本文庫『だれがコマドリを殺したのか？』（一九二四年）の戸川安宣による解説が詳しいので、そちらをご覧いただきたい。また、論創社から『だれがダイアナ殺したの？』（同右作品の英国版からの翻訳）、『守銭奴の遺産』（一九二六年）、『極悪人の肖像』（一九三八年）と三冊の翻訳が出ていて入手しやすいが、一貫して探偵小説研究家の真田啓介が解説を寄せており、こちらもフィルポッツ理解の助けになるはずである。

フィルポッツがいかに無視されるようになったかということは、ミステリ作家研究の基本レファレンスである *Twentieth-Century Crime and Mystery Writers* を見れば明らかで、一九八〇年の初版には八ページにわたって作品リストとリチャード・C・カーペンターによる詳細な評論が付いているのに、その改訂版である *St. James Guide to Crime & Mystery Writers* が一九九六年に出たときには、項目ごと消されてしまっているのである。新旧のミステリをサブジャンルの分け隔てなく収めたビル・プロンジーニ＆マーシャ・マラー編の *1001 Midnights*（一九八六年）にもその名は無いし、探偵小説が犯罪小説への変貌を遂げた過程を論じた画期的な評論書であるジュリアン・シモンズ『ブラッディ・マーダー』（一九七二年。邦訳、新潮社）では言及があるものの、珍奇なトリックを弄したものとしてやや揶揄《やゆ》するような取り上げられ方をしている。

もっと時代を遡《さかのぼ》るとハワード・ヘイクラフトのミステリ通史『娯楽としての殺人』（一九四一年。邦訳、国書刊行会）にはフィルポッツの業績を称揚したくだりがあるものの、普通小説で実績がある人が探偵小説を書いたということで「威厳をつける」役をはたしたが「なにも驚異的な革新はしなかった」と結構ひどい書かれようである。もっとも好意的な評論は、S・S・ヴァン・ダインが一九二七年に *The Great Detective Stories* の序文として発表したもの（創元推理文庫『ウインター殺人事件』に「推理小説論」として収録）ではないだろうか。それにしてもフィルポッツの作家活動と同時代のものであり、現代の読者に向けてのものとは言いがたい。

そこで江戸川乱歩である。

『赤毛のレドメイン家』について語るときは常に乱歩に戻れ。

格言もどきを呟きたくなるほどに、江戸川乱歩は本作を愛していた。前にも書いたとおり、今回の新訳版でもフロントページには乱歩の文章が引用されている。旧訳版でも同様だったが、読者にとって本の入口となる大事な場所にあらすじではなく評論の抜粋が置かれているというのは他にあまり例のないことではないか。それは本邦における『赤毛のレドメイン家』評価がこの一文から始まったからであり、歴史的な価値があるゆえの特例措置なのだ。格調の高さと異常な高熱を共に備えており、懦夫《だふ》をして起《た》たしむる力がある。

引用元である「赤毛のレドメイン一家」という文章は探偵小説専門誌『ぷろふいる』一九三五年九月号が初出である。『江戸川乱歩全集第二十五巻 鬼の言葉』（二〇〇五年。光文社文庫）の解説で新保博久は、『ぷろふいる』の「鬼の言葉」連載第一回にこの文章を持ってきたのは「通り一遍の書評では注目を惹きにくい」「この作品を喧伝したい乱歩一流の戦略ではなかったか」と推測している。そこまでして、乱歩は『赤毛のレドメイン家』を推したかったのだ。さらに一九五一年にポオから現代に至る路標的名作リストを『幻影城』に書き下ろした折にも挙げて、ミステリ史に作品名を刻み込もうとしている。さらにはプロットを借用して『緑衣の鬼』（一九三六年。創元推理文庫他）という翻案小説まで書いているほどだ。

努力の甲斐あってか『赤毛のレドメイン家』は日本のミステリ読書界において高い評価を受けるようになる。さまざまな名作リストの上位にも入っており、一九八五年に「週刊文春」誌が実施したベストテンアンケートでは堂々十八位にランクインしている。同趣向のアンケートが二〇一二年に実施されたときにはさすがに順位を落としたが、それでも四十八位に残ったのは海外での無視されようを考えると立派なものだ（文藝春秋編『東西ミステリーベスト100』。二〇一三年。文春文庫）。

二度のアンケート間で起きた画期的な出来事は、評論集『夜明けの睡魔』（一九八七年。創元ライブラリ）で瀬戸川猛資がフィルポッツに触れたことだろう。もともとフィルポッツには、極悪の犯人を描かせたときに真価を発揮する作家という見方があり、ヘクスト名義の『怪物』（一九二五年。邦訳、ハヤカワ・ミステリ）や『医者よ自分を癒せ』（一九三五年。同）などはその観点からの評価が行われていた。『夜明けの睡魔』所収の文章は「ハヤカワ・ミステリマガジン」に連載されたものだが、当初は新作を取り上げていたのが、中途からいわゆる古典名作を題材にするようになった。その流れで『赤毛のレドメイン家』も俎上《そじよう》に載せられたのである。『鬼の言葉』での力強さを承知している瀬戸川は、乱歩の過褒ではないかと疑いながら再読し、予想外の結論にたどりつく。『赤毛のレドメイン家』の魅力は「名犯人小説」であることだというのである。

「……」この犯人像は強烈の一語に尽きる。その悪の論理と哲学は異様な熱気を孕んでいて、現在もなお輝いて見える。江戸川乱歩はこの犯人をラスコーリニコフやシムノンの『男の首』の○○（注・原文は固有名詞）と対比しているけれども、わたしには、アイラ・レヴィンの『死の接吻』の主人公をも超えているように思える。

そうか、これはクライム・ストーリイだったのだな、という呟きを伴って瀬戸川の文章は終わる。この発見によって『赤毛のレドメイン家』は多くの新しい読者を獲得したはずであり、以降フィルポッツに言及する際にも無視できない評論となっている。

さあ、そこでまたまた乱歩なのだ。実は『鬼の言葉』の文章も、瀬戸川が言及した犯人小説の要素には言及している。さらに言えば、私が先ほど称賛した映画に喩えた「仕組み」についても押さえて「謎文学の真髄に触れた議論」という的確な評価を与えており、本作の魅力についてはまさに余すところなく掬《すく》い上げている。よく引用される（フロントページにある）万華鏡のくだりだけが印象に残るので、熱量で押し切った推薦文のように思われがちだが、そんなことはないのである。やはり乱歩は恐るべき読み巧者であり、本作の美点を正しく見抜いていた。

もう一つ、乱歩以外のレドメイン評を紹介してこの文章を終わりにしたい。新潮文庫版の翻訳を担当した橋本福夫のそれである（「翻訳探偵小説の『解説』とは……」『橋本福夫著作集第Ⅲ巻』早川書房所収。一九八九年）。橋本も本作のネタばらしをせずに解説をすることに苦労したようで、小説の価値は読者が自分で考えたほうがよさそうだ、興味があったら乱歩の『随筆探偵小説』あたりを参考にするといい、なんてぼやいた後に、こんなことを書くのである。

要するにこの小説は、普通の小説を読むように、登場人物の性格やものの考え方や恋愛やそれらのもののからみあいを、味わいながら読んでいるうちに、なんだこれは探偵小説ではないか、しかも探偵小説としてもすぐれたものではないかと驚くのが、最初から探偵小説だと思って読むよりも、正しい読み方ではないかと思われる。そのあたりに、小説家としてのフィルポッツの特徴がうかがえるわけである。

乱歩に続き、この意見にも賛成。橋本は、本作には現代人の中にあるニーチェ的考え方を告発する意図があるはずだ、と指摘もしている。いろいろな評者が悪人小説、犯人小説としてのフィルポッツに見ようとしているものもそういうことだと思う。読み終えたあと、この物語はどうだったのか、犯人についてはどう思うか、と考えさせるためのシグナルもフィルポッツはきっと発しているのだ。この作品が風化しない理由はそこにもある。

検印
廃止

訳者紹介　成蹊大学文学部卒。英米文学翻訳家。フィルポッツ『だれがコマドリを殺したのか？』、バークリー『パニック・パーティ』、ウェイド『議会に死体』、ウィーヴァー『奥方は名探偵』、フリーマン『証拠は眠る』、ソボル『２分間ミステリ』、ミルン『四日間の不思議』など訳書多数。

赤毛のレドメイン家

2019年11月22日　初版

著　者　イーデン・
　　　　フィルポッツ

訳　者　武《む》藤《とう》崇《たか》恵《え》

発行所　（株）東京創元社
　代表者　長谷川晋一

162-0814／東京都新宿区新小川町1-5
電　話　03・3268・8231-営業部
　　　　03・3268・8204-編集部
URL　http://www.tsogen.co.jp
DTP　工友会印刷
萩原印刷・本間製本

乱丁・落丁本は、ご面倒ですが小社までご送付ください。送料小社負担にてお取替えいたします。

ISBN978-4-488-11106-9　C0197

世代を越えて愛される名探偵の珠玉の短編集

Miss Marple And The Thirteen Problems◆Agatha Christie

ミス・マープルと13の謎 新訳版

アガサ・クリスティ
深町眞理子 訳　創元推理文庫

◆

「未解決の謎か」
ある夜、ミス・マープルの家に集《つど》った
客が口にした言葉をきっかけにして、
〈火曜の夜〉クラブが結成された。
毎週火曜日の夜、ひとりが謎を提示し、
ほかの人々が推理を披露するのだ。
凶器なき不可解な殺人「アシュタルテの祠《ほこら》」など、
粒ぞろいの13編を収録。

収録作品＝〈火曜の夜〉クラブ，アシュタルテの祠《ほこら》，消えた金塊，舗道の血痕，動機対機会，聖ペテロの指の跡，青いゼラニウム，コンパニオンの女，四人の容疑者，クリスマスの悲劇，死のハーブ，バンガローの事件，水死した娘